FAUX-SEMBLANT

Sandra Brown est l'auteur de très nombreux best-sellers aux États-Unis, tels que *Mille feux scintillants, L'Invité du matin, Texas, Le Souffle du scandale, Le Cœur de l'autre*. Elle vit au Texas avec son mari et ses deux enfants.

Paru dans Le Livre de Poche :

LE CŒUR DE L'AUTRE

SANDRA BROWN

Faux-Semblant

TRADUIT DE L'AMÉRICAIN PAR

NATHALIE GOUYÉ GUILBERT

JC LATTÈS

Titre original :

THE WITNESS
publié par Warner Books, New York

« Ne me compte pas avec les impies, ceux qui sont les artisans du mal, qui parlent de paix avec leur prochain en ayant la haine au cœur. »

Psaumes, 28,3.

PROLOGUE

L'enfant tétait goulûment le sein de sa mère.

— Il est aux anges, constata l'infirmière. On voit tout de suite si un bébé est heureux ou non. Je ne me fais pas de souci pour celui-ci.

Kendall lui adressa un faible sourire. Elle parvenait à peine à réfléchir, encore moins à soutenir une conversation. Son esprit n'avait pas encore enregistré l'idée qu'elle et son bébé avaient survécu à l'accident.

La salle d'examen des urgences était séparée du couloir par un simple rideau jaune, qui assurait seul un semblant d'intimité aux patients. Un évier en inox complétait l'alignement d'armoires métalliques contenant les bandes, les seringues, les attelles. Assise sur une table capitonnée au centre du box, Kendall serrait son enfant dans ses bras.

— Quel âge a-t-il ? demanda l'infirmière.

— Trois mois.

— Seulement ? Il est grand pour son âge !

— Il a une robuste santé.

— Comment avez-vous dit qu'il s'appelait ?

— Kevin.

L'infirmière les couvait des yeux en souriant. Soudain, elle agita la tête avec effarement.

— C'est un miracle que vous soyez sortis vivants de ce désastre. Ma pauvre, ça a dû être terrible. Vous avez dû avoir une peur bleue, non ?

L'accident s'était produit trop vite pour lui laisser le temps d'avoir peur. La voiture fonçait déjà sur le tronc d'arbre déraciné quand il leur était apparu derrière le rideau de pluie. La passagère qui occupait le siège avant avait crié pour prévenir. Le conducteur avait aussitôt braqué le volant et écrasé le frein, trop tard.

Dès que les pneus avaient cessé d'adhérer au revêtement humide, la voiture avait décrit une virevolte à 180 degrés, qui l'avait éjectée de la route et propulsée sur l'étroite bordure de terre meuble. Elle avait balayé le parapet trop fragile. Les lois de la physique et de la gravité s'étaient chargées du reste.

Kendall se rappelait le fracas de la chute, lorsque l'automobile avait sombré dans l'épaisse végétation du ravin. Les branches des arbres griffaient la peinture, arrachaient les pare-chocs, démantelaient les enjoliveurs. Les vitres volaient en éclats. Le châssis s'emboutissait sur les rochers et les souches.

Curieusement, personne dans la voiture n'avait proféré un son. Comme si la résignation les avait réduits au silence.

Elle avait eu beau prévoir l'inévitable choc final, quand l'automobile avait percuté l'énorme sapin qui lui barrait le passage, la brutalité de l'impact dépassait l'imagination.

La force d'inertie avait soulevé les roues arrière. La voiture était retombée avec le cognement sourd et disgracieux d'un buffle qui s'affale, mortellement blessé, avant d'émettre un dernier râle d'agonie.

Sanglée dans la ceinture de sécurité à l'arrière, Kendall avait été épargnée. Elle avait réussi à s'extirper avec Kevin de la voiture suspendue en équilibre précaire en bas de la pente abrupte.

— Le relief est mouvementé par ici, remarqua l'infirmière. Comment diable avez-vous réussi à escalader ce ravin ?

Cela n'avait pas été facile.

Elle savait qu'elle aurait toutes les peines du monde à regagner la route, mais elle avait sous-estimé l'effort physique qu'elle devrait fournir. La nécessité de protéger Kevin avait rendu l'ascension encore plus ardue.

Le terrain lui était défavorable; le temps carrément hostile. Le sol consistait en un mélange d'humus et de boue, tapissé d'un fouillis de buissons emmêlés, parsemés de rochers saillants. La pluie soufflée par le vent s'abattait presque à l'horizontale. Elle avait été trempée jusqu'aux os en quelques minutes.

Elle n'avait pas franchi un tiers de la distance que l'épuisement et la tension criblaient ses bras, ses jambes, son dos de douleurs musculaires. Sa peau presque nue était égratignée, lacérée, coupée, meurtrie, fouettée. Elle avait plusieurs fois cru sa tentative vaine et eu envie de renoncer, de s'arrêter pour s'abandonner au sommeil et livrer leurs vies aux éléments.

Mais l'instinct de conservation avait été plus fort que cette dangereuse tentation et elle avait continué. Elle s'était peu à peu hissée jusqu'à la route, en s'agrippant aux pierres et aux racines. Alors elle s'était mise à marcher pour chercher de l'aide.

La joie avait failli l'étouffer lorsque deux phares avaient percé l'écran de pluie. Le soulagement et la fatigue l'avaient submergée. Au lieu de courir vers la voiture, elle était tombée à genoux au milieu de la petite route de campagne et elle avait attendu.

Celle qui lui avait porté secours était une femme volubile qui se rendait à sa réunion de prière du mercredi soir. Elle avait emmené Kendall à la première maison et signalé l'accident aux autorités. Kendall avait été stupéfaite d'apprendre qu'elle n'avait parcouru qu'un peu plus d'un kilomètre depuis le lieu de l'accident. Elle avait eu l'impression d'une distance interminable.

On les avait transportés, Kevin et elle, à l'hôpital le plus proche, où ils avaient subi un examen complet. Kevin était indemne. Elle le nourrissait quand la voiture avait plongé dans le vide. D'instinct, elle l'avait serré contre elle et s'était penchée sur lui avant d'être retenue par la ceinture de sécurité. Son corps lui avait servi de rempart.

Elle présentait de nombreuses plaies et entailles douloureuses, mais superficielles. Elle avait les bras lardés d'éclats de verre, qu'il avait fallu extraire un à un, opération longue et pénible, et cependant anodine en regard de ce qu'elle aurait pu avoir à endurer. On avait badigeonné ses blessures d'antiseptique ; elle avait refusé de prendre des antalgiques, parce qu'elle allaitait.

Et puis, maintenant qu'ils étaient tirés d'affaire et qu'ils avaient reçu des soins, elle devait trouver un moyen de s'échapper. Sous l'emprise des calmants, elle serait incapable d'ordonner sa pensée. Elle avait besoin de garder les idées claires.

— Voyez-vous un inconvénient à ce que le shérif adjoint vienne maintenant ?

— Le shérif ? répéta Kendall.

L'interrogation de l'infirmière l'avait arrachée à sa rêverie.

— Il attend de vous parler depuis votre arrivée ici. Il a besoin de vous poser les questions d'usage.

— Oh. Bien sûr. Dites-lui d'entrer.

Kevin dormait paisiblement, rassasié. Kendall ajusta la blouse d'hôpital qu'elle avait enfilée après avoir ôté ses vêtements sales, humides et ensanglantés, et pris une douche chaude.

Sur un signe de l'infirmière, le représentant de la police locale surgit de derrière le rideau et la salua d'un hochement de tête.

— Comment allez-vous, madame ? Rien de grave ?

Il se découvrit poliment et posa sur elle un regard plein de sollicitude.

— Nous allons bien, je crois.

Elle s'éclaircit la voix et tenta de montrer plus de conviction :

— Très bien.

— Si je peux me permettre, vous avez de la chance d'être en vie et en un seul morceau, madame.

— Je suis bien de cet avis.

— Pas difficile d'imaginer comment c'est arrivé, avec cet arbre couché en travers de la route. Foudroyé. Coupé net au ras du sol. Les tempêtes se succèdent depuis plusieurs jours. À croire que la pluie ne va jamais s'arrêter de tomber. Un vrai déluge sur toute la région. Pas étonnant que Bingham Creek ait emporté votre voiture.

La voiture s'était immobilisée à dix mètres à peine de la rivière. Quand elle avait émergé de l'épave, Kendall était restée accroupie dans la boue à contempler le torrent avec terreur et fascination. L'eau boueuse avait largement débordé les berges et charroyait toutes sortes de débris. Elle bouillonnait au pied des arbres qui bordaient ses rives ordinairement paisibles.

Elle frémit en songeant à ce qu'eût été leur sort si la voiture avait dévalé encore quelques mètres après avoir heurté l'arbre. Elle l'avait vue avec épouvante glisser lentement dans la pente pour finir engloutie par la rivière en furie.

Elle avait flotté un court instant, le temps de dériver au large, ballottée par le courant effréné, avant de sombrer, le nez en avant. En quelques secondes, elle avait disparu dans un tourbillon. Hormis les cicatrices laissées sur le tronc du sapin abattu et les profonds sillons parallèles creusés par les pneus, le paysage ne gardait pas trace de l'accident.

— C'est un miracle que vous ayez pu sortir à temps, sinon vous vous seriez tous noyés, disait le shérif.

— Nous ne sommes pas tous sortis, rectifia Kendall d'une voix voilée par l'émotion. Il y avait une passagère sur le siège avant. Elle est partie avec la voiture.

Dès lors qu'il y avait eu mort d'homme, l'enquête du shérif adjoint cessait d'appartenir à la routine. Il fronça les sourcils.

— Vous dites ? Une passagère ?

Comme si elle s'observait de l'extérieur, Kendall

vit littéralement son visage se plisser sous l'assaut des larmes. Elle subissait le contrecoup du traumatisme qu'elle venait de vivre.

— Je suis désolée.

L'infirmière lui tendit une boîte de Kleenex en lui tapotant l'épaule.

— Allons, ne vous en faites pas. Après le courage dont vous avez fait preuve, vous avez bien le droit de pleurer tout votre soûl.

— Je ne savais pas qu'il y avait quelqu'un d'autre dans le véhicule, à part le conducteur, votre bébé et vous, reprit le shérif sur un ton feutré, par respect pour son chagrin.

Kendall s'essuya le nez.

— Elle occupait la place à droite du conducteur et elle était déjà morte quand la voiture a plongé dans la rivière. Elle a dû être tuée sur le coup.

Après s'être assurée que Kevin n'avait rien et constaté la vitesse à laquelle l'eau montait, Kendall s'était approchée en tremblant du siège avant droit de la voiture, déjà certaine de ce qu'elle allait trouver. Cette partie avait essuyé le plus fort de l'impact. La porte était enfoncée et la vitre brisée.

Kendall avait compris au premier coup d'œil que la passagère était morte. Ses traits harmonieux étaient devenus méconnaissables sous le masque d'os et de chairs broyés. Le tableau de bord et une partie du moteur lui avaient perforé la cage thoracique. Sa tête renversée sur le dossier formait un angle bizarre.

Bravant la purulence et le sang, Kendall avait posé la main sur le cou de la femme, dans la région de la carotide. Elle n'avait senti aucune pulsation sous ses doigts.

— J'ai pensé qu'il valait mieux essayer de sauver ceux qui pouvaient l'être, expliqua-t-elle à l'adjoint après lui avoir raconté la scène. J'aurais aimé pouvoir la sortir, elle aussi, mais puisqu'elle était morte...

— Étant donné la situation, vous avez agi au

mieux, ma petite dame. Vous avez sauvé les vivants. Personne ne peut vous reprocher ce choix. Vous avez fait plus qu'on ne pouvait vous en demander, ajouta-t-il en pointant le menton vers l'enfant endormi. Comment avez-vous réussi à dégager le chauffeur ?

Après avoir vérifié que la femme était morte, Kendall avait posé Kevin à terre et rabattu un coin de sa couverture sur son visage. Même s'il était mal installé, il ne craignait rien dans l'immédiat. Puis elle avait contourné la voiture vaille que vaille. Le conducteur avait la tête affaissée sur le volant. Ravalant sa frayeur, Kendall l'avait appelé par son nom en lui mettant la main sur l'épaule.

Elle l'avait secoué imperceptiblement et se rappelait sa stupeur en le voyant basculer en arrière. Elle avait eu un mouvement de recul en découvrant le filet de sang qui coulait au coin de ses lèvres molles. Hormis une profonde entaille à la tempe droite, son visage était intact. Il avait les yeux clos, les paupières figées, mais elle ne pouvait dire s'il était mort. Elle avait avancé la main pour l'appliquer sur sa poitrine.

Le cœur battait.

Et tout à coup, la voiture avait oscillé sur le sol inégal et dégringolé quelques mètres en l'entraînant dans sa glissade. Son bras, qui était resté à l'intérieur, avait failli être désarticulé.

L'auto avait marqué un temps d'arrêt instable, branlant, et elle savait que les flots, qui entouraient déjà les pneus, allaient la happer d'un instant à l'autre. La terre gorgée cédait sous le poids. Elle n'avait pas eu le temps d'évaluer la situation, de calculer les risques, ni de songer à l'envie qu'elle avait de se débarrasser de lui.

Elle avait toutes les raisons de le redouter et de le haïr. Mais elle ne voulait pas sa mort. Jamais elle ne souhaiterait une chose pareille. Toute vie, quelle qu'elle soit, vaut la peine d'être sauvée.

Alors, galvanisée par un flux d'adrénaline, elle avait creusé la boue à mains nues et arraché les tiges coriaces qui l'empêchaient d'ouvrir la porte.

Elle était parvenue enfin à l'écarter. Aussitôt, le buste de l'homme avait chaviré dans ses bras tendus, sa tête ensanglantée reposant sur son épaule. En recevant ce poids mort, elle était tombée à genoux.

Elle avait enroulé ses bras autour de son torse pour tirer son corps, coincé sous le volant. Elle avait dû lutter. À plusieurs reprises, elle avait perdu pied dans la boue visqueuse et s'était affalée sur le dos. Chaque fois, elle s'était relevée, avait planté ses talons dans le sol et déployé des efforts surhumains pour le libérer des débris de la carrosserie. Ses talons venaient de franchir le seuil de la portière quand la voiture avait rompu ses amarres et glissé dans la rivière.

Kendall rapporta son histoire, sans faire part de ses réflexions personnelles. À la fin de son récit, l'adjoint se tenait presque au garde-à-vous, prêt à la saluer.

— Madame, on va sûrement vous décerner une médaille.

— J'en doute fort, murmura-t-elle.

Il alla pêcher un carnet à spirales et un stylo à bille dans la poche de poitrine de sa chemise.

— Nom ?

Elle fit mine de ne pas comprendre, pour gagner du temps.

— Pardon ?

— Votre nom ?

Le personnel du petit hôpital avait eu la gentillesse de l'admettre dans ses murs sans la soumettre à la corvée des formulaires et questionnaires préalables. Cette attitude confiante et spontanée eût été impensable dans les structures hospitalières des grandes villes. Mais dans la campagne géorgienne, la compassion primait la chasse aux numéros de sécurité sociale.

Seulement, maintenant, Kendall se trouvait confrontée à la réalité de sa situation et elle n'était pas prête à s'en débrouiller. Elle n'avait pas encore décidé ce qu'elle devait faire, ce qu'elle révélerait, ni où elle irait.

Elle n'avait aucun scrupule à infléchir la vérité. C'était un art qu'elle avait déjà pratiqué. Toute sa vie. Souvent. Avec habileté et sans retenue. Mais mentir à la police, c'était plus sérieux. Elle ne s'y était encore jamais risquée.

Elle inclina la tête en se massant les tempes et songea à demander tout de même un sédatif pour apaiser sa migraine.

— Mon nom? répéta-t-elle, perplexe, en priant pour que lui vienne une idée de génie. Ou le nom de la personne qui est morte?

— Commençons par vous.

Elle retint son souffle avant de lâcher à mi-voix :

— Kendall.

— Ça s'écrit K-e-n-d-a-l-l, c'est bien ça? s'informa le shérif en griffonnant dans son carnet.

Elle acquiesça.

— Bien, Mme Kendall. Était-ce aussi le nom de la défunte victime?

— Non, c'est Kendall...

Elle n'eut pas le temps de corriger l'erreur du policier : le rideau s'écartait avec un crissement de métal mal huilé. Le médecin de garde parut.

Le cœur de Kendall s'emballa. Elle demanda dans un souffle :

— Comment va-t-il?

Le médecin grimaça un sourire.

— Il vit, grâce à vous.

— Il a repris connaissance? Il a parlé? Que vous a-t-il dit?

— Vous voulez vous rendre compte par vous-même?

— Je... oui, sans doute.

— Hé, doc, attendez une minute. J'ai encore quelques questions à lui poser, protesta le shérif. Un tas de paperasses à remplir, vous savez bien.

— Ça peut peut-être attendre. Elle est bouleversée et je ne peux rien lui donner pour la calmer, parce qu'elle allaite.

Le shérif adjoint posa les yeux sur le bébé, puis sur

la poitrine de Kendall. Son visage prit un ton de tomate mûre.

— Bon, j'admets qu'il n'y a pas urgence. Mais il faudra quand même que j'en termine.

— Mais certainement, certainement, assura le médecin.

L'homme effleura son chapeau en se balançant d'un pied sur l'autre.

— Je vais attendre ici. Et, madame, quand vous voudrez bien, nous pourrons, euh, vous comprenez, continuer...

— Prenez donc une tasse de café, suggéra le médecin pour égayer le policier.

Le médecin était jeune et fringant et, de l'avis de Kendall, assez imbu de lui-même. L'encre n'avait sans doute pas encore séché sur son diplôme, mais il se plaisait visiblement à affirmer sa petite parcelle d'autorité. Il la poussa dans le couloir, sans un regard pour le shérif.

— Il a une fracture du tibia, ce que vous appelez une jambe cassée, expliqua-t-il. Sans déplacement, donc pas besoin d'opération, de plaque, et cætera. Il a eu une chance insensée. Vu l'état de la voiture, d'après votre description...

— Le capot était en accordéon. Je ne comprends pas comment le volant ne lui a pas défoncé la poitrine.

— Exact. J'ai craint des côtes enfoncées, une hémorragie, des lésions internes, mais je n'ai rien trouvé de tel. Son pronostic vital s'est stabilisé. Ça, c'est la bonne nouvelle. La mauvaise nouvelle, c'est qu'il a pris un sacré coup sur la tête. La radio n'indique qu'une légère fêlure, mais j'ai dû effectuer des dizaines de points de suture pour recoudre la plaie. Pour le moment, ce n'est pas très joli à voir, mais ses cheveux finiront par repousser. Sa beauté ne sera pas trop gâchée, précisa-t-il en lui souriant.

— Il a beaucoup saigné.

— Nous lui avons transfusé un bocal de sang pour plus de sûreté. Il est commotionné, mais s'il reste tranquille quelques jours, il se remettra. Avec sa jambe fracturée, il devra marcher avec des béquilles pendant au moins un mois. Il n'aura guère d'autre solution que de rester allongé et paresser en attendant de guérir. Nous y sommes, fit-il en la dirigeant vers une chambre. Il vient seulement de reprendre conscience, il y a quelques minutes. Il est encore groggy.

Le médecin la précéda dans la chambre faiblement éclairée. Elle hésita sur le seuil et observa la pièce. Une horrible gravure du Christ s'élevant dans les nues ornait l'un des murs ; sur celui d'en face était placardée une affiche d'information sur le SIDA. C'était une chambre semi-privée à deux lits, mais il était seul.

L'une de ses jambes, enfermée dans un plâtre, reposait sur un coussin. On l'avait revêtu d'une chemise de nuit d'hôpital qui s'arrêtait au milieu des cuisses. Elles paraissaient robustes et bronzées sur le drap blanc, hors de propos dans une salle d'hôpital.

Une infirmière prenait son pouls. Ses sourcils noirs froncés lui donnaient un air renfrogné sous le bandage immaculé qui lui entourait la tête. Ses cheveux étaient englués de sang séché et de désinfectant. Un nombre impressionnant d'hématomes lui colorait les bras. Les bleus, les bosses et les contusions déformaient son visage, mais on le reconnaissait à la fossette verticale qui lui barrait le menton et à la courbure sévère de la bouche, d'où émergeait un thermomètre.

Le médecin s'approcha du lit d'un pas vif et consulta la courbe de tension relevée par l'infirmière.

— Ça va de mieux en mieux.

Il émit un murmure approbateur lorsque l'infirmière lui présenta la dernière température enregistrée.

Alors que Kendall tergiversait à l'entrée, le patient fixa aussitôt ses yeux sur elle. Ils étaient enfoncés dans leurs orbites, creuses et assombries par la douleur et tout le sang perdu. Mais son regard impassible était toujours aussi pénétrant.

La première fois qu'elle l'avait regardé droit dans les yeux, elle avait éprouvé du respect pour l'acuité intuitive qu'elle y avait perçue. Elle en avait même été un peu effrayée. Il semblait doué de l'inquiétante faculté de la percer à jour, ce qui la mettait très mal à l'aise.

Il l'avait prise en défaut dès leur première rencontre. Il démasquait les menteurs au premier coup d'œil.

Elle espérait que grâce à son talent pour lire dans ses pensées, il devinerait qu'elle déplorait sincèrement son état. Sans elle, l'accident ne serait jamais arrivé. C'était lui qui conduisait, mais c'était elle qui portait la responsabilité de l'inconfort et de la souffrance où il se trouvait. En s'en rendant compte, elle fut saisie de remords. Elle était la dernière personne qu'il souhaitait voir à son chevet.

L'infirmière, qui se méprenait sur la raison de sa timidité, lui sourit et lui fit signe d'approcher.

— Il est visible. Vous pouvez entrer.

Surmontant son appréhension, Kendall pénétra dans la chambre et adressa au malade un pâle sourire.

— Bonjour. Comment ça va ?

Il la regarda sans sourciller pendant un bon moment. Son regard, ensuite, glissa vers le médecin, effleura l'infirmière et revint se poser sur Kendall. Alors il demanda, d'une voix faible, altérée :

— Qui êtes-vous ?

Le médecin se pencha sur lui.

— Vous ne la reconnaissez pas ?

— Non. Je devrais ? Où suis-je ? Qui suis-je ?

Le médecin dévisagea son patient. L'infirmière demeura clouée sur place, le tuyau du tensiomètre en berne au bout des doigts. Kendall parut frappée de stupeur, alors qu'elle était en proie à un déferlement de sentiments chaotiques. Son esprit s'affairait à assimiler la consternante vérité et à chercher le moyen d'en tirer parti à son avantage.

Le médecin fut le premier à se ressaisir. Avec une désinvolture que démentait son sourire vacillant, il déclara :

— Eh bien, on dirait que notre patient est frappé d'amnésie. Cela arrive souvent après un choc. C'est momentané, j'en suis sûr. Il n'y a pas de quoi s'inquiéter. Vous en rirez dans un jour ou deux.

Il se tourna vers Kendall :

— Pour l'instant, vous êtes notre seule source d'information. Alors, à vous de nous dire, et de lui dire, qui il est.

Elle hésita si longuement que le temps parut s'étirer et se charger de tension. Le médecin et l'infirmière la regardaient, suspendus à ses lèvres. L'homme alité semblait attendre sa réponse avec un intérêt mêlé de circonspection. Un pli méfiant au front soulignait l'intensité de son regard, mais Kendall était prête à jurer que, par bonheur, il ne se souvenait de rien. Rien du tout !

Voilà que se présentait un prodige inattendu, un don merveilleux du destin. L'occasion était presque trop belle, trop fantastique, trop extraordinaire pour être saisie au dépourvu. Mais elle était sûre d'une chose : elle serait trop bête de ne pas en profiter.

Avec un calme remarquable, elle affirma :

— C'est mon mari.

[illegible] quand le premier [illegible]
[illegible] son [illegible]
[illegible]

[illegible] que [illegible]
[illegible]
[illegible]
[illegible] Vous [illegible]
[illegible]

[illegible]
[illegible]
[illegible]

[illegible]
[illegible]
[illegible]
[illegible]
[illegible]
[illegible]
[illegible]
[illegible]

[illegible]
[illegible]
[illegible]
[illegible]
[illegible]
[illegible]
[illegible]

1

— Au nom des pouvoirs qui me sont conférés par le Dieu Tout-Puissant et l'État de la Caroline du Sud, je vous déclare mari et femme. Matthew, vous pouvez embrasser la mariée.

Matthew Burnwood prit Kendall Deaton dans ses bras, sous les applaudissements de l'assistance. Des rires fusèrent alors que se prolongeait ce qui n'aurait dû être qu'un chaste baiser. Il ne pouvait se résoudre à y mettre fin.

— Cela devra attendre, murmura Kendall. Malheureusement.

Matt coula sur elle un regard attristé, puis, beau joueur, se tourna vers la foule venue en grande tenue assister à la cérémonie.

— Mesdames et messieurs, proclama le pasteur, permettez-moi de vous présenter, pour la première fois, M. et Mme Matthew Burnwood.

Kendall et Matt se tenaient bras dessus, bras dessous, face à leurs invités ravis. Le père de Matt occupait seul le premier banc. Il se leva et se dirigea vers Kendall en lui ouvrant les bras.

— Bienvenue dans la famille, dit-il en la serrant contre lui. C'est Dieu qui vous envoie. Il nous manquait une femme. Si Laurelann était encore de ce monde, elle vous aurait aimée, Kendall. Comme je vous aime.

Kendall posa un baiser sur la joue rubiconde de Gibb Burnwood.

— Merci, Gibb. C'est gentil.

Laurelann Burnwood était morte quand Matt était adolescent, mais Gibb et lui en parlaient comme d'un événement récent. Le veuf avait fière allure, avec sa grande silhouette élancée d'oiseau rare. Bon nombre de femmes veuves ou divorcées avaient jeté leur dévolu sur lui, mais leur empressement n'était jamais payé de retour. Il avait connu le grand amour, disait-il. Il n'en cherchait pas d'autre.

Matt enroula un bras autour des larges épaules de son père, l'autre autour de la taille de Kendall.

— Nous avions besoin les uns des autres. Maintenant, nous formons une vraie famille.

— Je regrette seulement que grand-mère ne soit pas là, soupira Kendall d'un air peiné.

Matt lui adressa un sourire compatissant.

— Dommage qu'elle n'ait pas eu la force de faire le voyage.

— Ç'aurait été trop pour elle de venir du Tennessee. Mais elle est présente par la pensée.

— Ne nous laissons pas aller à la mélancolie, intervint Gibb. Ces gens sont venus pour boire, manger et s'amuser. C'est un grand jour pour vous. Profitez-en.

Gibb s'était mis en frais pour que leur mariage reste de longues années dans les mémoires. Kendall avait été atterrée par l'énormité de ses dépenses. Peu après avoir accepté la demande de Matt, elle avait émis l'idée d'une cérémonie discrète, dans le bureau du pasteur.

Gibb ne voulait pas en entendre parler.

Écartant la convention selon laquelle la réception incombe à la famille de la mariée, il avait tenu à s'en charger lui-même. Kendall avait protesté, mais avec le pouvoir de persuasion désarmant qui le caractérisait, il était venu à bout de tous ses arguments.

— Ne te formalise pas, lui avait dit Matt quand elle s'était avouée consternée par l'ampleur des projets de Gibb. Papa a envie de donner une grande fête, comme Prosper n'en a jamais vue. Puisque ni ta grand-mère ni toi n'en avez les moyens financiers, il se fait un plaisir de mettre la main à la poche. Je suis son seul enfant. C'est pour lui une occasion unique. Alors, laissons-le s'en donner à cœur joie.

Il n'avait pas fallu longtemps à Kendall pour être gagnée par l'enthousiasme ambiant. Elle avait choisi sa robe, mais Gibb s'était occupé de tout le reste, même s'il la consultait avec courtoisie avant d'arrêter les décisions les plus importantes.

Son souci minutieux du détail avait porté ses fruits. Le grand jour venu, sa maison et son jardin étaient splendides. Kendall et Matt avaient échangé leurs consentements sous une voûte fleurie de gardénias, de lis blancs et de roses immaculées. Une vaste tente abritait un buffet foisonnant de salades, d'entremets et de hors-d'œuvre propres à satisfaire les goûts de chacun.

Le gâteau de la mariée consistait en une pièce montée stupéfiante de sophistication. Des boutons de roses fraîchement cueillis en ornaient le glaçage crémeux. Celui du marié se composait d'une pâtisserie au chocolat nappée d'une couche de caramel, enrobant des fraises grosses comme des balles de tennis. Les magnums de champagne attendaient au frais dans leurs glacières. Les invités semblaient résolus à n'en pas laisser une goutte.

La réception, malgré ses fastes, restait familiale. Des enfants s'ébattaient à l'ombre des arbres. Dès que les mariés eurent ouvert le bal par la valse traditionnelle, d'autres couples les rejoignirent et bientôt, tout le monde dansait.

Ce mariage avait tout du conte de fées. Il n'y manquait rien, pas même l'ogre.

⁂

Ignorante de la menace qui pesait sur elle, Kendall était au comble du bonheur. Matt la tenait serrée contre lui et tournoyait avec elle sur l'aire de danse. Sa grande silhouette mince se prêtait au port du smoking. Il était d'une beauté irréelle. Ses traits réguliers et fins et ses cheveux lisses lui donnaient un air de gentleman cambrioleur.

— Tu as une sorte d'élégance désinvolte qui me fait penser à Gatsby, lui avait-elle dit une fois pour le taquiner.

Elle aurait voulu rester éternellement blottie contre lui, mais les invités se disputaient l'honneur de danser avec la mariée. Le juge H. W. Fargo était de ceux-là. Elle faillit se rebiffer lorsque Matt l'abandonna aux bras du magistrat, qui se montrait aussi bourru en société qu'au tribunal.

— J'avais quelques réserves à votre sujet, confessa le juge Fargo en l'entraînant dans une rotation qui manqua lui flanquer un tour de rein. Quand j'ai appris qu'on avait engagé une femme comme avocat public, j'ai eu des doutes sérieux sur vos capacités à remplir cette fonction.

— Vraiment ?

Non content d'être un piètre danseur et un juge lamentable, Fargo se révélait un abominable sexiste. Depuis la première intervention de Kendall dans son tribunal, il n'avait pas cherché à dissimuler ses « réserves ».

— Pourquoi étiez-vous si inquiet, monsieur le juge ? s'étonna Kendall en s'efforçant de conserver un semblant de sourire.

— Prosper est une petite ville très conservatrice. Et fière de l'être. Les gens d'ici agissent de la même manière depuis des générations. Nous évoluons lentement et n'aimons pas du tout qu'on nous y oblige. Une femme avocat, ça ne s'était jamais vu.

— Vous pensez que les femmes devraient rester à la maison pour faire le ménage et la cuisine et s'occuper des enfants, c'est ça ? Elles ne devraient pas aspirer à exercer des métiers qui doivent rester réservés aux hommes ?

Il se récria :

— Je ne l'exprimerais pas en ces termes.

— Non, bien sûr.

Une profession de foi aussi claire lui coûterait des voix. Il soumettait à l'autocensure ses déclarations publiques. Le juge H. W. Fargo était un politicien chevronné. Dommage qu'il ne déploie pas la même efficacité dans son rôle de juge.

— Je dis simplement que Prosper est une petite bourgade sans histoires. On ne trouve pas ici les problèmes qu'ont les autres villes. Nous étouffons dans l'œuf les influences néfastes. Nous — quand je dis nous, je veux parler de moi-même et des autres notables — tenons à préserver notre image de marque.

— Est-ce que, de votre point de vue, je constituerais une influence néfaste, monsieur le juge ?

— Du tout, du tout.

— Ma fonction consiste à apporter une assistance juridique à ceux qui n'ont pas les moyens de se payer un avocat. La Constitution accorde à tous les citoyens le droit d'être défendus.

— Je connais la Constitution, affirma-t-il péremptoirement.

Kendall sourit pour atténuer le caractère légèrement injurieux de sa remarque.

— Je ne sais pas toujours me contrôler. Mon travail m'amène à côtoyer des éléments de la société que nous préférerions ne pas y voir. Mais tant qu'il y aura des criminels, ils auront besoin d'être défendus en justice. Mes clients ont beau appartenir à la lie, je plaide toujours leur cause du mieux que je peux.

— Personne ne met en cause vos capacités. Malgré votre implication dans cette sale affaire, dans le Tennessee...

Il s'interrompit et afficha un sourire onctueux :

— Enfin, pourquoi évoquer ces choses un jour comme aujourd'hui ?

Pourquoi, en effet ? L'allusion du juge à ses déboires passés avait été délibérée. Kendall lui en voulait de la croire assez bête pour imaginer qu'il s'agissait d'une bévue involontaire de sa part.

— Vous faites du bon travail, du très bon travail, assura le juge d'un ton patelin. Je reconnais qu'il m'a fallu quelque temps pour m'habituer à discuter des points de droit avec une femme. (Son rire résonna comme un jappement). Vous savez, jusqu'au jour de l'entretien, nous croyions avoir embauché un homme.

— Mon nom prête à confusion.

Le conseil d'administration du Barreau du comté de Prosper avait décidé de créer un poste d'avocat public pour éviter à leurs membres d'avoir à défendre les indigents. Même s'ils les plaidaient en alternance, ces affaires leur coûtaient cher en temps et en manque à gagner.

Les administrateurs avaient été stupéfaits de voir arriver Kendall en robe et talons aiguilles au lieu du costume-cravate qu'ils attendaient. Son curriculum vitae les avait tellement impressionnés qu'ils lui avaient immédiatement répondu et qu'ils étaient tout disposés à l'engager sans même la rencontrer. L'entretien n'aurait dû être qu'une simple formalité.

Elle avait au contraire été mise sur la sellette. Sachant à l'avance qu'elle allait braver une bande de phallocrates invétérés, elle avait soigneusement préparé son exposé. Son discours visait à démonter leurs préjugés et à apaiser leurs craintes sans les offenser.

Elle tenait à cette place. Elle avait toutes les qualifications requises et, comme son avenir en dépendait, elle avait balayé tous les obstacles.

Apparemment, elle ne s'y était pas mal prise, car le Barreau lui avait offert le poste. L'unique tache qui déparait son parcours professionnel avait moins pesé dans leur hésitation que le sexe auquel elle appartenait. Ou alors, ils avaient pensé que son sexe pouvait lui valoir quelque indulgence. Elle avait commis une erreur, mais qui était pardonnable parce qu'elle n'était, après tout, qu'une femme.

Kendall se moquait de ce qu'ils pensaient ou de ce qui avait motivé leur décision. Depuis huit mois qu'elle était arrivée à Prosper, elle avait donné la preuve de ses compétences. Elle avait travaillé dur pour gagner l'estime de ses pairs et des gens en général. Ses détracteurs en étaient pour leurs frais.

Même le propriétaire du journal local, qui, à l'annonce de son entrée en fonction, avait écrit un éditorial mettant en doute les capacités d'une femme à assumer une tâche si difficile, avait radicalement changé de sentiment à son égard.

Le journaliste en question vint se planter derrière elle, la saisit par la taille et l'embrassa dans le cou.

— Monsieur le juge, vous avez assez longtemps accaparé la plus jolie fille du bal.

Fargo lâcha un petit rire.

— Ah, les jeunes mariés !

— Merci d'être venu à mon secours, soupira Kendall, que Matt emportait dans un tourbillon.

Elle posa la joue sur le revers de sa veste de smoking et ferma les yeux :

— C'est déjà assez pénible d'avoir à affronter ce malotru au tribunal. Il n'entre pas dans mes obligations professionnelles de danser avec lui à mon mariage.

— Sois gentille, la gronda-t-il.

— Je l'ai été. En fait, j'ai été écœurante de gentillesse.

— Le juge est parfois un peu casse-pieds. Mais c'est un vieil ami de papa.

Matt avait raison. Et puis elle n'allait pas laisser au juge Fargo le plaisir de lui gâcher son mariage. Elle releva la tête et sourit à Matt.

— Je t'aime. Il y avait combien de temps que je ne te l'avais pas dit ?

— Une éternité. Au moins dix minutes.

Ils étaient tendrement enlacés quand une voix tonitruante interrompit leurs roucoulades :

— Hé, les enfants, c'est super !

Kendall se retourna pour voir passer, au rythme d'un pas de deux endiablé, son témoin au bras d'un pharmacien local. Le petit homme timide et réservé n'en revenait pas de se trouver en aussi pétulante et volumineuse compagnie.

— Salut, Ricki Sue, lança Kendall. Tu t'amuses ?

— Tu m'as déjà vue cracher dans la soupe ?

Le chignon de Ricki Sue Robb rebondissait au tempo de la musique. Son visage luisait de sueur, tout comme le décolleté qui débordait de sa robe bleu pâle. Kendall avait eu du mal à trouver pour son amie une robe de témoin qui la flatte. Ricki Sue avait un teint brouillé, malencontreusement parsemé de taches de son, et des cheveux couleur carotte ; mais au lieu de modérer le caractère tapageur de cette particularité, elle adoptait les coiffures les plus élaborées, des chefs-d'œuvre de complexité dignes d'études architecturales approfondies.

Un sourire perpétuel découvrait en permanence ses dents écartées. Elle avait souligné ses lèvres pulpeuses d'un rouge éclatant, dont le choix prêtait à la critique étant donné la rousseur de sa chevelure.

Elle claironna, d'une voix qui avait toute la subtilité d'une trompette sonnant la charge :

— Tu m'avais bien dit que ton mari était beau comme un dieu, mais tu avais omis de préciser qu'il était aussi riche que Crésus.

Matt se raidit. Pourtant, Ricki Sue n'avait pas eu l'intention de le blesser. Elle pensait au contraire lui adresser un compliment. Mais à Prosper, la politesse interdisait d'évoquer en public la fortune personnelle des gens. Pas à haute voix, en tout cas.

Lorsque Ricki Sue et son cavalier perplexe se furent éloignés, Kendall dit à Matt :

— Ce serait aimable de ta part de l'inviter à danser.

Il répondit en faisant la grimace :

— J'aurais trop peur qu'elle m'écrase les pieds.

— Matt, s'il te plaît.

— Désolé.

— L'es-tu vraiment ? Au dîner, hier soir, tu n'as pas caché que Ricki Sue t'avait déplu au premier coup d'œil. J'espère qu'elle ne s'en est pas aperçue, mais moi, ça ne m'a pas échappé.

— Elle n'est pas du tout telle que tu me l'avais décrite.

— Je t'ai dit que c'était ma meilleure amie. Ça devrait suffire.

La grand-mère de Kendall n'ayant pu assister au mariage, à cause de sa santé chancelante, Ricki Sue était sa seule invitée. Ne serait-ce que pour cette raison, elle avait compté que Matt lui montrerait un peu de sympathie et de bienveillance. Au lieu de cela, l'exubérance de Ricki Sue avait indisposé Gibb et son fils. Le rire sonore et paillard qui secouait sans retenue sa gorge plantureuse les avait gênés.

— Je reconnais que Ricki Sue manque un peu de distinction.

L'euphémisme déclencha chez Matt un rire moqueur.

— Elle est vulgaire, Kendall. Commune. Je m'attendais à ce qu'elle soit comme toi. Féminine, raffinée et jolie.

— Elle est jolie à l'intérieur.

Ricki Sue était réceptionniste chez Bristol & Mathers, le cabinet d'avocats où avait travaillé Kendall auparavant. La première fois qu'elle l'avait rencontrée, Kendall n'avait pas su voir au-delà de l'outrance déployée par cette rouquine.

Peu à peu, elle avait appris à connaître et apprécier la personnalité sensible tapie sous ces dehors flamboyants. Ricki Sue était une fille simple, directe, tolérante et digne de confiance. Surtout digne de confiance.

— Je suis persuadé qu'elle a des qualités admirables, admit Matt du bout des lèvres. Peut-être que ce n'est pas sa faute si elle est si grosse. Mais elle ne sait pas se tenir.

Kendall tiqua en l'entendant prononcer le mot grosse, quand d'autres adjectifs auraient aussi bien fait l'affaire. Il aurait pu d'ailleurs se passer d'employer des termes péjoratifs.

— Laisse-lui au moins le bénéfice du doute...

Il posa un doigt sur ses lèvres.

— Allons-nous nous disputer devant tous nos invités, le jour de notre mariage, pour quelque chose qui n'en vaut pas la peine ?

Elle aurait pu lui rétorquer que ses sentiments envers son amie en valaient la peine, mais ce n'était en effet pas le moment de se disputer. Sur ce point, il n'avait pas tort. Il avait d'ailleurs lui aussi quelques amis qu'elle ne portait pas dans son cœur.

— D'accord, on marque une trêve, approuva-t-elle. Mais si je voulais, moi, trouver un sujet de dispute, je te parlerais de toutes les femmes qui me lancent des regards assassins. Si les regards pouvaient tuer, je serais déjà morte une dizaine de fois.

— Qui ça ? Où ça ?

Il agitait la tête en tous sens, comme pour chercher les coupables.

— Allons, tiens-toi tranquille, grommela-t-elle en agrippant ses revers d'un geste possessif. Mais, simple curiosité, combien de cœurs as-tu brisés en m'épousant ?

— Quelle importance ?

— Sérieusement, Matt.

— Sérieusement ? (Il affecta un air grave.) Sérieusement, j'étais l'un des rares célibataires de Prosper qui eût passé l'âge de la puberté et qui ne fût pas sénile. C'est pour ça que tu vois quelques airs pincés dans la foule.

L'ironie de son ton eut l'effet désiré : elle éclata de rire.

— En tout cas, je suis ravie que tu m'aies attendue pour te marier.

Il s'immobilisa, la serra plus fort, lui inclina la tête en arrière et approcha ses lèvres des siennes.

— Moi aussi.

⁂

Il n'était pas très facile de passer inaperçue en robe et voile de mariée. Néanmoins, une demi-heure plus tard, Kendall parvenait à se faufiler dans la maison sans attirer l'attention.

Elle n'aimait pas la maison de Gibb, surtout la grande salle de séjour aux murs tapissés de sombres boiseries qui servaient de support à ses trophées de chasse et de pêche.

Pour Kendall, que ces étalages d'ornements laissaient insensible, les dépouilles de poissons montées sur plaque de chêne avaient toutes le même air pathétique. Les regards vides des cerfs, des élans, des ours et autres gibiers lui inspiraient une compassion mêlée de dégoût. En traversant le salon, elle jeta un coup d'œil méfiant à une tête de rorqual, à jamais conservée avec son arsenal de dents bien en vue.

La chasse et la pêche constituaient le gagne-pain de Gibb. Son magasin d'articles de sport se trouvait dans la rue principale de Prosper. Dans cette région montagneuse du Blue Ridge, au nord-ouest de la Caroline du Sud, ses affaires marchaient bien et il bénéficiait d'une clientèle fidèle. Les acheteurs venaient de loin pour dépenser leur argent chez lui.

Il exerçait son métier avec talent. Les chasseurs et pêcheurs confiants faisaient grand cas de ses avis, toujours prompts à brandir leur carte bleue pour se procurer les gadgets, les leurres, les instruments d'optique susceptibles selon lui de rendre leur quête plus fructueuse. Ils revenaient souvent avec leurs prises, dont ils exposaient les carcasses jusque dans le magasin, pour exalter leur habileté au maniement du fusil, du piège ou de la canne à pêche.

Gibb n'était jamais avare de louanges et ne revendiquait jamais la part de reconnaissance qui revenait à ses conseils. Il jouissait d'une grande estime, en tant qu'homme de l'art et en tant qu'individu. Ceux qui ne pouvaient se compter au nombre de ses amis le regrettaient.

Quand elle atteignit la demi-salle de bains qui tenait lieu de cabinet de toilette, la porte était fermée. Elle frappa discrètement.

— J'en ai pour une seconde.

— Ricki Sue ?

— C'est toi ?

Ricki Sue ouvrit la porte de l'intérieur. Elle s'épongeait le buste avec une serviette à main humide.

— Je transpire comme une bête. Entre donc.

Kendall ramassa sa traîne et son voile et pénétra dans la minuscule salle d'eau, dont elle referma la porte derrière elle. Malgré le manque d'espace, elle était ravie de se retrouver un moment tranquille, seule à seule avec son amie.

— Ta chambre d'hôtel était convenable ?

Les hôtels étaient rares à Prosper. Kendall avait réservé la meilleure chambre pour Ricki Sue, mais ce n'était pas le grand luxe.

— J'ai déjà plus mal dormi. Et baisé aussi dans de pires conditions, ajouta-t-elle en adressant un clin d'œil à Kendall dans la glace. À ce propos, est-ce que ton beau gosse est aussi appétissant qu'il en a l'air ?

— Je ne raconte jamais mes exploits amoureux, répliqua Kendall, avec un petit sourire emprunté.

— Tu as tort, parce que ça fait partie du plaisir.

Chez Bristol & Mathers, Ricki Sue tenait le personnel en haleine avec le récit de ses frasques. Tous les matins, devant la machine à café, elle ajoutait un épisode au feuilleton de son existence. Certaines de ses histoires paraissaient trop abracadabrantes pour être crédibles. Et pourtant, tout était vrai.

— Tu m'inquiètes, Ricki Sue. C'est dangereux d'avoir des partenaires multiples.

— Je fais attention. Depuis toujours.

— Je n'en doute pas, mais...

— Écoute, ma cocotte, tu ne vas pas me faire la morale. Je fais ce que je peux avec ce que j'ai. Quand on a la touche que j'ai, on prend ce qu'on peut des hommes. Je n'en connais pas beaucoup qui tomberaient raides amoureux de ça. (Elle écarta les bras de part et d'autre de sa personne.) Alors, au lieu d'aller de chagrin d'amour en chagrin d'amour ou de faire éternellement tapisserie pour finir vieille fille acariâtre, j'ai décidé une fois pour toutes de me montrer *accommodante*. Je leur donne ce qu'ils souhaitent et je me débrouille pas mal. Quand il fait noir et que tout le monde est à poil, ils se fichent de savoir si je ressemble au crapaud ou à la princesse, du moment que j'ai ce qu'il faut là où il faut. Dans le noir, c'est toujours agréable.

— C'est une philosophie un peu triste et sordide.

— Ça me convient.

— Et qui te dit que le grand amour ne surgira pas un jour dans ta vie ?

Le rire de Ricki Sue vrombit comme une corne de brume.

— J'ai plus de chances de gagner à la loterie.

Alors son sourire s'évanouit et elle s'assombrit :

— Ne t'y trompe pas. J'échangerais ma vie contre la tienne à la minute. J'adorerais avoir un mari, une tripotée d'enfants braillards et tout le tintouin. Mais puisqu'il ne faut pas trop y compter, je refuse de renoncer aux agréments de la chose. Je prends la tendresse là où je la trouve et telle qu'elle se présente. Je sais que les gens murmurent derrière mon dos : « Comment peut-elle laisser les hommes profiter d'elle de cette manière ? » En vérité, c'est moi qui profite d'eux. Parce que malheureusement...

Elle s'interrompit pour glisser sur Kendall un regard d'envie sans arrière-pensée :

— Toutes les femmes ne sont pas égales au départ. Je ressemble à un veau marin qu'on aurait teint au henné, alors que toi, tu es... toi.

— Ne te déprécie pas. Et puis, je croyais que tu m'aimais pour mes qualités morales, la taquina Kendall.

— Oh, oui, tu es futée. Tellement futée que tu m'en donnes la chair de poule. Et tu as un courage à faire pâlir les machos les plus coriaces que j'aie rencontrés, et j'en ai rencontrés qui n'étaient pas des rigolos !

Abandonnant sa jovialité, elle posa sur Kendall un regard empreint de solennité :

— Je suis contente que les choses aillent bien pour toi ici, ma cocotte. Tu as pris un sacré risque. Tu n'as pas fini, d'ailleurs.

— Dans une certaine mesure, oui, convint Kendall. Mais je ne suis pas inquiète. Le temps a passé. Si j'avais dû me ramasser, ce serait déjà fait.

— Je ne sais pas. Je continue à te trouver folle à lier d'avoir voulu aller jusqu'au bout. Si c'était à refaire, je tenterais encore de t'en dissuader. Matt est au courant ?

Kendall agita la tête.

— Tu ne crois pas que tu devrais lui dire ?

— Pourquoi ?

— Parce que c'est ton mari, s'il faut te mettre les points sur les *i* !

— Justement. En quoi cela changerait-il ses sentiments envers moi ?

Ricki Sue demeura un instant songeuse.

— Qu'en pense ta grand-mère ?

— La même chose que toi, avoua Kendall à contrecœur. Elle m'a suppliée de lui en parler.

Elvie Hancock était la seule famille que Kendall eût jamais connue, s'étant retrouvée orpheline à l'âge de cinq ans. Elle avait élevé Kendall avec affection et fermeté. Pour les questions importantes, Kendall se rangeait en général à son avis. Elle se fiait à son intuition et respectait la sagesse acquise au fil des ans.

Mais pour ce qui était de confesser l'entière vérité à Matt, elles n'étaient pas d'accord. Kendall était persuadée d'avoir raison. Elle déclara tranquillement :

— Grand-mère et toi devez me faire confiance cette fois-ci.

— Bon. Mais si tu vois jaillir de ton placard un cadavre qui te mord les fesses, tu ne pourras pas dire que je ne t'aurai pas prévenue.

Amusée par la métaphore de Ricki Sue, Kendall se pencha pour l'embrasser.

— Tu me manques. Promets-moi que tu viendras me voir souvent.

Ricki Sue replia la serviette avec plus de soin qu'elle n'en méritait.

— Je ne pense pas que ce soit une bonne idée.

Le sourire de Kendall s'étiola.

— Pour quelle raison ?

— Parce que ton mari et son papa ont montré clairement ce qu'ils pensaient de moi. Non, ne t'excuse pas, ajouta Ricki Sue précipitamment pour faire taire les protestations de Kendall. Je me fiche comme d'une guigne de leur opinion. Ils me rappellent trop mes parents engoncés dans leur vertu pour que j'y attache la moindre importance. Oh, flûte, je ne voulais pas dire du mal d'eux, c'est seulement que...

Ses yeux trop maquillés mendiaient l'indulgence de Kendall :

— Je ne veux pas créer de problèmes.

Kendall comprenait parfaitement ce que Ricki Sue tentait d'exprimer et elle ne l'en appréciait que davantage.

— Grand-mère et toi me manquez plus que je ne l'aurais cru, Ricki Sue. Le Tennessee me semble si loin. J'ai besoin d'une amie.

— Fais-t'en une.

— J'ai essayé, sans succès jusqu'à présent. Les femmes d'ici sont polies, mais distantes. Elles m'en veulent sans doute d'avoir débarqué dans leur ville pour leur souffler Matt. Ou alors, c'est mon métier qui les intimide. Elles mènent des vies différentes de la mienne. De toute façon, tu es ma meilleure amie et personne ne peut te remplacer dans ce rôle. Je t'en prie, ne me laisse pas tomber.

— Loin de moi cette idée. Je n'ai pas tellement d'amies moi-même. Mais voyons les choses en face. (Elle posa les mains sur les épaules de Kendall.) À part moi, ta grand-mère est le seul lien qui te rattache encore à Sheridan, dans le Tennessee. Quand elle disparaîtra, tourne le dos à cette ville, Kendall. Largue toutes les amarres, moi comprise. Ne tente pas le diable.

Kendall opina d'un air pensif. Le conseil de son amie ne manquait pas de bon sens.

— Grand-mère ne vivra pas éternellement.

J'aurais aimé qu'elle vienne habiter ici avec moi, mais elle n'a pas voulu quitter sa maison. Cette séparation me met au désespoir. Tu sais la place qu'elle tient dans mon cœur.

— Et vice versa. Elle t'adore. Elle a toujours souhaité pour toi ce qu'il y avait de meilleur. Si tu es heureuse, elle mourra heureuse. C'est tout ce qu'il faut lui souhaiter.

Ricki Sue avait raison. Kendall le savait. Sa gorge se serra.

— Occupe-toi bien d'elle, Ricki Sue.

— Je lui téléphone tous les jours et je vais la voir au moins deux fois par semaine, comme je te l'avais promis.

Elle prit la main de Kendall et la serra dans la sienne pour la rassurer :

— Et maintenant, j'aimerais bien retourner profiter de cette réception, de tout ce champagne et de toutes ces bonnes choses. Je vais peut-être arriver à soutirer une autre danse au pharmacien. Il est mignon, tu ne trouves pas ?

— Il est marié.

— Et alors ? Ce sont généralement ceux qui ont le plus envie de goûter aux petits câlins de Ricki Sue.

Elle tapota son ample poitrine.

— Tu n'as pas honte !

— Désolée, ce mot ne fait pas partie de mon vocabulaire.

Elle écarta Kendall en ricanant et ouvrit la porte :

— J'y vais. Quoique je resterais bien pour voir comment tu te débrouilles.

— Comment je me débrouille pour quoi ?

— Pour faire pipi avec ta robe de mariée sur le dos.

2

— Ce sera tout, mademoiselle ?

La question arracha Kendall à sa rêverie, tissée de souvenirs de son mariage. Elle se rappelait les moindres détails de cette journée, qui lui semblait en même temps totalement étrangère, comme si elle avait été vécue par quelqu'un d'autre, ou dans une autre vie.

— Oui, merci, répondit-elle au caissier.

Malgré le mauvais temps, le Wal-Mart fourmillait de monde. Les allées étaient encombrées de chariots pleins d'une profusion d'articles, allant des patins à roulettes aux épingles à tête ronde.

— Cent quarante-deux soixante-dix-sept. Espèces, chèque ou carte ?

— Espèces.

Le jeune homme ne lui avait pas spécialement prêté attention. Elle n'était qu'une cliente parmi les centaines d'autres qu'il lui faudrait encaisser ce jour-là. Si on l'interrogeait par la suite, il ne se souviendrait pas d'elle et serait incapable de la décrire. Elle ne demandait qu'à se fondre dans l'anonymat.

La nuit dernière, quand elle s'était enfin couchée dans son lit de l'hôpital municipal de Stephensville, elle était épuisée comme jamais elle ne l'avait été de sa vie. Tout son corps l'élançait et la tiraillait. Elle gardait de son escalade éprouvante pour sortir du ravin une infinité de plaies et de bosses qui lui faisaient de plus en plus mal au fur et à mesure que la nuit avançait.

Elle avait appelé de toutes ses forces la bienfaisante inconscience du sommeil, mais elle était restée éveillée jusqu'à l'aube.

Qui êtes-vous ? Qui suis-je ?

C'est mon mari.

Les mots résonnaient dans sa tête. Du creux de son oreiller, elle clignait des yeux sur le plafond insonorisé, en se répétant ces mots et en se demandant s'ils causeraient sa perte ou son salut. Il était trop tard maintenant pour se dédire. Même si c'était possible, elle s'en garderait bien.

Son amnésie ne serait que temporaire. Elle devait en tirer le meilleur parti tant qu'il était prisonnier de cette paralysie de la mémoire. Pourvu que cela lui laisse le temps de se sauver et de sauver Kevin. D'ailleurs, elle n'avait agi jusqu'à présent que dans le but de sauver Kevin. Cet impératif l'autorisait à prendre tous les risques, même les plus aléatoires, comme celui-ci.

Il avait fait une véritable scène quand il avait appris qu'il souffrait d'amnésie. Sa guérison nécessiterait détente et repos, lui avait dit le médecin. Il allait devoir se laisser vivre pour que sa jambe se rétablisse, alors pourquoi ne pas profiter agréablement de ces vacances obligatoires et inattendues? Plus il s'acharnerait à retrouver la mémoire, plus celle-ci lui échapperait. Un esprit soumis à une trop grande tension résiste obstinément à toute sollicitation. On le suppliait à chaque instant de se relaxer.

Mais il n'y parvenait pas, pas même quand, sur le conseil du médecin, Kendall lui avait amené Kevin dans sa chambre. La vue de l'enfant n'avait fait qu'accroître son agitation, qui n'avait cédé que lorsque l'infirmière avait emmené le bébé.

Le médecin, moins fanfaron que la veille, avait tenté de rassurer Kendall.

— Il faut le laisser se reposer cette nuit sans le déranger. L'amnésie est capricieuse. Demain matin, quand il se réveillera, il se peut qu'il se souvienne de tout.

Aux premières lueurs du jour, elle avait revêtu l'uniforme que lui avait prêté l'une des infirmières et elle était retournée, pleine d'appréhension, auprès de lui. La mémoire ne lui était pas revenue pendant la nuit.

À son entrée, il avait pudiquement remonté le drap sur son abdomen. L'infirmière venait de lui faire sa toilette. Il en était manifestement gêné. Elle se retira, en emportant avec elle tout son attirail, et les laissa seuls.

Kendall esquissa un geste mal assuré.

— Cette toilette a dû te faire du bien.

— Un peu. Mais j'ai trouvé ça pénible.

— Les hommes sont en général des malades insupportables. (Elle lui offrit une ébauche de sourire et se rapprocha.) Est-ce que je peux faire quelque chose pour te rendre la vie plus agréable ?

— Non, merci. Et vous, vous allez bien ? L'enfant et... et vous ?

— Par miracle, oui. Kevin et moi sommes sortis indemnes de l'accident.

Il approuva.

— Tant mieux.

Kendall se rendait compte que même ce petit bout de conversation l'épuisait.

— J'ai deux ou trois choses à faire. Si tu as besoin de quelque chose, n'hésite pas à appeler les infirmières. Elles ont l'air compétentes.

Il acquiesça d'un signe, sans autre commentaire.

Elle s'apprêtait à partir lorsque, se ravisant soudain, elle revint sur ses pas et se pencha sur lui pour lui poser un baiser sur le front. Ses yeux, qu'il avait entre-temps fermés, s'ouvrirent brusquement. La surprise réduisit la voix de Kendall à un filet à peine audible.

— Repose-toi bien. Je repasserai plus tard.

Elle quitta précipitamment la pièce. Bientôt, elle abordait une infirmière.

— J'ai besoin de faire quelques courses. Peut-on m'appeler un taxi ?

L'infirmière lui tendit un jeu de clés en riant.

— Un taxi dans cette ville, vous n'y pensez pas ! Ma voiture est à vous jusqu'à la fin de mon service, à 3 heures. Prenez aussi mon imperméable.

Cette manifestation inattendue de générosité lui mit du baume au cœur.

— Merci. Kevin a besoin d'un certain nombre de choses et je ne peux pas continuer à me promener en costume d'infirmière. Il faut vraiment que j'aille au magasin.

L'infirmière lui indiqua le chemin du Wal-Mart et demanda, d'un ton incertain :

— Pardonnez-moi de me mêler de ce qui ne me regarde pas, mais étant donné que toutes vos affaires, pièces d'identité comprises, ont été englouties avec la voiture, avec quel argent comptez-vous payer vos achats ?

— Heureusement, j'avais quelques billets dans la poche de ma veste.

L'infirmière aurait eu un choc si elle avait connu le montant de la somme que Kendall transportait sur elle. C'était plus qu'un peu d'« argent de poche ». Elle avait mis de côté de grosses économies, en prévision d'une catastrophe du genre de celle-ci. Kevin et elle avaient de quoi survivre pendant un bon bout de temps.

— Ils sont humides, ajouta Kendall, mais cela n'enlève rien à leur valeur. J'ai de quoi acheter ce qu'il faut pour Kevin et moi et nous trouver une chambre d'hôtel.

— Dans ce bled, il n'y a qu'un seul motel miteux. Inutile d'aller y dépenser votre argent. Tant que vous aurez besoin d'un lit pour la nuit, vous n'aurez qu'à rester à l'hôpital.

— C'est très aimable à vous.

— Mais non. Et puis, quand votre mari retrouvera la mémoire, il aura besoin de vous, de jour comme de nuit. (Elle lui effleura le bras d'un air compatissant.) C'est lourd à assumer toute seule. Vous êtes sûre que vous ne pouvez pas appeler quelqu'un à la rescousse ? Un membre de votre famille ?

— Personne. Nous avons des familles restreintes. À ce propos, je veux vous remercier, les autres membres du personnel et vous, d'avoir accepté de ne pas parler à mon mari de la personne qui est morte. Il est déjà assez perturbé et bouleversé. Ce n'est pas la peine d'en rajouter.

Le shérif adjoint avait lui aussi admis qu'il était

inutile dans l'immédiat d'annoncer cette nouvelle à l'amnésique. L'officier de police était revenu à l'hôpital le matin même pour informer Kendall de l'état des recherches concernant la voiture. On avait dépêché des plongeurs, lui avait-il dit, mais ils n'avaient pas réussi à retrouver l'épave. Elle avait dû être entraînée à une bonne distance du lieu de l'accident.

Il avait expliqué, en agitant la tête d'un air navré, que personne ne pouvait prévoir où ni quand elle réapparaîtrait.

— Bingham Creek traverse, sur presque tout son parcours, des régions inaccessibles. Le sol est trop gorgé d'eau pour supporter des équipements lourds. Et comme la pluie n'a pas l'air de vouloir s'arrêter, il va sans doute falloir plusieurs jours avant qu'on puisse reprendre les recherches dans de bonnes conditions.

Plusieurs jours.

Il n'existait aucun moyen de vérifier leurs identités. La voiture et tout ce qu'elle contenait étaient pour l'instant perdus corps et biens. Personne ne savait où ils étaient. Il était frappé d'amnésie. Elle avait du temps devant elle.

Si elle gardait la tête froide, avec un peu d'astuce, elle pourrait prendre le large avec une bonne longueur d'avance. En cas d'échec, les conséquences seraient terribles. Mais les conséquences l'avaient-elles jamais empêchée d'agir quand l'action s'avérait nécessaire ? Elle se trouvait dans une situation désespérée quand elle était arrivée à Prosper.

Et encore plus désespérée quand elle s'était enfuie.

— Mademoiselle ?

Kendall reprit ses esprits en s'ébrouant.

— Excusez-moi. Vous me parliez ?

— Ce sera tout ?

Le caissier la considérait avec perplexité. Elle ne voulait surtout pas lui fournir l'occasion de remarquer la femme en costume d'infirmière à l'air hagard et désorienté.

— Oh, oui. Merci.

Elle rassembla prestement ses achats et marcha vers la sortie, qu'obstruait un attroupement de clients peu pressés d'affronter l'averse.

Kendall n'hésita pas. Elle rentra la tête dans les épaules et fonça sous la pluie. Elle gagna, dans sa voiture d'emprunt, la station-service la plus proche et s'y procura le journal local. Elle le parcourut rapidement, puis contourna le bâtiment pour décrocher le téléphone public fixé au mur extérieur.

— Bonjour. J'appelle au sujet de votre annonce dans le journal. Vous avez déjà vendu la voiture ?

⁂

— Ses blessures ne sont pas trop graves ?

— Un tibia fracturé et une estafilade à la tête. C'est tout.

Kendall avait accroché le médecin dans le couloir de l'hôpital. Il était en tenue de ville et aspergé d'une quantité d'eau de toilette qui aurait suffi à parfumer un bataillon entier. Il était visiblement pressé de terminer sa journée de travail pour se consacrer aux réjouissances qui l'attendaient en ce samedi soir, mais Kendall avait quelques questions à lui poser. Devant son regard inflexible qui le suppliait de répondre, il laissa échapper un gros soupir.

— Ses blessures ne sont pas négligeables, mais elles n'ont rien de catastrophique. Si votre mari ne fatigue pas sa jambe, elle sera guérie dans six semaines tout au plus. Nous l'avons déjà levé aujourd'hui pour qu'il s'exerce à marcher avec des béquilles. Il ne gagnera pas le 100 mètres haies, mais il pourra se déplacer. On lui ôtera ses points de suture d'ici une semaine à dix jours. Il aura le crâne un peu sensible pendant quelque temps et il gardera une cicatrice, mais rien de monstrueux. Sa beauté n'en souffrira pas.

— Vous l'avez déjà dit, lui rappela Kendall, agacée par son sourire en coin. C'est son amnésie qui me préoccupe le plus.

— Ça arrive après un état de choc et un coup sur la tête.

— Mais ordinairement, on n'oublie que les quelques minutes qui précèdent l'accident et les heures qui le suivent immédiatement, n'est-ce pas ?

— *Ordinairement* est un mot qui ne signifie rien en médecine.

— Néanmoins, il est plus rare que la mémoire soit complètement effacée, c'est bien ça ?

— C'est plus rare, en effet, admit-il de but en blanc.

Dans l'après-midi, elle avait étudié l'amnésie sous toutes ses formes, en lisant tout ce qu'elle avait pu trouver sur le sujet dans la modeste bibliothèque de l'hôpital. Ses lectures confirmaient les affirmations du médecin. Pourtant, elle n'était pas satisfaite. Elle devait envisager toutes les possibilités, même les plus invraisemblables.

— Et en cas d'amnésie antérograde ?

— Qu'est-ce que vous allez chercher ?

— Dites-moi.

Il croisa les bras, en adoptant l'attitude de celui qui se résigne au pensum auquel il ne peut échapper.

Kendall renchérit, sans se laisser démonter :

— Si j'ai bien compris le principe de l'amnésie antérograde, mon mari peut se révéler incapable de fixer aucune information dans sa mémoire à partir de maintenant. Même s'il retrouve le souvenir d'événements qui se sont passés avant l'accident, il lui sera impossible de se rappeler ceux qui se seront produits entre le moment où il aura perdu la mémoire et celui où il l'aura recouvrée. Sa mémoire aura conservé tout le reste, mais la période située dans l'intervalle aura disparu.

— C'est exact, pour l'essentiel. Mais, comme je vous le disais, il est inutile de s'en inquiéter tant que ce n'est pas arrivé. Et je ne pense pas que ça arrivera.

— Mais ce n'est pas impossible.

— Ce n'est pas impossible. Mais restons optimistes, voulez-vous ?

— Faudra-t-il qu'il reçoive un autre coup sur la tête pour retrouver la mémoire ?

— On ne voit ça que dans les films, répondit-il d'un ton amusé. C'est en général moins spectaculaire. Sa mémoire peut revenir graduellement, morceau par morceau. Ou resurgir tout à coup, d'un bloc.

— Ou ne pas revenir du tout.

— C'est hautement improbable. À moins que votre mari ait une raison de vouloir enfouir définitivement ses souvenirs.

Il arqua un sourcil interrogateur.

Kendall passa outre sa curiosité à peine voilée, mais elle savait qu'elle venait de lui offrir là un beau sujet de dissertation. Il ne résista d'ailleurs pas à la tentation de pérorer.

— Voyez-vous, sa blessure à la tête sert peut-être de prétexte à son subconscient pour oublier quelque chose dont il ne veut pas se souvenir, quelque chose qu'il lui est difficile, voire impossible, d'assumer. (Il versa sur elle un regard pénétrant.) A-t-il une raison de vouloir inconsciemment se réfugier derrière l'amnésie ?

— Êtes-vous habilité à pratiquer la psychologie, docteur ?

La voix de Kendall conservait une douceur de ton trompeuse, alors que ses yeux exprimaient clairement son opinion sur le sujet. Il rougit d'indignation.

— Ce qui m'amène à vous poser une autre question, continua-t-elle sans lui laisser le temps de répliquer. Devrions-nous consulter un spécialiste ? Un neurologue dans un plus grand hôpital, par exemple ?

— C'est fait.

— Ah ?

Cette nouvelle la prit au dépourvu.

— J'ai appelé un hôpital d'Atlanta. J'ai eu le neurologue au téléphone. Je lui ai faxé les résultats des examens et décrit l'état de votre mari et ses réflexes. J'ai précisé que nous ne détections aucune trace d'hémorragie interne au scanner. Que le patient ne présentait aucun signe de paralysie ou d'engourdissement aux extrémités, aucune défaillance de la parole, de la vue, ni réduction de ses aptitudes mentales, en bref aucun des symptômes indiquant la présence de lésions cérébrales.

Il conclut d'un air avantageux :

— Le neurologue a déclaré qu'à son avis le malade avait pris un coup sur la bobine et que sa mémoire avait disjoncté. Son diagnostic est en tout point conforme au mien.

Kendall fut soulagée de l'apprendre. Elle comptait tirer parti de son amnésie, mais ne lui souhaitait pas d'être définitivement handicapé.

Quant au moment où il retrouverait la mémoire, cela restait un gigantesque point d'interrogation. D'un instant à l'autre, ou dans un an. De combien de temps disposait-elle ?

Elle devait tabler sur l'idée que ce temps était limité et agir en conséquence.

Elle sourit au médecin.

— Merci d'avoir pris la peine de me répondre. Pardonnez-moi de vous avoir retardé. Vous avez un rendez-vous galant, ce soir ?

Maintenant qu'elle avait appris ce qu'elle avait besoin de savoir, il fallait le distraire. Le meilleur moyen d'y parvenir consistait à flatter son ego en orientant la conversation sur sa personne. Elle avait souvent employé cette tactique pour détourner l'attention des jurés en cas de témoignage préjudiciable à son client.

— Dîner dansant à l'Elk's Lodge.

— Sympathique. Dans ce cas, je ne vous retiens pas plus longtemps.

Il la salua et se dirigea vers la sortie. Quand il fut hors de vue, Kendall se faufila dans la chambre du malade. À peine entrée, elle hésita sur le seuil.

Une veilleuse luisait faiblement au-dessus du lit. L'abat-jour orientait la lumière vers le plafond, laissant son visage dans l'ombre. Comme elle ne voyait pas s'il avait les yeux ouverts ou fermés, elle sursauta au son de sa voix.

— Je ne dors pas et je voudrais vous parler.

3

Ses semelles neuves grinçaient sur le linoléum quand elle s'approcha du lit. Il demeurait parfaitement immobile, silencieux, attentif, les yeux rivés sur elle.

— Je croyais que tu dormais, murmura-t-elle. Kevin s'est assoupi. Je me suis dit que j'allais en profiter pour venir te voir. Il paraît que tu as dîné à peu près normalement. Quand l'appétit va, tout va, n'est-ce pas ? (Elle mit les poings sur les hanches et exécuta une pirouette parfaite.) Tu aimes ma nouvelle tenue ? Très chic, non ? C'est la grande mode.

Voyant que son bavardage enjoué le laissait sans réaction, elle abandonna ses simagrées et son sourire factice. À sa place, elle n'aimerait pas qu'on l'assomme de banalités et de plaisanteries douteuses. Il était accablé de souffrance, infériorisé par son état d'impuissance et de dépendance, et sans doute tenaillé par la peur, la peur de ne jamais retrouver la mémoire, la peur de ce qu'il découvrirait sur lui-même dans le cas contraire.

— Je suis désolée de ce qui t'arrive, lui dit-elle en toute sincérité. Ce doit être angoissant de ne plus savoir qui on est, d'où on vient, ce qu'on fait dans l'existence, ce qu'on pense et ressent.

Elle s'interrompit pour donner plus de poids à ses paroles :

— Mais ça reviendra.

Il porta la main à son front, le pouce appuyé sur une tempe, le majeur sur l'autre, comme pour forcer son cerveau à livrer ses informations.

— Je ne me souviens de rien. Pas un détail !

Il ramena sa main sur le drap et la regarda avec désespoir :

— Où sommes-nous exactement ?

— Dans une ville qui s'appelle Stephensville. C'est en Géorgie.

Il répéta ces noms, comme pour les confronter à ses souvenirs.

— Nous habitons en Géorgie ?

Elle agita la tête.

— Nous la traversions pour nous rendre en Caroline du Sud.

— Je conduisais, reprit-il. En voulant éviter un tronc d'arbre tombé en travers de la route, j'ai dû redresser trop brusquement. La route était glissante. La voiture a dérapé et a plongé dans le ravin. Elle s'est écrasée contre un arbre avant d'être emportée par la rivière en crue.

Kendall avait soudain la bouche sèche.

— Tu te rappelles tout ça ?

— Non, je ne me rappelle rien. C'est ce que m'a raconté le shérif.

— Le shérif ?

Il décela instantanément l'inquiétude qui perçait dans sa voix et lui jeta un regard ironique.

— Eh oui. Un adjoint. Il est passé tout à l'heure, s'est présenté et m'a posé quelques questions.

— Pourquoi ?

— Pour que je lui réponde, j'imagine.

Il la considéra longuement d'un air songeur avant de rompre le silence :

— Il avait l'air de croire que vous mentiez.

— Mais c'est faux !

— Aïe !

Il porta de nouveau la main à sa tête avec une grimace de douleur.

Kendall s'en voulut aussitôt.

— Pardon, je ne voulais pas crier. Tu as mal ? Tu veux que j'appelle l'infirmière ?

— Non. Ça ira. Il ferma les yeux et poussa un profond soupir.

Pour se faire pardonner son éclat inconsidéré, Kendall saisit la carafe embuée et remplit le verre d'eau. Elle glissa la main sous sa nuque et lui releva doucement la tête. Elle approcha le verre de ses lèvres. Il but plusieurs gorgées avec avidité.

— Assez? demanda-t-elle quand il s'inclina en arrière.

Il acquiesça d'un signe. Elle reposa délicatement sa tête sur l'oreiller et remit le verre à sa place sur la table roulante.

— Merci. Cette migraine est une vacherie, dit-il en soupirant.

— Ça ira mieux dans un jour ou deux.

— Ouais.

Il ne paraissait pas convaincu.

— C'est douloureux, je sais, mais tu peux t'estimer heureux de n'avoir aucune lésion grave. Le médecin a consulté un neurologue d'Atlanta.

— J'ai entendu votre conversation.

— Dans ce cas, tu devrais être rassuré. Ta mémoire peut revenir d'un moment à l'autre.

— Ou dans un bon bout de temps. Ce qui, à mon avis, vous arrangerait.

Prise au dépourvue par cette remarque, elle resta un instant ébahie.

— Je ne comprends pas... Que veux-tu dire?

— Le plus tard sera le mieux, non? N'est-ce pas ce que vous vous dites?

— Pourquoi souhaiterais-je une chose pareille?

— Je n'en ai pas la moindre idée.

Kendall jugea prudent de garder le silence.

Au bout d'un moment, il pointa le menton vers le couloir où elle avait interrogé le médecin sur son état.

— Vous vous êtes documentée sur l'amnésie. À croire que vous vouliez tout prévoir, envisager toutes les éventualités. Et je me suis demandé pourquoi.

— Je voulais savoir ce qui t'attend... enfin ce qui nous attend. N'est-ce pas normal?

— Je l'ignore. Ça l'est?

— Pour moi, oui. Je veux savoir à quoi je m'expose à chaque instant. Je préfère me préparer au pire pour n'être pas désarçonnée s'il se produit. C'est parce que j'ai été orpheline très jeune. Je n'ai jamais complètement surmonté ma peur de l'inconnu.

Se rendant compte soudain qu'elle en disait trop, elle s'interrompit.

— Pourquoi vous taisez-vous tout à coup ? Ça commençait à devenir intéressant.

— Je ne veux pas te brouiller l'esprit avec mes histoires.

Elle souligna ses paroles d'un large sourire dans l'espoir qu'il les prendrait avec humour et comprendrait qu'elles mettaient fin à la discussion :

— Ta jambe te fait souffrir ? s'enquit-elle ensuite.

— Pas vraiment. C'est surtout gênant. Les bleus et les bosses font beaucoup plus mal.

Son bras reposait nonchalamment sur le drap. Du poignet au biceps, la partie qui émergeait de la manche avait une couleur violacée, parsemée de marbrures plus sombres.

— Ce n'est pas joli à voir.

Elle effleura le large hématome, puis laissa sa main s'attarder sur son avant-bras musclé. Elle éprouvait le besoin de le toucher.

Il baissa les yeux sur sa main. Son regard s'arrêta sur l'alliance qu'elle portait au troisième doigt et elle n'en ressentit que plus vivement le flux de chaleur qui se communiquait de sa peau à la pointe de ses doigts pour se déverser en elle. Elle aurait dû éviter ce contact. Et certainement y rester indifférente. Et pourtant, elle ne pouvait se résoudre à retirer sa main.

Il tourna légèrement la tête et l'observa. Il examina attentivement ses traits dans un silence pesant. Son regard cerné d'ombre errait lentement sur son visage. L'inspection dura un temps qui parut à Kendall une éternité. Elle n'osait respirer. Il suivit l'ondulation naturelle de ses cheveux auburn jusqu'à ses épaules.

Le cœur battant, elle demanda :

— Alors ? Ça te revient ?

Il replongea ses yeux dans les siens et elle se demanda s'il se souvenait qu'ils étaient d'un gris très spécial qui suscitait l'admiration des gens en général et la déconfiture des témoins tentés par le parjure en particulier. Quand, reprenant son examen, il s'attarda sur sa bouche, elle perçut au creux de son ventre la sensation que provoque un ascenseur qui monte trop vite. Ou plutôt l'impression qu'on a quand on est pris en faute.

Elle voulut enlever sa main, mais il la rattrapa d'un geste vif et la garda serrée dans la sienne. Il fit tourner l'anneau d'or qui ornait son doigt.

— Pas merveilleux, comme alliance.

Et pour cause. Elle l'avait achetée le matin même au supermarché.

— C'était ce que je voulais.

— Je n'avais pas les moyens de vous offrir mieux ?

— L'argent n'entrait pas en ligne de compte.

— Je ne me souviens pas de l'avoir glissée à votre doigt.

Il la regarda :

— Vous ne me rappelez rien. Vous êtes sûre que nous sommes mariés ?

Elle émit un petit rire qui sonnait faux.

— Là-dessus, je ne risque pas de me tromper.

— Non, mais vous pourriez mentir.

Son cœur chavira. Même amnésique, il conservait intacte sa faculté de la percer à jour.

— Pourquoi mentirais-je ?

— Je ne sais pas. À vous de me le dire.

— C'est ridicule.

Elle tenta encore d'ôter sa main, mais il la retint avec une force étonnante.

— J'ai vraiment beaucoup de mal à le gober.

— Gober quoi ?

— Vous. L'enfant. Toute cette histoire.

La colère le gagnait.

— Pourquoi ne pas me croire ?

— Parce que vous ne m'évoquez rien.

— Mais tu ne te rappelles rien !

— Il y a des choses qu'on n'oublie pas, gronda-t-il en élevant la voix. Je crois que si j'avais couché avec vous, je m'en souviendrais.

Le plafonnier s'alluma si soudainement que la lumière les aveugla.

— Qu'est-ce qui se passe, ici ?

— Nom de Dieu, éteignez cette lampe ! tonna-t-il.

Il mit la main sur ses yeux pour les protéger de l'éclat blafard qui les agressait.

— Éteignez, ordonna Kendall à l'infirmière. Vous ne voyez pas que la lumière lui écorche les yeux et augmente son mal de tête ?

L'infirmière obtempéra. Pendant un moment, personne ne souffla mot. Les dernières paroles qu'il avait prononcées résonnaient encore aux oreilles de Kendall. Pour ne pas croiser son regard, elle finit par s'adresser à l'infirmière :

— Je suis désolée de vous avoir parlé si brusquement. Et d'avoir dérangé votre malade. Cette perte de mémoire nous rend tous les deux nerveux.

— Dans ce cas, laissez la nuit accomplir son œuvre d'apaisement. Le médecin a dit qu'il ne fallait pas essayer de forcer ses souvenirs. (Elle brandit un plateau sur lequel trônait une seringue.) J'étais venue lui faire sa piqûre pour dormir.

Avant de se retourner vers lui, Kendall eut soin de plaquer un sourire sur son visage.

— Plus tu t'acharnes, plus ta mémoire se bloque. Dors bien. À demain matin.

Elle lui effleura vaguement l'épaule et disparut bien vite, avant que son don de double vue ne lui permette de détecter le mensonge dans ses yeux.

⁂

Elle attendit trois longues heures avant d'agir.

Kevin dormait paisiblement dans le berceau, les genoux repliés sous le ventre, le derrière en l'air. Il émettait périodiquement un petit couinement de nourrisson. Kendall y était maintenant habituée.

Elle était beaucoup trop tendue pour dormir ou même pour s'allonger sur son lit d'hôpital. Si elle laissait sa fatigue physique engourdir sa vigilance et le sommeil la gagner, elle manquerait sa chance.

Elle regarda sa montre pour la énième fois. Une heure moins le quart. Elle se donna encore un quart d'heure. Rien ne l'obligeait à respecter un horaire précis. Elle était depuis longtemps programmée pour réagir au fil des circonstances. Mais plus loin elle serait de Stephensville au lever du jour, mieux cela vaudrait.

Elle alla à la fenêtre sur la pointe des pieds, écarta doucement les volets et contempla la nuit brumeuse. La pluie tombait toujours aussi dru. Le voyage en serait plus difficile, mais le mauvais temps s'était révélé providentiel. Sans lui, ils n'auraient jamais effectué ce détour. Sans ce détour, l'accident n'aurait pas eu lieu. Sans l'accident, ils auraient regagné Prosper à l'heure qu'il était. L'intempérie avait été son alliée. Elle n'allait pas s'en plaindre.

La voiture attendait là où elle l'avait garée, un peu plus bas, de l'autre côté de la rue, sur le parking d'un Lavomatique ouvert vingt-quatre heures sur vingt-quatre.

— Les pneus peuvent encore rouler quelques milliers de kilomètres, lui avait assuré le vendeur en pointant le bout de sa savate sur la roue avant gauche. Elle est un peu décatie, mais elle marche bien.

Kendall ne pouvait se permettre d'être trop regardante. De toute façon, c'était la seule occasion vendue par un particulier qu'elle eût trouvée dans les petites annonces locales.

— Je vous en donne mille dollars.

— J'en demande mille deux cents.

— Mille.

Elle avait sorti dix billets de cent dollars de sa poche et les lui avait tendus.

Il avait craché une chique informe dans la boue, considéré l'argent en se grattant la moustache d'un air pensif et pris sa décision.

— 'ttendez ici. J'en ai pour une minute. Les papiers sont dans la maison.

Elle avait ramené la voiture de l'infirmière à l'hôpital, en le priant de la suivre jusqu'au Lavomatique.

— Je vais la laisser ici pour le moment, lui avait-elle dit quand il lui avait remis deux jeux de clés. Je reviendrai la chercher avec mon mari. Je vais vous reconduire chez vous. Excusez le dérangement.

Les billets pliés au fond de sa poche compensaient amplement le dérangement en question. Naturellement, il avait voulu connaître son nom, savoir où elle habitait, quel métier exerçait son mari. Il lui avait posé des dizaines de questions. Kendall lui avait menti avec beaucoup de politesse et d'à-propos.

— Tu es une menteuse-née, lui avait un jour dit Ricki Sue. C'est ce qui fait de toi une si bonne avocate.

Ce souvenir engendra un sourire désenchanté sur les lèvres de Kendall. Elles étaient occupées à confectionner des gâteaux dans la cuisine de sa grand-mère. L'évocation de leurs visages et de leurs voix les rendait aussi présentes que si elles s'étaient trouvées avec elle dans la chambre à cet instant.

Ricki Sue avait mis dans sa remarque un ton de reproche, mais Kendall l'avait prise comme un compliment.

— Attention, Ricki Sue, avait protesté sa grand-mère, en disant cela, tu l'encourages dans cette voie. Et Dieu sait qu'elle n'a pas besoin d'encouragements pour raconter des bobards.

— Je ne raconte pas de bobards ! s'était insurgée Kendall.

— Ça, c'est le plus gros de tous.

Sa grand-mère avait brandi vers elle une cuillère en bois accusatrice, toute dégoulinante de pâte :

— Combien de fois ai-je été convoquée à l'école,

quand tu étais petite, pour rectifier les histoires à dormir debout que tu racontais à tes petites camarades ?

Elle avait confié à Ricki Sue en aparté : « Elle passait son temps à fabuler. »

— Il m'arrivait d'arranger un peu la vérité pour l'améliorer, s'était défendue Kendall en reniflant avec dédain. Mais je n'appelle pas ça mentir.

En songeant à ces deux femmes, qui lui manquaient si cruellement, Kendall sentit sa gorge se nouer. Ce n'était pas le moment de s'attendrir et de se laisser paralyser par le chagrin. Elle devait agir sans perdre plus de temps. Avant que l'homme qui lisait en elle à livre ouvert ne recouvre la mémoire.

Elle jeta encore un coup d'œil à sa montre. Une heure. Il fallait y aller.

Elle se dirigea vers la porte à pas feutrés, l'ouvrit et glissa un regard prudent dans le couloir. Il y avait deux infirmières de garde. L'une était absorbée dans la lecture d'un roman, l'autre était suspendue au téléphone.

Dans la soirée, Kendall était sortie discrètement de l'hôpital pour entasser leurs maigres effets dans la voiture. Elle n'avait plus qu'à prendre son bébé.

Elle revint auprès du berceau, glissa la main sous le ventre de l'enfant et le retourna délicatement. Une moue réprobatrice plissa son visage, mais il ne se réveilla pas, même lorsqu'elle le souleva pour le caler dans ses bras.

— Tu es un bon garçon, murmura-t-elle. Maman t'aime, tu sais ? Et je suis prête à tout, à tout, tu m'entends, pour te protéger.

Elle se faufila hors de la chambre. Après tant d'heures passées dans l'obscurité, le couloir lui parut intensément éclairé. Elle accorda à ses yeux quelques secondes précieuses pour s'adapter à la clarté, puis se mit à avancer furtivement.

Si elle parvenait à atteindre l'intersection de l'autre couloir sans être vue, elle serait libre. Mais elle avait dix mètres à franchir à découvert. Si l'une des infirmières la surprenait, elle avait une explication toute prête : Kevin avait des gaz, il était agité. Elle le promenait pour le calmer.

On la croirait sur parole, mais elle n'aurait plus qu'à renoncer à son projet. Il lui faudrait réessayer la nuit prochaine. Chaque heure comptait ; demain, ce serait peut-être trop tard. Elle devait disparaître cette nuit.

Elle veillait à marcher rapidement et en silence. Les yeux fixés sur les deux infirmières, elle évaluait la distance qui la séparait de l'angle. Combien de mètres à parcourir encore ? Trois ? Cinq ?

Kevin eut un renvoi.

Le rot fit à Kendall l'effet d'un coup de canon. Mais apparemment, elle fut seule à l'entendre. L'une des infirmières lisait toujours, l'autre s'animait au téléphone.

— Alors je lui ai dit que s'il allait au bowling trois soirs par semaine, je ne voyais pas en quoi cela le gênait que je travaille la nuit. Il m'a répondu : « C'est pas pareil. » En effet, je lui ai dit, le bowling, ça ne rapporte pas un rond.

Kendall ne s'attarda pas pour connaître le dénouement de cette scène de ménage. Arrivée au coin, elle s'engagea dans l'autre couloir. Sauvée !

Elle s'adossa au mur, ferma les yeux et respira profondément en comptant lentement jusqu'à trente. Quand elle fut certaine de n'avoir pas éveillé l'attention des infirmières, elle rouvrit les yeux.

Lui, en revanche, il était bien réveillé.

4

Il lui plaqua la main sur la bouche.

Ce n'était pas vraiment nécessaire. Elle était trop abasourdie pour crier. Elle s'en serait gardée de toute manière. La nuit où elle avait fui Prosper, la situation était autrement plus terrifiante et elle n'avait pas crié.

Il n'empêche qu'elle était ahurie. Il semblait avoir jailli du mur. Comment avait-il réussi à s'approcher d'elle sans qu'elle s'en aperçoive ?

Dans l'état d'affaiblissement où il se trouvait, il n'aurait dû lui inspirer aucune crainte. Il s'appuyait de tout son poids sur une paire de béquilles. Il avait un teint de cire, les lèvres pratiquement dépourvues de couleur. De toute évidence, il souffrait horriblement.

Pourtant, il n'y avait aucune faiblesse dans son regard. Du fond de leurs orbites creusées par la fatigue, ses yeux la transperçaient. Kendall sentit son cœur cogner dans sa poitrine.

Elle agita négativement la tête, avec fermeté, pour lui signifier qu'elle n'avait pas l'intention d'émettre le moindre son qui puisse les trahir. Il ôta lentement sa main.

L'infirmière poursuivait imperturbablement sa litanie de doléances au téléphone. L'autre n'avait pas levé les yeux de son livre. Elles ne se doutaient pas une seconde que l'un de leurs patients avait quitté son lit.

Il avait enfilé une tenue verte empruntée à la salle d'opération. La jambe droite du pantalon, trop étroite pour recevoir le plâtre, était fendue de bas en haut. La déchirure était tellement grossière qu'on aurait dit qu'il avait coupé le tissu à coups de dents. Kendall l'en croyait bien capable. Il avait l'air hagard, mais sa mâchoire exprimait la détermination. Il aurait accompli n'importe quelle prouesse pour sortir de son lit et s'habiller.

Kendall lui fit signe de la suivre. Il la considéra d'un œil méfiant, mais ne tenta pas de la retenir quand elle s'éloigna dans le couloir. Le médecin avait raison : il maniait les béquilles avec dextérité. Les bouts de caoutchouc ne faisaient presque aucun bruit en frappant les dalles du sol.

Ils dépassèrent la chambre qu'il avait occupée et continuèrent vers la sortie sur laquelle s'achevait le corridor. Au-dessus de la barre d'ouverture, un panneau signalait que cette porte n'était à utiliser qu'en cas d'urgence et que son ouverture déclencherait une alarme.

Kendall posa la main sur la barre. D'un geste vif et souple, quasiment imperceptible à l'œil humain, il leva l'une de ses béquilles et la dressa horizontalement à hauteur de sa poitrine.

Elle le rabroua des yeux, sourcils froncés, en chuchotant :

— Pas de problème. Fais-moi confiance.

— Pas question.

À force de gestes et de mimiques exagérées, elle finit par le convaincre qu'il n'arriverait rien si elle ouvrait la porte. Il lui adressa un regard sévère, menaçant, avant de rabattre sa canne.

Kendall appuya sur la barre. Elle s'abaissa avec un déclic, sans déclencher la moindre alarme. Kendall s'arc-bouta et poussa la porte.

Elle s'immobilisa, attentive aux bruits, mais seul parvenait à ses oreilles le cliquetis de la pluie sur les flaques qui s'étaient formées sur l'herbe rare du jardin et sur l'asphalte de la voie d'accès à la rue.

Kendall lui tint la porte pour lui permettre de la franchir en boitillant. Elle ne lâcha le battant que lorsqu'un nouveau déclic lui indiqua que le verrou avait repris sa place.

Alors seulement elle s'autorisa à parler, à voix basse :

— Tu vas être trempé.

— Je ne fondrai pas.

— Attends-moi ici et...

— Jamais de la vie !

— Tu me crois vraiment capable de partir en te laissant ?

Il lui lança un regard dissuasif.

— Pas de discussion, d'accord ? Allons-y.

— Bon. Par ici.

— Je sais. La Cougar bleu marine stationnée devant le Lavomatique.

Indifférent à la pluie, il partit à l'assaut du trottoir. Kendall serra Kevin contre elle et, s'étant assurée que la couverture lui protégeait bien le visage, elle emboîta le pas à l'homme aux béquilles.

Quand ils atteignirent la voiture, il tremblait de froid, de douleur et d'épuisement. Kendall lui ouvrit en hâte la portière de droite avant de revenir du côté du conducteur. Lors d'une deuxième visite au Wal-Mart, elle avait acheté un siège d'enfant pour Kevin. Elle l'y sangla étroitement et remplaça la couverture de flanelle humide par une sèche. L'enfant remua les lèvres et fit entendre un bruit de succion, mais ne s'éveilla pas. Elle avait encore deux heures devant elle avant sa prochaine tétée. Elle avait planifié son évasion en fonction de ses horaires d'allaitement.

Elle s'installa au volant, attacha sa ceinture, introduisit la clé de contact. La voiture démarra aussitôt.

— Vous avez fait un bon achat. Je vous ai vue de ma chambre, expliqua-t-il en réponse à son regard interrogateur. Qui était ce vieux bonhomme en blouse ? Un de vos amis ?

— Un parfait étranger. J'ai répondu à une annonce.

— C'était bien ce que je pensais. Comment saviez-vous que l'alarme ne sonnerait pas à l'ouverture de la porte ?

— J'ai vu l'homme de ménage sortir par là ce matin. J'ai vérifié un peu plus tard dans la journée. Rien. J'espérais seulement qu'elle n'était pas programmée pour se brancher automatiquement à une certaine heure.

— De toute façon, vous aviez une explication toute prête au cas où l'alarme retentirait, n'est-ce pas ? N'êtes-vous pas toujours préparée au pire ?

— Tu n'es pas obligé d'être désagréable.

— Et pourquoi pas ? Pourquoi me montrerais-je aimable envers une femme qui prétend être mon épouse, mais s'apprêtait à m'abandonner.

— Je n'avais pas l'intention de t'abandonner. J'allais te chercher dans ta chambre quand...

Il l'interrompit. Sa voix avait la sécheresse caustique du papier de verre.

— Écoutez. Vous preniez la fuite en pleine nuit et vous ne comptiez pas du tout m'emmener avec vous. Vous le savez. Je le sais.

Il se tut, puis reprit :

— J'ai trop mal à la tête pour discuter, alors...

Le souffle lui manqua. Son corps s'affaissa, terrassé par l'effort que lui avait coûté ce long discours. D'un geste las de la main, il lui suggéra de se mettre en route.

— Tu as froid ? demanda-t-elle.

— Non.

— Tu es tout mouillé.

— Mais je n'ai pas froid.

— Bon.

Le centre de Stephensville n'était pas très important, même si la bourgade comportait quelques commerces et une banque aux quatre coins des principaux carrefours. Tous les bâtiments baignaient dans l'obscurité, à l'exception du bureau du shérif. Elle bifurqua plus tôt qu'il ne fallait, pour l'éviter.

— Savez-vous où vous allez ? s'informa-t-il.

— Pourquoi n'essaies-tu pas de dormir ?

— Parce que je me méfie. Si je somnole, vous seriez capable de me jeter de la voiture à la première occasion.

— Si j'avais voulu me débarrasser de toi, je ne t'aurais pas sorti de l'épave. Je n'avais qu'à te laisser mourir.

Il sombra dans un silence morose qui dura plusieurs minutes.

Kendall pensa qu'il avait suivi son conseil et s'était endormi, mais lorsqu'elle se tourna vers lui, elle surprit son regard rivé sur elle avec la fixité de celui d'un tireur qui encadre sa cible dans le viseur de sa lunette.

— Vous m'avez sorti de l'épave ?

— Oui.

— Pourquoi ?

Elle émit un petit ricanement.

— Un geste d'humanité.

— Pourquoi me sauver la vie pour ensuite me laisser croupir seul et sans ressources dans un hôpital de province ?

— Je n'avais pas l'intention de te laisser.

— C'est faux.

Elle poussa un soupir excédé.

— Après notre conversation, tout à l'heure, dans ta chambre, je me suis rendu compte que tu avais aussi peu confiance en ce médecin que moi. J'ai alors pensé qu'il valait mieux t'emmener ailleurs pour avoir un autre avis. Plutôt que de me lancer dans des explications oiseuses, comme je ne voulais pas les blesser à cause de la gentillesse qu'ils nous ont manifestée à Kevin et à moi, j'ai préféré organiser un départ à la sauvette.

— Et si j'avais été sous somnifères ?

— Encore mieux. Je ne serais pas obligée de répondre à tes questions.

Elle lui jeta un regard de biais :

— L'infirmière ne devait-elle pas te faire une piqûre ?

— Elle a essayé. J'ai insisté pour qu'elle me donne plutôt un cachet, que je n'ai pas avalé. Moi aussi, j'aime bien être prêt à toute éventualité. Mon instinct m'a averti que vous mijotiez quelque chose dans ce goût-là. Auquel cas, je préférais rester éveillé.

Kendall glissa un regard au vêtement vert humide qui lui collait à la peau.

— Tu as chipé ça dans un placard ?

— Ça valait mieux que de me balader les fesses à l'air. C'est en Caroline du Sud que nous allons ?

— Dans le Tennessee, plus exactement.

— Pourquoi ce changement de programme ? Qu'est-ce qu'il y a dans le Tennessee ?

— Si je te le dis, tu ne me croiras pas. Alors attends de voir.

— Qu'est-ce qu'on a fait ?
— Comment ?
— On dirait que nous sommes en cavale. Quel crime avons-nous commis ?
— Mon Dieu, d'où te vient une idée pareille ?
— Cela parait plus vraisemblable que le baratin dont vous m'abreuvez.
— Qu'est-ce qui te paraît invraisemblable ?
— Tout. Que nous sommes un couple marié avec un enfant, pour commencer. Que vous aviez l'intention de m'emmener en filant à l'anglaise. Je n'en crois pas un mot. Vous mentez habilement. Ne le niez pas et ne me demandez pas comment je le sais. Je le sais, c'est tout. Vous inventez au fur et à mesure.
— Tu te trompes.

Sa protestation naissait de son angoisse, plus que de son indignation. L'instinct viscéral auquel il semblait se fier aveuglément se révélait infaillible. À part sa grand-mère, personne n'avait jamais su lire en elle aussi clairement. Dans d'autres circonstances, elle aurait admiré sa clairvoyance, mais dans les conditions présentes, elle en redoutait les effets tragiques.

Il lui fallait à tout prix jouer le rôle difficile de l'épouse aimante, sans plus éveiller ses soupçons. Après tout, cette situation n'était que temporaire. Elle devait pouvoir rester convaincante pendant encore quelque temps.

Ils sombrèrent dans le silence. On n'entendait plus dans la voiture que le chuintement obnubilant des pneus sur l'asphalte humide et le battement rythmique des essuie-glaces.

Kendall enviait le sommeil paisible de Kevin et son insouciance. Elle aurait donné n'importe quoi pour pouvoir se reposer, fermer les yeux et se livrer au sommeil. Mais il était pour le moment hors de question d'y songer. Elle ne commencerait à respirer que lorsqu'ils seraient loin de Stephensville et de son shérif trop curieux.

Rassemblant ce qu'il lui restait d'énergie, elle serra

plus fort le volant et accéléra de façon à rouler en toute sécurité et en respectant les limitations de vitesse, mais à bonne allure.

⁂

Il avait l'impression de courir dans un tunnel obscur, interminable, devant une locomotive qui fonçait sur lui. Il ne pouvait la voir et ne pouvait lui échapper. Il ne lui restait qu'à se préparer au choc. Le pire était l'attente de l'inévitable. Il en venait à souhaiter que la collision se produise au plus vite, pour en finir avec ce grondement incessant qui vibrait dans son crâne à lui en exorbiter les yeux.

L'inconfort n'épargnait aucune parcelle de son corps. Ses membres étaient perclus de crampes et de courbatures, mais il savait, avant même d'essayer, qu'il ne fallait pas espérer étirer ses muscles endoloris. Il avait les fesses engourdies d'être trop longtemps resté assis dans la même position et il aurait un torticolis au réveil pour avoir dormi la tête de travers. Ses vêtements étaient trempés. Il avait faim et il avait envie de faire pipi.

Surtout, il avait encore fait ce même rêve.

Emmuré dans son cauchemar, il ne pouvait éviter les pleurs de l'enfant, qui lui paraissaient plus proches et plus nets que d'habitude et l'avaient arraché à son profond sommeil. Son esprit revenu à la conscience l'incitait à s'éveiller complètement, mais il résistait. Malgré l'horreur de ce rêve récurrent, il le préférait encore à la réalité.

Pourquoi ?

Alors il se souvint.

Il se souvint qu'il ne se souvenait plus.

Il était amnésique, à cause sans doute de quelque défaillance de sa machine intérieure. Le beau parleur au stéthoscope avait lui-même mis le doigt sur la nature psychologique de ce faux-fuyant de l'âme.

Cela le rebutait et le mettait en rage de penser qu'il était lui-même responsable de son propre mal. Il devrait pouvoir se souvenir s'il s'y efforçait vraiment.

Il fouilla les recoins sombres de sa mémoire, dans l'espoir d'y déceler une lueur. Quelque chose. N'importe quoi. Un indice. Un signe. Une miette d'information sur lui-même.

Mais c'était le vide. Pas la moindre clarté. Sa vie d'avant son réveil à l'hôpital se réduisait à un néant aussi opaque et dépourvu de lumière qu'un trou noir.

Pour se soustraire au harcèlement des questions sans réponse, il ouvrit les yeux. Il faisait jour, mais sans soleil. La pluie écrasait sur le pare-brise de grosses gouttes, qui se mêlaient pour former des rigoles obtuses sur le verre.

Son front était appuyé contre la vitre de la portière, qui lui communiquait une fraîcheur agréable. Il n'osait bouger, mais s'y décida pourtant. Il releva lentement la tête. Sa migraine était moins violente que la veille, mais battait encore des records.

— Bonjour.

Il se tourna vers celle à qui appartenait la voix.

Ce qu'il vit alors le terrifia au-delà de toute expression.

5

Elle allaitait son bébé. Elle avait incliné le dossier de son siège aussi bas que possible. Sa nuque reposait sur l'appuie-tête. Ses cheveux, qu'elle n'avait pas coiffés depuis la pluie de la veille, avaient séché en formant une masse blonde de mèches emmêlées. De grands cernes obscurs soulignaient ses yeux. Elle était échevelée, mais l'expression d'absolue félicité qui éclairait son visage l'auréolait de beauté.

Elle réitéra son bonjour. Lui, il tentait en vain de détourner les yeux. Il marmonna une réponse.

Elle ne mettait dans son attitude aucune provocation. Elle avait jeté un lange sur son épaule pour se couvrir la poitrine. On ne voyait pas un pouce de chair. Du bébé lui-même il n'apercevait que l'ondulation qu'imprimaient ses mouvements à la couverture. Mais elle était l'image du bonheur maternel.

Pourquoi ce spectacle l'inondait-il de sueur froide ? Qu'est-ce qui n'allait pas chez lui ?

Une nausée s'emparait de lui. Les battements de son cœur s'étaient accélérés et il était saisi de claustrophobie, comme si toutes ses voies respiratoires s'obstruaient soudain et que son prochain souffle devait être le dernier.

Partagé entre la répulsion et la fascination, il aurait voulu fuir au plus vite cette femme et son enfant, se replier le plus loin possible, et en même temps il ne pouvait en détacher ses regards. L'aura de paix qui les environnait, une paix telle qu'il était certain de n'en avoir jamais connue, exerçait sur lui une attraction irrésistible. L'évidente satisfaction qui émanait d'elle lui était étrangère. Elle suscitait tout naturellement son envie.

Ou alors, pensa-t-il avec dégoût, cette attirance répondait à des pulsions malsaines. Dans ce cas, il n'était qu'un névrosé animé d'un goût pervers pour les mères qui nourrissaient au sein.

Il ferma résolument les yeux et se pinça l'arête du nez assez fort pour faire naître des larmes. Peut-être n'avait-il pas survécu à l'accident finalement. Peut-être qu'il était mort et que l'hôpital n'avait été qu'un purgatoire, un intermède avant le supplice éternel.

Car ceci ne pouvait être que l'enfer.

— Comment te sens-tu ?

Il dut avaler un filet de salive acide avant de pouvoir parler.

— Comme si j'avais accumulé toutes les gueules de bois de l'histoire en les multipliant par dix.

— Je suis désolée. J'espérais qu'on ne te réveillerait pas. Tu as continué à dormir pendant tout le temps où je l'ai changé.

— À ce propos...

— Là-bas.

Suivant la direction qu'elle lui indiquait du bout du menton, il se tourna vers la fenêtre striée de pluie. Elle s'était arrêtée sur une aire de repos en bordure de la route ; il n'y avait pas d'autre voiture que la leur. Les tables de pique-nique étaient assaillies de mauvaises herbes. Les poubelles, qui débordaient de détritus, étaient rongées de rouille. L'endroit semblait à l'abandon.

— Malheureusement, les toilettes ne sont pas très propres, précisa-t-elle. Celles des femmes en tout cas. Ce n'était pas très ragoûtant, mais je n'avais guère le choix.

— Moi non plus. (Il posa la main sur la poignée.) Serez-vous encore là quand je reviendrai ?

Elle feignit d'ignorer l'animosité contenue dans l'allusion.

— Si tu veux bien attendre que Kevin ait fini, je te donnerai un coup de main.

Le petit poing de l'enfant avait jailli de sous la couverture pour agripper son chemisier. Les doigts minuscules s'ouvraient et se fermaient, s'ouvraient et se fermaient.

— Merci quand même, grommela-t-il. Mais je peux me débrouiller tout seul.

Quelques mètres seulement le séparaient du piètre bâtiment de béton. Il se soulagea dans un urinoir douteux avant de s'approcher d'un lavabo dont le robinet égouttait une eau roussâtre. Il se lava les mains et ne trouva rien pour les essuyer. Mais c'était sans importance. Elles seraient moites à nouveau quand il aurait regagné l'auto. Il n'y avait pas non plus de miroir. C'était sans doute préférable. Il devait ressembler au survivant malchanceux d'une guerre interminable et atroce. C'était en tout cas l'effet qu'il se faisait.

Quand il rejoignit la voiture, le bébé avait repris sa place sur son siège.

— Il y a une ville à huit kilomètres, annonça Kendall en démarrant. Nous allons nous y arrêter pour avaler un café. Ensuite, nous appellerons le service de neurologie le plus proche.

Le trajet jusqu'au chalet d'aisances avait épuisé le peu de forces qu'il avait.

— Un café sera le bienvenu, approuva-t-il en tâchant de ne pas laisser paraître sa faiblesse. Mais je ne veux pas voir d'autre médecin.

— Tu perds l'esprit ! Tu es dans un état lamentable !

— Je suis commotionné. Si j'évite les efforts pendant quelques jours, je m'en remettrai. Et il n'y a que le temps qui puisse guérir ma jambe en miettes. Alors à quoi bon aller encore consulter un médecin et dépenser inutilement de l'argent pour entendre le même refrain ?

— Tu souffres constamment. Il faut au moins qu'on te prescrive des calmants.

— Je prendrai de l'aspirine.

— Et que fais-tu de ton amnésie ? Tu devrais demander l'avis d'un spécialiste.

— Pour que vous fichiez le camp pendant que je serai en consultation ?

— Je ne te laisserai pas.

— Écoutez, je ne sais pas qui vous êtes ni à quoi vous jouez, mais je ne vous quitterai pas d'une semelle tant que je ne l'aurai pas découvert. Je ne vous donnerai plus l'occasion de vous évaporer. (Il allongea le cou en direction du volant.) Allons-y. J'ai grand besoin de ce café.

La ville consistait en une petite bourgade agricole, sœur presque jumelle de Stephensville. Kendall ralentit pour s'accorder à la limitation de vitesse dans la rue principale.

— Arrêtons-nous là, dit-il en désignant un café coincé entre une mercerie et la poste.

Plusieurs camionnettes stationnaient le long du trottoir délabré, dont tous les parcmètres affichaient un dépassement du temps autorisé. C'était apparemment le lieu de rendez-vous où se retrouvaient les autochtones pour bavarder autour d'un premier café, même les dimanches matin pluvieux.

— Tu as faim ? lui demanda-t-elle.

— Oui.

— Je vais nous acheter des snacks à emporter pour que tu n'aies pas à sortir. Surveille le bébé.

Le bébé. Il jeta un regard inquiet à l'arrière. Parfait. Il dormait. Tant qu'il dormirait, tout irait bien. Mais sinon ? S'il se réveillait et se mettait à pleurer ? Cette seule pensée le plongea dans un état d'angoisse aiguë, dont il ne parvenait pas à comprendre la raison.

Il ne retrouva une respiration régulière que lorsqu'elle émergea du café quelques minutes plus tard, avec deux gobelets et un grand sac de papier blanc. Il ôta le couvercle de la tasse qu'elle lui tendait et l'arôme succulent du café frais envahit l'habitacle.

— Ah.

Il but une gorgée, esquissa une grimace et la regarda avec perplexité :

— Pourquoi ne l'avez-vous pas sucré ?

Elle retint son souffle ; ses lèvres s'entrouvrirent, mais aucun son n'en sortit. Elle gardait les yeux fixés sur lui et soudain, elle se détendit, fronça les sourcils et redressa la tête d'un air de reproche attendri.

— Depuis quand mets-tu du sucre dans ton café ?

Il prit une autre gorgée sans la quitter des yeux, savourant l'âpre café noir, qu'en réalité il préférait ainsi. Il lui avait tendu ce qu'il croyait être un piège habile, mais elle était trop maligne pour y tomber.

— Vous êtes futée, s'extasia-t-il à contrecœur. Drôlement futée.

— Je ne vois pas ce que tu veux dire.

Il se renfrogna et lui prit le sachet des mains.

— Qu'avons-nous pour le petit déjeuner ?

Il avait déjà inspecté deux hot-dogs quand il s'aperçut qu'elle avait retiré la saucisse du sien :

— Vous avez empoisonné la viande ou quoi ?

— Oh, je t'en prie, le gronda-t-elle.

— Alors qu'est-ce que vous y trouvez à redire ?

— Rien de particulier, répondit-elle en mordant dans son petit pain nature. Je ne mange plus de porc, c'est tout.

— Plus ? Ce qui veut dire que vous en mangiez avant. Qu'est-ce que vous avez contre le porc ?

Elle lécha les miettes grasses qui lui collaient aux doigts.

— Nous avons peut-être à parler de choses plus importantes. Tu devrais me laisser t'emmener chez un médecin.

— Non. Non, répéta-t-il d'un ton sans réplique en la voyant prête à insister. J'ai seulement besoin de vêtements secs et d'aspirine.

— Bon. D'accord. C'est ta tête après tout.

— J'aimerais savoir comment je m'appelle.

— Quoi ?

Elle se figea en plantant sur lui des yeux affolés qui ne cillaient même pas.

— À l'hôpital, tout le monde prenait bien soin de ne pas m'appeler par mon nom. Même quand le shérif m'a interrogé, il ne l'a jamais prononcé.

— Ordre du médecin. Il ne voulait pas qu'on sème le trouble dans ton esprit.

— Comment je m'appelle ?

— John.

— John, murmura-t-il pour éprouver la sonorité du nom.

Il ne lui semblait pas incongru. Mais ce n'était pas non plus nécessairement celui qui lui allait le mieux.

— Et vous ? demanda-t-il ensuite.

— Kendall.

Ces prénoms ne lui évoquaient rien. Rien du tout. Il lui adressa un regard soupçonneux.

Elle avait presque trop d'innocence dans la voix quand elle demanda :

— Ça te dit quelque chose ?

— Non. Parce que je suis à peu près certain que vous mentez.

Elle ne l'honora même pas d'un commentaire. Elle se contenta de démarrer. Ils roulèrent une heure environ avant d'arriver dans une ville équipée d'un magasin ouvert le dimanche.

— Donne-moi ta liste, lui dit-elle quand elle eut garé la voiture.

Elle inscrivit les objets de toilette qu'il lui énumérait.

— Et des vêtements, ajouta-t-il.

— Rien de particulier ?

— Non, juste des vêtements. Et un journal, si possible.

— Un journal ?

Elle hésita avant d'ouvrir la porte en hochant la tête :

— Cela risque de prendre un peu de temps. J'ai moi aussi un certain nombre de choses à acheter.

Elle n'eut pas le temps de sortir qu'il lui demandait :

— Comment allez-vous payer ?

— En liquide.

— Où en avez-vous trouvé ?

— Je l'ai gagné, répliqua-t-elle sèchement en écartant la portière.

Il la retint encore.

— Attendez. Il faut que je vous donne mes tailles.

Elle se pencha sur le siège et pressa sa main sur son genou.

— Idiot. Je les connais.

Ce geste intime, familier et si naturel déclencha comme un choc électrique qui l'ébranla tout entier.

En la regardant se diriger vers l'entrée du magasin, il se demanda pour la centième fois : « *Qui est cette femme, quel lien y a-t-il entre elle et moi ?* »

Cinq minutes plus tard, le bébé commença à s'agiter. Il accueillit d'abord ses pleurs avec indifférence, mais comme ils devenaient plus pressants, il se retourna vers l'enfant qui se lamentait sans raison apparente.

Il essaya de le calmer, mais les cris s'intensifièrent jusqu'à atteindre un volume assourdissant. Il se mit à transpirer. La sueur se formait sous ses aisselles et coulait sur son torse. Elle perlait à son front. Il étouffait, mais n'osait ouvrir la vitre de peur que les vagissements n'attirent l'attention.

« *Seigneur, qu'est-ce qu'elle fabrique ? Pourquoi est-elle si longue ?* »

Elle entendit pleurer son bébé alors qu'elle était encore loin. Elle s'élança au pas de course et faillit arracher la portière du conducteur tant elle l'ouvrit avec véhémence.

— Qu'est-ce qui arrive à Kevin? Que s'est-il passé?

Elle lui jeta ses sacs sur les genoux et avança le siège. La seconde d'après, elle berçait l'enfant dans ses bras en lui fredonnant un air apaisant.

— Pourquoi n'as-tu rien fait? s'indigna-t-elle. Pourquoi l'as-tu laissé pleurer comme ça, sans réagir?

— Je ne savais pas quoi faire. Je ne connais rien aux bébés.

— Eh bien, tu devrais.

Elle serra l'enfant plus fort contre elle, le cala contre son épaule et lui tapota le dos :

— Voilà, voilà, mon cœur. C'est fini. Maman est là.

Elle l'inclina sur son bras gauche et releva le pan de son chemisier.

L'espace d'une demi-seconde, il entrevit un sein gonflé de lait et la pointe d'un mamelon qui disparut presque aussitôt dans la bouche du bébé.

Comme il gardait les yeux rivés sur l'enfant qui tétait sa mère, elle lui jeta un regard de défi.

— Quelque chose te gêne?

Quelque chose le gênait, en effet, mais il ne savait pas quoi. Il se détourna pour contempler la vitre embuée. Si elle était sa femme, comme elle le prétendait, pourquoi avait-il éprouvé un sentiment de culpabilité en lorgnant sa poitrine? Si elle était la mère de son enfant, son fils, pourquoi la notion de maternité, et tout ce qui s'y rapportait, soulevait-elle sa répulsion?

Dieu, quelle sorte d'homme était-il?

Ces questions angoissantes aiguisaient douloureusement sa migraine. Il ferma les yeux et tenta de se couper des deux êtres qui, si près de lui, attisaient son trouble.

6

Il feignait encore de dormir quand ils reprirent la route. Elle conduisit en silence avant de s'arrêter de nouveau, sans même lui demander son avis. Il disparut dans les toilettes pendant qu'elle remplissait le réservoir. Cette fois, il y avait une glace. C'était bien ce qu'il pensait : il ressemblait à un masque de carnaval. Il songea à se raser, puis se ravisa. Pour ce que ça changerait, il ne voulait pas lui laisser le temps de filer sans lui.

Il sortit pour la trouver cernée par un trio d'adolescents. Ils l'avaient acculée contre un distributeur automatique et l'empêchaient de passer. Elle avait les deux mains encombrées de casse-croûte et de canettes de boissons.

— Ce n'est pas drôle, les gars, protesta-t-elle en essayant de contourner le plus grand des trois.

— Moi, je trouve ça drôle, dit celui-ci. Tu ne trouves pas ça drôle, Joe ?

— Très drôle, affirma Joe en souriant bêtement.

— Nous voulons seulement faire connaissance, renchérit le troisième.

— Allez, dis-nous comment tu t'appelles, ma jolie.

— Tu n'es pas du coin, hein, la belle ?

— Non, répondit Kendall d'un ton sec. Et je m'en félicite. Maintenant, laissez-moi passer ou...

— Ou quoi ? demanda Joe en approchant son visage du sien d'un air goguenard.

— Ou je vous botte les fesses.

Des quatre personnes qui se retournèrent, Kendall fut de loin la plus étonnée. Oubliant les jeunes gens qui se dressaient entre eux, elle supplia :

— Ne t'en mêle pas, je t'en prie. Je peux m'en occuper.

— Ouais. Elle peut s'occuper de nous, ricana l'un des garçons en refermant la main sur son sexe. Et je suis sûr qu'elle fait ça très bien.

Les deux autres, enchantés de l'humour de leur copain, éclatèrent de rire.

— Tu tiens à peine debout, railla l'un d'eux.
— Ouais. C'est elle qui t'a fait ça ?
— Toi, tu vas nous casser la gueule ?
— Hé, l'infirme, avec quelle jambe tu comptes nous botter le train ? rigola Joe.

Leurs rires se turent brusquement lorsqu'il leva sa canne et l'abattit sur le tibia de Joe. Celui-ci roula à terre en hurlant. Les deux autres se tournèrent, livides.

— Fichez le camp, leur ordonna-t-il calmement.

Ils s'écartèrent. Joe se contorsionnait sur le sol en gémissant et en tenant son tibia douloureux. Kendall l'enjamba et se dirigea d'un pas vif vers la voiture.

— Je vous conseille d'apprendre la politesse, déclara l'homme aux béquilles avant de rejoindre Kendall en clopinant.

Elle démarra en trombe. Il se sentait mieux maintenant qu'il se savait utile à quelque chose. Aussi fut-il abasourdi de s'entendre abreuver de reproches.

— Ah, c'est malin. Bravo. Je te remercie. Il ne me manquait plus que ça, un chevalier servant complètement impotent qui se croit obligé de venir me délivrer de plaisantins inoffensifs. Je n'avais pas besoin de toi pour m'en débarrasser. Mais non, il a fallu que tu joues les héros pour te faire remarquer !
— Vous êtes fâchée ?
— Oui, je suis fâchée. Qu'est-ce qui t'a pris ? Tu ne peux pas te mêler de ce qui te regarde ?
— Quand ma femme est harcelée par trois gaillards, ça me regarde. Non ?

L'agressivité de Kendall s'évanouit. Elle était soudain toute penaude et désolée de s'être emportée.

— Vous ne vouliez pas faire de scandale, hein ? reprit-il. Parce que vous aviez trop peur qu'on se souvienne de nous, au cas où quelqu'un passerait poser des questions. J'ai sans doute été bien inspiré de ne pas laisser ces machins-là derrière moi. Ils ne laisseront pas de trace.

Il brandit l'accoutrement de chirurgien dont il venait de se défaire. Kendall ne mordit pas à l'hameçon. Elle garda résolument les yeux sur la route et soupira en lissant ses cheveux en arrière.

— Je suis désolée. Merci d'avoir volé à mon secours. Les vêtements te vont bien ?

— Ouais, admit-il en considérant son bermuda et son tee-shirt tout neufs.

Il en venait à se dire qu'en fin de compte, elle connaissait vraiment sa taille.

⁂

Ils parcouraient une route étroite, environnée d'épaisses forêts. À force de traverser des champs inondés et de franchir des ponts enjambant des rivières en crue, il se mit à songer à l'accident.

En le vouant à l'ignorance, son amnésie constituait pour elle un précieux atout. Il n'avait que sa parole pour toute référence. Elle pouvait lui raconter n'importe quoi, il n'avait d'autre choix que de l'accepter, n'ayant pas les moyens de vérifier. Il ne disposait d'aucun point de repère qui lui permette d'entrevoir la réalité.

— Vous avez oublié de m'acheter un journal, remarqua-t-il. C'est exprès ?

— Non, je n'en ai pas trouvé. J'ai regardé tous les présentoirs. Il n'y en a plus.

Pour une fois, elle disait sans doute la vérité. Les présentoirs de la station-service étaient vides, eux aussi. Il avait pris la peine d'aller y jeter un coup d'œil, dans l'espoir qu'un titre ou un entrefilet réveilleraient sa mémoire.

En même temps, il redoutait de tomber sur un article consacré à quelque personnage en vue et de s'apercevoir qu'il s'agissait de lui. Avait-il été impliqué dans une affaire criminelle avant l'accident ?

Son instinct lui disait que son autorité était mise en cause. Mais quelle autorité ? Professionnelle ? Conjugale ? Certainement pas. Il ne croyait pas une seconde qu'elle et lui formaient un couple marié. S'il avait couché avec elle, il le saurait. D'une façon ou d'une autre, il le saurait.

Pas un homme n'oublierait des seins pareils, harmonieux et troublants malgré l'allaitement. Le modelé de ses fesses ne lui avait pas non plus échappé. Elle avait des yeux superbes et des cheveux qui, dans l'incurie du matin, semblaient animés d'une fantaisie propre.

Elle n'était pas d'une beauté classique, mais même de son lit d'hôpital, il avait remarqué le galbe voluptueux de sa bouche, pulpeuse et provocante, de celles qui incitent à débourser mille dollars pour une nuit de plaisir.

En la regardant se lécher les doigts tout à l'heure, il avait été rassuré sur la valeur de son propre diagnostic. Il n'était pas si détraqué que cela.

Elle déclenchait chez lui des réflexes conditionnés typiquement masculins. Il avait réagi devant elle comme n'importe quel homme normal digne de ce nom. Et il était prêt à parier sa tête que cette réaction n'était pas commandée par l'habitude ou l'intimité.

Rendu fébrile par le cours qu'avaient pris ses pensées, il alluma la radio dans l'espoir de capter un bulletin d'informations.

— Elle est cassée, l'avertit Kendall.

— Ça vous arrange bien, ironisa-t-il. On va encore loin comme ça ? Où allons-nous, d'ailleurs ? Et ne vous contentez pas de me répondre « dans le Tennessee ».

Elle n'en fit rien.

— Nous allons chez grand-mère.

— Chez grand-mère, répéta-t-il d'un ton caustique.

— Oui.

— Votre grand-mère ou la mienne ? Ai-je encore une grand-mère ?

Il visualisa un stéréotype de vieille dame aux cheveux gris réunis en un petit chignon, lui rappelant, avec un sourire angélique, de bien fermer son col même par temps de canicule, et traînant derrière elle des effluves de lavande et de cannelle. Il se représentait bien l'idée, mais ne se voyait pas choyé par un tel personnage. Ni choyé par quiconque, pour tout dire.

— C'est ma grand-mère, lui dit-elle.

— Vous l'avez prévenue de notre arrivée ?

— Elle n'est pas chez elle.

Sa voix s'enroua d'une note grave :

— Elle est morte il y a quatre mois. Quelques semaines seulement avant la naissance de Kevin.

Il prit le temps d'absorber cette nouvelle.

— Vous étiez avec elle ?

— Non. J'étais... ailleurs. Et trop près du terme de ma grossesse pour assister à son enterrement.

— Vous étiez très proches ?

— Plus que cela. Il y avait entre nous une entente extraordinaire.

Son intérêt manifeste l'encouragea à poursuivre :

— Mes parents ont été tués dans un accident quand j'avais cinq ans. Ma grand-mère est devenue ma tutrice. Mon grand-père était déjà mort ; il ne restait que nous deux. Un lien très fort nous unissait.

— Je la connaissais ? Je suis allé chez elle ?

Elle secoua la tête.

— C'est encore loin ?

Elle allongea le cou en soupirant.

— Je t'en prie, ne me le demande pas toutes les deux minutes. Cela ne nous fera pas arriver plus vite. J'aimerais y être avant la nuit et tu trouveras le temps beaucoup moins long si tu dors. Tu as besoin de te reposer.

Il avait pris trois cachets d'aspirine, qui avaient atténué sa migraine et apaisé ses courbatures, mais il avait encore l'impression d'avoir été battu comme plâtre. Il se laissa aller contre le dossier de son siège, avec l'intention de fermer les yeux quelques instants.

Quand il se réveilla, plusieurs heures plus tard, la nuit tombait et ils étaient arrivés à destination.

⁂

La maison se dressait au bout d'une allée bordée

de haies de vigne sauvage et de chèvrefeuille. La pluie s'étant calmée, Kendall baissa sa vitre pour humer les parfums disparates qui façonnent les senteurs d'été. Un flot de souvenirs d'enfance l'assaillit. L'absence de sa grand-mère lui étreignit le cœur d'un étau de chagrin.

L'ombre avait envahi les sous-bois alentour. Des vers luisants dardaient des éclairs intermittents sur la masse sombre des feuillages. Elle s'attendait presque à entendre la voix de sa grand-mère l'invitant à venir admirer ces galaxies de lucioles.

La maison se composait d'une structure quadriforme, surmontée d'un toit composite qui abritait une large véranda. Elle aurait eu besoin d'un coup de peinture et le jardin laissait à désirer, mais à part cela, elle n'avait guère changé depuis son dernier passage.

Si ce n'est que sa grand-mère n'y était pas et n'y serait plus jamais.

Les graviers crissèrent sous les pneus quand la voiture s'immobilisa. Il se réveilla, bâilla, s'étira et cligna des yeux sur le crépuscule pour reprendre ses esprits.

Kendall ouvrit sa portière et sortit, laissant Kevin dormir pour le moment dans son siège, à l'arrière. Elle se dirigea vers l'entrée et là, se hissa sur la pointe des pieds pour attraper la clé, dissimulée depuis toujours au-dessus du linteau.

Dès qu'elle l'eut trouvée, elle l'introduisit dans la serrure. Elle poussa la porte et tendit la main vers l'interrupteur, vaguement inquiète de ce qu'elle allait découvrir. Lorsque la lumière fusa, elle poussa un soupir de soulagement. Ricki Sue avait continué à payer les factures.

Elle parcourut rapidement les pièces. Les meubles étaient recouverts de draps et la maison sentait le renfermé à force de n'être plus habitée, mais elle saurait vite la rendre vivable, au moins pour le temps qu'elle aurait à y demeurer avec Kevin.

Elle retourna au salon. Il l'avait suivie. Appuyé de

tout son poids sur ses béquilles, il examinait les lieux.

— Ça te plaît ?

Il se contenta d'un haussement d'épaules neutre.

— Pour l'instant, ça manque d'âme, mais je vais y remédier.

Ses paroles ranimèrent un souvenir tellement vivace qu'elle en fut ébranlée.

Elles reproduisaient presque mot pour mot celles qu'elle avait prononcées au soir de son mariage.

7

Matt entra en trombe dans la maison.

— Quel beau mariage ! J'ai tellement souri que j'en ai des crampes aux zygomatiques.

Quand il se rendit compte que Kendall était restée sur le pas de la porte, il posa sur elle un regard interrogateur :

— Qu'y a-t-il ?

— Tu vas sans doute me trouver bêtement romantique, mais j'ai toujours rêvé que mon mari me fasse franchir le seuil dans ses bras.

— Oh, oui, tu es bêtement romantique.

Il la souleva dans ses bras en souriant :

— Mais c'est une des nombreuses choses que j'aime en toi.

Il la porta à l'intérieur. Kendall glissa la main derrière sa nuque et l'inclina vers elle pour échanger avec lui un long baiser passionné, un baiser dont elle était certaine de garder le souvenir jusqu'à la fin de ses jours — leur premier baiser dans leur première maison.

Gibb la leur avait offerte en cadeau de mariage, entièrement meublée et payée. Kendall avait été stupéfiée de tant de générosité, mais, conformément à son habitude, Gibb avait écarté ses démonstrations de gratitude. Il avait tanné l'entrepreneur pour qu'il la termine avant leur mariage, sans admettre la moindre excuse. Elle était prête et habitable depuis trois jours.

Matt la déposa dans la vaste entrée.

— Tu veux bien qu'on te débarrasse de ça ? demanda-t-il en froissant son voile entre ses doigts.

— Avec plaisir.

Il l'ôta avec son aide ; puis, l'enlaçant avec autorité, il l'embrassa encore. Quand il la relâcha enfin, elle était pantelante, étourdie de bonheur.

Déployant ses bras comme des ailes, elle tourna sur elle-même pour admirer sa nouvelle maison, depuis le lustre du plafond jusqu'au bois des parquets.

Elle avait été bâtie dans le style chaleureux du lieu pour se fondre dans le paysage champêtre, avec les Blue Ridge Mountains en arrière-plan. La décoration intérieure, quoique contemporaine, créait une atmosphère accueillante et sympathique. Les pièces étaient spacieuses et claires. Il y flottait une odeur de bois neuf et de peinture fraîche.

Cet instant revêtait une importance toute particulière pour Kendall. Ce toit serait le sien pour le restant de ses jours, du moins l'espérait-elle. Matt et elle y élèveraient leurs enfants. Ils y vivraient et y vieilliraient ensemble, un privilège tout simple dont ses parents avaient été privés. Elle voulait connaître un bonheur si complet qu'il comble cette perte.

Elle s'immobilisa.

— J'adore cette maison.

Matt avait enlevé sa veste de smoking et considérait lui aussi l'aménagement de la maison. Certains meubles portaient encore l'étiquette du fabricant. Les pièces étaient dépourvues d'objets et de bibelots.

— C'est un peu nu, non ?

— Ce n'est pas encore un foyer, reconnut-elle. Mais nous y mettrons notre marque, nous en ferons plus qu'un simple habitat. Pour l'instant, ça manque d'âme, mais je vais y remédier. Je suis impatiente de m'y mettre.

Émue par ce qu'elle venait de dire, elle plaqua les mains sur les plis de son jabot et se lova contre lui.

— Oh, Matt, j'aime la vie qui m'attend ici.

Il enroula un bras autour de sa taille.

— Je ne me plains pas non plus, plaisanta-t-il.

Il lui donna un court baiser, presque brutal :

— Mais je meurs de faim. Papa m'a dit qu'il y aurait des provisions dans le réfrigérateur.

Il se dégagea et se dirigea vers la cuisine. Kendall le rejoignit au moment où il puisait une bouteille de champagne dans le Frigidaire grand ouvert.

— Pendant que je sers, lis donc la carte de visite. Doux Jésus, quand papa disait que nous trouverions de quoi nous restaurer, ce n'était pas une vaine parole. Peu de supermarchés peuvent se vanter d'avoir un stock pareil !

Il posa la carte sur la table de la cuisine. Kendall s'en empara et lut à haute voix :

« Vous êtes ma fierté. Toute mon affection, papa. P.S. Verres glacés dans le congélateur. »

Matt éclata de rire.

— Il n'y a pas à dire, il pense à tout.

— Si nous avions voulu aller en voyage de noces sur la planète Mars, je crois qu'il aurait tout fait pour nous arranger le séjour.

Matt cessa de s'acharner sur le bouchon pour couler sur elle un regard attristé.

— Je suis désolé, Kendall. Un regrettable concours de circonstances.

— Je comprends, murmura-t-elle.

Le chef de la rédaction de Matt venait de mourir inopinément. La disparition de M. Gregory laissait un vide tant personnel que professionnel dans la vie de Matt. Il ne lui avait pas encore trouvé de remplaçant. Tant que sa place restait vacante, il ne pouvait abandonner son journal, même pas pour partir en voyage de noces. Naturellement, Kendall admettait la situation et la déplorait avec lui.

Elle ne pouvait pleurer sur l'ajournement de leur voyage de noces alors qu'elle était comblée. Son mari était l'homme dont elle avait rêvé. Son beau-père faisait preuve d'une générosité sans limites, qui ne se manifestait pas seulement sur le plan matériel. Gibb l'avait accueillie sans une once d'hésitation ni d'amertume. Il avait Matt pour lui tout seul depuis des années. Il devrait désormais le partager et l'acceptait de bonne grâce.

Ils commentèrent la cérémonie et la réception en savourant leur champagne et en préparant des sandwichs. Matt se découvrait un appétit d'ogre. Kendall était trop excitée pour avaler quoi que ce soit.

Elle picorait des miettes de pain, les yeux tournés vers les fenêtres, quand elle annonça :

— Je n'aménagerai que la moitié du terrain en jardin et je laisserai le reste à l'état sauvage, tel qu'il est actuellement. Je mettrai des distributeurs de graines dans les arbres pour les oiseaux. Les écureuils seront apprivoisés en deux temps trois mouvements. J'espère que nous aurons aussi des ratons laveurs.

— Ils font des dégâts.

— Les nôtres n'en feront pas. Ils seront sages parce qu'ils seront nourris régulièrement et n'auront pas besoin de tout saccager pour trouver leur pitance. Et des cerfs, ajouta-t-elle sans laisser son grognement réprobateur entamer son enthousiasme. Nous pourrions même les encourager à s'approcher de la maison.

— Kendall, si nous avons des cerfs dans notre jardin, nos amis accourront pour les chasser dès le jour de l'ouverture.

— Oh, ne dis pas des choses pareilles ! Et il n'est pas question d'accrocher des trophées de chasse sur les murs.

— Je ne comprends pas ton aversion pour la chasse. C'est un sport que papa et moi aimons beaucoup, et nous ne sommes pas les seuls.

— Eh bien, moi, je ne comprends pas qu'on puisse prendre plaisir à tuer des animaux innocents.

— Tu es trop sentimentale.

— Sans doute. (Il lui vint un petit sourire nostalgique.) Un été, grand-mère et moi avons sauvé la vie d'un faon. Nous l'avions découvert près d'un torrent où nous allions souvent. En fait, c'est à peine un filet d'eau, mais quand j'étais petite, il me paraissait très impressionnant. Il y a à cet endroit un monument à la guerre de Sécession dont tout le monde a oublié l'existence. Je jouais sur le vieux canon rouillé quand nous allions y pique-niquer, ce qui arrivait au moins une fois par semaine. Nous avons trouvé ce faon dans les bois. Il avait une patte cassée. À nous deux, nous l'avons transporté à la voiture. Nous l'avons soigné et dorloté, et quand il a été guéri, nous l'avons rendu à la forêt.

— Où il a dû servir de cible aux chasseurs à la première occasion.

— Matt !

— Excuse-moi.

Il tendit la main par-dessus la table et lui caressa la joue :

— Comment puis-je me faire pardonner ?

Elle emprisonna sa main, en effleura la paume de ses lèvres et lui mordilla le gras du pouce.

— Allons nous coucher, susurra-t-elle d'un ton engageant.

Le lit avait été préparé pour eux. Des bouquets de fleurs s'épanouissaient sur la table de chevet et la commode. Disposés là de la main de Gibb, sans aucun doute. Mais l'idée que son beau-père avait violé l'intimité de leur chambre ne parvint pas à tempérer l'ardeur de son désir.

Tandis qu'ils se déshabillaient l'un l'autre et s'affairaient en riant sur le chapelet de boutons qui retenaient sa robe, vibrant d'une impatience qui aiguisait leur attente, Kendall se réjouissait que cette nuit soit celle de leurs premières étreintes.

Matt n'avait pas partagé son lit pendant tout le temps qu'avaient duré sa cour et leurs fiançailles. Un tel degré d'abstinence méritait une médaille.

Combien de couples, de nos jours, attendent leur nuit de noces pour faire l'amour ? C'est une tradition en voie de disparition.

Elle n'était plus vierge et lui non plus, mais tant qu'il était sorti avec elle, il s'était comporté en parfait gentleman, fidèle, semblait-il, à un code de l'honneur qui lui interdisait de dormir avec celle qu'il avait choisie de prendre pour épouse, comme pour placer Kendall au-dessus des femmes qu'il avait jusqu'alors fréquentées.

C'était une coutume désuète, qui allait de pair avec le statut inique et ambigu dont avait souffert la gent féminine pendant des siècles. Malgré tout, Kendall avait trouvé à la pudeur de Matt un charme attendrissant et extraordinairement romantique.

Quand ils se disaient bonsoir à la porte de son appartement, oppressés de convoitise inassouvie, elle avait souvent souhaité qu'il s'autorise une entorse à ses principes. Elle l'y avait même encouragé. Il n'avait jamais fléchi.

Maintenant que ses mains exploraient avidement les courbes de son corps dans une errance frénétique à la surface de sa peau, elle se disait que cela valait la peine d'attendre ce moment où ils émergeaient de leurs tenues de jeunes mariés pour inaugurer leur nudité en même temps que leur état de mari et femme.

— Tu seras exactement la compagne que je souhaitais, murmura-t-il contre sa poitrine. Je le sais.

— Je te le promets.

⁂

À son réveil, Kendall mit quelques secondes à se rappeler pourquoi elle nageait dans une telle euphorie. Lorsque ses yeux papillotants tombèrent sur le décor de la chambre, un air d'intense satisfaction illumina son visage. Pour un peu, elle aurait ronronné de bonheur.

Ce matin était celui de sa nuit de noces. Elle était

la femme la plus heureuse du monde. Elle avait pour mari un amant tendre et attentionné. Ils s'étaient aimés jusqu'à s'endormir d'épuisement.

Matt était un lève-tôt, peu adepte des grasses matinées. Le rayon de soleil qui se faufilait par l'entrebâillement des rideaux annonçait une heure déjà avancée. Un sourire espiègle jaillit sur ses lèvres à l'idée qu'elle l'avait exténué.

Elle se tourna doucement pour ne pas le déranger. Elle voulait pendant un moment le contempler et l'adorer en silence. Il dormait sur le dos, les lèvres entrouvertes, la poitrine soulevée au rythme d'un souffle régulier. Il disparaissait sous le drap jusqu'à la taille.

Les souvenirs des voluptés de la veille réveillèrent sa ferveur. Une onde de désir déferla en elle, précipita les battements de son cœur et sa respiration, réveillant une exquise et sourde dolence au creux de son ventre. La nuit dernière, Matt l'avait traitée en jeune épouse vénérée. Ce matin, elle voulait qu'il la traite en femme.

Elle insinua sa main sous le drap en chuchotant :

— Bonjour.

Il grommela.

Elle referma la main sur son sexe inerte.

— J'ai dit bonjour.

Il sourit, marmonna quelques mots inintelligibles et ouvrit enfin les yeux.

— Kendall.

— Bien, merci de te souvenir de moi. Tu as l'air étonné.

— Je le suis. J'ai l'habitude d'être arraché au sommeil par un réveil.

— Tu peux le jeter à la poubelle. Il faudra t'habituer à ma méthode.

— Tous les matins ?

— Pourquoi pas ? Nous ne sommes pas rationnés, que je sache.

Elle le pétrissait de caresses en le couvrant de baisers gourmands.

— Kendall...
Elle écarta le drap pour croquer son nombril à petits coups de dents amoureux.
— Kendall, c'est papa.
— Mmm ?
— Il la repoussa, sauta du lit et se dirigea vers la fenêtre.
Papa. J'ai entendu sa camionnette dans l'allée.
Kendall émergeait à peine de son engourdissement lascif quand on frappa à la porte. Matt saisit un jean dans le placard. En l'enfilant, il déclara :
— Tu ferais mieux de te lever et de t'habiller.
Elle se dressa sur son séant, ahurie, pour le voir quitter la pièce avec précipitation.
— J'arrive, papa, lança-t-il quand il fut dans le couloir.
Puis elle l'entendit ouvrir la porte d'entrée.
— Bonjour.
— Je vous dérange ?
— Pas du tout. Je m'apprêtais à faire le café. Entre.
Ils gagnèrent la cuisine. Kendall suivit le son de leurs voix. Quand leurs paroles cessèrent de lui parvenir distinctement, elle releva les genoux et inclina la tête en s'efforçant de ravaler sa déception.
Quand il lui parut évident que Matt n'avait nullement l'intention de revenir se coucher, elle se leva et alla prendre une douche.
Dix minutes plus tard, elle les rejoignait dans la cuisine. Gibb retournait des tranches de bacon dans un poêlon.
— Ah, voilà la jeune mariée ! chantonna-t-il à son arrivée.
Il contourna la table pour la serrer affectueusement dans ses bras. Alors, l'écartant de lui, il la regarda droit dans les yeux :
— Vous ne m'en voulez pas de venir préparer votre petit déjeuner, dites-moi ?
Était-ce une plaisanterie ? Certainement, c'en était une. Si elle devait se contenter de cette lune de miel, elle voulait au moins la passer seule avec Matt.

Mais Gibb souriait avec tant de candeur qu'elle n'eut pas le cœur de lui dire la vérité. Elle le rassura avec un petit sourire :

— Bien sûr que non.

Elle se libéra de son étreinte pour s'approcher de la machine à café. Elle n'avait manifestement pas réussi à dissimuler son amertume, car à son accueil tiède succéda un silence embarrassé.

— Ce n'était peut-être pas une bonne idée, après tout.

Gibb commençait à dénouer son tablier.

— Allons, papa, protesta Matt. Kendall n'est pas au mieux de sa forme le matin. Elle m'a prévenu qu'elle était un peu grincheuse au réveil. N'est-ce pas, chérie ?

Elle afficha un sourire contrit.

— C'est un défaut que je devrai sans doute corriger. Je suis d'une humeur de cochon au saut du lit.

— Avec un appétit d'ogre, au moins, j'espère.

Il rajusta son tablier et accorda un regain d'attention à la poêle qui grésillait sur le fourneau :

— Vous aimez les gaufres ? Je fais la pâte au pif et j'ajoute un ingrédient secret.

— Quel ingrédient ?

Il lui adressa un clin d'œil.

— À vous, je peux le révéler, maintenant que vous faites partie de la famille. De la vanille. Incorporez une cuillerée à café de vanille à la pâte. Ça fait toute la différence.

— Merci pour le tuyau.

Matt se leva et lui proposa sa chaise. Il lui baisa galamment la main en déclamant :

— Je vous en prie, asseyez-vous, Mme Burnwood. Nous allons vous servir.

Ce n'est qu'une fois assise qu'elle remarqua les paquets cadeaux posés sur la table.

— Encore des cadeaux ? Ce n'est pas possible ! Nous en avons déjà reçu tellement !

— Papa les a rapportés.

— Vous les aviez laissés chez moi. Vous devriez les ouvrir en attendant que tout soit prêt.

Matt et elle se partagèrent les paquets et entreprirent de les déballer. Ils mirent au jour une bonbonnière de chez Waterford, deux chandeliers en argent et un plateau de service laqué. Matt lui tendit le dernier cadeau.

— À toi l'honneur.

— Roscoe Calloway me l'a remis ce matin, leur annonça Gibb.

— Oh, que c'est gentil de sa part ! s'exclama Kendall.

Roscoe était le concierge du tribunal. Il y faisait figure d'institution depuis trente ans. Depuis qu'elle remplissait sa fonction d'avocat public, Kendall s'était liée d'amitié avec lui. Elle déchira le papier, d'où elle sortit un cadre.

— Meilleurs vœux, lut-elle sur la carte de visite qui l'accompagnait. C'est signé Roscoe et Henrietta Calloway. (Son sourire se rembrunit.) Maintenant que j'y pense, je ne me souviens pas de les avoir vus au mariage. Je me demande pourquoi ils ne sont pas venus.

— Je t'avais déconseillé de les inviter, lui rappela Matt à mi-voix.

— Je l'ai quand même fait, parce que j'y tenais. Roscoe est tellement gentil avec moi. Il met une rose sur mon bureau ou invente toujours une attention spéciale de ce genre. Il était tout heureux quand nous nous sommes fiancés. Il dit le plus grand bien de toi, Matt. De vous aussi, Gibb.

— Roscoe est un bon numéro.

Gibb abandonna son fourneau pour lui apporter une assiette. La gaufre était parfaite, épaisse et dorée à souhait, nappée en son centre de beurre fondant.

Mais le commentaire de Gibb lui avait coupé l'appétit.

— Un bon numéro, répéta Kendall, craignant le sous-entendu qu'elle croyait percevoir.

— Roscoe savait que sa femme et lui ne seraient pas... euh, à leur place à ce mariage, expliqua son beau-père.

Elle regarda son mari, qui approuva d'un hochement de tête solennel.

— Ils auraient été les seules personnes de couleur, Kendall.

— Je suis sûr que Roscoe a été touché de votre invitation, mais il a eu la sagesse de ne pas venir. Il connaît les convenances, même si ce n'est pas votre cas.

Gibb lui pressa affectueusement l'épaule avant d'ajouter :

— Mais vous apprendrez.

8

Après ces longues heures de conduite, Kendall ne tenait plus sur ses jambes. Mais elle avait beaucoup de choses à faire avant de seulement songer à se reposer; avant tout, il lui fallait trouver un berceau pour Kevin.

Elle dénicha dans un cagibi un vieux parc qui avait autrefois servi de nurserie à une mère labrador et à ses petits. Les produits de nettoyage se trouvaient dans le placard où grand-mère les rangeait toujours. Elle récura le parc et ne s'arrêta que lorsqu'il lui parut suffisamment propre pour accueillir son enfant.

— Y a-t-il quelque chose à manger?

Il pesait de tout son poids sur ses béquilles, visiblement épuisé. Dès leur arrivée, elle lui avait suggéré d'aller se coucher, mais il avait refusé. Il l'avait au contraire suivie dans la maison comme un chien de garde.

— Tu vas me rendre folle! avait-elle maugréé quand elle l'avait trouvé planté si près d'elle qu'elle avait failli le renverser. Si tu ne veux pas aller te coucher, assieds-toi au moins quelque part et cesse de me talonner.

— Pour que vous puissiez vous éclipser par la porte de derrière.

Elle avait poussé un soupir d'exaspération.

— Même si c'était mon intention, ce qui n'est pas le cas, je n'ai pas la force de conduire un kilomètre de plus. Alors, tranquillise-toi, d'accord ?

Il ne s'était pas vraiment détendu, mais il avait plus ou moins relâché sa surveillance. En réponse à sa question, elle déclara :

— Je vais voir ce que je peux concocter.

Le garde-manger ne contenait pas grand-chose : une boîte de haricots verts et un bocal de pêches au sirop.

— Ce n'est pas vraiment de la haute cuisine, commenta-t-elle.

— Ça ira. Au point où nous en sommes, c'est toujours mieux que rien.

— J'irai faire des courses demain. D'ici là, le réfrigérateur sera opérationnel.

Ils se partagèrent les vivres, qu'ils engloutirent jusqu'à la dernière miette, accompagnés des biscuits salés qu'elle avait achetés au distributeur automatique où l'avaient encerclée les trois adolescents. À cause de son intervention, ils n'oublieraient pas l'incident de sitôt, surtout celui dont les mollets resteraient pour un temps constellés de bleus. Cela la contrariait.

Par ailleurs, son courage l'avait agréablement surprise. Ses instincts protecteurs étaient trop solidement ancrés en lui pour s'éteindre avec l'amnésie. Elle lui avait reproché d'avoir volé à son secours, mais elle reconnaissait, au fond d'elle-même, qu'elle y avait puisé une certaine jubilation.

Malgré ses blessures et son triste état, il n'avait pas hésité à la défendre. Elle admirait sa force de caractère. Il s'était montré grandiose quand il avait senti son territoire menacé.

Kendall n'était pas du genre à tomber en pâmoison devant les machos. Ils la rebutaient plutôt. Aussi avait-elle presque honte d'avoir à ce point goûté l'intercession de cet homme, dont la vaillance physique la séduisait autant que la bravoure intérieure.

— Je ne sais plus, êtes-vous bonne cuisinière? demanda-t-il, l'arrachant à sa troublante rêverie.

— Moyenne, mais nous ne mourrons pas de faim.

— On dirait que vous comptez nous installer ici pour un moment.

— Je pense qu'il vaut mieux rester jusqu'à ce que tu retrouves la mémoire. C'est calme, tranquille, un endroit idéal pour récupérer.

— Et mon travail?

Elle se leva et se mit à desservir nerveusement. Elle alla mettre une partie de la vaisselle dans l'évier. Quand elle revint chercher le reste, il l'empoigna par la ceinture de son pantalon et la retint. Elle se figea sous le coup de la surprise. Elle ne trouvait pas si désagréable la pression de ses jointures contre sa taille.

— J'avais un emploi rémunéré, n'est-ce pas?

— Bien sûr.

— Qu'est-ce que je faisais?

— Si je te le dis, tu ne tiendras plus en place. Tu es du genre consciencieux, qui se croit indispensable. Tu voudras retourner travailler immédiatement, ce qui est naturellement impossible. Crois-moi, ton travail peut attendre ta guérison. J'ai prévenu toutes les personnes qu'il y avait à prévenir. Elles sont parfaitement d'accord.

— Quand les avez-vous prévenues? Le téléphone n'est pas branché.

Ce qui voulait dire qu'il avait vérifié. Avant l'accident, ce n'était déjà pas un imbécile. Comment avait-elle pu penser que l'amnésie émousserait son intelligence? Attentive à ne pas laisser paraître son embarras, elle répondit :

— J'ai appelé quand tu étais à l'hôpital.

— Comment expliquer que je n'aie reçu aucun coup de téléphone, ni aucune carte? Je trouve ça très curieux. Incroyable, en réalité.

— Le médecin avait interdit les visites. Il disait

que puisque tu ne te souvenais pas des gens, ce serait trop éprouvant pour toi d'être assailli par une foule d'étrangers, et que les amis bien intentionnés te feraient plus de mal que de bien. Et nous ne sommes pas restés assez longtemps pour recevoir du courrier.

Il la considérait d'un air sceptique.

— Tout est arrangé. Je t'assure. Ta carrière n'est pas en danger.

— C'est donc une carrière, pas seulement un travail.

— Dans un sens, oui.

— Donnez-moi une indication. Médecin, avocat, grand chef mohican ?

— Tu te souviens de ça ?

Son visage s'assombrit.

— Comment puis-je me rappeler mes lectures d'enfance et n'avoir aucun souvenir de vous ?

Il attarda son regard sur sa poitrine. Gênée malgré tout par tant de proximité, Kendall repoussa sa main.

— J'entends Kevin.

Les pleurs du bébé interrompaient à point cet interrogatoire. Sa curiosité était compréhensible, mais moins ils parleraient de leur vie avant l'accident, mieux ils se porteraient. Un mot apparemment anodin, prononcé au hasard, pouvait suffire à réveiller sa mémoire.

L'intermède mettait fin aussi à ce moment d'intimité déconcertant qui avait plus ébranlé Kendall qu'elle ne voulait bien l'admettre. Elle devait lui laisser croire qu'elle était sa femme, mais sans non plus aller trop loin.

Après avoir nourri Kevin, elle le baigna et s'installa dans un fauteuil à bascule du salon pour le bercer, en fredonnant pour lui les chansons que sa grand-mère lui chantait autrefois.

Il était assis sur le canapé, à l'autre bout de la pièce, sa jambe blessée posée sur un tabouret. La lampe allumée sur la table d'appui projetait sur son front des ombres obscures qui masquaient ses yeux, mais Kendall n'avait pas besoin de les voir pour savoir qu'ils étaient fixés sur elle, aussi vigilants et tenaces que ceux d'un aigle.

— Qu'y a-t-il à dire sur ma famille? demanda-t-il soudain.

— Ta mère est morte il y a longtemps.

Après un instant de réflexion, il marmonna :

— Il m'est difficile de pleurer quelqu'un dont je n'ai pas le souvenir. Ai-je des frères et sœurs?

Elle agita la tête.

— Et mon père? Il est mort, lui aussi?

— Non. Mais vous êtes plus ou moins fâchés tous les deux.

— Pour quelle raison?

— Tu n'aimais déjà pas beaucoup en parler avant. Je ne pense donc pas que ce soit une bonne idée d'y revenir maintenant.

— Est-ce qu'il sait au moins pour l'accident?

— J'ai supposé que tu ne tiendrais pas à ce que je le mette au courant, alors je ne l'ai pas appelé.

— Notre mésentente est grave à ce point? Mon père se moque de savoir si je suis mort ou vivant?

— Non, quand même pas, mais normalement, tu n'aurais pas souhaité qu'il soit prévenu. Excuse-moi. Il faut que j'aille coucher Kevin.

Elle fit de son mieux pour que son départ n'ait pas l'air d'une fuite.

Elle avait dressé le parc dans la plus petite des deux chambres de la maison. Elle y déposa doucement le bébé, qui ramena aussitôt ses genoux sous sa poitrine, le postérieur pointé en l'air.

— Comment peut-il dormir dans cette position?

Ce n'est qu'en entendant sa voix derrière elle qu'elle se rendit compte qu'il l'avait suivie.

— La plupart des bébés dorment ainsi.

— Ce doit être très inconfortable.

— J'imagine qu'il faut avoir trois mois pour trouver cela confortable.

— La grossesse s'est bien passée?

— J'ai eu quelques problèmes au cours des premiers mois. Après, ça s'est arrangé.
— Quel genre de problèmes ?
— Les désagréments habituels. Des nausées le matin. De la fatigue. Un peu de déprime.
— Pourquoi étiez-vous déprimée ?
— Je n'étais pas vraiment déprimée. J'avais juste des crises de larmes.
— Et pourquoi ces larmes ?
— Je t'en prie. Je suis vannée. On ne pourrait pas reprendre ce questionnaire une autre fois ?
Elle voulut passer devant lui, mais il brandit sa béquille pour lui barrer le passage.
— Tu sais, fulmina-t-elle, je commence à en avoir assez de ta manie de jouer les gardes-barrières avec ta canne.
— Et moi, je commence à en avoir assez de vos faux-fuyants. Répondez-moi : Pourquoi étiez-vous triste et déprimée pendant votre grossesse ? Vous n'étiez pas heureuse d'être enceinte ?
Elle n'avait pas la force d'entretenir sa colère. Sa fureur se dissipa. Elle répondit d'un ton las :
— Les modifications hormonales qui se produisent au cours du premier trimestre créent cette humeur chagrine chez beaucoup de femmes. Et je voulais cet enfant de toute mon âme.
— Et moi ?
Leurs regards restèrent un instant soudés, puis elle écarta calmement la béquille.
— Je vais prendre un bain.
Elle éteignit la lumière. À peine achevait-elle son geste que deux phares de voiture balayaient la façade de la maison, illuminant la chambre.
— Seigneur !
Kendall tournoya sur elle-même, se rua vers la fenêtre et là, s'aplatit contre le mur. Son cœur tambourinait dans sa poitrine. Elle vit avec effroi la voiture s'immobiliser.
Elle stationnait, immobile au bout de l'allée, les phares braqués comme des projecteurs indiscrets

sur la maison. Le brouillard et la pluie l'enrobaient d'un halo diabolique, qui lui conférait un aspect hostile et menaçant, souligné par le grondement bestial du moteur.

Elle entendit approcher le martèlement des béquilles.

— Ne te montre pas ! vociféra-t-elle. Éloigne-toi de la fenêtre.

Il se figea sur place. Ils restèrent sans bouger. Kendall n'osait pas même respirer. Alors, la voiture fit marche arrière et disparut. Elle manqua s'évanouir de soulagement. Quand elle retrouva l'usage de la parole, elle tenta d'imprimer à sa voix un accent désinvolte.

— Quelqu'un qui s'est trompé de chemin, j'imagine.

Elle se retourna pour apercevoir sa silhouette carrée dans l'encadrement de la porte. Elle se découpait en ombre chinoise contre la lumière du couloir, large et imposante. Comme Kendall faisait mine de sortir, il ralluma la lumière d'un geste preste et saisit son visage, qu'il releva pour l'examiner attentivement.

— Que se passe-t-il à la fin ?

— Rien.

— Rien ? Vous êtes pâle comme la mort. Vous avez failli tourner de l'œil en voyant cette voiture. À quoi ça rime ? Qui nous poursuit ? Ou plutôt, qui vous poursuit, vous ?

Elle affirma, les yeux fuyants :

— Je n'attendais aucune visite, c'est tout.

— Tu parles ! J'ai peut-être perdu la mémoire, mais je ne suis pas un imbécile, alors cessez de me prendre pour un crétin.

La main toujours serrée sur son menton, il l'obligea à soutenir son regard :

— Vous êtes en cavale, n'est-ce pas ? Qui fuyez-vous ? Quelqu'un vous veut-il du mal ? À vous ou à votre bébé ? *Notre* bébé ? Il se tourna brièvement vers le parc où dormait Kevin.

— Nous n'avons rien à craindre de personne tant que nous resterons ensemble.

Elle le pensait. Elle savait confusément que, malgré ses doutes à son égard et son aversion inexplicable pour Kevin, il les défendrait jusqu'à son dernier souffle. C'est pourquoi il ne serait pas facile de l'abandonner.

Elle avait appris à ne compter sur personne pour la protéger. Elle pouvait se débrouiller seule. Elle y avait été contrainte pendant longtemps. Et cependant, elle se sentait plus en sécurité en sa compagnie, même si, vu son état, c'était une impression trompeuse. Il pourrait être dangereux, voire fatal, de trop s'y fier.

Elle se libéra de lui.

— Je serai dans la salle de bains. Préviens-moi si Kevin a besoin de moi.

Cette fois, il ne la retint pas.

Elle remplit la baignoire jusqu'au bord et s'immergea dans la chaleur bienfaisante de l'eau. Quand elle le rejoignit dans le séjour un quart d'heure plus tard, elle n'était vêtue que d'une serviette qui l'enveloppait des épaules à mi-cuisses. Ses cheveux humides, peignés en arrière, dégageaient son visage, désormais limpide.

Il se tenait devant la porte d'entrée grande ouverte. Dos au salon, il contemplait la nuit et la pluie incessante. En entendant le frôlement de ses pieds nus, il se retourna.

— Je suis sortie, annonça-t-elle inutilement.

Là-dessus, elle vira en direction de la chambre.

— Attendez !

Il traversa la pièce en clopinant et ne s'arrêta que lorsqu'il fut près d'elle à la toucher. En voyant sa main se tendre vers son buste, Kendall eut un mouvement de recul. Il leva un sourcil moqueur, hésita et effleura doucement sa peau encore moite.

— Ça fait mal ?

Elle ne comprit pas tout de suite ce qu'il voulait dire. Alors, suivant son regard, elle baissa les yeux et vit le vilain hématome qui prenait naissance à la base de son cou et traçait une ligne diagonale en travers de sa poitrine.

— La ceinture de sécurité, expliqua-t-elle. Pas très joli, hein ? Mais c'est toujours mieux que si je n'avais pas eu de ceinture.

Il esquissa un morne sourire.

— En effet. Vous auriez été aussi amochée que moi.

— Tu n'es pas si mal.

Leurs regards se croisèrent et se sondèrent un instant. Kendall avala sa salive.

— Ce que je veux dire, c'est que ton visage a considérablement désenflé.

Il hocha la tête d'un air absent. Son attention s'était reportée sur la marque bleue qui lui barrait la poitrine.

— Ça va loin comme ça ?

Une bouffée de chaleur assaillit Kendall, se répandit dans son ventre et ses seins. Sa gêne ne se justifiait pas si elle était sa femme. Les yeux accrochés aux siens, elle défit le nœud qui retenait la serviette sous sa gorge et l'ouvrit. Elle en écarta largement les pans et lui offrit sans restriction le spectacle de son corps.

Elle ne s'était jamais sentie aussi nue, aussi démunie. Son regard vaquait sur elle, pas seulement sur le filet violacé de l'hématome, mais s'attardait au moindre contour de ses formes, sans en omettre une déclivité ni une courbe. Elle supporta cette inquisition aussi longtemps que possible, mais quand elle voulut refermer la serviette, il l'en empêcha.

— Qu'est-ce que c'est que ça ?

Il appliqua un doigt tout en bas de son abdomen. Ce contact provoqua une réaction charnelle si vive qu'elle étouffa une exclamation. Ses muscles se contractèrent, mais elle laissa sans broncher son index flâner le long de la mince cicatrice rose qui bordait sa toison pubienne. Il en frôla toute la longueur d'un geste lent, qui se prolongeait.

— C'est ma césarienne.
— Ah oui ? Pourquoi tremblez-vous ?
— C'est encore sensible. Surtout après l'accident.
De fait, la ceinture lui avait laissé un autre trait bleu en travers du ventre, d'une hanche à l'autre. Ses doigts y musardaient.
Elle rabattit la serviette et la tint serrée contre elle. Il retira sa main. Elle résista à la tentation de partir en courant et s'obligea au contraire à se montrer bonne épouse.
— La baignoire est profonde. Même sans plâtre, il n'est pas facile d'y entrer et d'en sortir. Je te propose de te faire une toilette avec un gant devant le lavabo.
Il réfléchit un moment, puis agita soudain la tête.
— Merci, mais je m'en sortirai.
— Tu es sûr ?
Il engloba sa silhouette d'un coup d'œil et se détourna brusquement.
— Oui, je suis sûr.
Il boitilla vers la salle de bains, dont il referma la porte derrière lui.
Kendall s'adossa au chambranle. Il lui fallut plusieurs minutes pour retrouver son calme. Les choses s'annonçaient plus difficiles qu'elle ne l'avait prévu. Il était trop intuitif et elle, trop bonne menteuse. Tellement qu'elle commençait à croire ses propres mensonges. Voilà que sa seule échappatoire se refermait sur elle comme un piège. Elle allait devoir se délester de lui.
Mais il fallait d'abord arriver au bout de cette nuit.
Elle trouva, dans la commode de la chambre, une chemise de nuit d'été, oubliée là lors d'une précédente visite. Elle entreprit alors de préparer le lit. Elle achevait de disposer les oreillers quand elle entendit la porte de la salle de bains s'ouvrir. Il s'avança lentement dans la grande salle.
Il n'avait sur lui qu'un caleçon, qu'elle lui avait acheté le matin même. Le duvet de son torse luisait d'humidité. Il sentait le savon et le dentifrice. Il s'allongea sur le lit, visiblement perclus de fatigue.

Ses gestes étaient ceux d'un homme de trente ans plus âgé. Son visage affichait un teint cendreux de mauvais aloi.

— Étends-toi, souffla-t-elle à mi-voix. Je vais mettre un coussin sous ta jambe.

Tandis qu'elle l'aidait à s'installer, il poussa un long soupir d'aise et ferma les paupières. Il n'avait pas bonne mine. Elle s'était presque habituée aux ecchymoses et aux meurtrissures, aux yeux cernés et aux traits tirés. Mais là, ces symptômes de souffrance lui sautaient aux yeux et l'emplissaient de pitié.

Elle éteignit la lampe de chevet.

— Tu as pris de l'aspirine ?

— Plusieurs comprimés.

— J'espère qu'ils t'aideront à bien dormir.

— Ça va aller.

— Bon, dans ce cas, à demain matin. Bonne nuit.

Il rouvrit aussitôt les yeux.

— Où allez-vous ?

Elle tendit la main vers la porte.

— Je vais dormir sur le canapé du salon. Je ne voudrais pas heurter ta jambe dans mon sommeil.

Il darda sur elle un regard intense, pressant.

— Mais si tu acceptes le risque, s'entendit-elle proférer à son corps défendant, j'aime autant dormir avec toi.

Il se poussa à l'autre bout du lit sans autre commentaire. Chaque mouvement lui coûtait une somme d'efforts. Il avait le souffle haletant et saccadé et la peau perlée de sueur quand elle se glissa auprès de lui.

— Tu es bien ? s'inquiéta-t-elle, pleine de sollicitude.

— Très bien. Fatigué.

— Dors bien.

Pour plus de vraisemblance, elle se pencha sur lui pour lui déposer un chaste baiser sur le front. Au lieu de le tranquilliser, cette initiative eut pour effet d'attiser une étincelle de passion.

— Tu dois pouvoir faire mieux que ça.

Il agrippa sa nuque et retint sa tête d'une main ferme, le temps de goûter ses lèvres. Ni chaste, ni délicat, ce baiser. Il explorait sa bouche d'une langue gourmande, autoritaire, audacieuse.

Il maîtrisait parfaitement la question. Elle avait beau s'en défendre, une onde de sensations délicieuses s'insinuait en elle. La subjuguait. Et elle n'était pas seule à en être affectée. Son baiser consommé, il garda sa tête prisonnière pour fouiller des yeux les profondeurs de son regard.

Elle lut dans le sien le trouble, l'indécision, la confusion.

— Seigneur ! murmura-t-il.

Il la relâcha tout à coup, comme si ce contact lui brûlait les doigts. Il ferma les yeux et s'endormit instantanément. Ou fit semblant.

Kendall resta allongée près de lui, immobile et crispée, n'osant bouger, ni même respirer, de crainte d'ébranler quelque fragile équilibre.

Mon Dieu, dans quel guêpier s'était-elle fourrée ? Au début, l'idée de le faire passer pour son mari lui avait paru ingénieuse et simple. Ça avait très bien marché à l'hôpital. Mais elle n'avait pas prévu qu'il prendrait au sérieux son rôle conjugal et attendrait d'elle qu'elle joue le sien. Pourtant, elle aurait dû s'en douter. Elle avait affaire à un homme normalement constitué, à qui elle disait qu'elle était sa femme. Étant donné la situation, qu'elle avait elle-même créée, il avait en réalité un comportement beaucoup plus naturel que le sien.

En plus, elle devait reconnaître, à sa grande consternation, qu'elle assumait son rôle d'épouse sans déplaisir. Même dans l'état de délabrement physique où il se trouvait, elle était prête à parier qu'aucune femme ne resterait insensible à sa présence. Son air détaché agissait comme un aimant. Il avait un caractère réservé. Il ne se perdait pas en vaines paroles. Face aux trois voyous, cet après-midi, il avait fait preuve d'une assurance sidérante et parfaitement justifiée. Il ne cherchait pas les ennuis, mais quand ils se présentaient, il savait les régler.

Quant à cette fossette qu'il avait au menton, elle était irrésistible. Quelle femme ne serait pas séduite par lui ?

Avant de déclarer qu'il était son mari, elle n'avait pas pensé qu'ils pourraient effectivement être attirés l'un par l'autre. Du coup, son subterfuge se retournait contre elle. Elle se retrouvait piégée dans un état de fait aussi explosif qu'un champ de mine. Un faux pas et elle était fichue.

Elle fut tentée de prendre Kevin et de se ruer à la voiture avant d'être dépassée par les événements, avant de s'avouer incapable de partir.

Mais son corps réclamait sa dose de repos. Elle n'avait plus la force de se lever. D'ailleurs, où trouverait-elle un refuge plus sûr que celui-ci ?

Le sommeil fut long à venir. Elle l'attendit longtemps, encore étourdie du goût de son baiser, inquiète à l'idée qu'il pourrait avoir recouvré la mémoire au réveil, auquel cas tous ses efforts seraient réduits à néant.

9

L'arrivée de l'hélicoptère provoqua une belle effervescence à Stephensville.

Les initiales du FBI plaquées sur la carlingue mettaient la curiosité à son comble. Il n'était rien arrivé d'aussi sensationnel dans la petite bourgade géorgienne depuis qu'un malfrat de seconde zone était venu se réfugier chez une connaissance, qui tenait un bordel dans les faubourgs de la ville, et avait été abattu par la police au terme d'une bataille sanglante. Seuls les anciens s'en souvenaient encore.

L'hélicoptère s'était posé dans la cour du lycée.

L'agent spécial Jim Pepperdyne en descendit sans un regard pour les badauds ébahis. Il traversa la cour à la tête d'une meute de subordonnés obligés de courir pour ne pas se laisser distancer, longea le trottoir, franchit la rue et pénétra dans l'hôpital où les personnes qu'il recherchait avaient été vues pour la dernière fois.

Le personnel, qui avait déjà été longuement questionné par d'autres agents, avait été averti du débarquement imminent du grand manitou. Il était assemblé dans la salle d'attente où Pepperdyne fit son entrée.

Après des heures d'interrogatoire éreintantes, l'équipe de reconnaissance n'avait rien découvert d'intéressant. Pas le moindre indice sur la disparition de l'homme, de la femme et de l'enfant. C'était à croire qu'ils s'étaient purement et simplement volatilisés.

Jim Pepperdyne ne croyait pas aux loups-garous. Ni aux extraterrestres qui enlèvent les terriens dans leurs rayons lasers pour les emmener faire un tour en vaisseau spatial. Il croyait en revanche au génie maléfique de l'homme. Il l'avait trop souvent vu se manifester au cours de sa carrière.

L'homme d'âge mûr qui venait de surgir devant le personnel de l'hôpital n'en imposait pas physiquement. Il tendait à s'empâter et perdait ses cheveux à un rythme qui l'attristait. Il dégageait pourtant une autorité naturelle qui incitait à la prudence ceux qui se trouvaient sur son chemin.

Le personnel médical courbait la tête sous le feu d'un regard méprisant. Pepperdyne appliquait là l'une de ses tactiques d'intimidation. Cependant, son inquiétude et sa colère étaient sincères. Elles ne le quitteraient pas tant qu'il n'aurait pas retrouvé les trois individus qui lui avaient échappé, ainsi qu'à toutes les forces de l'ordre de plusieurs États.

Ils avaient disparu depuis trente-six heures — trente-six heures de frénésie pour Pepperdyne — lorsqu'un standardiste du bureau du shérif de ce trou perdu l'avait informé de l'accident de la route récemment survenu dans son secteur.

Avant de recevoir cet appel, Pepperdyne n'avait jamais entendu parler de Stephensville, Géorgie, mais la petite agglomération était aussitôt devenue le centre de son monde. Il avait envoyé en éclaireur un détachement d'agents, qui lui avaient bientôt annoncé par téléphone que le signalement des disparus correspondait à celui des victimes de l'accident.

D'autres agents étaient partis sur-le-champ pour interroger toutes les personnes qui avaient été en contact avec le trio recherché. Pour le moment, les interrogatoires n'avaient rien donné.

On avait repêché l'épave de la voiture à douze kilomètres en aval du lieu de l'accident. La morte avait été formellement identifiée. Pepperdyne attendait le rapport officiel du coroner sur les causes du décès.

Pepperdyne se tenait face au groupe silencieux, fermement ancré sur ses jambes légèrement écartées. Il ne prit pas le temps de se présenter.

— Qui était de service le soir où on vous les a amenés ?

Plusieurs mains se levèrent. Il désigna une infirmière.

— Que s'est-il passé ? Dites-moi tout.

Elle lui fit un récit bref mais précis :

— La mère et l'enfant allaient bien. Ils étaient très secoués, mais pas gravement blessés. Le mari, en revanche, nécessitait des soins d'urgence. (Elle inclina la tête en direction des autres agents.) Nous leur avons déjà raconté tout ça une dizaine de fois.

Pepperdyne passa outre sa remarque.

— Était-il conscient ?

— Non.

— A-t-il dit quelque chose ? Bredouillé quelques mots ?

— Non.

— Avait-il une arme ?

Elle agita la tête.

— Vous en êtes sûre ?

— J'ai dû découper ses vêtements, répondit-elle d'un ton sec. Il n'avait pas d'arme.

— Une pièce d'identité quelconque ?

— Non. Elle nous a dit que les papiers étaient restés dans la voiture.

— Qui ça, elle ?

— Mme Kendall.

Pepperdyne jeta un coup d'œil par-dessus son épaule à l'un des agents, qui haussa les épaules, l'air de dire : « Je vous avais prévenu. »

Pepperdyne se retourna vers l'infirmière avec une moue écœurée.

— Son nom de famille est Burnwood. Kendall Burnwood. A-t-elle mentionné ce nom ?

— Non. Elle a inscrit John et Mary Kendall sur les formulaires d'admission, précisa l'infirmière.

— Oui, je les ai vus.

Un agent en brandit des exemplaires qu'il fourra dans la main de Pepperdyne. Il les secoua sous le nez de ses interlocuteurs :

— Elle a tout rempli, sans laisser un blanc, mais il n'y a pas une information qui soit vraie. Les noms, les adresses, les numéros de téléphone, de sécurité sociale, tout est faux, pure invention. Cela ne vous a pas paru étrange qu'elle ait tellement d'argent liquide et pas une seule pièce d'identité ?

Il ne recueillit en réponse que des regards emplis d'une muette rancœur.

Alors une autre infirmière prit la parole :

— Je me fiche de son nom, elle est très gentille. Et parfaitement honnête. Elle aurait pu s'en aller sans payer un centime. Elle n'était pas obligée de laisser de l'argent dans sa chambre, c'est pourtant ce qu'elle a fait. Elle l'a mis bien en vue, pour être sûre qu'on le trouve, et la somme couvrait largement la facture. C'est une merveilleuse mère et elle était très préoccupée par la perte de mémoire de son mari.

— Si cela la préoccupe tant, c'est qu'elle redoute qu'il retrouve la mémoire.

Pepperdyne s'adressa au médecin :

— Quand la retrouvera-t-il ?

— Ce peut être n'importe quand. Ce peut être jamais.

— Bonne réponse, grommela l'agent spécial, accablé. Son état le met-il en danger ?

— Pas s'il est raisonnable, comme je le lui ai recommandé.

— Et sa jambe ?

— C'était une fracture nette. Il n'y paraîtra plus d'ici deux mois.

L'attitude suffisante du médecin tapait sur les nerfs de Pepperdyne.

— Et vous laissez tranquillement partir un homme qui a la jambe cassée et une commotion cérébrale ?

— Nous ne pouvions pas savoir qu'il allait s'éclipser en pleine nuit.

— Est-ce un comportement normal, docteur ? Vos malades ont-ils pour habitude de faire le mur ? Cela ne vous a pas semblé suspect ? Pourquoi n'avez-vous pas immédiatement averti le shérif quand vous avez constaté leur absence le lendemain matin ?

— L'adjoint les avait interrogés à plusieurs reprises et semblait satisfait de leurs déclarations. Il ne les avait pas placés en état d'arrestation, ni rien de ce genre. Qu'est-ce qu'ils ont fait, d'ailleurs ? Pourquoi vos agents ont-ils envahi la ville pour leur mettre la main dessus ?

— C'est top secret, lâcha Pepperdyne.

Si les médias venaient mettre leur long nez dans cette histoire, les choses risquaient de tourner au vinaigre. Il voulait que ces gens soient assez intimidés pour lui livrer toutes les bribes d'informations qu'ils pouvaient détenir, mais pas assez intrigués pour subodorer qu'ils étaient mêlés à une affaire d'envergure nationale pour laquelle les journalistes seraient prêts à vendre leur âme au diable et le reste avec. Jusqu'à présent, il avait réussi à maintenir cette disparition sous le boisseau. Plus il gagnerait de temps avant qu'elle ne vienne à la connaissance du public, mieux ce serait.

— Comment ont-ils quitté la ville ? demanda-t-il à la cantonade.

Il était pratiquement certain qu'ils n'étaient plus à Stephensville. Ayant vu la ville du haut des airs, il ne pensait pas que Mme Burnwood, toute finaude et dégourdie qu'elle était, puisse y dissimuler bien longtemps un amnésique et un nourrisson. Les cachettes n'étaient pas si nombreuses. Et puis, ses agents avaient distribué leurs portraits dans toute la ville. Personne ne les avait aperçus.

— Quelqu'un a une idée sur la façon dont ils ont pu s'en aller ? L'un d'entre vous a-t-il vu Mme Burnwood au volant d'une voiture ?

— Je lui ai prêté la mienne, avoua l'une des infirmières. Mais seulement pour quelques heures. Elle est allée au supermarché acheter des vêtements pour elle et le bébé.

— Avez-vous relevé le kilométrage ?

— Le kilométrage ? répéta-t-elle, comme si c'était du chinois.

Encore une impasse. On avait déjà vérifié les vols de véhicules dans les archives de la police. Il n'y en avait pas eu à Stephensville depuis deux ans. Il n'existait qu'un unique garage qui vendait des voitures d'occasion. Elles rouillaient sur place et il ne s'en était pas vendu une seule depuis six mois.

— Il n'y a pas de service d'autocars. Pas de liaison aérienne. Pas de bateaux, pas de trains. Comment diable ont-ils quitté la ville ?

Le ton rageur de Pepperdyne secoua les vitres, mais ne lui obtint pas de réponse, ni même une suggestion.

Avec un soupir de découragement, il déclara :

— Merci à tous pour le temps que vous m'avez consacré.

Comme ils regagnaient l'hélicoptère, l'un de ses hommes s'étonna :

— C'est vrai, ça, comment ont-ils fait pour quitter la ville ?

Pepperdyne se courba en deux pour plonger sous le tourbillon des pales en criant, furieux :

— Nous avons éliminé toutes les possibilités, alors j'imagine qu'ils ont déployé leurs ailes et se sont envolés.

10

— Comment s'appelle-t-il ? Pardon ? Comment dites-vous ? Crook ? Pouvez-vous épeler ?

Le téléphone coincé entre l'épaule et la joue, Kendall griffonna le nom sur un bloc-notes.

— Vol à l'étalage ? Ah-ah. Merci quand même, marmonna-t-elle.

On frappa à la porte de son bureau. Elle leva les yeux pour voir entrer Matt, qu'elle salua d'un geste.

— Je te dérange ?

Elle lui reprocha d'une grimace l'absurdité de sa question et reprit, au téléphone :

— Bon, dès que j'ai fini ici, je descends lui parler. Pour l'instant, j'ai quelqu'un dans mon bureau. Au revoir.

Elle raccrocha et rabattit ses cheveux en arrière des deux mains. Elle adressa alors à son mari un sourire béat.

— Tu as l'air à peu près sain d'esprit. En tout cas, je l'espère, parce que depuis ce matin, je n'ai affaire qu'à des cinglés.

Matt s'assit au coin de son bureau en ricanant.

— C'est la saison du football. Le match local a lieu vendredi soir. Les gens sont un peu excités.

— Un peu excités ? Totalement à côté de la plaque, tu veux dire. Dingues. Barjots.

— Exemple ?

— Eh bien, tiens. Nous avons eu droit à une joute verbale entre deux voisins dans la salle des pas perdus. Le berger allemand du premier avait pris l'habitude de faire ses besoins dans le jardin de l'autre. Là-dessus, le second décide d'organiser une course de toutous. Quand la pyramide de supporters a roulé à terre... Tu vois le tableau. Ce n'était pas ragoûtant. Bref, il attaque en justice. Ensuite, c'est un détenu qui attend son jugement pour vol à main armée qui me demande de lui obtenir une permission de sortie, le temps d'assister au match. Ce sera la dixième réunion des anciens de sa classe.

Matt était secoué de rire.

— C'est bien ce que je te disais.

— Sans rapport avec le football, j'ai eu une prise de bec avec notre cher procureur. Nous discutions au sujet de son intention d'inclure dans son réquisitoire une ancienne condamnation de mon client pour coups et blessures. Je l'ai traité de vieille baderne obtuse. Il m'a traitée de gauchiste sentimentalo-communiste et il m'a raccroché au nez. Et maintenant, il refuse de me parler au téléphone.

Matt l'avait écoutée d'une oreille compatissante.

— Dabney est connu pour son mauvais caractère, mais ses bouderies ne durent jamais bien longtemps.

Kendall et maître Dabney Gorn se chamaillaient avec une belle régularité. La rivalité tenait au territoire. Kendall en était arrivée à la conclusion que, si le procureur n'avait aucune critique à formuler contre elle, c'était qu'elle ne faisait pas correctement son travail.

Mais Gorn prenait souvent leurs différends professionnels pour des affronts personnels, ce qui mettait Kendall dans une position d'autant plus délicate qu'il était une figure respectée de Prosper. Il s'était présenté avec un soutien unanime aux quatre dernières élections et avait gagné haut la main les trois précédentes. M. Gorn était un notable hautement estimé, un symbole d'ordre et de discipline, défenseur de la vérité, de la justice et des valeurs américaines. Par conséquent, tous ceux, ou celles, qui s'opposaient à lui avaient forcément tort.

C'était en outre un grand ami des Burnwood. Quand elle parlait de lui devant Matt et Gibb, elle pesait ses mots. C'est pourquoi elle se garda de dire à Matt qu'elle considérait Dabney Gorn comme un manipulateur de la loi malhonnête et prétentieux, plus soucieux de préserver sa situation d'élu que de servir la justice.

Avec le juge Fargo, dont les points de vue reflétaient malheureusement à l'identique ceux de Gorn, le procureur était un terrible adversaire. Ne voulant pas passer pour une geignarde atteinte d'un complexe de persécution, elle garda aussi cette opinion pour elle.

— En somme, commenta-t-elle, ça a été comme un lundi. (Elle croisa les mains sur le bord de son bureau, toute attentive à son mari.) Que puis-je pour vous, monsieur le beau journaliste ?

— Pour commencer, me donner un baiser.

— C'est dans mes cordes.

Ils se penchèrent l'un vers l'autre par-dessus la table et s'embrassèrent. Quand ils se séparèrent, elle fit claquer ses lèvres.

— Merci, j'en avais besoin.

— C'est la saison, répéta Matt. Tout le monde est en ébullition à cause du foot.

— C'était un événement aussi important du temps où tu jouais ?

— Tu veux rire ? Pour papa, le football est, à un poil près, une affaire aussi sérieuse que la chasse. Il m'a appris à faire des passes en même temps qu'à manier un fusil.

Gibb avait raconté par le menu à Kendall les prouesses de son fils sur le terrain. Quand il les évoquait, ses yeux brillaient comme ceux d'un converti de fraîche date les jours de grande célébration. Kendall n'était pas sûre que Gibb aurait manifesté le même enthousiasme si Matt avait choisi de jouer de la flûte dans la fanfare du lycée.

Son beau-père méprisait tout ce qui n'exaltait pas les qualités viriles. Les activités artistiques étaient exclusivement réservées aux « dames » et aux « excentriques », catégorie à laquelle appartenait tout homme manifestant un goût quelconque pour la musique classique, la danse ou le théâtre. Il prononçait parfois des jugements ostracistes tellement grotesques que Kendall se retenait d'en rire. Ou d'en frémir.

Ses opinions ultraconservatrices lui donnaient parfois envie de hurler de consternation. Sa grand-mère l'avait élevée dans l'idée qu'on devait respect et tolérance aux autres et à leurs particularités. Les différences pouvaient au contraire se révéler intéressantes, voire stimulantes.

Les convictions libérales d'Elvie Hancock n'étaient pas toujours bien vues à Sheridan, dans le Tennessee. Elle les avait néanmoins pratiquées et transmises à sa petite-fille. C'était sans doute l'une des raisons pour lesquelles Kendall avait voulu devenir avocat public, défenseur des petits et des obscurs. À cause aussi des injustices auxquelles elle avait assisté dans les couloirs feutrés de Bristol & Mathers.

— C'était qui au téléphone ? lui demandait Matt. À moins que tu ne puisses en parler ?

— Strictement entre nous ?

— Strictement.

— Un garçon a été surpris en train de voler dans un magasin cet après-midi. Allez, je t'en dis un peu plus. Son nom de famille est Crook.

— Le plus jeune ? Billy Joe ?

— Tu le connais ? s'étonna-t-elle.

— Je connais sa famille. Les jumeaux, Henry et Luther, ont un an de plus que moi. Il y a une tripotée de frères et sœurs entre eux et Billy Joe. Leur père tenait un dépôt de ferraille en bordure de la ville. Tu vois où se trouve ce grand tas de trucs rouillés ?

Elle hocha la tête. Elle avait repéré l'ignoble ramassis auquel il faisait allusion.

— Tenait ? À l'imparfait ?

— Il est mort il y a deux ans. Mme Crook a bien du mal à maintenir l'affaire à flot.

— Et pourquoi ça ?

— Le vieux Crook n'attendait pas toujours les

véhicules accidentés pour renouveler ses stocks. Les clients venaient souvent lui racheter les pièces qu'on avait subtilisées sur leur voiture. La rumeur prétendait qu'il gérait son entreprise comme le Fagin d'*Oliver Twist,* en envoyant ses fils voler pour lui.

— Mme Crook s'efforce-t-elle davantage de rester dans la légalité ?

— Peut-être, mais j'en doute. C'est le manque d'intelligence, plus que les scrupules, qui l'empêche de prospérer.

— Hum. Ainsi, d'après toi, Billy Joe a un long passé de Crook escroqueur derrière lui ?

— Ah ! toujours le mot pour rire.

— Pas vraiment. Merci pour cette présentation des antécédents familiaux, mais je crains que nous ne puissions poursuivre cette conversation sans porter atteinte à la déontologie.

— Je comprends.

Il n'essayait jamais de lui soutirer plus d'informations qu'elle ne souhaitait en divulguer, par respect pour le secret professionnel. Comme il dirigeait le journal local, dans lequel il publiait un éditorial bihebdomadaire, elle veillait à ne pas parler avec lui de ses dossiers. Non par méfiance, mais plutôt pour préserver sa propre intégrité.

— Quel bon vent t'amène ? s'informa-t-elle.

— Je venais te prévenir que je ne serai pas là pour dîner ce soir.

— Oh, Matt !

Il leva les mains pour faire taire ses protestations.

— Je suis désolé. Je ne peux pas y échapper.

— C'est la deuxième fois en quatre jours. Quelle est la raison cette fois-ci ?

— Leonard Wiley nous a invités, papa et moi, à chasser le raton laveur cette nuit. Il a un nouveau chien dont il est très fier et qu'il veut montrer à l'œuvre. Papa a accepté pour moi.

— Dis-lui que tu ne peux pas y aller, que nous avons d'autres projets.

— Nous n'en avons pas.

— Dis-lui que tu m'avais promis que nous resterions à la maison, vautrés devant la télévision.

— Je ne t'ai rien promis de tel.

— Il ne le sait pas !

— Mais moi, je le sais.

— Oh, au nom du ciel, Matt ! Tu n'as donc jamais raconté un bobard de ta vie ?

— Pas à mon père.

— Dans ce cas, dis-lui la vérité. Dis-lui que j'ai attrapé un coup de sang, que je t'en veux à mort de sortir le soir et que je menace de te châtrer si tu me laisses seule aujourd'hui.

Elle bondit de sa chaise en brandissant un coupe-papier.

Il para en riant le coup qu'elle feignait de porter au symbole de sa masculinité.

— Je savais que tu serais déçue.

— Je ne suis pas déçue. Ça me fout en rogne.

Il ravala son sourire.

— Est-il nécessaire d'employer un tel langage ?

La remontrance ne fit que décupler sa colère.

— Non, ce n'est pas nécessaire, Matt. Mais ça me défoule. Il n'y a pas trois mois que nous sommes mariés et mon mari préfère passer ses soirées avec des chiens de chasse qu'avec moi. J'estime que cela me donne droit à la grossièreté.

Elle lui tourna le dos et se figea devant la bibliothèque qui contenait ses livres de droit et des ouvrages sur la Caroline du Sud et la loi fédérale. Le cadre que leur avait donné Roscoe en cadeau de mariage trônait sur une étagère. Elle y avait mis une photo de leur mariage et l'avait placé dans son bureau, où le concierge ne pouvait manquer de le voir quand il venait y faire le ménage.

La première fois qu'il avait découvert son cadeau exposé bien en vue, il s'était étranglé de fierté. Son sourire radieux compensait largement les reproches dont l'avaient accablée Gibb et Matt pour être allée à l'encontre de leur volonté en lui envoyant une invitation.

— Je ne vois pas en quoi le fait d'avoir un nouveau chien est si important.

— Ce ne l'est pas pour moi, répondit Matt d'un ton agacé. Mais pour Leonard, c'est un grand événement. Je ne veux pas le blesser.

Elle fit volte-face.

— Mais moi, tu peux.

— Ce n'est pas mon intention.

— C'est pourtant ce que tu fais.

— Ce que j'essaie de faire, maugréa-t-il, c'est de contenter tout le monde. Et franchement, ça devient fatigant.

Apparemment, cette question le rongeait depuis un moment déjà. Elle l'avait involontairement lancé sur un sujet sur lequel il avait beaucoup à dire.

— Je ne sais pas ce qu'il y a de pire entre les regards affligés dont tu me gratifies quand je ne fais pas ce que tu veux et les piques que me lâchent mes amis dans le cas contraire.

Ces paroles la meurtrirent.

— Si le mariage est un obstacle à tes amitiés, tu aurais dû y réfléchir à deux fois avant de te marier.

— Je voulais me marier. Je voulais me marier avec toi. Mais il faut que tu comprennes que...

— Ils passent avant. Surtout Gibb.

Il franchit la distance qui les séparait et serra ses épaules entre ses mains.

— C'est vrai. Ça l'a été longtemps. Je n'avais plus que lui après la mort de maman. Nous avons vécu ensemble pendant près de trente ans. Rien que nous deux. Maintenant que j'ai quitté la maison, il est seul.

— Seul ? répéta-t-elle d'un ton incrédule. Je pourrais là, sans réfléchir, te citer une dizaine de femmes qui ne demanderaient qu'à lui tenir compagnie. S'il acceptait toutes les invitations, il sortirait tous les soirs de l'année. Il a plus d'amis qu'il n'en faut. Pourquoi serais-tu le valet de service chargé de le distraire ?

— Parce que c'est mon père et que je l'aime. Il

m'aime. Et il t'aime, ajouta-t-il avec emphase. Honnêtement, a-t-il eu une seule parole ou un seul geste déplaisants à ton égard ? N'est-il pas vrai qu'il a déployé des trésors de gentillesse pour t'accueillir au sein de la famille ?

Kendall baissa les yeux et inspira une grande goulée d'air.

— Oui, Matt, je le reconnais. C'est seulement que...

Il posa le doigt sur ses lèvres.

— Nous n'allons pas nous disputer, Kendall. Je déteste quand nous nous disputons.

Elle, elle détestait la façon qu'il avait de plaider sa cause et d'interrompre la discussion sans lui laisser le temps d'exposer son point de vue. Mais tous les étudiants en droit savent l'importance qu'il y a à bien choisir ses points d'achoppement. Elle pouvait céder sur celui-là. Ce n'était pas comme s'il contrecarrait des projets précis en passant la soirée ailleurs.

Pourtant, elle aimait par-dessus tout les soirs sans engagement, où ils pouvaient rester chez eux à regarder la télévision en grignotant un bol de popcorn. Et à faire l'amour. Elle se sentait exclue quand il sortait avec ses amis, d'autant qu'elle ne pouvait participer à leurs activités de plein air, ni les évoquer par la suite avec lui.

Cependant, elle préférait encore rester seule qu'avoir à supporter les épouses quand les hommes partaient en vadrouille.

Elle avait essayé de se faire des amies, sans grand succès. Elle se mettait involontairement à l'écart des autres femmes en se consacrant trop résolument à sa carrière. Et puis, il y avait ce je-ne-sais-quoi d'indéfinissable qui la tenait à distance. Elle n'arrivait pas à déterminer ce que c'était, mais elle le ressentait profondément. À tort ou à raison, elle avait l'impression que tout le monde détenait la clé d'un secret dont elle était évincée. Elle attribuait ce sentiment d'isolement au fait qu'elle ne pouvait, contrairement aux autres, se prévaloir d'un enracinement de longue date dans la communauté.

Toujours est-il qu'elle ne parvenait pas à s'insérer. Peut-être reportait-elle inconsciemment la faute de cet échec sur Matt et avait-elle tendance à accorder à l'incident une gravité hors de proportion, parce qu'il avait une foule d'amis quand elle n'en avait aucun. Peut-être était-elle vexée de n'avoir pas encore été admise dans le sein étroit de la société locale. Cette méfiance la rendait jalouse et possessive à l'égard de Matt que tout le monde adorait.

Elle tombait en tout cas dans le cliché pathétique de la jeune mariée qui en veut à son mari de vivre en dehors d'elle.

— J'espère que ce chien de malheur ne débusquera pas un seul animal, proféra-t-elle d'une voix morne.

Prenant cette déclaration pour l'aveu de reddition qu'elle voulait être, Matt l'embrassa sur le bout du nez.

— Nous ne rentrerons sans doute pas tard. Mais ne m'attends pas.

— Je t'attendrai.

Après un autre baiser, il prit la direction de la porte.

— Fais attention avec ces fusils et tous ces trucs, lança-telle.

— Toujours.

Après son départ, elle resta un long moment assise à son bureau à reconstituer mentalement leur conversation. Matt avait raison sur plusieurs points. Elle l'avait placé dans une position intenable en lui donnant à choisir entre son père et elle, deux personnes qu'il aimait et cherchait tout autant à satisfaire. C'était une erreur.

Elle ne pouvait, ni ne voulait, creuser un fossé entre Matt et son père. L'idée de faire partie de leur famille la réjouissait. Au lieu de se plaindre d'être exclue de leurs activités, elle ferait mieux de s'y intéresser et d'apporter sa contribution. Matt en serait ravi, ainsi que Gibb, qui disait souvent combien il souhaitait qu'elle en vienne à accepter totalement leur univers.

Cette résolution prise, elle se sentit beaucoup mieux. Si la situation actuelle ne lui plaisait pas, c'était à elle de la modifier. Elle ferait ce qu'il faudrait.

Parce qu'elle ne voulait pas seulement un mariage réussi, elle le voulait grandiose.

⁂

Billy Joe Crook était un grand échalas, bâti tout d'une pièce, sans différence de largeur entre les hanches, la taille et les épaules. Ses os décharnés pointaient sous ses vêtements. Il ne pouvait empêcher ses cheveux filasses de lui tomber dans les yeux qu'en rejetant la tête de côté d'un mouvement vif, si souvent répété qu'il prenait des allures de tic nerveux.

— Le rapport de police dit que lorsque vous avez été appréhendé, vous cachiez les C.D. sous votre chemise.

Il se dégagea bruyamment les sinus et déglutit.

— J'allais les payer.

— Hors du magasin ?

— J'allais chercher l'argent dans ma voiture quand cet enfoiré m'a agrippé par-derrière et s'est mis à me tabasser comme si j'étais un criminel.

— Han-han, marmonna Kendall, nullement impressionnée par ses protestations d'innocence. Avez-vous déjà eu des démêlés avec la police pour vol à l'étalage ?

Ses yeux délavés fixaient sur elle un regard déconcertant. Kendall soutint bravement la vrille perçante de ce regard. Il finit par se détourner, leva les yeux au plafond, jeta un coup d'œil par-dessus son épaule au garde posté à la porte, considéra divers objets disséminés à travers la pièce avant de reporter son attention sur elle.

— Non.

— Ne me mentez pas, Billy Joe. Je le saurai de toute façon. Même si la vérité n'est pas belle à entendre, je préfère l'entendre de votre bouche que l'apprendre par les services de M. Gorn. Avez-vous déjà été arrêté ?

— Jamais.

— Il y a pourtant eu un incident ?

Il écarta le sujet d'un sourire ironique.

— Il y a deux ans ? Au Piggly Wiggly ?

Kendall croisa les bras et adopta une attitude d'écoute.

— La... euh, la mégère qui surveille la boutique a prétendu que j'avais essayé de voler une B.D. (Il souleva ses maigres épaules pour marquer son indifférence.) Elle mentait, la salope.

— Vous n'aviez pas pris la B.D. ?

— Je l'avais prise sur le présentoir, c'est vrai. Je voulais seulement aller la lire aux toilettes. La garce en a fait tout un foin. Elle a appelé le directeur. Il m'a flanqué hors de son magasin en me disant de ne pas revenir. J'en avais rien à foutre. Qu'ils ne comptent plus sur moi pour me fournir chez eux, je leur ai dit.

— Ça a dû leur briser le cœur.

— Dites donc, la meuf, de quel côté vous êtes ? s'écria-t-il en fusant de sa chaise. Et pourquoi on m'a filé une gonzesse comme avocat d'ailleurs ?

Kendall bondit sur ses pieds si prestement qu'elle en renversa sa chaise. Le garde s'élança, mais elle le retint d'un geste de la main en secouant la tête. Il obtempéra et demeura à distance, prêt toutefois à sauter sur Billy Joe en cas de besoin.

Kendall foudroya l'insolent du regard. Un grondement menaçant roulait dans sa voix.

— Si tu prononces encore une fois ce mot, je te fais avaler toutes tes dents. Tu m'entends ? Si j'étais toi, je serais bien content d'avoir une femme pour me défendre. Tu es tellement répugnant qu'aucune femme ne voudrait s'asseoir à côté de toi au tribunal pour plaider ta cause, à moins d'être convaincue que tu es accusé à tort.

Elle lui avait donné matière à réflexion. Il s'agitait

sur sa chaise et se mit à se ronger l'ongle de l'index, qui ressemblait déjà à un moignon. Malgré l'impertinence qu'il affichait, elle commençait à déceler chez lui un léger malaise.

— Bon, bon, dit-il enfin. Pas la peine de vous mettre dans tous vos états. J'ai dit ça comme ça.

— Non, vous n'avez pas dit ça comme ça. (Elle redressa calmement sa chaise et se rassit.) Peu m'importe ce que vous pensez de moi, monsieur Crook. Je suis payée pour vous défendre. La façon dont je m'en acquitte me regarde. Quelle que soit l'issue de votre procès, je recevrai de toute façon mon chèque à la fin de la semaine. C'est clair ?

C'était clair. Il dit d'une voix sourde, en rejetant ses cheveux en arrière :

— Je ne veux pas aller en prison.

— Bon. Dans ce cas, étudions ensemble les solutions.

⁂

— Plaider coupable ? Vous voulez dire : prétendre qu'il l'a vraiment fait ? Vous débloquez, ma bonne dame !

La grossièreté semblait être un trait commun à toute la famille Crook. Tout comme les cheveux couleur de paillasse et les yeux dépourvus de pigmentation. Les deux jumeaux étaient aussi grands et efflanqués que leur jeune frère, quoique d'une maigreur un peu moins prononcée que celle de Billy Joe. Chez eux, la maturité avait un peu arrondi les angles.

Henry et Luther Crook avaient surgi alors qu'elle s'apprêtait à quitter le palais de justice. Ils avaient, eux aussi, exprimé à grands cris leur mécontentement de savoir que c'était une femme qui défendait leur petit frère. Indifférente à leurs objections, elle leur exposa le mode de défense qu'elle avait conseillé à son client d'adopter.

— Je ne suis pas folle, leur dit-elle d'un ton égal. Je crois que Billy Joe doit plaider coupable.

— Plaider coupable, grommela Henry avec mépris. Tu parles d'une avocate. Laissez tomber. Nous allons prendre quelqu'un d'autre. Quelqu'un qui sait ce qu'il fait.

— Parfait. Je serai ravie de transmettre le dossier à la personne que vous aurez choisie ou que le tribunal désignera. Mais mon rôle consiste à traiter rapidement ce genre d'affaire. Il faudra sans doute des semaines avant qu'un autre avocat puisse s'en charger. Combien de temps êtes-vous prêts à attendre ?

Luther et Henry méditèrent un instant cet aspect des choses. Henry jeta à Luther un regard désespéré et remarqua :

— Maman ne supporte pas de voir son petit garçon en prison.

— Écoutez-moi et ensuite, vous prendrez une décision, proposa Kendall. Billy Joe n'a que seize ans. Il est mineur. C'est son premier faux pas. Nous pouvons oublier l'incident du Piggly Wiggly. Il n'avait pas été arrêté ni fait l'objet d'une plainte officielle et même si c'était le cas, cela ne devrait pas entrer en ligne de compte.

— Ah ?

Henry lança un coup de coude dans les côtes de Luther.

— Tais-toi et laisse-la parler.

Comme Henry était visiblement le plus intelligent des deux, ce qui ne voulait encore pas dire grand-chose, c'est à lui qu'elle adressa le reste de son discours.

— Je crois que si Billy Joe comparaît devant le juge des enfants et reconnaît avoir commis une erreur de jugement en quittant le magasin avec les disques compacts avant de les payer, même s'il avait fermement l'intention de le faire, il en sera quitte pour un avertissement et une probation.

— Qu'est-ce que ça veut dire ?

— Qu'il n'ira pas en prison et ne sera pas envoyé à Columbia pour y subir une R.É.

La « Réception et Évaluation » consistait en une

période de quarante-cinq jours pendant laquelle les jeunes délinquants étaient placés en détention et soumis à un examen approfondi par les services de la Justice des Mineurs. Le juge président émettait alors un avis fondé sur les résultats de cet examen et sur les recommandations des services judiciaires.

— À quoi correspond cette probation ?

— Billy Joe ne devra pas commettre d'autres erreurs pendant une durée déterminée, disons un an. Il sera étroitement surveillé. Pendant son sursis probatoire, il aura intérêt à se tenir tranquille.

— Sinon ?

— Sinon, il aura brûlé toutes ses cartouches.

Henry ruminait cette perspective en se grattant distraitement l'aisselle.

— Quelle est l'autre solution ?

— L'autre solution serait de plaider l'innocence. Il sera jugé, ce qui peut lui valoir une probation plus sévère ou une R.É. Personnellement, dans le cas présent, je pense que le juge réagira favorablement si le défendeur exprime ses regrets.

Devant leurs regards éberlués, elle tenta une autre explication.

— Le juge risque de se montrer plus clément envers Billy Joe s'il dit qu'il regrette ce qu'il a fait et promet de ne plus recommencer. Je dois dire que l'idée de la probation a plu à votre frère. Il a juré qu'il se tiendrait à carreau s'il arrive à se sortir de ce mauvais pas. Voilà. Que décidez-vous ?

Les jumeaux s'éloignèrent pour se consulter à voix basse.

— D'accord, déclara Henry, parlant en leurs deux noms, quand ils la rejoignirent. On fait comme ça. Comme vous avez dit.

— Bien. Mais je tiens à préciser qu'en plaidant coupable, Billy Joe admet être l'auteur d'un acte répréhensible. Il aura un casier. Et je ne peux garantir absolument que le juge se laissera fléchir par son aveu de culpabilité. C'est un coup de poker qui peut se retourner contre nous. Cela dit, à mon avis, c'est un pari sans risque.

Ils approuvèrent d'un vigoureux hochement de tête, en disant que maman serait drôlement contente d'apprendre que son petit Billy Joe n'irait pas en prison.

— Évidemment, dès qu'il sera sorti, elle va lui botter les fesses pour tous les soucis qu'il lui aura causés.

Maman Crook devait aussi être un sacré numéro, se dit Kendall.

— Je vous conseille d'acheter à Billy Joe un nouveau costume pour l'audience. Et quelques objets de toilette.

Elle ajouta, dans des termes qu'ils pourraient mieux comprendre :

— Il faut qu'il soit sapé comme pour aller à l'église le jour de ses noces.

— À ce propos, remarqua Luther, vous ne seriez pas la femme de Matt Burnwood ?

— C'est exact.

— Ce vieux Matt, il s'est dégoté une fille de la ville.

— Pas vraiment, corrigea Kendall en les suivant vers la sortie. J'ai grandi dans l'est du Tennessee, dans une ville encore plus petite que Prosper qui s'appelle Sheridan.

— Vous avez pourtant l'air d'une fille de la ville, insista Luther. C'est marrant que Matt vous ait épousée. J'avais toujours pensé que...

Son frère, une fois de plus, lui planta son coude dans les côtes.

— Luther est d'un bavard ! déplora Henry en guise d'excuse. Il faut qu'on rentre pour annoncer la bonne nouvelle à maman.

Il poussa son frère vers une guimbarde délabrée stationnée devant un parcmètre.

Kendall fut soulagée de les voir partir. Leur proximité lui donnait l'envie pressante de se plonger dans un bain.

« Thon à vendre, trois boîtes pour un dollar. »

Le marchand ambulant assis sur les marches du palais de justice faisait en quelque sorte partie du décor. Il lisait à haute voix un exemplaire du journal de Matt. Malgré la barbe poivre et sel qui lui hérissait les joues, il n'était pas vieux. Sans doute à peine plus âgé que Matt.

— Bonsoir, Bama, lui dit-elle avec un grand sourire.

— 'soir, maître.

— Comment allez-vous ?

— Peux pas me plaindre.

Roscoe lui avait raconté l'histoire du bonhomme.

— Il s'est pointé un matin, quelques mois avant votre arrivée. On l'appelle Bama à cause de l'Alabama. Il est là tous les jours sur les marches du palais, qu'il pleuve ou qu'il vente, par tous les temps. Il lit le journal de la première à la dernière ligne. Il est plutôt gentil. Il ne gêne personne. Enfin, pas vraiment. On a bien essayé de le chasser une fois ou deux, mais il est toujours revenu le lendemain. Si c'est pas malheureux de gâcher une existence comme ça.

Le concierge avait soupiré sur les déboires inconnus qui avaient amené Bama à vivre d'expédients au ban de la société.

Kendall prit un dollar dans son sac et le glissa dans la poche de poitrine de sa veste de tweed crasseuse.

— Achetez-vous un peu de thon avec ça.

— Merci beaucoup, maître.

— Bonsoir.

— 'soir.

La journée avait été longue. Chaque minute l'avait éprouvée et marquée comme un coup de fouet. Elle essaya d'attendre Matt, comme elle l'avait promis, mais elle était tellement fatiguée qu'à minuit, elle renonça et alla se coucher toute seule.

11

— Votre Honneur !

— Silence ! (Le juge H.W. Fargo abattit son marteau.) Si le défenseur est incapable de contrôler les débordements de son client et des spectateurs venus le soutenir, je lui adresse un blâme.

— Votre Honneur, est-ce que je peux parler ? cria Kendall de sa place, tout en essayant de contenir Billy Joe Crook.

Depuis qu'il avait entendu la sentence du juge, il ne cessait de hurler des obscénités.

— Votre client a plaidé coupable et j'ai ordonné qu'on l'envoie à Columbia en R.É. Qu'y a-t-il à ajouter ?

— Pardonnez son éclat. Mais étant donné les circonstances, son indignation est justifiée.

Fargo se pencha en avant et sourit, mais son expression n'avait rien de bienveillant.

— Ah bon ?

— Oui, Votre Honneur.

— Son honneur, mon cul ! ricana Billy Joe. Vous n'êtes qu'un sac de merde, monsieur le juge. Et elle aussi. Et tous les clowns de ce putain de tribunal.

Kendall agrippa son bras avec tant de force qu'elle lui arracha une plainte.

— Asseyez-vous et fermez votre grande gueule. Laissez-moi parler.

— Et pourquoi ? protesta-t-il en dégageant son bras. J'ai fait ce que vous m'aviez dit et, à cause de ça, on m'envoie en prison. Ou tout comme. Il est pas question que je me fasse examiner par un psy !

Ses cheveux, qu'il avait disciplinés à grandes rasades de gel pour sa comparution, avaient retrouvé le chemin de sa figure. Il bascula la tête pour les chasser de ses yeux et foudroya du regard Kendall, qui le paya du même regard acéré. Billy Joe fut le premier à lâcher prise.

— Merde. (Il retomba sur sa chaise.) Je vais m'évader. C'est moi qui vous le dis.

Sur les bancs de l'auditoire, Henry et Luther grondaient comme des chiens enragés au bout d'une laisse trop courte. Mme Crook débitait des invectives. Kendall avait l'impression de vivre un cauchemar.

Du coin de l'œil, elle entrevoyait le sourire équivoque que lui dispensait le procureur Dabney Gorn du haut de son siège. Il savourait à la fois sa défaite et le tapage de son client.

Pourquoi Gorn n'avait-il pas dépêché l'un des substituts pour traiter une affaire aussi mineure ? Il siégeait rarement en personne au tribunal. Il expédiait des mandats de son bureau et passait le plus clair de ses heures de travail au café, en face du palais de justice, à boire des thés glacés en dissertant de l'air du temps avec les passants.

Quand elle apostropha à nouveau le juge, Kendall sentit sur elle tous les regards de l'assistance, y compris celui de Matt qui était passé pour l'encourager. Elle aurait préféré qu'il s'abstienne.

— Votre Honneur, c'est ridicule de décréter une R. É. dans une affaire comme celle-ci. La valeur des objets subtilisés est inférieure à cent dollars. Au nom de quoi peut-on...

— Au nom du fait que votre client est un voleur, madame. Il l'a reconnu. Si vous voulez, je peux demander au greffier de nous relire les attendus de l'audience.

— Merci, Votre Honneur, ce ne sera pas nécessaire. Je sais que mon client a plaidé coupable. M. Crook admet avoir commis une erreur de jugement. Cependant, nous ne convenons pas que cette erreur avait pour motivation le vol, comme le laisse entendre la cour. C'est le premier délit qu'on ait à reprocher à mon client.

— Officiellement, laissa tomber Fargo d'un air narquois.

— C'est le seul qui devrait entrer en ligne de compte, répliqua Kendall. Ou devons-nous en déduire que la cour a un préjugé contre mon client ?

Le teint de Fargo vira au pourpre.

— Vous n'avez rien à déduire au sujet de ce tribunal. (Il agita son marteau d'un air sévère.) Vous vous avancez là sur un terrain dangereux, maître. Ce sera tout ?

— Non, ce n'est pas tout. Je veux protester officiellement contre le caractère injuste et arbitraire de ce jugement. Billy Joe a exprimé son repentir et, s'agissant d'un premier délit de sa part, j'estime qu'une probation serait beaucoup plus conforme aux normes en vigueur.

— Eh bien, j'essaie de corriger les normes en vigueur. Votre client doit être remis aux services de la Justice des Mineurs. La décision finale sera fonction de leur rapport. (Il abattit son marteau.) Affaire classée.

Lorsque les huissiers s'approchèrent de Billy Joe pour lui enfiler les menottes, il se débattit tant et si bien qu'ils durent le maîtriser. C'était le signal qu'attendaient ses frères. Ils enjambèrent aussitôt la rambarde.

Kendall se dressa sur leur chemin dans l'espoir de ralentir leur élan et de donner aux huissiers le temps de refermer les menottes sur les poignets de Billy Joe.

— Henry, Luther, je vous en prie, vous ne lui rendez pas service.

Mais ils n'écoutaient pas. Ils n'avaient pas non plus l'intention de se laisser arrêter par elle. L'un d'eux la bouscula. Elle tomba à la renverse. Dans sa chute, sa hanche heurta le coin de la table. Tandis qu'elle se relevait, elle vit Billy Joe franchir la porte latérale en hurlant et en distribuant des coups de pied à tout va. Luther et Henry foncèrent à sa poursuite.

Soudain, quelqu'un d'autre passa en coup de vent devant Kendall. C'était Matt. Il rattrapa les jumeaux au moment où ils atteignaient la porte. Il agrippa Luther, qu'il plaqua contre le mur. Lorsque Henry bondit au secours de son frère, Matt se figea en position de combat. Son visage affichait une expression tellement terrifiante qu'Henry en fut à l'instant refroidi.

— Vous avez entendu la sentence du juge, les gars, leur dit Matt. Affaire classée. Billy Joe est en route pour la prison.

— Grâce à elle. (Luther darda un regard assassin en direction de Kendall.) Ce n'est pas à vous que nous en voulons, Matt. C'est à votre femme. Elle a expédié notre petit frère en prison.

— Votre petit frère s'est expédié tout seul en prison quand il a volé ces compacts. À part ça, si vous touchez encore à ma femme, je vous tranche la gorge.

— Matt, s'il te plaît.

Kendall s'avançait vers eux en boitillant.

Le vacarme avait attiré une foule. Les issues étaient obstruées par des attroupements d'employés qui avaient abandonné leurs bureaux pour venir voir ce qui provoquait ce tintamarre. Kendall ne tenait pas à offrir à tant de gens le spectacle de sa défaite. Si la nouvelle se répandait que son mari avait dû voler à sa rescousse, sa crédibilité en serait amoindrie et le respect qu'elle s'était tant acharnée à conquérir s'en trouverait ébranlé. Ses détracteurs y puiseraient de nouveaux arguments pour affirmer qu'une femme ne peut assumer une tâche aussi dure.

Elle effleura le bras de Matt et lui adressa un regard implorant.

— Ici, c'est mon domaine. Je livre moi-même mes batailles.

Elle vit bien que cela ne lui plaisait pas et qu'il était prêt à se récrier.

— Je dois me débrouiller seule, Matt, insista-t-elle. Je t'en prie.

Il assena un coup d'œil menaçant aux frères Crook avant de reculer.

Kendall se dirigea vers eux.

— Si vous vous rappelez bien, je vous avais avertis qu'il y avait des risques à plaider coupable. (Elle agita la tête d'un air affligé.) Croyez-moi, je suis aussi scandalisée et déçue que vous.

— Tu parles, Charles.

Kendall se retourna au son de cette voix inconnue, qui avait la douceur et la délicatesse du papier de verre.

Contrairement à ses rejetons étiques, Mme Crook développait une stature imposante, dont le volume se composait de muscles plus que de graisse. Elle portait une robe de coton imprimée informe et traînait ses pieds amples et tordus dans des pantoufles de velours. Les duretés de la vie avaient creusé des rides profondes sur la peau tannée de son visage. Un faisceau de ridules se déployait en étoile autour de ses lèvres fines, sans doute trop souvent pincées.

— Je suis vraiment navrée, Mme Crook, assura Kendall. Ça n'a pas marché comme je le pensais.

— À cause de vous, on m'enlève mon petit garçon.

— C'est provisoire. Billy Joe n'a pas eu de démêlés graves avant celui-ci. L'avis qui sera rendu recommandera certainement un délai probatoire. Même si le juge n'est pas tenu de suivre cet avis, je suis sûre qu'il le fera.

— Comme vous étiez sûre pour aujourd'hui? demanda-t-elle avec mépris.

Ses yeux s'étrécirent sur une lueur malveillante :

— Vous allez regretter d'avoir croisé notre chemin.

Son regard glissa derrière Kendall. Elle adressa un signe à ses fils. Ils vinrent docilement se poster à ses côtés. Sans ajouter un mot, le trio s'engagea dans l'allée centrale et marcha vers la sortie. Les badauds s'écartèrent pour les laisser passer.

Kendall les regarda s'éloigner, le cœur serré, consciente de s'être fait, ce matin-là, de redoutables ennemis. L'engeance des Crook oubliait rarement les offenses.

Et ne les pardonnait jamais.

⁂

Le magasin Burnwood allait fermer dans vingt minutes lorsque Dabney Gorn en poussa nonchalamment la porte. Gibb le salua d'un mouvement imperceptible du menton, sans cesser de s'occuper du pêcheur venu lui acheter des appâts.

Après avoir conclu une jolie vente, Gibb raccompagna son client à la porte, qu'il ferma derrière lui. Il y accrocha le panneau « Fermé » et alla rejoindre son visiteur en éteignant les lumières sur son chemin.

Le procureur s'était installé dans l'arrière-boutique, où il feuilletait un catalogue d'armes à feu en crachant de temps en temps une chique dans la boîte de cinq kilos de café abandonnée dans un coin à cette fin.

— Quel bavard ! Il t'a tenu un sacré bout de temps !

— Ça valait la peine. Il m'a signé un gros chèque.

Gibb se laissa choir dans le bon fauteuil dodu et usé qui s'offrait face à celui où se prélassait Gorn. Il déboucha une bouteille de soda.

— Tu veux boire quelque chose ?

— C'est déjà fait, merci.

Gorn lâcha un rot, émit encore un crachat et se pencha en avant sur son siège en se frottant doucement les mains :

— Tu as appris ce qui s'est passé au tribunal cet après-midi ?

— Matt m'a appelé. Il était très embêté. À juste titre s'il est vrai que ma belle-fille a tenu tête à tout le monde en faveur de ce garçon.

Le procureur rapporta l'incident mot pour mot et coup pour coup. Il conclut, d'un air gêné :

— Je sais bien qu'elle fait partie de ta famille dorénavant. Mais c'est encore récent, alors que notre amitié à tous les deux remonte loin.

Les deux hommes honorèrent d'un silence le lien spécial qui les unissait. Il était bien plus fort que les liens du sang et bien plus durable que la vie même.

— Qu'as-tu en tête, Dabney ? Tu sais que tu peux parler librement.

— Cette fille m'inquiète, avoua-t-il.

Elle inquiétait aussi Gibb, mais il ne voulait pas l'admettre tant qu'il n'aurait pas entendu Gorn exprimer son point de vue. Les grands chefs savent l'importance qu'il y a à écouter avant d'énoncer un avis. Ils gardent pour eux leurs opinions tant qu'ils ne connaissent pas celles de leur entourage.

— Explique-toi, Dabney.

— Crois-tu qu'elle sera un jour des nôtres, Gibb ? Réellement l'une des nôtres ?

Il s'avança légèrement et s'assit à l'extrême bord de son siège, comme pour renforcer le caractère confidentiel de leur conversation.

— Il fallait à Prosper un avocat public qui... partage nos vues, si je puis dire, continua-t-il. Nous pensions tous qu'une petite chose comme elle ne serait pas difficile à convaincre. Après cette affaire dans le Tennessee, il nous a semblé que la conscience professionnelle ne devait pas l'étouffer. Si tu te souviens bien, c'est surtout pour cette raison que nous l'avons engagée.

Il expédia une nouvelle chique dans la boîte à café et s'essuya la bouche d'un revers de manche.

— Elle est plus coriace que nous ne le pensions, plus accrochée à ses convictions. Et aussi plus scrupuleuse. Elle nous résiste avec une constance qui nous déplaît. Nous commençons à nous dire que nous avons commis une erreur.

Gibb aussi avait été étonné par l'attachement rigoureux de Kendall à ses principes idéalistes. Et par sa détermination. Il avait cru qu'elle serait beaucoup plus malléable et moins tenace. Il était certain qu'avec le temps, elle se laisserait fléchir. Cela serait seulement un peu plus long qu'ils ne l'avaient prévu. C'est ce qu'il dit à Gorn.

Mais les doutes de son vieil ami n'en furent pas apaisés pour autant.

— Elle ne s'entend pas avec les autres femmes.

— Pas encore, mais ça viendra. Laisse-nous faire, Matt et moi. Pas plus tard que l'autre jour, il me disait qu'elle se sentait un peu isolée. La solution consiste peut-être à commencer à l'intégrer davantage.

Dabney ne cacha pas sa surprise.

— Tu crois que c'est prudent ?

Gibb pouffa de rire.

— Rassure-toi. Je ne suis pas fou. Il n'est pas question qu'elle prenne part à quoi que ce soit d'important tant que nous ne serons pas sûrs qu'elle est totalement en accord avec nous.

— Tu penses vraiment qu'elle le sera un jour ?

— Oui, répondit Gibb sans hésitation. Elle est encore imprégnée de la sauce libérale qu'on lui a inculquée. Mais sa grand-mère ne vivra pas éternellement. Quand elle sera morte, l'influence qu'elle exerce sur Kendall se dissipera peu à peu.

— Et si ce n'est pas le cas ?

— Ce le sera, affirma Gibb péremptoirement.

Tempérant alors la dureté de son ton par un large sourire, il reprit :

— C'est un travail de longue haleine, Dabney. Il faut prendre le temps. Nous ne pouvons pas tout assener à cette fille d'un seul coup. Elle a tendance à réagir trop vivement. (Il referma son poing et ses yeux se mirent à briller dans la pénombre.) Mais songe à l'atout qu'elle représentera quand elle sera des nôtres. Laisse-moi faire. Je sais exactement comment la manier.

Il se leva et aida son ami à s'extraire de son fauteuil.

— À vrai dire, si tu ne t'en vas pas, je vais être en retard. Elle m'a invité à dîner.

À la porte, Gorn se retourna vers lui, l'air embarrassé, mais pour une autre raison.

— J'espère que tu ne le prends pas mal, Gibb. J'ai confiance en toi, ainsi que tous les frères. Une confiance absolue.

— Dans ce cas, les frères n'ont pas de raison de s'inquiéter, n'est-ce pas ?

⁂

— C'était très chevaleresque de ta part, Matt, mais il fallait que je règle ça moi-même.

Kendall allongea le bras en travers de la table pour lui prendre la main et la serrer dans la sienne.

Il ne lui rendit pas son sourire conciliant.

— Tu m'as ridiculisé devant tout le monde.

— Oh, je t'en prie.

— Quoi, ce n'est pas vrai ? Tu m'as publiquement humilié.

Elle rectifia à l'attention de Gibb :

— Il exagère.

— J'ai l'impression que vous vous êtes donnés en spectacle.

— Ce n'est pas aussi dramatique que le dit Matt.

— Ce n'est pas l'avis de Dabney.

— Dabney ? Vous en avez parlé avec lui ?

Gibb acquiesça.

— Il est venu au magasin me donner sa version.

— Dans laquelle j'ai le mauvais rôle, naturellement.

Kendall repoussa brutalement sa chaise et quitta la table. En invitant Gibb à partager leur dîner de hamburgers, elle avait espéré apaiser Matt, cruellement blessé dans son amour-propre parce qu'elle ne l'avait pas laissé prendre sa défense.

Au lieu de cela, elle se trouvait doublement sur la sellette. Mise en minorité. Gibb n'avait pas ouvertement formulé de critique, mais son expression traduisait un reproche muet.

— C'est toujours moins grave que si Matt et les Crook en étaient venus aux mains, remarqua-t-elle.

Elle ajouta, au bénéfice de son mari :

— Je n'avais pas l'intention de te mettre dans l'embarras, Matt. Seulement d'éviter une catastrophe.

Il ne se dérida pas.

Gibb y alla de son grain de sel :

— Je dois dire que je n'ai pas été ravi d'apprendre que mon fils et ma belle-fille étaient en cheville avec cette racaille, quelle qu'en soit la raison.

— Ce sont les amis de Kendall, pas les miens, grommela Matt.

Kendall s'agrippa fermement au buffet et compta lentement jusqu'à dix. Quand elle eut retrouvé son calme, elle reprit la parole :

— Ce ne sont pas mes amis, Matt. Billy Joe était mon client. D'après la Constitution des États-Unis, tous les citoyens ont le droit d'être défendus par un avocat, Billy Joe Crook comme les autres. La Constitution s'applique encore à Prosper, si je ne m'abuse. Je te l'accorde, mes clients appartiennent rarement à la crème de la société.

— Eh bien, je n'aime pas ça. Tu côtoies la lie à longueur de journée.

— Je fais mon boulot !

Gibb intervint :

— Ce qui est en cause ici, c'est un problème de loyauté, Kendall. Vous avez pris le parti des Crook contre votre mari. Et cela s'est passé devant tout le monde.

Elle le considéra avec stupéfaction. Elle ne pouvait croire qu'il parlait sérieusement. Or, c'était le cas, de toute évidence.

— Vous accordez à cette affaire beaucoup plus d'importance qu'elle n'en a. L'un comme l'autre.

— Vous avez sans doute raison, admit Gibb d'un ton accommodant. J'aimerais éviter à l'avenir que ce genre de malentendu se reproduise. Et je crois que j'ai la solution. Je vous en prie.

Il désigna à Kendall sa chaise vide. Elle revint s'y asseoir sans enthousiasme. Comme Matt, Gibb ne lui permettait pas d'exposer son point de vue et écartait avec désinvolture ce qu'elle avait à dire.

— Depuis déjà quelque temps, il m'est venu une idée, commença Gibb. Le moment me paraît parfaitement choisi pour vous en faire part. Kendall, avez-vous songé à reprendre une clientèle privée ?

— Non.

— Vous devriez peut-être.

— Je ne veux pas retourner dans un cabinet régi

par une concurrence à couteaux tirés, où on dépense plus d'énergie à se tailler une réputation qu'à mettre le droit en pratique.

— Et si ce n'était pas aussi sanglant ? S'il n'y avait aucune concurrence ? Si je vous installais dans votre propre cabinet en assurant les dépenses jusqu'à ce que l'affaire tourne ?

Elle ne s'attendait pas à une telle proposition et elle demeura un instant trop abasourdie pour parler. Il lui fallait refuser avec délicatesse et diplomatie, ce qu'elle fit quand elle s'en sentit capable :

— C'est extrêmement généreux à vous, Gibb. Merci. Mais je ne pourrais jamais vous rembourser. Je n'aurais jamais assez de clients pour en vivre.

— J'ai totalement confiance en vous.

— Ce n'est pas la confiance en moi qui me manque. C'est la confiance dans les habitants de cette ville. On ne peut pas dire que Prosper brille par son modernisme, n'est-ce pas ? constata-t-elle avec une moue désenchantée. Les Crook ne m'auraient pas confié la défense de Billy Joe s'ils avaient eu le choix. Qui m'engagera, moi, une femme, pour me charger de ses problèmes juridiques ?

— Vous n'auriez pas besoin de vous constituer une grosse clientèle.

Pour la première fois depuis le début de la soirée, Matt s'anima un peu.

— C'est vrai, ma chérie. Nous pourrions gérer cette affaire comme tu l'entends.

— Je n'y tiens pas, Matt. Je serais la risée du pays. La belle-fille de Gibb, la femme de Matt, qui revêt son tailleur tous les matins pour jouer à l'avocate. (Elle agita vigoureusement la tête.) Merci, mais c'est non.

— Bien sûr, c'est vous qui décidez, concéda Gibb avec un soupir de déception. Mais je continue à croire que vous gâchez vos talents en étant avocat public.

Il ne se doutait pas de la blessure que lui infligeait cette remarque.

— Gâchés, mes talents ? Je ne suis pas de cet avis. Voyez-vous, Gibb, le sexisme et l'esprit de compétition que j'ai connus chez Bristol & Mathers ne sont pas les seules raisons qui m'ont amenée à démissionner. Jusqu'à maintenant, je n'en avais parlé qu'à Ricki Sue et à grand-mère, mais je vais vous raconter quelque chose qui vous aidera peut-être à comprendre pourquoi je me suis orientée vers la défense publique.

Elle se leva et se mit à faire les cent pas.

— Une femme est venue me demander mon aide chez Bristol & Mathers. Elle avait le SIDA. Son mari lui avait transmis le virus avant de l'abandonner avec ses trois enfants. Sa santé déclinait. Quand elle n'a plus été en mesure de travailler pour vivre et faire vivre ses enfants, l'État les a pris en charge et les a placés dans des familles d'accueil. Au bout de dix mois, elle a voulu de toutes ses forces les revoir, mais toutes ses demandes ont été rejetées. Au comble du désespoir, elle a fini par se présenter au bureau des services sociaux de l'État, armée d'un pistolet, en menaçant de tirer si on ne la laissait pas voir ses enfants. Elle a été arrêtée. Le pistolet n'était même pas chargé, mais c'était un détail. Elle a obtenu le paiement de sa caution et a été relâchée. Comme elle n'était pas satisfaite de l'avocat qui lui avait été attribué, elle est venue me trouver. J'ai tout de suite été émue par son cas. Certes, elle avait commis un acte répréhensible, mais elle ne manquait pas de circonstances atténuantes. À mon avis, la loi et la justice étaient en conflit dans cette affaire. J'avais devant moi une femme qui souhaitait seulement revoir ses enfants une dernière fois avant de mourir. J'ai accepté de la représenter.

Elle respira profondément pour contenir la colère qui s'emparait d'elle chaque fois qu'elle évoquait l'entrevue à laquelle elle avait été convoquée dans la salle de conférence du cabinet.

— Les autres ont été horrifiés. Cette femme avait été arrêtée sur les lieux mêmes de son délit. Comment pouvais-je espérer obtenir son acquittement ? Était-il raisonnable d'engager le cabinet dans la défense d'une malade atteinte du SIDA ? La réponse tacite se résumait à un non retentissant. En plus, et c'était là le facteur déterminant, il n'y avait pas d'argent à la clé. La femme en question avait des moyens limités et les tarifs du cabinet n'étaient pas donnés. Comment Bristol & Mathers pourrait-il prospérer si on se mettait à s'occuper bénévolement de clients sans le sou ? S'il en acceptait un seul, la nouvelle s'ébruiterait et nous serions bientôt assaillis de demandes de prise en charge gratuite. Si j'avais eu un peu de jugeote, j'aurais démissionné sur-le-champ. Mais j'avais besoin de cet emploi et Bristol & Mathers était le cabinet le plus en vue de Sheridan. Je suis donc restée, jusqu'au jour où j'ai entendu parler de ce poste en Caroline du Sud. Je me suis dit que là, je pourrais travailler à servir la justice, sans me préoccuper des pertes financières infligées à mes associés. J'aime le droit. Et je tiens à cette idée désuète et ringarde que la loi a été créée pour les gens et non pour les avocats. À propos, la femme en question est morte avant d'avoir été jugée. Elle est morte sans avoir jamais revu ses enfants. Chaque fois que je perds, j'en fais une affaire personnelle. C'est comme si je manquais à cette femme une nouvelle fois.

Après un temps de silence, Gibb commenta, d'une voix assourdie :

— C'est une histoire très émouvante, Kendall. Mais ce n'est pas parce que Fargo a envoyé Billy Joe à Columbia que vous avez échoué.

— Cela ne s'imposait pas en l'occurrence. Le délit qu'il a commis ne nécessitait pas une telle mesure.

— Vous savez, je ne suis qu'un modeste marchand d'articles de sport qui n'y entend rien. Je n'ai pas la prétention d'expliquer la décision du juge. Ce n'est qu'un homme comme nous. Je comprends que vous soyez déçue, mais sa sentence n'entache en rien vos compétences. Vous avez fait de votre mieux. C'est tout ce qu'on attend de vous.

Il n'en fallait pas moins pour la rasséréner. Elle sourit, réconfortée.

— Merci de votre soutien, Gibb.

— Papa a le don de ramener les choses à leur juste valeur. Il a toujours raison.

Kendall vint se poster derrière Matt et lui posa les mains sur les épaules.

— J'ai besoin d'un ami. Sommes-nous toujours amis ?

Il tourna la tête vers elle.

— À ton avis ?

Elle se pencha et lui appliqua un baiser sur le front.

— Merci d'avoir volé à mon secours. J'ai découvert chez toi une agressivité féroce que j'ignorais. Je suis désolée si je t'ai donné l'impression que ton geste héroïque me laissait indifférente.

— Tu es pardonnée.

Ils s'embrassèrent. Alors, il s'empara de ses mains pour les croiser sur sa poitrine et les tenir serrées dans les siennes.

— Papa, est-ce qu'on lui parle de la surprise que nous avons en réserve pour ce week-end ?

— Une surprise ?

Elle s'accrocha à cette idée de toutes ses forces. La journée avait été éprouvante. Demain, ce ne serait guère mieux car la nouvelle de sa défaite se serait répandue. Tout le monde ne parlerait que de ça. Bama, le vagabond, était déjà au courant quand elle avait quitté le palais de justice tout à l'heure.

— Dommage, maître, lui avait-il dit. Vous gagnerez la prochaine fois.

Son geste de victoire n'avait pas suffi à la consoler. En réalité, son dénuement n'avait réussi qu'à l'attrister davantage.

Tout au fond de son cœur, elle savait qu'elle avait fait de son mieux. Malgré tout, elle supportait mal l'échec. Elle avait toujours le sentiment, dans ces cas-là, de trahir ceux qui avaient placé leur confiance en elle, ses clients, leurs familles, sa grand-mère et même ses parents disparus.

Elle avait essuyé aujourd'hui une déroute cruelle, mais elle était derrière elle. Elle tirerait la leçon de l'affaire Crook en attendant le prochain dossier. Elle y mettrait encore plus d'acharnement. Plus d'habileté. Elle était décidée à réussir.

Cette résolution prise, son humeur s'égaya. La perspective d'un week-end agréable lui souriait.

— Qu'est-ce que vous avez prévu tous les deux ?

— Matt m'a dit que vous le poursuiviez pour nous accompagner dans nos excursions.

— *Poursuivre* n'est peut-être pas le mot, corrigea-t-elle timidement.

— Que dirais-tu de presser, tanner, harceler ?

Elle donna à Matt un coup de poing espiègle dans le ventre. Il feignit une douleur extrême.

Heureux de constater ce retour à l'entente familiale, Gibb leur sourit d'un air complice.

— Vous voulez savoir, oui ou non ?

Kendall affecta un air grave.

— Oui.

— Samedi, c'est la pleine lune.

Elle imaginait déjà un dîner aux chandelles dans une sympathique auberge de montagne, ou une balade sur le lac au clair de lune.

— La pleine lune en novembre ne peut vouloir dire qu'une chose, renchérit Matt.

Et Kendall de se bercer de rêves plus extraordinaires encore.

— Quoi ? demanda-t-elle, le souffle court.

— On tue le cochon.

12

Gibb arriva avant le lever du jour, impatient de se mettre en route. Kendall se trouva précipitée dans l'air glacé de l'aube. Leur haleine s'exhalait en petits nuages de condensation tandis qu'ils marchaient vers la camionnette de Gibb. Ils grimpèrent dans le véhicule. Kendall frissonnait dans son manteau. Elle fourra ses mains sous ses aisselles pour les réchauffer.

Matt l'entoura de ses bras.

— Tu as froid ?

— Un peu. Mais ça va aller.

Elle avait voulu prendre part à ses sorties. Elle avait voulu en être. Elle n'allait pas se plaindre.

— Avant les congélateurs, il fallait attendre les grands froids pour tuer le cochon, lui expliqua Gibb en démarrant dans l'allée. Sinon, la viande risquait de s'abîmer.

— Ça paraît logique.

— C'est donc devenu une tradition à l'automne. On engraisse les porcs au maïs pendant tout l'été.

— Qui « on » ?

— Nous ne le faisons pas nous-mêmes, précisa Matt. Nous avons un fermier qui les élève chez lui.

— Je vois.

— Le jambon que nous avons mangé le soir de notre mariage provenait d'un de nos cochons, annonça fièrement Matt.

Elle réprima une grimace de dégoût.

— Je ne me doutais pas que je mangeais un ami de la famille.

Les hommes éclatèrent de rire.

— Tu croyais que la viande existait dès le départ sous la forme des barquettes sous vide que tu achètes au magasin ?

— Je préfère voir les choses sous cet aspect.

— Es-tu bien sûre de n'être pas une fille de la ville ?

Ces mots lui évoquèrent la réflexion des Crook à son sujet et lui rappelèrent par la même occasion que Billy Joe devait être transféré à Columbia le jour même. C'était déjà un bagarreur arrogant, de la belle graine de délinquant. Il avait clairement donné à entendre qu'il ne se laisserait pas examiner. Elle craignait, dans son cas, que la R.É. ne soit plus nuisible qu'autre chose. Elle fut saisie d'un mauvais pressentiment.

Matt la serra plus fort contre lui, prenant son tremblement pour un effet de la froidure.

⁂

La clairière se trouvait loin de tout, dans une région d'épaisses forêts. On ne pouvait y accéder que par un chemin de terre étroit et accidenté, à l'écart de la grande route. Quand ils atteignirent leur destination, plusieurs familles s'y étaient déjà rassemblées.

Il régnait une atmosphère de fête foraine. Une odeur de fumée emplissait l'air. Elle émanait d'innombrables feux de camp, sur lesquels mijotaient d'énormes chaudrons.

Des enfants jouaient à cache-cache entre les arbres. Les plus grands s'étaient regroupés à l'arrière d'un camion. Ils chahutaient à pleine voix.

Une clameur accueillit les Burnwood quand ils émergèrent de la camionnette de Gibb. Une main tendit à Kendall un gobelet de café, où elle trempa les lèvres avec reconnaissance. Elle s'apprêtait à remercier quand elle aperçut les carcasses.

Les cochons étaient suspendus tête en bas par une mince baguette passée en travers des tendons apparents de leurs pattes arrière. La baguette reposait, à chacune de ses extrémités, sur deux pieux terminés en fourche.

Il y en avait tellement qu'elle ne pouvait les compter. Pas plus qu'elle ne pouvait détacher ses yeux de ce spectacle macabre.

— Kendall ? Ma chérie ?

Matt lui effleura la joue, visiblement inquiet, et attira son visage vers lui. Il portait des gants de caoutchouc noirs, dont le contact laissa sur sa peau une sensation étrangère et glaciale. Il avait aussi enfilé des jambières, un tablier et de grandes bottes de caoutchouc.

L'herbe était rare sous ses pieds. Les quelques touffes clairsemées avaient été abondamment piétinées. La terre, comme les jambières de son mari, était maculée de teintes rousses.

Elle désigna les taches et demanda d'une toute petite voix :

— C'est du sang ?

— C'est ici qu'ont lieu les mises à mort, habituellement.

Elle déglutit avec peine.

— Tu es toute pâle, Kendall. Tu te sens bien ?

— Juste un peu nauséeuse.

— Serait-ce le malaise matinal des futures mères ?

— Malheureusement, non.

Le désappointement qui se lut sur son visage était à la hauteur de celui de Kendall. Dans sa hâte d'avoir un enfant, il lui avait promis toutes les nounous et les aides ménagères dont elle aurait besoin. D'ailleurs, elle ne doutait pas qu'elle pourrait sans problème mener de front sa carrière et son rôle de mère.

Elle n'employait aucun moyen contraceptif ; malgré cela, à leur grande déception, ses cycles revenaient avec la régularité de la pleine lune.

L'évocation de la pleine lune la ramena à la réalité du moment.

— Je ne m'attendais pas à voir ces bêtes aussi démunies et... nues, acheva-t-elle dans un souffle en tendant la main derrière elle en direction des carcasses.

— Elles ne sont pas ainsi au départ, remarqua Matt, avec un air amusé qu'il essayait en vain de camoufler. On les amène ici et ensuite, on les tue, d'une balle dans la tête en général. On leur tranche la jugulaire et on les saigne. On les plonge alors dans l'eau bouillante et on les écorche. Ça prend du temps. Nous payons des gens pour s'en charger. Ils viennent de l'arrière-pays le plus souvent. Ils effectuent le sale boulot et nous leur donnons en échange quelques billets, plus les bas morceaux et la tête.

Kendall sentit ses genoux fléchir.

— La tête ?
— Ils en font du fromage de tête.
— Matt !
Ils se retournèrent d'un même mouvement pour apercevoir Gibb, planté, dans une tenue semblable à celle de Matt, entre deux dépouilles accrochées à leur gibet. Il lui faisait signe d'approcher.
— J'arrive, papa. (Il posa sur Kendall un regard plein de sollicitude.) Tu es sûre que ça va aller ?
— Mais oui. C'est seulement que je n'avais jamais vu...
— Ce n'est pas aussi terrible que l'idée que tu t'en fais. Même les enfants trouvent ça distrayant.
— Oh, mais c'est tout à fait passionnant.
Gibb et lui avaient pensé lui faire plaisir. Elle ne voulait pas leur paraître ingrate.
— Je suppose qu'il faut un peu de temps pour s'habituer, murmura-t-elle.
— Matthew !
— Tout de suite, papa.
Matt l'embrassa à la va-vite et courut rejoindre son père. Kendall respira par la bouche pour réprimer son mal de cœur. Elle inspirait de grandes bouffées d'air qu'elle relâchait lentement. L'air semblait plus rare ici qu'en ville. Elle manquait d'oxygène, voilà tout.
Matt lui lança un regard. Elle s'efforça de lui adresser un geste enjoué de la main et un semblant de sourire pour le rassurer. Elle vit Gibb lui tendre un long couteau à large lame. Pendant que Gibb maintenait la carcasse, il appliqua la lame sur le cou de l'animal et se mit à entailler les muscles de la gorge jusqu'à l'épine dorsale. Alors, il rendit le couteau à son père, saisit la tête à deux mains et lui imprima une vigoureuse torsion.
Quand la tête se détacha, Kendall s'évanouit.

⁂

En remontant l'allée centrale pour gagner le banc

du troisième rang que Gibb, Matt et elle occupaient tous les dimanches matin, elle sentait peser sur elle les regards ironiques de l'assemblée.

Dès qu'elle fut assise, elle ouvrit son feuillet du jour et feignit de le lire pour éviter d'affronter les œillades condescendantes des hommes et les mines dédaigneuses des femmes, qui devaient tous la prendre pour une mauviette.

Elle voulait leur crier : « C'est la première fois de ma vie que je tombe dans les pommes ! »

Elle n'en fit rien, bien entendu, mais elle ne parvint pas à cacher sa nervosité à Matt, qui se pencha pour lui murmurer :

— Détends-toi, Kendall.

— Je ne peux pas. Tout le monde sait ce qui est arrivé hier matin.

À sa grande honte, elle avait repris connaissance, sur la banquette arrière de la camionnette de Gibb, environnée d'une foule de gens qui lui tapotaient les joues, lui frictionnaient les poignets et dissertaient sur sa fragilité.

— Tu as trop d'imagination, lui dit Matt. Et même si tout le monde sait que tu t'es évanouie, quelle importance ?

— Ça me gêne !

— Il n'y a pas de quoi. C'était une réaction très féminine. Et puis, cela m'a permis de me rattraper. J'ai pu me comporter en chevalier servant en te transportant dans le camion et en m'agitant autour de toi. (Il sourit.) Tu es adorable quand tu es sans défense.

Elle aurait pu lui rétorquer que le terme *adorable* seyait mal à la confiance que doit inspirer un avocat public, mais elle n'avait pas envie de discuter. Son expression attendrie lui rappelait le jour de leur mariage. Elle glissa son bras sous le sien. À cet instant, on les invita à se lever pour la prière d'introduction.

Après le chant d'entrée, les annonces et l'offertoire, l'assemblée se rassit pour entendre le sermon. Si elle avait essayé d'échapper à l'office de ce matin, ce n'était pas seulement parce que toute la ville était au courant de son humiliation de la veille. Même si les Burnwood étaient depuis des années fidèles à cette église protestante indépendante, elle n'y venait qu'à contrecœur, car le pasteur lui déplaisait profondément.

Le frère Bob Whitaker était un homme plutôt sympathique et un pasteur aimable et attentionné pour ses nombreux paroissiens, jusqu'au moment où il montait en chaire. Là, il se métamorphosait en fanatique et vociférait un discours exalté, où il n'était question que d'enfer et de supplice éternel. Cela, encore, ne dérangeait pas trop Kendall. Les prédicateurs de la télévision inondaient quotidiennement le public de mises en garde enflammées contre le péché.

C'était son allusion perpétuelle à la loi du talion qui la troublait davantage. « Œil pour œil » était une citation qui revenait si souvent dans sa bouche qu'elle en venait à se demander si c'était tout ce qu'il avait retenu des Écritures. Il ne parlait jamais d'indulgence et de pardon, mais avait beaucoup à dire sur la vengeance et le châtiment. Il présentait Dieu comme un être de colère assoiffé de sang et non comme un être d'amour et de miséricorde.

Puisqu'elle était là à la demande insistante de Matt, rien ne l'obligeait à écouter. Alors que le frère Bob poursuivait sa diatribe contre la désobéissance, elle laissa ses pensées s'évader ailleurs.

Elle préparait mentalement sa semaine quand ses yeux tombèrent sur une femme assise de l'autre côté de l'allée, un rang plus bas. Elle était littéralement éblouissante. L'homme qui se trouvait à ses côtés devait être son mari, mais à vrai dire, elle effaçait tous ceux qui l'entouraient.

Ce n'était pas une beauté classique, mais elle était de celles qu'on remarque. Ses cheveux châtains, noués au sommet du crâne, retombaient en vagues ondulées bien au-dessous des épaules. Elle avait de grands yeux, un grand nez, une grande bouche, harmonieusement agencés dans un visage provocant et maussade à la fois.

À part son physique saisissant, Kendall était frappée par le regard qu'elle fixait sur elle. Kendall avait dû se retourner à moitié pour la voir. À croire qu'elle ne l'avait pas aperçue par hasard, mais avait été attirée par le magnétisme irrésistible de ce regard aux lueurs malveillantes.

Matt se pencha à son oreille :

— Qu'est-ce que tu regardes ?

Elle tourna vivement la tête.

— Euh, rien.

Il s'empara de sa main et la garda dans la sienne jusqu'à la fin de l'office. Kendall avait envie de se retourner pour voir si la femme l'observait toujours et, en même temps, une crainte incompréhensible la retenait.

⁂

Alors qu'ils se dirigeaient vers la sortie après la bénédiction, Kendall la repéra dans la foule.

— Matt, qui est cette femme ? demanda Kendall en pointant le menton vers elle. Celle qui a une robe verte.

Il fut abordé avant d'avoir eu le temps de répondre.

— Salut, Matt.

Le directeur des écoles s'approcha et serra la main de Matt. Puis, se tournant vers Kendall, il lui adressa un clin d'œil appuyé.

— Vous avez sûrement tous eu du jambon au petit déjeuner, ce matin ? fit-il en laissant échapper un petit rire. Venez donc dîner à la maison un soir de cette semaine. Ma femme et moi vous préparerons des côtes de porc au barbecue.

Matt et Gibb l'avaient prévenue qu'on la taquinerait sans pitié sur son malaise de la veille, pendant peut-être des années. Ce n'était pas le genre d'incident qu'on oubliait de sitôt.

Les fidèles s'attardaient sur le parvis pour bavarder. Kendall fut happée par une femme dont la fille songeait à entreprendre des études de droit. Elles lui demandaient conseil sur le choix de l'université. Tout en répondant à leurs questions, Kendall gardait un œil sur la femme en vert.

Elle remarqua aussi que Gibb et Matt s'étaient joints à un groupe d'hommes, qu'elle connaissait pour la plupart. Ils se tenaient un peu à l'écart. Sans doute pour fumer, se dit Kendall en constatant que plusieurs d'entre eux avaient allumé des cigarettes.

— Je ne sais pas si nous aurons les moyens de payer la scolarité d'une université extérieure à l'État, expliquait l'interlocutrice de Kendall en réponse à ses recommandations. Peut-être pourrions-nous...

— Excusez-moi de vous interrompre. Vous voyez ce couple qui monte en voiture de l'autre côté de la rue ? La femme porte une robe verte. Vous savez qui c'est ?

La femme s'abrita les yeux et regarda dans la direction que lui indiquait Kendall.

— Oh, ce sont M. et Mme Lynam. (Elle troussa le nez d'un air de mépris.) Ils n'assistent pas aux offices aussi souvent qu'ils le devraient. Si vous voulez mon avis, ça ne leur ferait pas de mal de venir tous les dimanches.

Kendall n'avait aucun goût pour les ragots. Elle voulait seulement savoir si le nom lui disait quelque chose, ce qui n'était pas le cas. Pourtant, il était évident, aux regards que cette femme lui avait jetés, qu'elle ne la portait pas dans son cœur. Pourquoi ?

— Pardonnez-moi d'insister, reprit Kendall. Mme Lynam aurait-elle un lien quelconque avec la famille Crook ?

— Mon Dieu, non ! Qu'est-ce qui vous fait penser ça ?

Matt choisit fort heureusement cet instant pour venir à sa rencontre.

— Bonjour, Mme Gardner. Bonjour, Amy. On y va, ma chérie ? Papa nous invite à déjeuner au Country Club. Si nous ne nous dépêchons pas, les baptistes se seront accaparé les meilleures tables. N'est-ce pas, mesdames ?

Il pria la mère et la fille de les excuser avec un sourire désarmant et entraîna Kendall.

En le suivant vers le parking, Kendall désigna le groupe d'hommes que Gibb venait de quitter.

— On dirait une conférence au sommet. De quoi s'agit-il ?

— Pourquoi tu me demandes ça ?

Elle avait posé cette question d'un ton détaché, presque léger, aussi fut-elle étonnée de la réaction agressive de Matt.

— Comme ça, Matt. Par simple curiosité.

Son expression sévère laissa place à un sourire.

— Ce sont les diacres. Une réunion extraordinaire doit avoir lieu demain soir pour discuter du budget de la paroisse.

— Je vois.

— Je t'en prie, ne rouspète pas.

— Je n'en ai pas l'intention. J'ai de la paperasse en retard. Je profiterai de ton absence pour me mettre à jour.

Depuis quelque temps, elle s'appliquait avec constance à ne pas se plaindre quand il sortait le soir. En échange, il s'efforçait de rentrer plus tôt et se montrait particulièrement gentil et attentionné à son retour.

Il l'embrassa pour la remercier de sa compréhension.

Ils étaient encore tendrement enlacés quand Gibb arriva, sa Bible sous le bras.

— Si vous continuez, le shérif va vous arrêter pour attentat à la pudeur.

Il grimpa sur le siège arrière en riant, ravi de sa plaisanterie.

— Allons-y. Le sermon a été long. Mon ventre a gargouillé du début à la fin.

Matt s'installa au volant et démarra.

— Des nouvelles de Billy Joe Crook, papa ?

Kendall fut aussitôt alertée.

— Que s'est-il passé ?

— Il a eu un accident pendant son transfert à Columbia, lui dit Gibb.

Elle se retourna et l'interrogea du regard.

— Un accident ? Quel genre d'accident ? Il va bien ?

— Non, Kendall. Malheureusement, non.

***

Luther jeta un regard gêné à son jumeau en se grignotant le tour des ongles. Pour toute réponse, Henry haussa les épaules, d'un geste qui traduisait sa propre perplexité.

Ils étaient nerveux. Tendus. Ils ne savaient comment venir à bout de la situation.

Ils n'avaient jamais vu leur mère aussi statique et silencieuse. Elle était ainsi depuis la veille au soir, depuis que la prison avait appelé pour leur apprendre l'accident de Billy Joe.

C'était Henry qui avait décroché le téléphone. Il avait écouté les phrases officielles, qui augmentaient à chaque mot son trouble et sa colère.

— Est-ce qu'on peut le voir ?

— Pas dans l'immédiat. Nous vous rappellerons.

Après avoir raccroché, il avait entraîné Luther dehors et lui avait raconté ce qui était arrivé à leur frère. Luther avait juré comme un charretier, attrapé une hache, l'avait abattue de toutes ses forces sur un mur de la maison, puis avait prononcé les paroles qu'Henry redoutait d'entendre :

— Il faut l'annoncer à maman.

Luther n'avait pas précisé, mais Henry avait compris que c'était à lui de s'en charger.

Ils n'avaient pas le temps de convoquer leurs sœurs. Elles habitaient trop loin. D'ailleurs, elles auraient braillé et fait tout un foin qui n'aurait servi qu'à compliquer les choses.

Il était le plus âgé, l'homme de la famille. C'était à

lui que revenait cette responsabilité. Il était donc rentré dans la maison, escorté de Luther, et avait lâché le morceau à leur mère.

Elle n'avait pas réagi comme ils s'y attendaient. Elle ne s'était pas mise à gémir et à hurler en s'arrachant les cheveux, ni à tout casser autour d'elle. Elle n'avait même pas bu un verre, pas une goutte. Elle s'était simplement effondrée dans son fauteuil, les yeux sur la fenêtre, et n'en avait plus bougé, depuis près de vingt-quatre heures.

Elle était comme pétrifiée et Henry commençait à s'impatienter. Il aurait préféré la voir se déchaîner plutôt que contempler cette masse inerte, qui aurait été complètement immobile si ses yeux ne cillaient par intermittence. À tout prendre, il aurait mieux aimé une bonne crise de nerfs. Au moins, il savait par expérience comment y remédier.

Les gens de la prison avaient rappelé une heure plus tôt pour dire qu'ils pourraient voir Billy Joe à 5 heures. À cette heure-là, il serait prêt, avaient-ils promis. Henry se trouvait donc confronté à un dilemme. Il avait besoin de s'occuper de son petit frère, mais il ne pouvait laisser sa mère seule. Or, Luther refusait mordicus de rester avec elle.

— Seul avec elle ? avait piaillé Luther d'une voix aiguisée par la peur quand Henry avait suggéré de le laisser auprès d'elle. Jamais de la vie ! Elle me fout les jetons à rester comme ça, les yeux dans le vide. À mon avis, elle est dérangée, voilà ce que je pense. Elle a disjoncté. En tout cas, je reste pas seul avec elle.

Henry n'avait toujours pas résolu son problème et le temps tournait. S'il n'arrivait pas à l'heure dite, il ne reverrait peut-être pas Billy Joe avant...

— Henry !

Il sursauta.

— Oui, maman.

Il se précipita vers elle avec une telle hâte qu'il trébucha. Quand il fut près d'elle, elle avait le regard vif et ferme et il eut aussitôt la certitude que Luther s'était trompé. Elle n'était pas dérangée.

— Ton père va se retourner dans sa tombe si nous les laissons s'en tirer comme ça, déclara-t-elle.

— C'est bien vrai. (Soulagé, Luther vint s'agenouiller près du fauteuil.) Ah ça, non. Pas question. Nous n'allons pas les laisser s'en tirer comme ça.

Elle se mit debout et lui assena une grande gifle en travers de la figure.

— Je ne suis pas dérangée. Que je ne t'entende plus dire des choses pareilles.

Les yeux délavés de Luther s'emplirent de larmes. Il se frotta l'oreille, qui sifflerait sans doute encore un an plus tard à la même heure.

— Non, m'man. Enfin, oui, m'man.

Au fur et à mesure qu'elle leur dévoilait son plan, ils se rendaient compte que c'était cela qu'elle mijotait depuis tout ce temps, avec ses airs bizarres.

13

— Le café sent bon !

Kendall était tellement absorbée dans ses pensées qu'elle ne l'avait pas entendu entrer. Elle se tourna au son de sa voix. Il se tenait devant la porte, appuyé sur ses béquilles, habillé, mais pas rasé. Malgré le désordre de sa tignasse, il avait l'air reposé. Son visage avait repris des couleurs et ses cernes noirs s'étaient considérablement estompés.

— Bonjour. Elle essuya nerveusement ses mains sur son short. Je m'apprêtais à aller te voir. Comment te sens-tu ?

— Mieux. Mais ce n'est pas encore la grande forme.

— J'espère que ce n'est pas Kevin qui t'a réveillé.

— Non. Il dort toujours dans son truc carré.

— Ça s'appelle un parc. Assieds-toi. Je vais te préparer ton petit déjeuner.

Elle lui servit une tasse de café :

— Qu'est-ce que tu veux ? Des pancakes ? Des œufs ? Des tartines grillées ? Tu peux me demander n'importe quoi, sauf des gaufres.

— Qu'est-ce que vous avez contre les gaufres ?

— Nous n'avons pas de gaufrier.

— Ah bon. D'où viennent toutes ces victuailles ? Une bonne fée les aurait-elle déposées pendant la nuit ?

— Je suis allée faire des courses tout à l'heure.

Il parut surpris.

— Je ne vous ai pas entendue partir.

— J'ai été discrète.

— Où se trouve la ville la plus proche ?

— Pas très loin.

— Vous n'auriez pas pensé à prendre un journal par hasard ?

— Il est sur la table du salon.

— Merci.

Elle cuisina les œufs au bacon qu'il avait demandés. Il vida goulûment son assiette et ne laissa qu'une tranche de bacon dans le plat.

— Vous la voulez ?

— Je te l'ai dit : je ne mange pas de porc.

— Vous tenez toujours à votre histoire ?

— Ce n'est pas une histoire.

— Je n'en suis pas si sûr. Je ne sais pas encore très bien ce qu'il en est. Pourquoi n'avez-vous pas décampé ce matin, quand vous en aviez l'occasion ?

Pourquoi, en effet ? Cette question la turlupinait depuis son retour. Elle en avait l'intention quand elle s'était esquivée à l'aube. Mais plus elle s'éloignait, plus la culpabilité la tenaillait.

Elle se rappelait toutes les plaintes qu'il avait poussées pendant la nuit. Il pouvait à peine marcher et son état demeurait inquiétant. Elle n'abandonnerait pas un animal blessé. Un homme encore moins. Elle ne pouvait pas plus l'abandonner maintenant qu'au moment de l'accident.

Elle était agacée de se sentir à ce point responsable de lui. C'était un frein redoutable. Mais elle savait qu'elle n'en serait pas libérée tant qu'il n'aurait pas retrouvé quelques forces et une certaine autonomie.

Et puis, elle s'était dit qu'elle était sans doute plus en sécurité dans cette maison que sur la route. Pendant qu'elle roulait vers la ville, elle avait conscience de sa vulnérabilité. Partir, oui, mais pour aller où ? Elle n'avait aucun point de chute en tête. Elle ne songeait qu'à fuir. Elle y était parvenue jusqu'à présent. Tant qu'il ne présentait pas d'obstacle réel à la poursuite de son plan, pourquoi prendre des risques inutiles si elle n'y était pas obligée ?

Elle s'était aussi demandé si tous ces arguments n'étaient pas de simples prétextes pour rester dans cette maison qu'elle aimait. Elle s'y trouvait bien et n'avait aucune envie de la quitter.

— Je te promets que je ne t'abandonnerai pas dans l'état où tu es, lui assura-t-elle.

— Ce qui sous-entend que vous disparaîtrez dès que j'irai mieux.

— Ne me fais pas dire ce que je n'ai pas dit.

— Tout ce que vous dites est tellement fumeux qu'il faut bien que j'essaie de remplir les blancs.

— Les blancs se rempliront d'eux-mêmes quand ton esprit y sera disposé. Le médecin pensait que tu verrouillais peut-être ta mémoire inconsciemment. Tu ne veux pas te souvenir.

Il referma les mains sur sa tasse et la regarda droit dans les yeux.

— Est-ce qu'il a raison, Kendall ?

C'était la première fois qu'il l'appelait par son prénom. Le fait de l'entendre dans sa bouche la déstabilisa ; elle perdit un instant le fil de ses pensées.

— Est-ce qu'il a raison ? répéta-t-elle. Toi seul peux répondre.

— Si je ne me souviens de rien, comment saurais-je ce que j'ai choisi d'oublier ?

Il jura en se prenant la tête à deux mains. Il avait oublié les points de suture. Son geste brusque réveilla la douleur :

— Aïe !

— Attention ! Attends, laisse-moi voir.

Elle s'approcha de lui et écarta ses mains. Elle souleva le pansement, examina la plaie :

— Aucun signe d'infection. La suture n'a pas bougé. Apparemment, tout va bien.

— Ça commence à gratter, ronchonna-t-il.

— C'est signe de guérison.

— Sans doute.

Elle était restée près de lui. Il leva les yeux vers elle :

— Où avez-vous trouvé l'argent pour acheter tout ça ?

— Je te l'ai déjà dit, je l'ai...

— Gagné. Je sais. En faisant quoi ?

Elle hésita. Elle pesait le pour et le contre et s'avisa finalement qu'il la harcèlerait jusqu'à ce qu'il sache.

— Je suis avocat.

Il exhala un rire bref.

— Vos mensonges sont de plus en plus élaborés.

— Avocat public. (Il la considérait d'un air toujours aussi sceptique.) C'est la vérité.

— Parlez-moi de votre métier.

— Qu'est-ce que tu veux savoir ?

— Êtes-vous une bonne avocate ? Je le crois volontiers. Vous mentez si bien.

Elle sourit.

— C'est aussi ce que dit Ricki Sue.

— Qui est-ce ?

— Ma meilleure amie.

— Ah. Il avala distraitement la dernière tranche de bacon. Vous défendez bien vos clients ?

Elle prit le temps de se servir une tasse de café avant de s'asseoir à l'autre bout de la table, en face de lui.

— Assez bien, je crois. Plutôt mieux que la moyenne. En tout cas, je m'y efforce. Et rien que pour ça, je mériterais la palme de la bonne volonté. J'ai vraiment essayé, enchaîna-t-elle. Ceux qui m'avaient engagée estimaient qu'ils prenaient un risque énorme en confiant ce rôle à une femme. De ce fait, j'avais d'autant plus à prouver. D'une façon générale, la proportion de causes que j'ai perdues ou gagnées était raisonnable. Évidemment, je ne gagnais pas toujours.

Il avait adopté une attitude réceptive, qui l'encouragea à poursuivre :

— J'ai connu un échec particulièrement cruel. Au début, l'affaire semblait des plus banales, mais elle s'est terminée... de manière tragique.

— Que s'est-il passé ?

— J'avais conseillé à un garçon de seize ans, convaincu de vol à l'étalage, de plaider coupable et de compter sur la clémence de la cour. Comme c'était son premier délit, je pensais que le juge se montrerait indulgent. Malheureusement, il s'est servi de ce garçon pour m'infliger une humiliation.

Elle lui raconta l'audience, d'une voix légèrement altérée.

— Il y a eu une suite, je me trompe ?

— Pendant son transfert à Columbia, il s'est produit un accident dramatique. Il avait des menottes, naturellement ; quand ils se sont arrêtés pour se dégourdir les jambes, les menottes se sont prises dans je ne sais quoi et son bras... (Elle s'interrompit et avala sa salive avec peine.) Son bras a été arraché à l'épaule, coupé net, comme si on l'avait dépecé ou écartelé. Il était en état de choc et perdait tout son sang. On a réussi à lui sauver la vie, mais il ne s'en remettra jamais, ni physiquement, ni psychologiquement.

Lorsqu'elle avait appris la nouvelle de l'accident, ce dimanche matin, Kendall avait été envahie par le désespoir, le remords et la révolte. Cette histoire continuait de la hanter. Certes, Billy Joe n'était pas un ange. Mais cet accident avait anéanti tout espoir de le voir devenir un jour un citoyen honnête et responsable. Aigri et mutilé, il accuserait le monde entier de ses malheurs. Et son avocat en particulier.

Sa famille, en tout cas, ne s'en était pas privée.

— Quel horrible accident ! commenta-t-il.

Il avait écouté sans bouger et respectait le temps de silence qu'elle s'octroyait pour réfléchir à ces événements terribles et à leurs conséquences.

Devait-elle prolonger la discussion ? N'en avait-elle pas déjà trop dit ? En même temps, cela faisait du bien de partager les soucis qui lui pesaient depuis des mois.

— À vrai dire, j'ai ma petite idée là-dessus, déclara-t-elle.

— À savoir ?

— Ce n'était pas un accident.

— Intéressant. (Il se pencha en avant.) Vous avez demandé une enquête ?

— Je n'y ai pas pensé sur le moment.

— Avez-vous pu interroger le garçon ?

— J'ai essayé. Je suis allée à l'hôpital pour le voir. On m'a dit qu'il était trop mal en point pour recevoir des visites.

— Et cela n'a pas éveillé vos soupçons ?

— Ça aurait dû, mais sur le moment, cela m'a paru normal. Il est resté entre la vie et la mort pendant plusieurs semaines. Et puis, un beau jour, sans que je demande rien, j'ai reçu un compte rendu de ce qui était arrivé. Tout semblait en règle. Ce n'est que beaucoup plus tard que je me suis dit que cet « accident » était un coup monté. Billy Joe était une victime désignée.

Elle se passa la main dans les cheveux. Quand elle songeait à sa naïveté à cette époque, elle s'en mordait les doigts.

— Quand je m'en suis rendu compte, il était trop tard pour agir. J'avais déjà...

Elle se tut brusquement.

— Vous aviez déjà quoi ?

— Rien.

— Quoi ?

— Je crois que Kevin pleure.

Elle se leva d'un bond.

— Vous ne vous en tirerez pas si facilement. Il ne pleure pas. Asseyez-vous.

— Je ne suis pas un chien à qui on ordonne de s'asseoir.

— Pourquoi n'achevez-vous pas votre phrase ?

— Parce que je... je...

— Qu'est-ce qu'il y a Kendall ? Qui craignez-vous ? Moi ?

— Non.

— Vous ne voudrez jamais l'admettre, mais vous aviez réellement l'intention de quitter l'hôpital sans moi. Si je ne vous avais pas surprise, vous vous seriez évanouie dans la nature, évaporée, vous auriez disparu sans laisser d'adresse. N'essayez pas de nier. Je sais que j'ai raison. Vous m'emmenez alors dans un endroit où il n'y a pas de téléphone, pas de télévision, pas de radio en état de marche. Exact, ajouta-t-il devant son air ahuri. J'ai essayé celle que vous avez planquée dans le cagibi. Vous l'avez cassée volontairement ?

— Je savais qu'elle était cassée, c'est pour ça que je l'ai rangée.

Il ne cacha pas son incrédulité.

— Nous n'avons aucun moyen de communication avec le monde extérieur. Pas de voisins à proximité. En tout cas je n'en ai pas vu. Vous nous avez délibérément confinés dans l'isolement. Vous me dissimulez quelque chose. Des tas de choses — sur mon passé, votre passé, notre mariage. Si tant est que nous soyons mariés.

Il prit appui sur la table pour se lever.

— Je me débats dans l'ignorance et vous êtes mon seul lien avec la vie que j'avais avant l'accident. Aidez-moi. Éclairez-moi ou je vais devenir fou. Dites-moi ce que je dois savoir. S'il vous plaît.

Elle agrippa le dossier de sa chaise avec une telle force que ses jointures pâlirent.

— Bon. Que veux-tu savoir ?

— D'abord, qu'est-ce que j'ai fait pour que vous m'en vouliez ?

— Qui dit que je t'en veux ?

— C'est assez facile à imaginer. Dès que vous avez

eu l'occasion de me laisser tomber, vous avez sauté dessus, et vous avez failli y parvenir. Ensuite, vous prétendez que nous sommes mariés, mais tous les indices s'accordent à prouver le contraire. Quel intérêt avez-vous à le faire croire ?

— Quels indices ?

— Je vous ai vue nue. Je vous ai touchée alors que vous étiez nue. Mais quand je m'approche de vous, je n'ai pas le sentiment d'une... intimité entre nous.

— Qu'est-ce qui te fait dire ça ?

— C'est trop excitant.

Elle s'agita nerveusement sur sa chaise.

— C'est possible. Mais c'est seulement que tu as oublié nos moments de proximité.

— Dans ce cas, quelle est votre excuse à vous ?

Elle baissa les yeux sur son poing marbré de blanc, sans répondre. Elle ne pouvait pas.

Il continua :

— Vous avez passé la nuit allongée auprès de moi, mais vous faisiez bien attention de ne pas m'effleurer, même accidentellement. J'ai mal dormi et je me suis réveillé assez souvent pour remarquer le soin que vous preniez pour éviter tout contact.

— C'est faux. Nous nous sommes embrassés.

— Je vous ai embrassée, pas vous. Et j'affirme que je ne vous avais jamais embrassée auparavant.

— Comment peux-tu l'affirmer ?

— Parce que je n'en ai pas le souvenir.

Elle eut un petit rire.

— Cela veut seulement dire que mes baisers ne sont pas de ceux dont on se souvient.

— Non. C'est tout le contraire.

La sécheresse mesurée de sa voix incita Kendall à relever la tête. Leurs regards se croisèrent. Une bouffée de chaleur lui monta au visage, comme si elle émanait de ses yeux perçants. Ne trouvant pas d'esquive, ni d'argument convaincant, elle choisit prudemment de se taire.

Après une pause, il reprit la discussion là où il l'avait laissée.

— En supposant que nous soyons mariés, étions-nous en mauvais termes au moment de l'accident ?

— Je n'ai jamais dit ça.

— C'était inutile. Quelle était la cause de notre mésentente ? Est-ce que je vous reprochais de consacrer trop de temps à votre carrière ?

— Pas particulièrement.

— Nous étions bien accordés ?

— Plutôt bien.

— Nous sommes-nous disputés au sujet du bébé ? J'ai de vagues réminiscences de discussion sur la question des enfants.

— Vraiment ? s'étonna spontanément Kendall.

— Je désirais avoir des enfants ?

— Évidemment.

Il semblait perplexe, désarçonné. Il se massa le front.

— Je n'en suis pas si sûr.

— C'est terrible de dire des choses pareilles !

— Je suis simplement franc et honnête. Il n'y en a qu'un de nous deux ici qui puisse en dire autant.

Il quêtait silencieusement une explication sincère, mais Kendall restait sur la défensive.

— Nous sommes-nous querellés à propos d'argent ?

— Non.

— De sexe ?

Elle regarda au loin en agitant la tête.

— De sexe, décréta-t-il, tirant sa conclusion de sa réaction.

— Cet aspect de nos relations n'a jamais posé de problème.

— Alors, venez.

— Pour quoi faire ?

— Venez.

L'ordre était donné d'une voix douce, mais néanmoins impérative.

Si elle refusait, il pourrait prendre son entêtement pour de la lâcheté. Et même si c'était en partie vrai, elle ne devait pas lui laisser deviner qu'elle avait peur de lui. Elle contourna donc la table pour venir se planter devant lui.

— C'est un test ?

— En quelque sorte.

Il appliqua les mains sur sa poitrine et la pétrit avec ardeur.

Elle laissa échapper une exclamation.

— Vous avez échoué, murmura-t-il.

Elle avait autant de mal à jouer son rôle à cet instant que la veille, quand il avait effleuré sa peau nue, et pourtant il le fallait si elle ne voulait pas ébranler sa crédibilité.

— Ça fait longtemps, c'est tout.

— Combien de temps ?

Il promenait sa paume sur le bout d'un sein.

— Avant la naissance de Kevin.

— Ceci explique cela.

— Cela quoi ?

Il s'approcha. Lorsque le bas de son corps entra en contact avec le sien, elle comprit.

Il inclina la tête et promena ses lèvres sur les siennes. Un frisson la parcourut tout entière. Alors, il l'embrassa pour de bon, à pleine bouche, à pleine langue, impatient et tendre à la fois.

Elle se dégagea, hors d'haleine.

— Je ne peux pas.

— Pourquoi donc ?

Ses lèvres glissaient à l'assaut de sa gorge.

— Je ne suis pas en état.

— Pas en état ?

— J'allaite.

Elle écarta son bras et recula de plusieurs pas, un peu chancelante. Elle passa un doigt tremblant sur ses lèvres moites et frémissantes, sur son cou, balaya d'un revers de main les taches d'humidité qui constellaient son tee-shirt.

— Étant donné les circonstances, je crois que nous devrions... nous abstenir, dit-elle.

— En quel honneur ?

— C'est embarrassant.

— Pourquoi ?

— Parce que ton amnésie nous rend presque étrangers l'un à l'autre.

— Vous prétendez que nous sommes mariés.

— Oui.

— Nous avons eu un enfant ensemble.

— Oui.

— Mais nous sommes presque des étrangers ? Expliquez-vous, Kendall. Et pendant que vous y êtes... (Il fouilla dans son dos et arracha un objet à sa ceinture.) Expliquez-moi ça.

D'un mouvement vif du poignet, il pointa le revolver sur elle.

14

— Je m'appelle Kendall Burnwood.

Elle posa sa mallette sur la table et tendit la main à la femme qui attendait, seule, dans la salle d'interrogatoire. Ses cheveux avaient perdu de leur lustre. Ses traits si particuliers étaient marqués de boursouflures et d'hématomes. Malgré cela, Kendall reconnut sans hésitation celle qu'elle avait aperçue un jour à l'office.

— Je sais qui vous êtes. Je suis Lottie Lynam.

Elle serra la main de Kendall avec un manque évident d'enthousiasme. Elle avait la paume sèche. Nulle trace de transpiration due à la nervosité. Sa voix était ferme, son regard posé. En pareilles circonstances, on aurait pu s'attendre à plus d'émotivité.

Elle semblait extraordinairement calme pour une femme qui venait de tuer son mari.

— Souhaitez-vous que je vous fasse apporter quelque chose, Mme Lynam ?

— Je souhaite que vous me fassiez sortir d'ici.

— Je vais m'y employer dès maintenant. Qu'avez-vous déclaré aux policiers qui vous ont arrêtée ?

— Rien.

— Il est capital que je sache exactement ce que vous avez dit pendant que vous étiez entre les mains de la police, même les choses qui vous paraissent les plus insignifiantes.

— Je leur ai seulement dit que Charlie m'avait battue et violée et que je ne répondrais aux questions qu'en présence d'un avocat.

— Très bien. Très très bien.

— J'ai vu beaucoup de films à la télévision, expliqua-t-elle avec un sourire amer.

— À quelle heure avez-vous été arrêtée ?

— Vers 4 heures du matin.

— Quand le médecin vous a-t-il vue ?

— On m'a amenée ici directement.

Kendall consulta sa montre. Il était près de 7 heures.

— Et depuis trois heures, vous attendez ici, dans cet état ? Vous souffrez ?

— J'ai un peu mal. Mais c'est supportable.

— Eh bien, moi, je ne trouve pas ça supportable.

Kendall repoussa bruyamment sa chaise, traversa la pièce, ouvrit rageusement la porte et cria à la cantonade :

— Ma cliente a besoin de soins. Qui nous conduit à l'hôpital ?

Kendall s'installa à l'arrière de la voiture de police, à côté de Mme Lynam. Celle-ci resta silencieuse pendant tout le trajet. À l'hôpital, on pratiqua sur elle un examen gynécologique complet, avec tous les moyens d'investigation mis en œuvre en cas de viol, en particulier un jeu de photographies du corps de la patiente. Kendall obtint la promesse de recevoir un exemplaire du rapport médical en même temps que la police.

Malgré l'aspect peu esthétique des ecchymoses qu'elle portait au visage, le médecin lui assura qu'elles étaient « superficielles » et disparaîtraient avec le temps. On badigeonna de désinfectant les égratignures qui lui barraient les épaules, la poitrine et les cuisses. De retour au palais de justice, Kendall exigea qu'on autorise sa cliente à prendre une douche et un petit déjeuner avant de la soumettre à l'interrogatoire officiel.

— Appelez-moi quand vous serez prêt à l'interroger, dit-elle à l'officier de police chargé de l'affaire. J'attendrai dans mon bureau.

Avant de s'en aller, elle offrit à Mme Lynam une poignée de main réconfortante.

⁂

Deux heures plus tard, elles avaient regagné la salle d'interrogatoire. Lottie Lynam avait encore les cheveux mouillés. Son visage lavé avait retrouvé un peu de fraîcheur et, de l'avis de Kendall, un air d'innocence. Elle paraissait plus jeune et plus fragile sans son maquillage. Elle portait un pantalon et une veste ample d'un gris terne, fournis par la prison, et une paire de pantoufles en similicuir.

— Char... enfin, la victime a été atteinte de trois balles, annonça le détective à Kendall. Nous avons déjà les photos prises sur les lieux du crime. Ce n'est pas joli-joli.

— Puis-je les voir, s'il vous plaît ?

Il lui remit une enveloppe de papier kraft. Il avait raison : les clichés en couleurs n'étaient pas réjouissants.

— L'une des balles a traversé le cou. Une autre est entrée dans le front. (Il désigna l'emplacement sur son propre front.) La troisième a transpercé la joue et est ressortie par la tempe de l'autre côté. Les coups ont été tirés à bout portant. Cette nuit, vers 3 h 30 du matin. Il est mort instantanément, dans son lit.

Son regard se posa sur Lottie, qui se tenait bien droite sur sa chaise, les mains croisées sur les genoux, dans une attitude guindée. Son visage ne laissait rien paraître. Inconsciemment, Kendall se fit la réflexion que son stoïcisme lui serait d'un grand secours au tribunal.

Elle remercia le policier de son exposé.

— Le coroner a-t-il déposé le rapport d'autopsie ?

— Il va s'en occuper dans la matinée. Il a dit que nous aurons sans doute le rapport en fin de journée.

— J'aimerais en avoir un exemplaire aussitôt que possible, s'il vous plaît.

— Naturellement. Mais il ne fera que corroborer tout ce que je viens de vous dire.

Ignorant sa remarque, Kendall lui posa une question toute simple :

— Pourquoi ma cliente est-elle en détention préventive pour meurtre ?

L'officier auxiliaire, qui avait jusque-là assisté à la scène en se curant les dents, adossé au mur, les chevilles croisées, explosa de rire. Il désigna le revolver posé sur la table, enfermé dans son sachet de plastique et muni de son étiquette.

— Voici l'arme du crime. Elle se trouvait près du lit où Charlie est mort de trois balles dans la tête. Nous avons vérifié les empreintes. Ce sont les siennes et elle avait de la poudre sur les mains. On peut difficilement trouver plus concluant.

— Vraiment ? demanda Kendall avec condescendance.

L'autre officier reprit son récit.

— Quand nous sommes arrivés sur les lieux, Lottie était assise devant la table de la cuisine, en train de s'envoyer un whisky bien tassé.

— Je suppose que Mme Lynam avait besoin d'un remontant pour se remettre du viol qu'elle venait de subir.

— Du viol ! s'exclama l'officier auxiliaire. Charlie était son mari. Ils étaient mariés depuis des années. Nous sommes en présence d'une belle affaire de meurtre, claire, nette et précise. Il n'est pas difficile d'imaginer ce qui s'est passé.

— Ah ?

Le ton interrogateur de Kendall l'incita à développer.

— Charlie est rentré ivre chez lui. Cela n'a pas vraiment plu à Lottie. Elle l'a sans doute houspillé, et il l'a un peu frappée. Je ne dis pas qu'il a eu raison, ajouta-t-il précipitamment. Toujours est-il que Lottie était énervée et que dès qu'il s'est endormi, elle a pris le revolver et l'a descendu.

— Avez-vous entendu les témoins ? s'informa Kendall.

— Les témoins ?

— Des gens qui étaient là et qui ont tout vu, expliqua-t-elle d'un ton candide. Est-ce qu'un voisin peut confirmer que cette dispute a eu lieu ? Quelqu'un peut-il affirmer que Mme Lynam était en colère contre son mari et l'a abattu avec un pistolet, qu'entre nous, elle a pu avoir entre les mains à n'importe quel moment avant la nuit dernière.

Les deux officiers se regardèrent.

— Il n'y a pas de voisins, admit l'un d'eux d'une voix bourrue. Leur maison est isolée en pleine campagne.

— Je vois. Donc personne ne les a entendus se quereller, comme vous le supposez. Personne n'a vu de meurtre se perpétrer.

L'officier jeta son cure-dent à terre et s'écarta brusquement du mur.

— Personne n'a vu de viol se commettre non plus.

Kendall les remercia et demanda à s'entretenir seule avec sa cliente. Quand les officiers eurent quitté la pièce, Lottie parla pour la première fois :

— Ça s'est passé à peu près comme ils ont dit.

Kendall l'avait craint, mais elle sut dissimuler sa déconvenue.

— Au vu des preuves qu'ils ont déjà amassées, il est presque certain que vous serez inculpée d'homicide. Malgré la petite comédie que j'ai jouée aux policiers, nous savons que vous avez pressé la détente du pistolet qui a tué votre mari. Vous n'êtes pas *innocente,* c'est un fait. En revanche, la *culpabilité* est une question d'appréciation. Mon rôle consiste à rechercher et mettre en lumière les aspects de votre vie avec Charles qui sont susceptibles d'atténuer votre culpabilité. Avant d'entrer dans le prétoire pour vous défendre, j'aurai besoin d'en savoir plus qu'il n'est sans doute nécessaire sur vous et votre mariage. Il sera trop tard au tribunal pour réserver des surprises à votre avocat. Je vous demande donc pardon à l'avance pour toutes les questions indiscrètes que je vous poserai sur des sujets qui doivent rester normalement du domaine de l'intimité. C'est un aspect déplaisant, mais indispensable, de ma fonction.

Bien évidemment, cette perspective ne réjouissait pas Lottie, mais elle fit signe à Kendall de poursuivre.

Kendall commença par recueillir des informations d'ordre biographique. Elle apprit que Lottie était née à Prosper, dernière de cinq enfants. Ses parents étaient morts ; les frères et sœurs s'étaient dispersés. Après avoir achevé sa scolarité, elle avait suivi une première année d'université avant de prendre un emploi de secrétaire chez un courtier d'assurances.

Charlie Lynam était représentant placier de fournitures de bureau.

— Il est arrivé chez l'assureur, raconta-t-elle à Kendall. Il s'est mis à flirter et à m'inviter. Au début, j'ai refusé, et puis j'ai fini par céder et nous sortions ensemble chaque fois qu'il se trouvait dans la région. Et de fil en aiguille...

Ils étaient mariés depuis sept ans. Ils n'avaient pas d'enfants.

— Je ne peux pas en avoir. J'ai eu une appendicite quand j'étais adolescente. L'infection s'est propagée et m'a rendue stérile.

Lottie Lynam n'avait pas eu une vie très exaltante. Plus elle parlait, plus Kendall éprouvait de sympathie pour elle, et elle devait veiller de près à conserver une objectivité purement professionnelle. Elle souhaitait vivement aider cette femme, qui avait été amenée à commettre l'irréparable pour se préserver d'un mari possessif et violent.

Kendall ouvrit un dossier.

— J'ai effectué quelques recherches pendant que vous vous restauriez. Au cours des trois dernières années, vous avez appelé la police sept fois. (Elle leva les yeux.) Exact ?

— Si vous le dites. Je n'ai pas compté.

— Vous avez été hospitalisée deux fois. Une fois avec plusieurs côtes enfoncées. L'autre fois à cause d'une brûlure dans le dos. Quel genre de brûlure, Mme Lynam ?

— Il m'avait brûlée avec un fer à friser, répondit-elle avec un calme impressionnant. Je crois que j'ai eu de la chance. Il avait essayé de... me l'introduire entre les jambes, pour que je sois sienne une fois pour toutes, disait-il.

À nouveau, Kendall dut prendre sur elle pour s'en tenir aux faits et faire taire ses sentiments.

— Était-il jaloux ?

— Maladivement. De tout ce qui portait pantalon. Où que j'aille, quoi que je fasse, il m'accusait de chercher à séduire les autres hommes. Il voulait que je sois élégante et soignée, mais quand je m'arrangeais, il perdait complètement la boule si un autre homme avait le malheur de seulement poser les yeux sur moi. Alors, il se soûlait et me battait.

— A-t-il menacé de vous tuer ?

— Un nombre incalculable de fois.

— J'aimerais que vous essayiez de vous souvenir de cas précis, surtout de cas où quelqu'un aurait pu l'entendre vous menacer. Avez-vous parlé de son comportement violent à quelqu'un ? Un pasteur ? Une conseillère conjugale, peut-être ? (Lottie agita négativement la tête.) Cela nous aiderait si quelqu'un pouvait attester que vous aviez peur qu'il vous tue dans un accès de colère. Vous ne vous en êtes vraiment ouverte à personne ?

Elle hésita.

— Non.

— Bon. Que s'est-il passé la nuit dernière, Mme Lynam ?

— Charlie était sur les routes depuis plusieurs jours. Il est rentré fatigué et de mauvaise humeur, et il s'est mis à boire. Il n'a pas tardé à être totalement soûl. Il a piqué une crise. Tout le dîner que j'avais préparé y est passé. Il a jeté les plats contre les murs. Cassé la vaisselle.

— La police l'a constaté ?

— Non. J'ai nettoyé.

Dommage ! Les traces de ce déchaînement auraient bien fait l'affaire, à condition de prouver que Charlie en était l'auteur.

— Continuez, proposa Kendall.

— Il est sorti comme une furie et a disparu pendant plusieurs heures. Il est revenu vers minuit, encore plus soûl et odieux que quand il était parti. J'ai refusé de faire l'amour avec lui, alors il s'est vengé, dit-elle en montrant son visage tuméfié. Je pensais que c'était un viol quand une femme n'était pas consentante.

— Ça l'est. Vous lui avez clairement signifié que vous ne souhaitiez pas avoir de relations sexuelles avec lui, c'est bien ça ?

Elle acquiesça.

— Mais il m'a forcée. Il m'a clouée sur le lit, un bras en travers de ma gorge, m'a arraché ma culotte et m'a prise. J'ai eu mal. Il m'a fait mal exprès.

— On vous a curé les ongles à l'hôpital. Y trouvera-t-on des parcelles de peau, des preuves que vous vous êtes défendue ?

— On devrait. Je me suis débattue comme un beau diable. Quand il a eu fini, il s'est assis sur moi. Il m'a traitée de tous les noms et a menacé de me tuer.

— Qu'a-t-il dit exactement ?

— Il a pris son revolver dans le tiroir de la table de chevet, m'a enfoncé le canon entre les dents et m'a dit qu'il devrait me faire sauter la cervelle. Il l'aurait peut-être fait, mais il est tombé dans le cirage juste à ce moment-là. Je suis restée un bon moment sans bouger. J'étais trop épuisée et j'avais trop mal et trop peur pour faire un geste. Je savais que je n'avais rien à craindre tant qu'il dormirait. Mais qu'arriverait-il quand il se réveillerait ? C'est là que j'ai décidé de le flinguer avant qu'il me tue.

Les yeux fixés sur ceux de Kendall, elle avoua sans sourciller :

— J'ai attrapé le pistolet et je lui ai tiré trois balles dans la tête, comme ils ont dit. Je ne regrette pas. Tôt ou tard, il m'aurait eue. Ma vie n'en vaut peut-être pas la peine, mais je ne tiens pas à mourir.

⁂

De retour dans son bureau, Kendall contemplait la pluie qui fouettait les carreaux comme une volée de plombs.

— Bizarre, murmura-t-elle.

Ce matin, quand elle était arrivée au palais de justice, Bama lui avait prédit la pluie.

— Avant la nuit, avait-il assuré en hochant doctement la tête.

Kendall avait considéré le ciel dégagé d'un air dubitatif.

— Il n'y a pas un seul nuage, Bama. Vous êtes sûr ?

— Nous aurons de l'orage avant le coucher du soleil. Je vous le garantis.

Il ne s'était pas trompé. Au loin, les montagnes enrobées d'écharpes nuageuses et de brouillard renvoyaient l'écho du tonnerre. Chassant d'un haussement d'épaules l'indéfinissable pressentiment qui la tenaillait, Kendall entreprit de relever ses messages téléphoniques et d'ouvrir son courrier.

Elle y trouva une autre lettre accusatrice des Crook, truffée de menaces à peine voilées et de fautes d'orthographe. C'était la cinquième du genre qu'elle recevait depuis l'accident de Billy Joe, mais ce n'était pas la pire. Quelques jours après son amputation, on lui avait remis un paquet contenant un rat mort.

La nouvelle s'était répandue comme une traînée de poudre dans le palais de justice. Elle avait fini par atteindre les locaux du journal, à deux rues de là. Bientôt, Matt surgissait dans son bureau pour demander si ce qu'on lui avait dit était vrai.

Quand elle lui avait mis sous le nez le colis malodorant, il avait aussitôt envisagé de lancer des expéditions punitives aux trousses des jumeaux et de tout ce qui portait le nom de Crook. Gibb, qui avait eu vent lui aussi de l'incident, avait soutenu le projet de Matt.

Kendall les avait suppliés de n'en rien faire.

— Ils sont bouleversés par ce qui est arrivé à Billy Joe. Dans un sens, je les comprends.

— Tu les comprends ! Tu as fait tout ce que tu pouvais pour cette petite gouape ! s'écria Matt.

— Cette campagne d'intimidation est inadmissible, même venant de voyous comme les Crook, renchérit Gibb. Ce sont des crapules et il faudrait s'en débarrasser une bonne fois pour toutes.

— Ce sont des marginaux, admit-elle en tentant de les apaiser.

Matt grommela :

— J'ai prévenu ces avortons que s'ils touchaient à un de tes cheveux...

— Ils ne l'ont pas fait. Si nous ripostons, nous nous abaissons à leur niveau. Je vous en prie, Matt, Gibb. N'agissez pas inconsidérément. Cela pourrait se révéler plus néfaste pour moi que toutes les manigances des Crook. Je dois réagir en professionnelle, c'est-à-dire, à mon avis, répondre par l'indifférence.

Elle avait réussi à les refréner et à leur arracher la promesse de ne pas exercer de représailles. Devant leur virulence, elle avait jugé prudent de passer sous silence les précédentes missives des Crook. Elle avait dit à Matt que son pare-brise avait été cassé par une pierre projetée par un camion qu'elle avait croisé sur la route. En réalité, elle l'avait trouvé en miettes en sortant du palais de justice un soir. La pierre qui l'avait mis dans cet état était enveloppée dans une lettre de menace rédigée en termes assez crus.

Parce qu'ils pourraient servir plus tard de preuves, elle n'avait pas détruit les messages envoyés à son bureau. Elle les conservait dans un meuble de rangement fermé à clé. Elle y ajouta la dernière lettre en date et reporta son attention sur Lottie Lynam. Il ne faisait aucun doute que cette affaire dominerait son emploi du temps pendant les mois à venir.

Comme prévu, l'avocat général Dabney Gorn se manifesta dans l'après-midi. À titre d'introduction, il prophétisa d'un ton réjoui :

— Eh bien, on dirait qu'il va y avoir de l'animation ces jours-ci.

— Ah, vous croyez ? demanda naïvement Kendall. Va-t-on enfin nous installer un nouvel ascenseur ? L'actuel est tellement branlant que je préfère prendre l'escalier.

Il pouffa de rire pour faire bon accueil à son humour.

— Ne comptez pas sur moi pour laisser passer un acte aussi stupide, Mme Burnwood. Vous vous êtes mis sur le dos une affaire épineuse.

— C'est vrai. Mais j'aime bien m'attaquer aux ignominies que sont la brutalité conjugale et le viol.

— Et que dites-vous de l'homicide volontaire ?

— Homicide volontaire ? répéta-t-elle en feignant la surprise. Est-ce que nous parlons bien de la même affaire ?

— L'affaire Lottie Lynam.

— Vous la classez dans la catégorie des homicides volontaires ? Je suis sans voix.

— Vous avez lu les mêmes pièces du dossier que moi.

— Dans ce cas, vous n'aurez pas manqué de prendre en compte les photos de Mme Lynam en partance pour l'hôpital, les comptes rendus de ses précédents séjours dans ce même établissement, ni les rapports de police faisant état de violents incidents au domicile des Lynam.

— Toutes choses qui étaient la thèse de la préméditation. Lottie avait beaucoup de bonnes raisons de commettre ce crime et elle a eu tout le temps d'y réfléchir. Elle sera inculpée de meurtre intentionnel et prémédité. Si vous espériez une accusation d'homicide involontaire, n'y pensez plus. Votre cliente a cogité pendant des heures avant de se décider à buter Charlie.

— On ne peut pas le prouver et vous le savez, Dabney. Là, spontanément, il me vient une centaine d'arguments établissant l'existence d'un doute suffisant.

— D'accord, maître, cessons de tourner autour du pot, déclara-t-il après un silence méditatif. Charlie Lynam n'est pas une victime sympathique. Il est de notoriété publique qu'il buvait comme un trou et tabassait régulièrement sa femme. Alors économisons l'argent des contribuables et épargnons-nous du temps.

— Qu'avez-vous à proposer ? s'enquit-elle, allant droit au but.

— Vous amenez Lottie à plaider coupable sous l'inculpation d'homicide volontaire. Elle sera condamnée à vingt ans et en fera huit tout au plus.

— Merci, mais non merci. Ma cliente n'est pas coupable.

— Pas coupable !

C'était son tour d'exhaler sa surprise :

— Vous envisagez de plaider non coupable ?

— C'est bien mon intention.

— Sur quoi fonderez-vous votre défense ? La folie ?

— Lottie Lynam est parfaitement saine d'esprit. Elle savait ce qu'elle devait faire pour sauver sa peau. Je vous l'accorde, elle a agi dans un moment d'égarement, mais c'est un cas évident de légitime défense.

15

— M. Pepperdyne ?

— Ici !

Son agent le plus jeune et le plus novice pénétra en trombe dans la petite cuisine. Pepperdyne, qui était en train d'examiner les comptes domestiques de Kendall Burnwood, leva les yeux des cahiers étalés devant lui sur la table.

— Vous avez quelque chose ?

— Oui, monsieur. Nous venons de trouver ça dans la chambre. C'était collé sous un tiroir du secrétaire.

Pepperdyne prit la liasse de papiers des mains de l'agent surexcité et se mit à les parcourir. Son subordonné, trop émoustillé pour s'asseoir, arpentait fébrilement l'espace réduit qui séparait la table du fourneau.

— J'ai trouvé cette histoire concernant le pasteur, le révérend Bob Whitaker, particulièrement intéressante, risqua-t-il. Savions-nous qu'il n'avait jamais achevé le séminaire et qu'il avait été renvoyé pour convictions hérétiques ?

— Non, avoua sèchement Pepperdyne.

— Mme Burnwood le savait, elle. Elle a pris la peine de s'informer. Elle s'est bien documentée.

— Hum. Notre Mme Burnwood a dû être très occupée.

— Il y a aussi tout un dossier sur le procureur de Prosper. Vous l'avez lu ?

— Donnez-m'en les grandes lignes.

— Gorn a été rayé du barreau en Louisiane. C'est alors qu'il est venu s'installer en Caroline du Sud. Quelques années plus tard, il était élu procureur du comté de Prosper. C'est plutôt louche. Et ce n'est pas tout. Les banquiers, les directeurs d'école, les magistrats. Vous prenez n'importe quel membre éminent de cette communauté, il n'en est pas un dont elle n'ait écorné la légitimité en mettant à jour des failles dans leur passé, grandes comme des précipices. Tout est là.

Pepperdyne ne pouvait s'empêcher d'admirer l'ampleur des recherches effectuées, qui surpassaient sur bien des points celles menées par ses services.

— Ça a dû lui prendre un sacré temps, remarqua l'agent. Et lui demander une bonne dose d'astuce.

— Oh ! elle n'en manque pas, assura Pepperdyne. Et elle est aussi insaisissable qu'une anguille.

— Il y a presque deux semaines qu'ils ont quitté l'hôpital et toujours aucune trace d'eux.

— Je sais ! assena Pepperdyne d'un ton sec.

Il se leva d'un bond et, dans sa précipitation, faillit renverser la table.

L'agent, pour échapper à sa mauvaise humeur, s'éclipsa discrètement en marmonnant quelques mots en sourdine, où il était question d'aller poursuivre ses investigations dans la chambre.

Pepperdyne se dirigea vers l'évier. Sur le rebord de la fenêtre, un lierre maladif luttait vaillamment pour survivre malgré le manque d'eau. Il poussait dans un pot de terre décoré de fleurs de tournesol. Les embrasses des rideaux étaient ornées du même motif. Pepperdyne se surprit à en effleurer une, un demi-sourire aux lèvres.

« *C'est la maison d'une kidnappeuse* », se rabroua-t-il en ôtant vivement sa main.

En tout cas, ce n'était pas celle d'une meurtrière. L'autopsie pratiquée sur le corps retrouvé dans la voiture accidentée en Géorgie avait permis d'établir que la passagère était morte du choc de la collision. Ce n'était donc pas une meurtrière. Du moins pas encore.

Pepperdyne songeait, en regardant par la fenêtre, à leur dernière trouvaille et à ce qu'elle leur révélait sur Mme Burnwood et les gens de Caroline du Sud à qui elle avait eu affaire. Plus il en apprenait, moins il en savait. Chaque question résolue en amenait une autre encore plus inquiétante et compliquée. Plus leur absence se prolongeait, plus leur piste s'estompait.

Il abattit son poing sur le rebord de la fenêtre en jurant entre ses dents.

— Où êtes-vous, madame Burnwood ? Et qu'avez-vous fait de lui ?

Le téléphone sonna. Pepperdyne se retourna dans un sursaut. Il considéra l'appareil, qui sonna une deuxième fois. Il y avait une chance infime pour que cet appel soit destiné à Mme Burnwood et provienne de quelqu'un qui pourrait lui fournir un indice. Si c'était le cas, il ne fallait pas l'effaroucher.

Il souleva le combiné, le cœur battant, et prononça un « Allô » prudent.

— M. Pepperdyne ?

Il se détendit.

— Lui-même.

— C'est Rawlins, monsieur. Nous avons quelque chose.

Quand il entendit le nom de l'un des agents qui enquêtaient à Stephensville, en Géorgie, Pepperdyne sentit son pouls s'accélérer.

— Je vous écoute.

— Il y a un homme ici qui dit qu'il a vendu une voiture à Kendall Burnwood. Il l'a reconnue d'après la photo.

— Formellement reconnue ?

— Sans doute possible.

— Où était-il passé depuis tout ce temps ?

— Il était chez ses petits-enfants en Floride. Il n'avait jamais pris l'avion, alors avec l'argent que lui a donné Mme Burnwood pour la voiture, il s'est offert un aller-retour pour Miami.

— Elle l'a payé en liquide ?

— C'est ce qu'il a dit.

Hélas. Elle s'était gardée de laisser une trace écrite. Elle était bien trop avisée pour cela, mais on pouvait toujours espérer.

— Il n'était pas là quand nous avons interrogé les habitants chez eux, reprit l'agent. Il est rentré seulement hier soir et c'est en lisant les nouvelles locales qu'il a vu la photo dans le journal. Il a lu l'article et nous a appelés.

— Lancez un avis de recherche sur cette voiture.
— C'est fait.
— Bien. Ne le perdez pas de vue. J'arrive.

16

« *Faites-les taire! C'est insupportable! Qu'ils arrêtent de hurler! Ô mon Dieu! Seigneur! Non!* »

Il fut arraché au sommeil par ses propres cris. Il se dressa comme un ressort dans son lit et jeta autour de lui des regards affolés. Machinalement, il chercha le pistolet qu'il avait dissimulé sous le matelas.

— Il n'y est plus. (C'était la voix de Kendall. Il l'entendait, mais ne la voyait pas.) Je l'ai repris et je l'ai caché dans un endroit où tu ne le trouveras pas, cette fois.

Il secoua la tête pour s'éclaircir les idées et la chercha des yeux. Il finit par l'apercevoir, couchée à terre près du lit.

— Que s'est-il passé? Qu'est-ce que vous faites là?

— C'est là que tu m'as envoyée choir quand je me suis penchée sur le lit. Tu faisais un cauchemar. J'ai essayé de te réveiller. J'ai reçu un coup de poing dans l'épaule.

— Vous avez mal?

— Non, dit-elle en se remettant debout.

Il était inondé de sueur. Son cœur tambourinait dans sa poitrine. Déconcerté, anéanti, il replia son genou valide et y posa son front.

— Ça avait l'air terrible! remarqua-t-elle. Tu te souviens de ton rêve?

Il releva la tête et la regarda.

— Non, fort heureusement. Ça m'a fichu une frousse de tous les diables.

— Tu es trempé. Je vais te chercher une serviette.

En attendant son retour, il se leva, s'approcha de

la fenêtre et s'assit sur la chaise à dossier droit. Il écarta le rideau et fut déçu de constater que le temps était toujours aussi sec et immobile que lorsqu'il avait décidé de céder à sa léthargie et de faire un somme. Après les pluies torrentielles qui étaient tombées quinze jours plus tôt, le temps avait viré à la canicule. La chaleur lui pesait.

Il jeta un regard aux draps humides et en désordre.

— Je suis désolé, dit-il en les désignant à Kendall qui venait d'entrer.

— Oh, ce n'est pas compliqué de refaire un lit.

Elle hésita avant d'ajouter :

— Ce n'est pas la première fois que tu fais ce cauchemar.

— Ah bon ?

— Non, mais cette fois, c'était pire que jamais. Tu te sens mieux maintenant ?

Il hocha la tête et accepta avec reconnaissance le verre de limonade qu'elle lui avait apporté sur un plateau. Sa main tremblait. Il but à grandes gorgées, puis posa le verre glacé sur son front.

Il fut étonné de sentir la serviette mouillée dans son dos. Kendall évitait soigneusement tout contact d'ordinaire.

Elle lui en tamponna les épaules, lui frictionna les côtes, la passa le long de sa colonne vertébrale, jusqu'au creux où s'était concentrée la transpiration. Le linge lui procurait une délicieuse sensation de fraîcheur, réconfortante. Elle avait des gestes doux.

Cela lui rappela la façon dont elle soignait son bébé. Quels que soient ses défauts, c'était en tout cas une très bonne mère. Tendre. Généreuse. Attentive. Aimante. Elle s'épanouissait dans ce rôle. L'enfant lui inspirait des sourires naturels et spontanés qui illuminaient son visage.

Il l'avait souvent observée à son insu pendant qu'elle s'en occupait. Il lui arrivait parfois d'envier le petit bonhomme. Il n'avait évidemment aucun souvenir de son enfance, mais un tel empressement lui paraissait inimaginable. Il ne pensait pas avoir jamais été l'objet d'un amour aussi total, ni dans son enfance, ni à l'âge adulte.

Il se demandait d'ailleurs s'il était capable d'aimer avec un tel dévouement et une telle abnégation. Il lui semblait que non et cela le tracassait.

— Ça va mieux ?

Elle roula la serviette en boule pour la lui appliquer sur la nuque, comme une compresse.

— Oui. Merci.

Dans un réflexe, il leva le bras et posa la main sur la sienne. Il la retint ainsi un moment, prise en sandwich entre la serviette et sa main, avant d'ajouter :

— Ça va beaucoup mieux.

— Bon.

Il finit par la lâcher et elle s'écarta. Il garda la serviette pour s'essuyer la poitrine et l'abdomen, qu'il regrettait soudain de n'avoir pas plus fermes, jeunes et musclés. Lorsqu'il surprit le regard de Kendall fixé sur lui, elle se détourna aussitôt.

Ils se mirent tous les deux à parler en même temps.

— J'ai apporté...

— À quoi ça rime ?

— Patience, dit-elle en réponse à sa question. Prends le temps de retrouver ton souffle.

Elle s'assit sur le bord du lit et croisa sagement les mains sur ses genoux. Comme elle vivait en short, ses jambes avaient bruni. Elle devait les épiler régulièrement, car elles étaient lisses comme la soie. Du moins en avaient-elles l'air. Il ne l'avait pas vérifié au toucher. Depuis ce matin où il l'avait embrassée, il ne l'avait plus effleurée. Pour des raisons qu'il n'avait pas encore éclaircies, elle avait instauré un modus vivendi « sans les mains ». Il avait essayé de se convaincre que cette interdiction lui convenait. Si c'était ce qu'elle souhaitait, parfait.

Mais ce n'était pas parfait. Il souffrait d'un syndrome de désir aigu quasi mortel. Il lui devenait chaque jour plus pénible de vivre avec elle avec le titre de mari, mais en se comportant en étranger. Il détacha les yeux de ses jambes et de ses petits pieds.

Que fuyait-elle ? se demanda-t-il. Car elle fuyait quelque chose. Elle pourrait le nier jusqu'au jour du jugement dernier, il savait qu'il y avait quelque chose au-delà de ces quatre murs qui la terrifiait. Plusieurs fois par nuit, elle se levait pour aller regarder par la fenêtre et examiner le jardin. Pourquoi ? Il faisait toujours semblant de dormir pendant ses patrouilles nocturnes, mais elles ne lui échappaient pas. Et cela l'irritait d'ignorer la raison de sa vigilance.

Ces cachotteries le rendaient dingue par moments. Pourquoi refusait-elle de se confier à lui et d'accepter son aide ? Il n'y voyait qu'une seule explication : il faisait partie de son problème. C'était une éventualité désolante, qu'elle aurait pu balayer en quelques réponses claires et sans détours. Hélas, il partageait son lit toutes les nuits depuis deux semaines, mais il n'avait pas gagné sa confiance.

Il connaissait le rythme de sa respiration quand elle dormait, mais elle restait pour lui une étrangère. Les yeux bandés, il reconnaîtrait son parfum et le son de sa voix, mais elle n'était rien pour lui. Il en aurait mis sa main au feu.

— Comment avez-vous trouvé le pistolet ? demanda-t-il.

— Les cachettes accessibles à un homme qui se déplace avec des béquilles ne sont pas si nombreuses.

Le premier matin qui avait suivi leur arrivée, il avait fouillé dans ses affaires tandis qu'elle s'activait dans la cuisine et il avait trouvé le revolver dans le sac de couches du bébé. C'était bien le dernier endroit où on irait chercher une arme servant à tuer. Cette découverte confirmait ce qu'il pensait depuis le début : elle mentait comme elle respirait. La situation était plus sérieuse qu'elle ne voulait le dire.

Naturellement, Kendall avait été désarçonnée quand elle l'avait vu, l'arme à la main. Elle l'avait accusé de l'espionner et de se mêler de ce qui ne le regardait pas, ce qu'il avait admis, mais quand elle l'avait prié de la lui rendre, il lui avait ri au nez.

Elle avait cependant eu le dernier mot, car elle avait rangé les balles ailleurs. Le pistolet ne lui était d'aucune utilité. Pourtant, il avait éprouvé une sensation de puissance trompeuse en le tenant dans sa main. Il avait été étonné de le manier avec tant d'aisance. Le poids de l'objet lui avait paru étrangement familier. Il le manipulait sans maladresse. Même s'il n'avait pas de balles à sa disposition, il savait d'instinct comment le charger et tirer. Il le considérait avec respect, mais n'en avait pas peur. Il en était si peu embarrassé qu'il s'était demandé où et quand il avait acquis cette accoutumance. Il avait essayé de se rappeler s'il avait eu l'occasion de se servir d'un revolver, mais sa mémoire restait défaillante. Ce pistolet lui avait ouvert une toute petite fenêtre sur le passé. Il était désespéré de ne plus l'avoir.

— Je le retrouverai, affirma-t-il.

— Pas cette fois.

— Je le chercherai jusqu'à ce que je le trouve.

— Tu ne le trouveras pas.

— À qui appartient-il ?

— À moi.

— Les mères de nourrissons se promènent rarement avec des armes, Kendall. Comment se fait-il que vous en ayez une ? Avez-vous braqué quelqu'un pour m'enlever ? Me séquestrez-vous pour obtenir une rançon ?

Cette idée la fit rire.

— Combien tu vaux, à ton avis ? Tu crois que tu es riche ?

Il réfléchit un instant et agita la tête d'un air désabusé.

— Non.

— Rappelle-toi, c'est toi qui as insisté pour me suivre. Je ne t'ai pas emmené de force.

C'était exact. Ce qui écartait définitivement la thèse de l'enlèvement pour rançon.

— Avez-vous caché le pistolet au même endroit que la clé de la voiture ?

— Pourquoi as-tu cherché la clé de la voiture ?

— Pourquoi l'avez-vous cachée ?

— Si je t'apportais la clé de la voiture sur un plateau d'argent, qu'en ferais-tu ? Tu ne peux pas conduire avec ta jambe estropiée.

— Je pourrais toujours essayer.

— Tu nous planterais là, tout seuls, Kevin et moi ?

Il répondit par un oui emphatique.

— De la même manière que tu as bien l'intention de me laisser en plan à la première occasion.

— Bon, eh bien, avant de m'en aller, dit-elle d'un ton sarcastique, j'ai une mission à remplir. Alors autant vaut m'en acquitter tout de suite.

Elle alla chercher le plateau qu'elle avait posé sur la table de chevet. Il considéra avec suspicion le flacon d'alcool, les ciseaux minuscules et la pince à épiler.

— Vous acquitter de quoi ?

— Je vais t'enlever tes fils.

— Ça, il n'en est pas question.

— Ce n'est pas une affaire.

— Facile à dire. Ce ne sont pas vos fils. Pourquoi ne pas demander à un médecin ?

Elle imbiba une compresse d'alcool.

— C'est inutile. Il suffit de les couper et de les retirer. Je l'ai déjà vu faire.

— J'ai vu des opérations à cœur ouvert. Ce n'est pas pour ça que je saurais en faire.

— Quand as-tu assisté à ce genre d'opération ?

— C'est une façon de parler. (Il pointa le doigt vers le plateau.) Remballez tout ça. Ne vous approchez pas de moi avec ces ciseaux. Qui est-ce qui me dit que vous n'allez pas me les plonger dans la jugulaire ?

— Si j'en avais eu l'intention, j'aurais profité de ton sommeil depuis déjà longtemps.

Un point pour elle. Elle voulait se débarrasser de lui, mais sans idée de meurtre ; en tout cas, il ne le pensait pas.

— Ne sois pas infantile et baisse la tête, insista-t-elle.

Quand elle approcha ses mains, il s'en empara.

— Vous êtes sûre de savoir ce que vous faites ?

— Fais-moi confiance.

— Jamais de la vie !

Elle leva les yeux au ciel.

— Il n'y a que quelques fils en surface. La plupart des points de suture sont sous la peau et se sont résorbés maintenant.

— Comment le savez-vous ?

— Le médecin me l'a dit. (Elle coula sur lui un regard grave.) Ça ne fait pas mal. Promis. La blessure est guérie.

C'était vrai. Il ne la sentait plus depuis plusieurs jours ; les migraines avaient disparu. Il arrivait à se laver la tête. Les points de suture ne constituaient plus qu'une vague gêne. Ses cheveux rasés commençaient à repousser et toute cette zone hérissée le démangeait abominablement.

Il lui lâcha les mains à contrecœur.

— Bon. Mais à la première douleur...

— J'arrête.

Elle plaça la main sur sa joue pour lui incliner la tête et badigeonna la cicatrice d'alcool.

— Ne bouge pas, murmura-t-elle en déposant la compresse.

Elle saisit la paire de ciseaux et se mit à l'œuvre avec beaucoup de délicatesse. Il n'aurait pas su qu'elle avait coupé le premier point s'il n'avait entendu le déclic métallique des ciseaux. À vrai dire, il était distrait par des sensations autrement plus stimulantes que la douleur : son souffle dans ses cheveux, le frôlement de sa hanche contre la sienne, la proximité de sa poitrine à hauteur de son visage.

Il n'aurait peut-être pas dû l'inciter à se dénuder devant lui. Cela lui avait semblé une bonne manière de vérifier son histoire de mariage. Mais il craignait maintenant d'avoir commis une erreur tactique, qui l'avait ébranlé plus profondément qu'elle. Lorsqu'il entrevoyait désormais la courbe de ses seins sous sa chemise de nuit ou son tee-shirt, il surgissait dans son esprit des images d'un réalisme irrésistiblement provocant.

— Ça va? s'inquiéta-t-elle soudain.

— Oui, oui.

— Ta jambe te martyrise?

— Non.

— Alors, qu'est-ce qui ne va pas?

— Tout va bien.

— Dans ce cas, cesse de t'agiter. Je ne peux pas y arriver si tu remues tout le temps.

— Dépêchez-vous d'en finir, d'accord? répondit-il d'un ton maussade.

Elle reposa les ciseaux sur le plateau et prit la pince à épiler.

— Tu vas peut-être sentir un léger...

— Aïe!

— ... tiraillement.

— Aïe!

Elle se recula, les poings sur les hanches, ce qui eut pour effet d'étirer son tee-shirt sur ses seins et d'en mettre en valeur les formes.

— Tu veux le faire toi-même? demanda-t-elle.

« *C'est toi que je veux* », cria-t-il intérieurement.

— Tu n'as qu'un mot à dire et j'arrête, reprit-elle.

— Au point où vous en êtes, finissez ce que vous avez commencé.

Quand elle eut terminé, elle appliqua encore un peu d'alcool. Cela le brûlait légèrement, mais il ne protesta pas.

Le tampon d'ouate à la main, elle annonça :

— Quand tes cheveux auront repoussé, tu seras comme neuf.

— Pas tout à fait.

— À cause de ton amnésie? Pas une bribe de souvenir?

— Ne faites pas semblant d'être déçue. Vous ne tenez pas à ce que la mémoire me revienne. Je me trompe?

— Oui, tu te trompes.

— Dans ce cas, pourquoi n'essayez-vous pas de m'aider ? Vous êtes très avare quand il s'agit de donner des renseignements.

— Le médecin a dit...

— Le médecin a dit, le médecin a dit, répéta-t-il en la parodiant sans gentillesse. Vous prétendiez n'avoir aucune confiance dans ce petit con vaniteux, mais vous ne ratez pas une occasion de le citer quand ça vous arrange.

— Le médecin a dit de ne pas te bourrer l'esprit de faits et d'informations.

Elle ne semblait nullement troublée par son ton hargneux et ses écarts de langage. Quelque chose pouvait-il ébranler cette femme ? Au lieu de l'apaiser, son calme olympien ne fit qu'attiser sa rage.

— En voulant hâter le processus, nous ne parviendrons qu'à le ralentir, expliqua-t-elle. La mémoire te reviendra en son temps. Inutile d'essayer de la forcer.

— Tu inventes.

Piquée au vif, elle lança :

— D'accord, vas-y. Que veux-tu savoir ?

— Qui est le père de votre enfant ?

Cela devait arriver ! Une réaction franche et directe, jaillie sans calcul ni préparation. Elle se trouva totalement prise au dépourvu. Elle s'attendait manifestement à tout, sauf à une question sur la filiation de son fils.

— Ce n'est pas mon enfant, affirma-t-il avec conviction. Je le sais. Il n'y a rien entre lui et moi. Je n'éprouve rien pour lui.

— Comment peux-tu en être si sûr ? Tu ne le prends jamais dans tes bras. C'est à peine si tu le regardes.

— Je... je ne peux pas. Il... les enfants en général me...

Que dire ? Que les enfants le terrifiaient ? Elle le croirait fou et il ne pourrait lui en vouloir. Oui, le mot peur était celui qui décrivait le mieux ce qu'il ressentait en présence de cet enfant.

Kendall le considérait d'un air perplexe. Il fallait trouver quelque chose.

— Je déteste les entendre crier et pleurer, affirma-t-il.

À la seule évocation des cris d'enfants, la sueur perlait à son front. Les échos de son cauchemar lui revenaient aux oreilles, mais au lieu de les chasser, il ferma les yeux pour tendre vers eux et solliciter les ressources cachées de son esprit. Cette fois, il perçut quelque chose qui lui avait jusqu'alors échappé. Dans son rêve, il voulait que cessent les pleurs des enfants. Mais il se rendait compte tout à coup qu'il redoutait autant leur silence. Car le silence serait le signe de leur mort. Il en avait la certitude. Comme il était certain d'en être responsable. *Seigneur.*

Il fut long à rouvrir les yeux. Il se sentait physiquement épuisé, vidé et tremblant, comme s'il venait de revivre son cauchemar.

Kendall n'avait pas bougé. Elle l'observait avec un mélange d'angoisse et de compassion.

— Quand vous avez essayé de me larguer à Stephensville, est-ce que c'était à cause du bébé ? Qu'est-ce que j'ai contre lui ?

— Rien.

— Ne me mentez pas, Kendall. J'ai une dent contre un petit enfant et je ne sais pas pourquoi. À moins d'être un salaud sans cœur, je dois avoir une bonne raison. Quelle est-elle ?

— Je ne sais pas.

— Dites-moi.

— Je ne sais pas !

17

« *Je suis enceinte !* »

Kendall agrippait son volant, incapable de contenir son euphorie. Elle riait tout fort, les épaules secouées par son hilarité. Les gens qui la croisaient dans la rue devaient la croire folle à lier, mais elle était trop heureuse pour s'en soucier.

Matt s'en doutait-il ? Elle ne le pensait pas. Cela lui arrivait souvent de partir à l'aube pour arriver à son bureau avant l'heure officielle d'ouverture afin d'y travailler tranquillement.

Mais ce matin, elle s'était rendue chez son gynécologue. Elle n'avait rien voulu dire à Matt tant qu'elle n'aurait pas la confirmation médicale que le petit Burnwood tant attendu avait enfin été conçu.

Elle avait demandé au médecin et à son personnel de garder le secret. Les nouvelles voyageaient vite à Prosper et elle ne voulait pas que Matt l'apprenne par quelqu'un d'autre avant qu'elle ait le temps de lui en parler.

Au déjeuner peut-être ? Oui, elle l'appellerait et lui donnerait rendez-vous quelque part. À moins d'attendre ce soir, pour lui annoncer la nouvelle devant un dîner aux chandelles.

Il était encore tôt quand elle arriva au palais de justice. Le parking était vide. Elle pénétra dans le bâtiment et en parcourut les corridors déserts, comme portée par un petit nuage.

En tournant le coin du couloir, elle vit de la lumière dans son bureau. Roscoe travaillait de bonne heure, lui aussi. Elle passa la tête dans l'entrebâillement de la porte, mais alors qu'elle s'apprêtait à dire bonjour, elle poussa une exclamation :

— Oh, mon Dieu !

Le gardien sursauta, mais en reconnaissant Kendall, son expression terrifiée fit place à une mine contrite.

— J'espérais que j'aurais fini de ranger avant votre arrivée, Mme Burnwood.

Les vandales n'y avaient pas été de main morte. Le carreau de la porte était cassé. Les débris de verre jonchaient le sol. Les meubles de classement avaient été forcés et leur contenu éparpillé dans toute la pièce. On avait fait tomber tous les livres alignés sur les étagères.

Les deux violettes d'Afrique qu'elle soignait avec amour étaient renversées sur son bureau. Il ne restait plus sur la table que leurs feuilles déchiquetées et un amas de terre humide. Tous les dossiers et les autres objets gisaient à terre, déchirés, froissés, en miettes. Le cuir du fauteuil était lacéré.

— Qui a fait ça ?

— Sans doute les jumeaux Crook, les ordures ! Vous ne croyez pas ?

Oui, elle le croyait, mais elle ne formula pas tout haut ce qu'elle pensait tout bas. Elle appela la police. Deux officiers se présentèrent bientôt. Ils entreprirent d'effectuer les constatations et prélèvements d'usage, mais Kendall voyait bien qu'ils n'y mettaient guère d'entrain. Quand ils eurent relevé les dernières empreintes, elle les suivit dans le couloir, pour n'être pas entendue de Roscoe.

— Avez-vous trouvé des empreintes intéressantes ?

— Difficile à dire, répondit l'un d'eux. Les vôtres, celles de votre secrétaire et celles de ce vieux nègre, c'est probablement tout.

L'autre policier tendit le menton en direction du bureau.

— Qui vous dit que ce n'est pas lui ?

Kendall fut tellement outrée par l'insulte raciste qu'impliquait cette remarque qu'elle n'en comprit pas tout de suite toute la portée.

— M. Calloway ? bégaya-t-elle. Mais quelle motivation pourrait-il bien avoir ?

Les deux officiers échangèrent un regard qui en disait long sur la naïveté de la dame.

L'un d'eux déclara :

— Nous vous informerons si nous avons des indices qui en valent la peine, Mme Burnwood. Vous vous êtes fait des ennemis dernièrement ?

— Des dizaines, répliqua-t-elle sèchement. Surtout chez vous.

Elle n'avait rien à perdre à se montrer injurieuse. Sa plainte serait enregistrée et oubliée. Il n'y aurait pas d'enquête sérieuse. Elle n'était pas très aimée de la police. Un trop grand nombre de ses membres avait eu à essuyer ses attaques lors des contre-enquêtes.

— Je vous serai reconnaissante de ce que vous pourrez faire.

En les regardant s'éloigner, elle savait que l'affaire n'irait pas plus loin, à moins de s'en occuper elle-même, ce dont elle s'abstiendrait à cause de Matt. S'il avait vent de l'incident, il pourrait bien mettre à exécution ses menaces de représailles envers les Crook.

— Roscoe, vous voulez bien m'aider à ranger tout ce fouillis ? demanda-t-elle en regagnant son bureau.

— Vous n'avez même pas besoin de me le demander, madame.

— Merci. Il faut reclasser au plus vite les dossiers.

Puis elle ajouta :

— Je compte sur vous pour ne pas ébruiter cette histoire. N'en parlez à personne. Pas même à mon mari.

⁂

À midi, Kendall pouvait à nouveau circuler dans son bureau sans entendre crisser du verre sous ses pieds ni trébucher contre un livre de droit. La secrétaire avait remis un semblant d'ordre dans les dossiers. Roscoe avait déniché un vieux siège abandonné pour qu'elle puisse s'asseoir en attendant d'en recevoir un neuf.

Si elle était tombé sur Henry ou Luther Crook, elle aurait eu beaucoup de mal à ne pas les zigouiller de ses propres mains, non seulement pour avoir saccagé son bureau, mais surtout pour avoir terni la joie de ce jour radieux. Au lieu de savourer tout à loisir le bonheur de se savoir enceinte et de concocter la façon dont elle annoncerait à Matt la bonne nouvelle, elle avait dû faire face aux dégâts de ces vandales.

L'état de son bureau ne manqua pas, naturellement, d'éveiller la curiosité des employés du palais de justice. Quand on la questionnait, elle mentait effrontément. Elle mentit avec le même aplomb au procureur Gorn, lorsque celui-ci pénétra dans son bureau, à la fin de la journée.

Il désigna l'ouvrier occupé à remplacer le carreau de la porte.

— Qu'est-ce qui s'est passé ici ?

— J'ai décidé de changer la décoration.

Elle enchaîna aussitôt, sans lui laisser le temps de réagir :

— Qu'est-ce qui vous amène à cette heure de la journée, Dabney ? Le café d'en face serait-il à court de thé glacé ?

— Vous avez la langue trop bien pendue, maître. Je suis étonné que Gibb et Matt ne vous aient pas encore appris les bonnes manières.

— Matt est mon mari, pas mon éducateur. Quant à Gibb, il n'a aucune autorité sur moi. D'ailleurs, si je n'avais pas la langue bien pendue, je ne serais pas l'empêcheuse de tourner en rond que je suis pour vous. Et ce rôle m'amuse un peu plus chaque jour.

Elle tendit la main pour prendre le dossier qu'il avait apporté et qui expliquait sans doute sa visite impromptue.

— Qu'est-ce que vous avez de beau pour moi ?

— Le dossier du procès Lynam. Vous y trouverez tous les éléments que nous comptons utiliser. Cette fois, vous ne pourrez pas accuser mes services de ne pas vous communiquer nos informations pour vous les assener en pleine audience. Ce ne sera pas nécessaire. C'est gagné d'avance.

Il glissa ses pouces sous les larges bretelles qui retenaient son pantalon.

— Nous sommes prêts à aller en justice. J'ai de quoi obtenir sa condamnation les doigts dans le nez.

— Je ne crois pas que vous le pensiez sincèrement, Dabney. (Elle se leva, attrapa son sac à main et sa serviette et prit la direction de la porte.) Si c'était le cas, vous n'éprouveriez pas le besoin de venir m'en parler si souvent. Merci pour le dossier. Maintenant, si vous voulez bien m'excuser. Je m'apprêtais à partir quand vous êtes entré. Je vous suggère de prendre rendez-vous la prochaine fois que vous voudrez me voir.

⁂

Elle avait reçu dans la journée un coup de téléphone de Gibb les invitant à dîner, elle et Matt, le soir même. Elle avait hâte de parler à Matt du bébé qui s'annonçait, mais comme la journée avait été éprouvante et qu'elle n'avait pas le courage de s'atteler à la cuisine, elle avait accepté.

Ce fut un dîner tout simple. Ils le prirent sur des plateaux, dans le salon, sous les regards torves des trophées de chasse. C'est au dessert que Gibb aborda la question du procès imminent de Lottie Lynam.

N'étant pas du genre à mâcher ses mots, il demanda tout de go :

— Comment pouvez-vous plaider la non-culpabilité ?

— Je ne suis pas autorisée à discuter de mes dossiers en cours, Gibb. Vous le savez bien.

— Je comprends le secret professionnel auquel sont tenus les avocats. Mais nous sommes en famille. (Il sourit.) Et puis, je ne parle pas de ce cas particulier. Je parle d'un principe général.

— Du genre de ceux que défendait le frère Whitaker dans son sermon dimanche dernier ?

L'assemblée avait eu droit à une harangue sévère de son prédicateur. Kendall avait été indignée par le contenu du prêche. Elle avait l'intention de le faire savoir, même si le fait d'émettre une critique à l'égard du pasteur tant apprécié de Matt et de Gibb revenait à leur jeter le gant.

— Qu'est-ce que le sermon du frère Whitaker a à voir avec cette affaire ? s'étonna Matt.

— Je pense que ce n'est pas un hasard s'il a choisi

dimanche dernier de rappeler à ses fidèles le caractère sacré du mariage, déclara-t-elle, impuissante à contenir l'inflexion méprisante de sa voix. Il a péroré pendant toute une heure sur l'obéissance aveugle que doivent les épouses à leur mari.

— La soumission de la femme à son mari est inscrite dans les Écritures.

— Est-il aussi inscrit dans les Écritures qu'une femme doit de soumettre à un mari qui essaie de la sodomiser avec un fer à friser ?

— Ce n'est pas un sujet très agréable à évoquer pendant le dîner.

— Ce n'est jamais un sujet agréable, Matt, à aucun moment. Mais pour en revenir au sermon de dimanche dernier, c'était un discours sexiste et sectaire. Il n'y a pas d'autres mots. Il y avait dans cette assemblée des jurés potentiels. Comment veux-tu qu'ils ne soient pas influencés ?

— Bob ne cherchait pas à excuser les mauvais traitements conjugaux, Kendall, corrigea Matt. Tout le monde sait que Charlie Lynam était un ivrogne acariâtre doublé d'une brute.

— Cela ne lui donnait pas le droit de le tuer, mon garçon, glissa Gibb avant de se tourner vers Kendall. J'ai dit à Dabney que vous envisagiez de plaider non coupable parce que vous ne savez pas qui est vraiment Lottie.

— Comment ça, *vous avez dit à Dabney* ? Il vous a parlé de cette affaire ? Il n'a absolument pas à...

Gibb leva la main pour interrompre ses protestations.

— Dabney et moi sommes des amis de toujours, Kendall. C'est moi, en fait, qui lui ai suggéré de se présenter à ce poste et qui l'ai aidé à se faire élire. Il m'a demandé mon avis, en tant qu'ami, et je le lui ai donné. Vous n'êtes pas d'ici. Lottie vous a jeté de la poudre aux yeux. Ce que vous ignorez, c'est qu'elle a toujours été une putain, depuis qu'elle a atteint l'âge d'être femme. Le mariage n'a pas changé ses habitudes. C'est son comportement de traînée qui a amené Charlie à boire.

Kendall restait sans voix. Le procureur avait bafoué les règles élémentaires de la déontologie en demandant à Gibb son avis sur une affaire de meurtre en instance. Et Gibb ne semblait pas s'en rendre compte, tant il était contrarié à l'idée que sa belle-fille puisse prendre le parti de la pute locale.

— Gibb, M. Gorn n'aurait jamais dû vous en parler. Cela mis à part, la moralité de Mme Lynam n'est pas l'objet du procès. Et vous êtes dangereusement près de dire qu'elle méritait d'être violée et battue.

— Ça, c'est une autre histoire. Peu m'importe ce que prétend la loi. Comment un homme peut-il violer sa propre femme ?

Matt intervint avant que Kendall ait eu le temps de répondre à cette question confondante.

— Papa, Kendall n'est pas censée commenter cette affaire. Elle est épuisée. Finissons-en avec la vaisselle pour que je puisse la ramener à la maison.

⁂

Ils n'avaient pas franchi le portail de Gibb que Kendall relançait la discussion.

— Ce qui m'effraie, c'est qu'une majorité écrasante des personnes qui seront appelées à siéger dans le jury professeront les mêmes idées désuètes que Gibb, à savoir qu'une femme doit obéir à son mari coûte que coûte. Je vais peut-être demander le renvoi de l'affaire devant une autre cour. Ma cliente n'aura jamais un procès équitable à Prosper.

— Papa appartient à une autre génération, Kendall. On ne peut pas attendre de lui et de ses amis qu'ils adoptent les mêmes attitudes que nous sur certaines questions morales et sociales.

— Comme le viol et la violence entre époux, par exemple ?

— Ne cherche pas la bagarre avec moi, lui dit-il, ébranlé par l'agressivité de sa voix. Je n'ai pas contredit ton point de vue.

— Tu ne l'as pas défendu non plus.

— Je ne voulais pas être pris dans le feu d'une discussion inutile.

— Je ne la crois pas inutile. Mme Lynam ne la trouverait certainement pas inutile.

— Je ne suis pas juré, rappela Matt d'un ton apaisant. Tu n'as pas besoin de m'exposer tes arguments. Et tu n'avais pas non plus besoin de les exposer à papa.

— Il ne s'est pas gêné pour en débattre avec le procureur. (Elle était aussi stupéfaite qu'ennuyée.) Dis-moi, Matt, en quel honneur Dabney discute-t-il droit et justice avec ton père ?

— Il te l'a expliqué. Ce sont de vieux amis. C'est venu comme ça, dans la conversation. Tu y attaches beaucoup trop d'importance.

— Je ne le pense pas. Ça me gêne de savoir que Dabney est allé jacasser avec Gibb, comme s'il avait un droit de regard sur la façon dont j'exerce ma fonction d'avocat public.

Cet aspect des choses ajoutait à la confusion d'une affaire déjà délicate. Elle était convaincue que si elle obtenait l'acquittement à Prosper, cela tiendrait du pur miracle.

— Tu me permettrais d'interviewer Mme Lynam pour écrire un article ?

— Quoi ?

Elle posa sur Matt un regard ahuri, tant sa proposition lui paraissait inattendue :

— Quel genre d'article ?

— Mme Lynam a été abondamment vilipendée, en chaire comme par l'homme de la rue. Y compris par mon journal, admit-il d'un air contrit. Elle mérite un droit de réponse.

Kendall le remercia, tout en émettant quelques réserves. Ils en discutaient encore quand ils arrivèrent chez eux. Matt continuait à défendre son idée en se dirigeant vers la chambre.

— C'est une manière pour moi de rattraper la gaffe de papa. Il a l'habitude qu'on vienne le consulter, l'habitude de donner son opinion. Je suis sûr qu'il ne s'est pas rendu compte qu'il te mettait dans une position intenable en se confiant à Dabney. Laisse-moi faire ça pour toi, Kendall. Je te promets de ne pas l'enfoncer dans mon article. Je préparerai une liste de questions que je te soumettrai. Tu pourras conseiller Mme Lynam sur la façon de répondre et lire le texte final avant qu'il soit mis sous presse. Tu enlèveras tout ce que tu voudras.

Dans ces conditions, elle ne voyait pas de raison de refuser.

— C'est d'accord. Merci.

Il tendit les bras.

— Quelque chose me dit que tu as besoin d'un câlin.

Elle s'abandonna avec joie à son étreinte. Il la serra fort contre lui en lui massant le bas du dos, dont toutes les raideurs se dénouaient sous la friction de ses mains vigoureuses. À cause du dîner chez Gibb, elle n'avait pas pu lui parler du bébé.

Elle avait songé à leur annoncer la nouvelle à tous les deux, mais s'était ravisée. Gibb était trop souvent le troisième larron entre eux. C'était un événement important, qui méritait le secret de l'aparté. Égoïstement, elle voulait avoir Matt tout à elle quand elle le lui apprendrait.

Voilà qu'ils étaient enfin seuls.

Elle allait prononcer son nom quand il la devança.

— Kendall ? (Il s'écarta et lui caressa la joue.) Tu es complètement ailleurs depuis quelque temps. Pourrais-je avoir toute ton attention pendant un petit moment ?

Encore mieux. Quand ils auraient fait l'amour, le moment de détente qui suit serait idéal pour lui dire. Elle glissa les mains derrière son cou.

— Je ne demande pas mieux, murmura-t-elle.

Elle couvrit sa peau de baisers et de caresses, savourant le réconfort que lui procuraient sa force et sa virilité. Elle se livra aux voluptés de l'intimité conjugale qu'ils avaient en effet un peu délaissées depuis quelque temps.

Mais leur union la laissa insatisfaite. Quand il entra en elle, elle n'était pas vraiment prête. Elle éprouvait sous ses élans une gêne qui la détournait de son plaisir. Elle aurait préféré plus de préliminaires, un lent éveil des sens qui aurait peu à peu effacé sa fatigue et épanoui son désir.

Quand ce fut fini, il pencha sur elle un sourire désolé.

— C'était bien ?

Elle mentit pour préserver son amour-propre.

— Tu as la tête trop éparpillée, Kendall, remarqua-t-il sans chercher à dissimuler sa déception. Nous ne sommes plus à l'unisson. Nous avons perdu notre accord parfait. Papa a raison.

Elle se dressa sur un coude.

— Raison à propos de quoi ?

— Tu passes trop de temps à ton bureau et pas assez chez toi.

— Tu confères de mes faits et gestes avec Gibb avant même de m'en parler ?

— Ne te fâche pas. Je ne t'en attribue pas toute la faute. Je lui ai dit que je devais avoir mes torts, moi aussi, pour que tu te montres aussi distante.

— Matt, ne sois pas injuste, s'exclama-t-elle. Avant-hier soir, quand je t'ai téléphoné pour te prévenir que je travaillerais tard, tu m'as répondu que ce n'était pas grave parce que tu comptais sortir, toi aussi. Il y avait belle lurette que j'étais revenue et que je dormais quand tu es rentré à ton tour.

— Ne t'énerve pas.

— Et pourquoi je ne m'énerverais pas ? Tu ne vois les choses que par un bout de la lorgnette. Quand je rentre tard, c'est parce que je travaille. Quand tu rentres tard, c'est parce que tu es en virée avec Gibb et tes copains.

— Tu es jalouse.

— Ce n'est pas de la jalousie.

— Ça y ressemble.

— Dans ce cas, je pourrais dire que tu es jaloux de mon travail.

— Je le suis. Je le reconnais. Parce que tu ne penses qu'à ta carrière.

— Je m'investis. Si j'étais un homme, on me trouverait performant.

— Mais tu es une femme. Et ton travail te distrait de tes responsabilités d'épouse. (Il se radoucit, l'attira à lui et lui caressa les cheveux.) Ma chérie, j'ai horreur de me disputer avec toi.

— Moi aussi, Matt, mais c'est parfois nécessaire. Quand tu m'as épousée, tu savais que je tenais à mon métier. J'aime le droit. Et je veux la justice pour...

— Je sais tout ça. Et je suis fier du métier que tu exerces. Mais es-tu obligée d'y consacrer tellement de temps ? Ne peux-tu en garder un peu pour toi-même ? Il y a d'autres aspects de la vie auxquels tu devrais accorder plus d'attention. Moi, en particulier. J'aimerais que tu t'intéresses davantage aux activités locales, que tu te lies davantage avec les autres femmes. Tu sais, pour s'intégrer à un groupe, il y a beaucoup de choses auxquelles il faut participer, au lieu de rester de son côté. (Il appuya les lèvres sur sa tempe.) Papa dit que nous devrions avoir un bébé. Un enfant apporterait un certain équilibre à ta vie. Je suis d'accord avec lui. Faisons un bébé, Kendall. Cette nuit.

L'atmosphère n'était pas celle dont elle avait rêvé pour lui apprendre que leur enfant avait déjà été conçu. Ils firent encore l'amour, mais le ton dérangeant de leur conversation avait éteint son désir. Matt avait trop à cœur de la mettre enceinte pour se rendre compte de son manque d'enthousiasme.

18

— Qu'est-ce que tu fais ?

— Je vais en ville avec vous.

Il était installé sur le siège du passager, ses béquilles à l'arrière.

— Non, dit Kendall.

— Si.

Elle devait veiller à ne pas en faire toute une histoire, pour ne pas renforcer ses soupçons.

— Tu peux me croire, c'est une ville sans grand intérêt.

— J'aimerais m'en rendre compte par moi-même et j'aurais plutôt tendance à ne pas vous croire.

Flûte ! Pourquoi était-ce justement aujourd'hui qu'il décidait de l'accompagner ? Aujourd'hui ! Son cauchemar de la veille avait-il libéré quelques parcelles de mémoire ? Il avait crié des noms, des noms qui lui avaient glacé le sang. Parce que s'il se souvenait des personnes à qui appartenaient ces noms, tout lui reviendrait d'un coup. Alors, elle n'aurait plus qu'à s'en remettre à la miséricorde du ciel.

C'est pourquoi elle avait décidé d'aller en ville et de ne pas revenir.

— Il fait atrocement chaud, remarqua-t-elle dans l'espoir de le dissuader. Tu vas te fatiguer. Reste te reposer au moins encore aujourd'hui. Et si demain tu veux toujours aller en ville, je t'emmènerai.

— Je suis très touché de votre sollicitude, mais... (Il agita la tête.) Vous devrez m'extirper de cette voiture de force. Même avec une jambe cassée, j'aurais le dessus. De toute façon, je vais avec vous.

Elle savait qu'elle devrait tôt ou tard faire face à un coup d'État de ce genre. Il reprenait des forces de jour en jour. Les circonstances jouaient peu à peu contre elle. Plus il acquérait d'autonomie, plus il lui devenait possible de la maîtriser et de prendre le contrôle de la situation.

Il ne se contentait plus de ses réponses évasives,

saupoudrées de juste assez de vérité pour les rendre plausibles. La veille, elle avait éludé les questions qu'il posait sur les raisons de son aversion pour Kevin en lui disant que c'était sans doute une conséquence bizarre de son amnésie. Mais elle s'était bien rendu compte que cette explication oiseuse n'avait fait qu'accroître sa méfiance, au lieu de l'apaiser.

Son intuition se révélait de plus en plus aiguë. Kendall devait faire vite. Le temps lui était compté. Elle n'était déjà restée que trop longtemps avec lui. S'il avait recouvré assez de forces pour se rebeller, il en avait assez pour se débrouiller en attendant d'obtenir de l'aide.

Depuis deux semaines, elle était partagée entre la crainte de le voir retrouver la mémoire et celle d'avoir à quitter la sécurité de la maison. C'était une sécurité toute relative, mais elle serait encore plus vulnérable à déambuler sur les routes, où toutes les polices devaient la rechercher. En même temps, le branle-bas déclenché par sa disparition à Stephensville avait dû se calmer. Ses poursuivants avaient dû perdre de leur enthousiasme et relâcher leur attention. Tout compte fait, c'était le moment idéal pour partir.

Et voilà qu'il contrecarrait ses plans.

D'un autre côté, ce n'était peut-être pas plus mal qu'il veuille à tout prix l'accompagner aujourd'hui. Il s'attendait à ce qu'elle parte pour ne pas revenir, mais pas à ce qu'elle prenne la fuite alors qu'il était avec elle.

Elle avait la durée du trajet pour réfléchir à la manière de s'esquiver.

— Bon, eh bien, si tu veux venir, parfait, dit-elle en se forçant à sourire. Je serai ravie d'avoir de la compagnie.

Son passager se montra un piètre compagnon de route. Pendant le premier quart d'heure, il ne prononça pas un mot, occupé qu'il était à relever les noms de lieu et à enregistrer des points de repère. Il pouvait dresser des cartes si cela lui chantait. Elle n'en avait que faire. Si elle réussissait son évasion tout à l'heure, ses hautes compétences en navigation seraient pour elle sans conséquence.

Il déclara tout à coup :

— Vous connaissez bien ces routes.

— Je pense bien. C'est ici que ma grand-mère m'a appris à conduire.

— Vous parlez souvent d'elle. Vous l'aimiez beaucoup, n'est-ce pas ?

— Énormément.

— Quel genre de personne était-ce pour mériter une telle affection ?

Kendall jugeait les mots ordinaires inaptes à évoquer ce qu'elle éprouvait pour Elvie Hancock, mais elle essaya néanmoins d'exprimer ses sentiments malgré les limites du langage.

— Grand-mère était dynamique et gaie, toujours prête à inventer quelque chose d'amusant à faire. En dehors de l'affection que je lui portais, j'admirais en elle la personne qu'elle était. Elle était extraordinairement tolérante, elle acceptait les autres tels qu'ils étaient, quels que soient leurs travers. Toute ma vie, elle m'a donné l'impression d'être quelqu'un d'unique, d'exceptionnel. Même quand elle me punissait parce que j'avais mal agi, je ne doutais pas de son amour. C'est pour ça que je l'aimais tellement.

Ils arrivaient aux abords de la ville. Kendall pénétra dans le parking d'un supermarché. Il attendit qu'elle ait coupé le contact pour demander :

— L'aimiez-vous plus que vous ne m'aimez ?

Kendall demeura perplexe.

— Quelle question ! Ce sont deux formes d'amour totalement différentes. On ne peut pas comparer.

— L'amour, c'est toujours l'amour.

— Pas du tout. Ça dépend.

— De quoi ?

— Des personnes et de la nature de leurs relations.

— Et moi, est-ce que je vous aime ? Non, pas la

peine de répondre. Vous me mentiriez de toute façon.

Il considéra le pare-brise d'un air absent et dit soudain, d'un ton songeur :

— Je ne me rappelle pas avoir aimé qui que ce soit. Si j'avais aimé quelqu'un, je devrais m'en souvenir, non ?

Il se tourna vers elle. Kendall vit son regard se troubler. À quoi pensait-il ? Si les circonstances avaient été différentes...

Mais elles étaient ce qu'elles étaient. Inutile donc de s'interroger sur l'état de sa santé affective.

Elle descendit de la voiture d'un bond et libéra Kevin de son siège.

— Je n'en ai pas pour longtemps, annonça-t-elle. Tu peux m'attendre ici ?

— Très bien. Je vais pouvoir tranquillement admirer le paysage.

Impossible de prendre les provisions qu'elle avait entassées dans le coffre. Elle pourrait peut-être acheter une ou deux choses en traversant le magasin, mais elle ne devait pas s'éterniser.

— Veux-tu que je te rapporte quelque chose ? proposa-t-elle, attentive à afficher un comportement aussi normal que possible.

— Un carton de six bières, si vous voulez bien.

— Quelle marque ?

— Je ne me souviens pas. Mais vous devez le savoir. Ma chérie.

Le sarcasme la laissa indifférente.

— En effet. Je reviens dans une minute.

Elle sentait ses yeux rivés sur elle, comme deux lames dans son dos, quand elle entra dans le supermarché. Elle veillait à marcher lentement, l'air de rien. Dès qu'elle eut franchi le seuil, sachant qu'il ne pouvait la voir à travers les glaces réfléchissantes, elle se précipita dans la première cabine téléphonique. Heureusement, elle avait gardé le numéro en mémoire.

— Allô ?

— Mme Williams ? C'est Mary Jo Smith, la personne qui vous a appelée il y a quelques jours pour la voiture.

— Oui, je vous attendais d'une minute à l'autre. Vous n'avez pas changé d'avis, n'est-ce pas ? Parce que j'ai dit aux autres personnes qui ont appelé que la voiture était vendue.

— Non, non, je n'ai pas changé d'avis. C'est seulement que... Vous vous souvenez, je vous avais dit que ma voiture était sur le point de me lâcher. Eh bien, elle a rendu l'âme. Elle ne veut pas redémarrer. Je suis en carafe et je ne sais comment me rendre chez vous. J'ai mon bébé avec moi et... oh, je ne sais plus quoi faire !

Sa voix se brisa, comme si elle était désespérée et à bout de nerfs.

— Oh, ma pauvre, écoutez...

Mme Williams semblait désolée, mais prudente. On l'avait sans doute mise en garde contre les mauvais tours auxquels s'exposent les veuves sans défense :

— Je peux peut-être venir vous retrouver avec la voiture.

— Je ne peux décemment pas vous demander une chose pareille ! Non, non, je vais... Attendez, je réfléchis.

La tactique de Kendall s'avéra payante.

— C'est sans problème, vraiment, assura Mme Williams. Où êtes-vous ?

Kendall lui indiqua la station-service qu'elle avait repérée auparavant et qui était accessible à pied du supermarché.

— C'est à cinq minutes de chez moi, commenta Mme Williams, ravie. Je vous amène la voiture, nous concluons notre petite affaire et ensuite, vous me reconduirez.

— J'ai honte de vous imposer ça !

— Ne vous inquiétez pas. J'ai hâte de vendre cette voiture.

— Et moi, j'ai hâte de l'acheter. Plus que vous ne pouvez l'imaginer.

Pour le coup, elle disait la vérité. Jim Pepperdyne avait eu le temps de retrouver l'homme qui lui avait vendu sa voiture à Stephensville. Il était indispensable de s'en débarrasser et de la remplacer par une autre avant de se lancer sur les routes.

Mme Williams se fit confirmer l'heure et le lieu.

— Bien, j'arrive. J'y serai dans cinq minutes.

Kendall raccrocha et fonça vers la sortie située à l'opposé de la porte par laquelle elle était entrée.

Les panneaux automatiques s'écartèrent. Kendall resta clouée sur place, suspendue dans son bel élan.

⁂

Sa jambe lui faisait mal d'avoir été secouée pendant le trajet en voiture, mais il n'allait pas rater une si belle occasion d'essayer de comprendre ce qui se passait.

Dès que Kendall fut hors de vue, il ouvrit la portière, attrapa ses béquilles, sortit et regarda autour de lui.

Elle avait raison. La ville ne valait pas le déplacement. De son poste d'observation, il apercevait une station-service, un garage de réparation, un restaurant-brasserie, un salon de coiffure et... *une poste* !

Il se mit en marche sur le parking à l'asphalte brûlant comme un gril. En moins d'une minute, sa chemise fut trempée de sueur et ses muscles frémissaient d'épuisement. Dieu qu'il haïssait sa faiblesse !

Il vit du coin de l'œil un jeune garçon passer à bicyclette. Il l'interpella.

— Hé, jeune homme !

L'enfant, qui devait avoir une douzaine d'années, lui jeta un regard par-dessus son épaule, vira et s'approcha.

— Qu'est-ce qui est arrivé à votre jambe ?

— J'ai eu un accident de voiture.

— Votre tête aussi, c'est l'accident ?

— Oui, ma tête aussi. Quelle est cette ville ? On est bien dans le Tennessee ?

Le garçon posa son vélo. Il scruta le visage de son interlocuteur et un large sourire se déploya sur ses lèvres.

— Dites, vous êtes shooté, c'est ça ?

Il pinça le pouce et l'index, les appuya sur sa bouche et fit claquer ses lèvres, comme s'il fumait un joint de marijuana.

— Non, je ne suis pas shooté. Je veux seulement savoir où je suis.

— Katmandou-ou-ou, chantonna l'enfant. Vous n'êtes pas un peu vieux pour vous camer ? Vous devez bien avoir quarante berges, non ?

— Ouais, je suis vioque. Un vrai croulant. Maintenant, dis-moi comment s'appelle cette putain de ville ?

— Ouah, vous êtes bizarre.

Le gamin s'écarta prudemment, réenfourcha sa bécane et fila en pédalant comme un forcené.

— Attends, reviens !

Le cycliste lui adressa un geste obscène.

Il inspecta les alentours en espérant que personne n'avait assisté à leur conversation. Il n'était pas certain de souhaiter que la police s'intéresse à un étranger bandé plâtré posant des questions incongrues. S'il voulait tant aller à la poste, c'était pour savoir où il se trouvait et voir si son portrait figurait sur les affiches portant les photos des personnes recherchées.

Il évalua la distance qu'il lui restait à parcourir et calcula que le bureau de poste était plus loin qu'il ne pensait. L'effort fourni pour traverser le parking, allié à la chaleur, avait miné ses forces.

Combien de temps lui restait-il avant le retour de Kendall ? Combien de temps lui fallait-il pour faire ses courses ? Qu'avait-elle à acheter en dehors de ses packs de bière ? Elle ne semblait pas particulièrement pressée quand elle était entrée dans...

Soudain, l'image de Kendall franchissant la porte lui revint. Elle portait Kevin, son sac à main et le sac de couches. Pourquoi avait-elle emporté le sac de couches pour faire des courses qui ne devaient durer que quelques minutes ?

Il pivota sur place et repartit en direction du magasin aussi vite que le lui permettaient ses béquilles.

— Imbécile ! marmonna-t-il entre ses dents. Il ne fallait pas la quitter des yeux.

Quelque chose lui disait qu'elle s'apprêtait à mettre les voiles. C'était la raison qui l'avait poussé à l'accompagner coûte que coûte. Mais comment avait-il pu imaginer que sa seule présence l'empêcherait de faire ce qu'elle avait décidé ? Il s'était laissé piéger comme un bleu.

Il se força à accélérer l'allure, en maudissant sa naïveté et son handicap.

⁂

— Oh, mon Dieu, mon Dieu.

C'est en entendant le son plaintif de sa voix que Kendall se rendit compte qu'elle avait parlé tout haut.

Elle rentra la tête dans les épaules et se détourna du kiosque à journaux et de l'immense photographie d'elle placardée en première page. Elle se dirigea sans tarder vers la sortie.

Il était urgent de quitter le magasin avant que quelqu'un la reconnaisse. Les cinq minutes s'étaient-elles écoulées ? Mme Williams allait l'attendre. Kendall n'ignorait pas que si elle n'arrivait pas à l'heure, la vieille dame pourrait bien finir par s'en aller.

Alors une autre pensée, bien plus angoissante, lui traversa l'esprit. Et si Mme Williams avait lu les journaux du matin et la reconnaissait ?

Elle devait en courir le risque. Elle n'avait pas le choix. Comme elle le craignait, une chasse à l'homme avait été lancée et elle en était la proie.

Dehors, elle plissa les yeux sous l'éclat fulgurant du soleil et avança en rasant le mur du bâtiment. Il ne pouvait la voir de la voiture, mais...

— Vous allez quelque part ?

Kendall tournoya sur elle-même, le cœur battant. Il était là, affaissé sur ses béquilles. Sa poitrine se soulevait au rythme de son souffle haletant. Ses cheveux dégoulinaient littéralement de sueur.

— Pourquoi n'es-tu pas resté dans la voiture ?

— Pourquoi sortez-vous par cette porte ? La voiture est de l'autre côté.

— Oh, euh, j'ai dû me tromper.

— Ah-ah. Et pourquoi n'avez-vous rien acheté ?

Pourquoi n'avait-elle rien acheté ? « *Réfléchis, Kendall !* »

— Nous étions à peine entrés que Kevin a craché. Je crois qu'il ne va pas bien. C'est la chaleur sans doute qui ne lui réussit pas.

— Il a l'air en pleine forme.

De fait, Kevin, qui faisait des bulles en tripotant les boucles d'oreilles de sa mère, n'avait jamais paru si épanoui et heureux.

— Il ne faut pas se fier aux apparences, répondit-elle sèchement. Je serai obligée de revenir une autre fois.

Elle partit en direction de la voiture, qui se trouvait à l'opposé de la station-service où devait s'impatienter une Mme Williams exaspérée et perplexe.

Elle n'achèterait pas de voiture aujourd'hui.

Elle ne prendrait pas non plus la fuite.

19

— Li est un nom chinois ?

Pour toute réponse, le gardien de la prison haussa les épaules.

— Japonais ou chinetoque, allez savoir. Pour moi, tous les bridés se ressemblent.

Kendall vrilla sur lui un regard réprobateur. Il

déverrouilla la porte de la petite salle où elle devait s'entretenir avec son nouveau client. Quand elle entra, Michael Li, le violeur présumé, se leva.

— Je monte la garde derrière la porte, gronda le gardien à l'adresse du jeune homme.

Kendall referma la porte sur le gardien, se tourna et s'avança vers Li, qui se tenait si droit qu'elle faillit lui dire « Repos ». Après s'être présentée et lui avoir serré la main, elle le pria de s'asseoir. Elle prit place en face de lui, de l'autre côté de la table.

— Avez-vous besoin de quoi que ce soit ? Quelque chose à boire ?

— Non, madame, répondit-il stoïquement.

Le jeune homme de dix-huit ans avait un visage lisse, presque imberbe, et des cheveux noirs raides, coupés ras. Il était plutôt petit et râblé. Malgré la lassitude qu'on y lisait, son regard suivait avec curiosité les gestes de Kendall qui fouillait dans son sac pour en extirper un bloc et un crayon.

— La prison n'est jamais agréable, déplora-t-elle. Et encore, c'est peu dire.

— Êtes-vous déjà allée en prison ?

— Une fois, avoua-t-elle en toute honnêteté. J'ai été arrêtée alors que je manifestais contre l'interdiction de certains livres à la bibliothèque municipale.

Il hocha la tête d'un air entendu.

— Je vais vous faire très vite libérer sous caution.

— Ma famille ne pourra pas la payer. (Il parlait avec une raideur empreinte de dignité.) Je ne veux pas ajouter à l'embarras qu'a déjà causé à mes parents ce regrettable malentendu, madame Burnwood.

— Je suis sûre que nous pourrons trouver un arrangement.

— Si c'est possible, j'aimerais poursuivre mes études. Il est très important que j'obtienne mon diplôme.

— Vous êtes major de votre promotion, n'est-ce pas ?

— C'est exact.

— Vos parents doivent être extrêmement fiers.

— Oui, madame. Je me suis vu proposer des bourses par plusieurs universités. Je ne sais pas encore laquelle je vais accepter. (Il baissa les yeux et considéra ses mains.) Mais la décision ne devrait pas être trop difficile à prendre.

Kendall jugea préférable dans l'immédiat de ne pas laisser la conversation s'orienter sur l'avenir de M. Li. La perspective de tout ce qu'il avait à perdre risquait de le démoraliser. Elle orienta l'entretien préliminaire de façon à mieux cerner la personnalité de celui qu'elle aurait à défendre.

— Vous prenez part à de nombreuses activités et associations, comme la National Honor Society.

— En effet. À vrai dire, c'est à l'occasion d'une excursion de la NHS à Gatlinburg que Kim et moi avons commencé à nous intéresser l'un à l'autre.

— Eh bien, racontez-moi.

Pendant la visite touristique de la petite ville montagnarde du Tennessee, sa camarade de classe, Kimberly Johnson, et lui étaient restés ensemble.

— Après, nous nous sommes vus régulièrement. Mais je ne suis jamais allé la chercher chez elle. Nous nous donnions rendez-vous quelque part. Elle craignait la désapprobation de ses parents. Ils me considèrent comme un étranger.

Soudain, un éclair d'orgueil illumina son regard.

— Je suis Américain, comme Kim. Comme M. Johnson. Ma mère est née aux États-Unis. La famille de mon père à émigré quand il était tout bébé. Il n'a jamais appris le chinois et parle l'anglais mieux que M. Johnson.

Kendall voulait bien le croire. Elle ne connaissait pas beaucoup Herman Johnson, mais elle l'apercevait souvent au country club. Il était généralement éméché, parlait fort, faisait des plaisanteries grossières et se donnait en spectacle.

Elle ne connaissait pas non plus M. Li, mais sa femme et lui pouvaient se vanter d'avoir transmis à leur fils une éducation parfaite et un grand sens des responsabilités. D'après les renseignements qu'elle avait glanés, c'étaient des gens travailleurs et dignes du respect que leur témoignait leur fils.

Avec le temps, les liens s'étaient resserrés entre Michael Li et Kim Johnson.

— Nous sommes sérieux, proclama-t-il d'un ton solennel.

Il reconnut qu'ils avaient des relations sexuelles depuis deux mois.

— Mais nous prenons nos précautions, ajouta-t-il avec emphase. Je me protège toujours. Et je jure que Kim a toujours été consentante. Je ne lui ferais jamais aucun mal.

Ses yeux s'emplirent de larmes :

— Jamais !

— Je vous crois, affirma Kendall. Maintenant, dites-moi exactement ce qui s'est passé hier soir.

Kim et lui s'étaient retrouvés à la bibliothèque pour travailler. Ils occupaient la même table, en feignant consciencieusement de s'ignorer chaque fois que la bibliothécaire posait sur eux son regard soupçonneux.

Ils avaient quitté les lieux séparément, mais il avait rejoint Kim au parking, comme convenu, et était monté dans sa voiture. Il admit, en évitant le regard de Kendall, qu'ils s'étaient installés à l'arrière dans le but de faire l'amour.

— Je sais que ce n'est pas facile pour vous, Michael, lui dit-elle avec une moue compatissante. Mais si l'accusation est maintenue et qu'on vous juge pour viol, vous aurez à répondre à des questions beaucoup plus embarrassantes. Le procureur ne vous ménagera pas. Aussi faut-il impérativement vous montrer totalement sincère avec moi. Je peux compter sur vous ?

Il acquiesça et elle se mit à lui poser des questions d'une singulière précision.

— Kim a-t-elle ôté ses vêtements ?

— Seulement son slip.

— Elle portait une jupe, donc ?
— Oui.
— Un chemisier ?
— Oui.
— Un soutien-gorge ?
— Oui.
— Elle les a gardés ?
— Dégrafés, mais sans les enlever.
— Et vous ?
— J'ai juste ouvert mon pantalon.
— Avez-vous enlevé votre chemise ?
— Non.
— L'avez-vous déboutonnée ?
— Oui.
— Lorsqu'on vous a surpris, vous a-t-on vu avec votre chemise déboutonnée ?
— Je crois. C'est important ?
— On peut penser qu'un violeur ne prendrait pas le temps de déboutonner sa chemise. Un amant, oui.
Il se détendit. Il esquissa même un petit sourire.
— Aviez-vous fini lorsque M. Johnson est arrivé ?
— Oui.
— Vous aviez éjaculé ?
Il baissa les yeux.
— Dans le, euh, préservatif.
— Par conséquent, les éléments envoyés au laboratoire sont incontestables ?
— Oui.
Il releva la tête : — Je ne nie pas que Kim et moi avons fait l'amour, Mme Burnwood, mais ce n'était pas un viol, comme le prétend M. Johnson. La bibliothécaire l'a appelé pour lui dire que j'avais suivi Kim. Elle craignait pour sa sécurité. Quand on a les yeux bridés, on est tout de suite suspect, j'imagine. Toujours est-il qu'en ne voyant pas Kim rentrer, M. Johnson s'est affolé. Il est venu la chercher et il fulminait déjà avant même de la trouver. Il m'a sorti de la voiture et a commencé à m'étrangler. J'ai cru qu'il allait me tuer.
— Et Kim ? Que faisait-elle ?

— Elle sanglotait comme une perdue. Quand la police est arrivée, l'un des officiers l'a tirée de la voiture. Elle avait encore les vêtements défaits. (Il se couvrit le visage de ses mains.) Elle devait être mortifiée. Tous ceux qui se trouvaient dans la bibliothèque étaient accourus pour voir ce qui se passait. Et ils étaient tous là à la dévisager. Je ne pouvais rien faire pour elle.

Kendall posa son crayon et croisa les bras sur la table.

— Que croyez-vous que dira Kim à la police quand on l'interrogera ?

— Que je ne l'ai pas violée ! s'exclama-t-il. Je ne l'ai jamais forcée. C'est ce qu'elle leur dira si ce n'est déjà fait. Elle ne me laissera pas inculper de viol. Dès que la police l'aura questionnée, les choses seront claires et on me relâchera.

Kendall n'avait pas la même confiance que lui dans la loyauté de Kimberly Johnson. La violence avec laquelle avait réagi Herman Johnson en surprenant sa fille en flagrant délit avec Michael Li avait pu l'effrayer au point qu'elle serait prête à mentir à la police, au procureur et au jury pour échapper à la colère de son père.

Kendall avait vu des témoins se parjurer pour bien moins que ça. Kim aurait peut-être trop peur d'être reniée par sa famille si elle se reconnaissait complice, surtout si l'opposition des siens reposait sur des préjugés raciaux.

Même si Kim avouait à ses parents qu'elle était attirée par Michael, ils la forceraient peut-être à mentir. Peut-être ne souhaiteraient-ils pas que tout le monde sache que leur fille avait une liaison avec un jeune homme d'origine asiatique, fût-il major de sa promotion et promis à un brillant avenir.

Kendall s'en voulut de prêter injustement des sentiments d'une telle mesquinerie aux Johnson, qu'elle connaissait à peine. Mais elle craignait le pire. Il y avait fort à parier qu'ils ne reculeraient devant rien pour prouver que Michael Li avait violé leur fille.

Pour éviter le scandale et les représailles, Kim jouerait sans doute leur jeu.

Kendall ne voulait pas laisser deviner son pessimisme à son client. Il était capital de jeter un jour positif sur la situation.

— Je suis certaine que vos camarades confirmeront que Kim et vous formiez un couple depuis déjà quelque temps. Vos professeurs témoigneront de votre bon comportement. Nous avons beaucoup d'éléments en notre faveur.

Elle rangea ses notes dans sa serviette et se leva.

— J'espère que M. Johnson retirera sa plainte. Sinon, je tâcherai de demander votre mise en accusation pour demain.

Le jeune homme assura que les choses n'iraient pas aussi loin.

— Kim m'aime autant que je l'aime. Elle leur dira la vérité. Et alors son père sera bien obligé de retirer sa plainte.

Kendall aurait voulu partager son optimisme.

⁂

Elle ne pouvait quitter le palais de justice sans penser à Bama. Le pauvre hère avait dû sauter un beau jour dans un train de marchandises pour une destination inconnue. C'était du moins ce que Roscoe et elle imaginaient.

— Je crois qu'il est vagabond dans l'âme, avait répondu le portier lorsque Kendall lui avait demandé s'il avait lui aussi remarqué l'absence de Bama. Il a surgi de nulle part un beau matin. Il est parti comme il était venu. Il va nous manquer.

Il s'était écoulé plus d'une semaine depuis la disparition de Bama. En sortant du palais de justice après son entretien avec Michael Li, elle songeait avec nostalgie à ses brèves conversations avec le vieil homme. Elle les regrettait. Il était le premier à la saluer le matin quand elle arrivait et le dernier à lui dire au revoir quand elle s'en allait. Il était devenu pour elle comme un ami.

En cet après-midi, elle se sentait seule et sans amis.

Elle n'avait pas encore complètement fini de remettre en ordre son bureau depuis le raid des Crook. Elle continuait à les croire responsables, même si elle n'avait pas de preuves. Comme elle l'avait prévu, la police n'avait pas essayé d'enquêter.

Elle souffrait de claustrophobie dans le bureau confiné. Son entrevue avec Michael Li l'avait déprimée. Elle avait l'impression d'étouffer entre ses quatre murs. Aussi avait-elle décidé de porter à Mme Lynam, chez elle, le dossier contenant les éléments réunis sur son affaire. Le grand air lui ferait du bien et le trajet en voiture lui permettrait de réfléchir sans être dérangée.

Un sentiment d'abandon la tenaillait. La raison n'en était pas professionnelle, mais purement personnelle. Il y avait plus de vingt-quatre heures qu'elle se savait enceinte de l'enfant de Matt et elle ne lui avait toujours rien dit.

La nuit dernière, il lui en avait ôté l'envie en professant des opinions qu'elle ne lui aurait jamais prêtées. Elle avait été heurtée d'entendre son mari exprimer des idées aussi archaïques sur le mariage et le rôle de l'homme et de la femme au sein du couple.

S'il avait parlé sur le ton de la plaisanterie, ou dans un accès de colère, elle aurait chassé de son esprit ses déclarations outrageusement sexistes. Mais il les avait proférées avec tant de calme et de conviction qu'elle n'avait pu les oublier de la journée.

Certes, il ne faisait que répéter ce que disait son père. Matt ne voulait pas d'une femme effacée et soumise. Sinon, il ne l'aurait pas épousée. Mais elle s'inquiétait de l'emprise qu'exerçait Gibb sur la mentalité de son fils. Tout comme elle avait été atterrée de constater que son influence dans la ville s'étendait à des domaines qui n'auraient pas dû le concerner.

Pour retrouver l'état d'euphorie où l'avait plongée l'annonce de sa grossesse, il lui faudrait d'abord remettre à plat avec Matt les modalités de leur vie commune et la question de l'ingérence de Gibb.

Elle déplorait vaguement le temps, l'énergie et l'investissement affectif que lui demanderait cette discussion, à un moment où elle devait consacrer toutes ses facultés à la défense de Lottie Lynam.

Sa libération sous caution lui avait valu une vive discussion avec Gorn. Cependant, à la grande surprise de Kendall, le juge Fargo les avait soutenues. Mme Lynam avait réussi à réunir la somme en hypothéquant la maison familiale, qui lui était échue par défaut, ses frères et sœurs n'en ayant pas voulu.

La défense reposait sur des bases incertaines. Kendall espérait que Mme Lynam trouverait des éléments utiles dans le dossier qu'elle lui apportait. Peut-être repérerait-elle dans les preuves rassemblées par l'accusation un détail susceptible de semer le doute dans les esprits des jurés et d'appuyer la thèse de la légitime défense.

Kendall ne se faisait pas d'illusions. Le procès serait difficile et exigerait d'elle le meilleur de ses compétences. Cette idée éveilla une sensation de brûlure entre ses omoplates. Elle avait les muscles du cou noués.

Elle ne devait pas offrir à sa cliente le spectacle de son incertitude et de sa nervosité. Elle décida, sur un coup de tête, de garer sa voiture sur le bord de la route. La maison n'était plus très loin. Un peu d'exercice lui serait salutaire — ainsi qu'au bébé.

Elle laissa sa voiture et continua à pied. Les arbres s'habillaient de tons vert tendre, annonciateurs du printemps. Cette promesse de renouveau et l'évocation de l'embryon qui prenait vie dans son corps ranimèrent le courage de Kendall. Elle était résolue à réussir, tant sur le plan professionnel que personnel. Elle avait pris un risque considérable en venant à Prosper. Elle ne pouvait se permettre d'échouer.

Forte de cette détermination, elle accéléra le pas. Pour s'immobiliser aussitôt quand, au sortir du tournant, elle aperçut la voiture stationnée devant la petite maison délabrée de Mme Lynam.

Qu'est-ce que Matt pouvait bien faire ici ?

Avait-il appelé son bureau, appris qu'elle était partie chez Mme Lynam et choisi alors de l'y rejoindre pour mener à bien l'interview dont ils avaient parlé la veille ?

Non, c'était impossible. Il ne lui avait pas encore communiqué la liste de questions qu'il avait promis de lui soumettre. Il n'avait sûrement pas l'intention de la doubler et d'interviewer Mme Lynam sans lui laisser le temps de la préparer.

Mais si elle n'était pas convaincue du caractère anormal de sa présence ici, en pleine journée, pourquoi se dissimulait-elle à l'abri d'une haie au lieu de se diriger tout droit vers la porte d'entrée ?

Elle n'avait pas fini de se poser cette question que Matt et Lottie surgissaient sur le perron. Ils franchirent ensemble le seuil et s'avancèrent sous le porche. Il tenait sa veste négligemment jetée sur son épaule, accrochée à un doigt. De l'autre main, il enlaçait Lottie par la taille.

Elle portait un débardeur tout blanc, d'un style démodé, à festons et rubans, et une petite jupe d'intérieur qui s'arrêtait au-dessus du genou. L'une de ses bretelles avait glissé, découvrant l'amorce d'un sein clair. Sa tête reposait sur l'épaule de Matt, son corps épousait la forme du sien. Kendall n'aurait su dire lequel soutenait l'autre, tant ils avaient l'un et l'autre l'air éperdu et malheureux.

Ils s'arrêtèrent juste avant la première marche. Là, Lottie se tourna vers lui. Elle se lova contre lui, dans une attitude suggestive. Il lâcha sa veste qui tomba mollement sur le sol de ciment brut.

Elle lui jeta les bras autour du cou.

Il glissa les mains sur son postérieur et la souleva contre lui.

Elle appuya sa cuisse contre sa hanche.

Il se pressa contre elle.

Elle renversa la tête en arrière.

Il murmura son nom.

Leurs lèvres se cherchèrent, se joignirent, se soudèrent avec passion.

20

— Qu'est-ce qui est arrivé à vos cheveux?

Kendall, qui émergeait de la salle de bains, effleura subrepticement sa nuque ratiboisée.

— Ils me tenaient chaud, ils étaient toujours collés dans mon cou. Je ne pouvais plus les supporter.

Elle posa un regard appuyé sur ses tempes dégarnies et ajouta, d'un ton railleur :

— Tu es un peu mal placé pour me faire des remarques sur mes cheveux.

Pourtant, il avait raison. Le résultat de ce coup de ciseaux était abominable. C'était la solution radicale, mais nécessaire, à laquelle elle s'était résignée après s'être vue placardée en première page du journal de Nashville. Sa photo serait sans doute diffusée aussi à la télévision. Elle espérait que sa coupe de cheveux lui tiendrait lieu de déguisement.

— Le bébé a pleuré, lui dit-il.

Elle le contourna et entra dans la petite pièce qui servait de chambre à Kevin.

— Que se passe-t-il, bonhomme? Hein?

— Vous croyez qu'il va vous reconnaître avec cette touche?

— Il reconnaît ma voix.

Elle prit l'enfant et alla le poser sur le bureau qu'elle avait transformé en table à langer :

— Tu es mouillé? C'est ça?

Elle entendit le martèlement des béquilles approcher derrière elle. Encore vexée de sa remarque sur ses cheveux, elle feignit de l'ignorer et continua à changer le bébé avec application.

— Il est circoncis, remarqua-t-il.

— Han-han.

— Exigences religieuses?

— Pas spécialement. Nous avons décidé cela ensemble, c'est tout.

— Pourquoi?

— Je ne sais pas, répliqua-t-elle avec agacement.

— Je voulais qu'il soit comme moi ou pas comme moi ?

— Que veux-tu dire ?

— Je le suis ou non ?

Elle laissa échapper une exclamation sourde.

— Tu devrais le savoir.

— Oui, je le sais.

Il lui coinça un doigt sous le menton et la força à tourner la tête :

— Mais vous ?

Elle aurait reçu un coup sur le crâne qu'elle n'aurait pas été plus abasourdie. Elle émit finalement un petit rire mal assuré.

— Quelle question stupide !

Elle fit mine de se remettre à l'œuvre, mais il lui saisit le poignet et le garda prisonnier jusqu'à ce qu'elle cède et accepte à nouveau de le regarder.

— Alors, Kendall ?

— J'ai horreur d'être mise au défi de cette manière.

— Et moi, j'ai horreur qu'on me mente. Vous prétendez être ma femme. Une femme sait sans risque d'erreur si son mari est circoncis ou non.

Il parlait d'une voix si tendue que les mots étaient à peine audibles. Il scrutait son regard tout en traçant au creux de sa paume des cercles approximatifs avec son pouce.

— Alors ? Nous faisions toujours l'amour dans le noir ?

— Bien sûr que non.

— Nous prenions des bains ensemble ?

Elle tenta de se détourner, mais il la tira par le bras. Elle lui jeta un regard furieux.

— Parfois.

— Dans ce cas, vous m'avez savonné, caressé.

Il porta sa main à ses lèvres et y posa un baiser. Il y promenait sa bouche tout en parlant :

— J'imagine que vous saviez me mettre en condition.

Kendall éprouva une sensation de vide au creux de

l'estomac. Elle voulut avaler sa salive, mais elle avait la gorge sèche. Ses oreilles répercutaient les battements de son cœur.

— Tu ne t'es jamais plaint.

— Donc, vous devez pouvoir répondre sans mal à cette question.

— Certainement.

— Alors, répondez.

— C'est stupide.

— Faites-moi ce plaisir.

Elle savait qu'elle ne pourrait contenir la rudesse acidulée de sa voix, mais il attendait une réponse. Pourvu que ce soit la bonne.

Elle prit son souffle.

— Tu l'es.

Il garda fixé sur elle un long regard pénétrant avant de lui lâcher le poignet. Elle manqua défaillir de soulagement. Elle en était étourdie, ivre de la joie de ce nouveau sursis.

Elle souleva Kevin, lui souhaita une bonne nuit en l'embrassant et le recoucha dans son parc. Elle l'avait nourri avant d'aller prendre sa douche. Il n'avait plus qu'à dormir. Elle étendit sur lui une couverture légère.

Quand elle se redressa, il se tenait dangereusement près d'elle. Il la prit par les épaules. Son regard erra sur son visage avant de s'arrêter sur ses cheveux.

— Pourquoi avez-vous fait ça ?

— C'est si laid que ça ? s'inquiéta-t-elle avec regret.

— Par rapport à ce que c'était avant, oui, c'est assez affreux. Pourquoi vous êtes-vous éreintée ainsi ?

— Je te l'ai dit...

— Vous ne disiez pas la vérité, Kendall. Si vos cheveux vous tenaient chaud, vous n'aviez qu'à les relever. Vous les avez massacrés. Pourquoi ?

Il darda sur elle un regard inquisiteur :

— Vous vous prépariez à partir ce matin, n'est-ce pas ?

— Non !

— Cessez de mentir. Si c'est pour mentir à chaque mot, ne m'adressez plus la parole. (Il l'attira à lui.) Sans douceur. Parce que je commence à souhaiter que vos mensonges soient vrais. J'ai trop envie de vous, j'aimerais tellement que vous soyez mienne. Je voudrais... Oh, et puis zut.

Il l'embrassa, avec fièvre, gourmandise.

Kendall accueillit son baiser sans résistance. Même, elle le lui rendit. Elle admettait soudain ce que sa conscience refoulait depuis des jours : elle aussi avait envie de lui, autant qu'il la désirait. Au début, elle redoutait et méprisait tout ce qu'il représentait. Son aversion l'avait empêchée de voir l'homme qu'il était. Mais après avoir vécu avec lui, dormi à ses côtés, elle ne pouvait rester insensible à son charme. Elle s'était crue imperméable à sa séduction, à l'abri des pièges de sa propre sensualité. Il n'en était rien.

Or, le désir qu'elle éprouvait n'était pas purement physique. Au fur et à mesure que son corps guérissait, elle lui découvrait d'autres blessures, plus profondes, à l'âme, qui, elles aussi, avaient besoin d'être soignées. Ce besoin, dont il n'avait pas conscience ou qu'en tout cas il n'exprimerait jamais, ne la laissait pas insensible. Elle aspirait à effacer de son regard la lueur d'angoisse qui y sévissait.

Chaque jour, chaque heure qui s'écoulait convergeait vers cet instant. C'était inéluctable dès l'origine. Au lieu de continuer à s'en défendre, elle s'abandonna.

Comme il se mouvait avec peine, elle prit l'initiative de se rapprocher et de se cabrer contre lui. Il proféra une sorte de plainte et referma ses mains sur sa poitrine.

— Laissez-moi vous toucher, murmura-t-il d'une voix rauque.

Il effleura ses seins, aussitôt raidis sous ses caresses, qui firent bientôt apparaître de grandes taches humides sur sa chemise de nuit. Il s'en aperçut et son visage s'assombrit sous l'assaut de la passion.

Il enserra sa tête entre ses mains, les pouces en vadrouille sur son menton et ses lèvres moites. Il se pencha pour cueillir un autre baiser, d'une douceur étonnante. Sa bouche la frôlait à peine. S'éloignait, revenait. Chaque fois que ses lèvres rejoignaient les siennes, c'était un contact léger et suave qui embrasait Kendall d'un feu dévorant.

Son impatience fut enfin satisfaite. Ce fut un baiser profond, infiniment érotique. Une sensation d'insupportable volupté prenait possession de ses entrailles. Son corps vibrait, s'apanouissait, fondait. Elle ne savait plus quand elle avait connu ce phénomène extraordinaire. Elle voulait sentir ses mains, sa bouche, sur ses seins gonflés d'attente. Elle voulait se serrer contre lui. Tout contre.

— Kendall ?

— Mmm ?

— Viens au lit.

Au lit. Pour lui faire l'amour. Comme à sa femme.

La raison s'imposa à elle et elle dut s'y rendre à regret. Elle était aussi inévitable qu'une avalanche. Elle s'empara de son esprit, le soumit à sa loi. Elle n'y pouvait rien.

Était-elle devenue folle ? Avait-elle à son tour perdu la mémoire ? C'était hors de question !

— Désolée, je ne peux pas.

Elle se dégagea si brutalement qu'ils faillirent tous les deux tomber à la renverse. Elle s'agrippa au bureau et tendit le bras pour le tenir à distance.

— S'il te plaît, ne recommence pas.

Il avait les traits tendus, crispés de désir. Il jura entre ses dents.

— C'est absurde, Kendall. Pourquoi pas ?

— J'ai dit non, un point c'est tout. Ça devrait suffire.

— Pas pour moi. J'ai droit à une explication.

— Je me suis déjà expliquée.

— À coups de mystères que même un devin ne pourrait percer.

Il avait crié. Kevin manifesta sa désapprobation. Quand le bébé eut repris son calme, il appuya ses mains sur ses tempes et poussa un grand soupir :

— Je ne comprends pas. Si nous sommes mari et femme, comme vous le prétendez, si nous le voulons tous les deux...

— Moi, je ne veux plus.

— Pourquoi donc ?

— Parce que j'ai trop mal.

— Mal ?

Il pâlit :

— Je vous ai fait mal ?

Elle agita la tête.

— Pas physiquement. Moralement.

Les larmes lui montèrent aux yeux :

— Le souvenir est encore trop vivace. Je n'arrive pas à m'y faire.

La douleur et la déception qui avaient fondu sur elle devant la maison de Lottie Lynam remontaient à la surface de sa conscience. Elle croisa les mains sur son ventre comme si une intolérable souffrance lui déchirait les entrailles.

— Oh, merde, souffla-t-il.

Un pli amer incurva ses lèvres, tout à l'heure si lascives et sensuelles :

— Une autre femme, c'est ça ?

21

Recroquevillée dans un fauteuil de la terrasse, Kendall avait les yeux perdus dans le vide. Elle regardait sans les voir les écureuils qui se pourchassaient d'arbre en arbre, alors qu'elle se délectait habituellement de leurs gambades. Elle n'entendait pas la plainte suraiguë de la scie qu'un voisin maniait au loin, ni les caquètements dédaigneux qu'un geai lui adressait avec insistance.

Ses sens avaient perdu leur acuité depuis qu'elle avait vu son mari donner à Lottie Lynam des marques d'amour plus ardentes qu'il ne lui en avait jamais accordé dans le lit conjugal.

Kendall s'en voulait de ne pas les avoir affrontés. Elle les avait pris sur le fait. Ils n'auraient pas pu le nier. Que n'avait-elle déversé sur eux le mépris qu'ils méritaient ?

C'est que, sur le coup, elle n'avait trouvé la force que de se cacher pour panser ses plaies. Elle était restée un long moment sans bouger, les yeux écarquillés ; elle s'attendait presque à les voir éclater de rire en disant : « On t'a bien eue, hein ? », ravis du mauvais tour qu'ils lui avaient joué.

Mais ce n'était pas une farce. C'était la tragique réalité. Elle avait observé avec une fascination mêlée d'horreur les amants enlacés. Quand elle n'avait plus pu en supporter davantage, elle avait battu en retraite, ni vu ni connu. Avant d'arriver à la voiture, elle avait été saisie de nausées. Elle avait vomi dans le fossé. Elle était parvenue vaille que vaille à rentrer, mais elle ne gardait aucun souvenir du trajet de retour.

Plusieurs heures étaient passées. Une sourde colère l'avait peu à peu envahie, qui avait, en grandissant, un peu anesthésié la douleur. Elle était désormais prête à placer son mari devant sa trahison, même si elle ne savait trop comment aborder la question. Ce n'étaient pas des conversations qui se préparaient ou se répétaient à l'avance.

De toute façon, il n'était plus temps. Il était de retour.

Elle regarda sa voiture négocier le virage et s'engager dans l'allée. Il klaxonna deux fois en l'apercevant. Puis il sortit, tout sourire, apparemment ravi de la retrouver.

— Salut ! J'ai appelé à ton bureau, mais ta secrétaire m'a dit que tu étais partie. Où étais-tu ?

— J'avais quelques courses à faire.

Il gravit d'une traite les marches du perron, posa

sa serviette à terre, sa veste sur le bras d'un fauteuil et se pencha pour lui plaquer un baiser sur le front. Elle dut se retenir pour ne pas détourner la tête. Heureusement qu'il ne l'avait pas embrassée sur la bouche. Elle ne l'aurait pas supporté.

Remarquant son manque d'entrain, il demanda, plein de sollicitude :

— Dure journée ?

— Normale.

Normale ? Elle n'aurait pu au contraire en rêver de plus agitée. Elle avait été trompée par l'homme de sa vie, avec une femme dont l'avenir reposait entre ses mains.

Matt desserra sa cravate et s'assit sur un siège, à côté d'elle.

— J'ai passé la journée suspendu au téléphone à essayer de trouver quelqu'un au Capitole qui veuille bien exposer à l'obscur journaliste que je suis le nouveau budget de l'Éducation nationale. Ils sont tous trop occupés pour accorder deux minutes de leur temps quand le reporter n'est pas envoyé par un grand journal national.

Il s'était déchaussé et, la cheville en appui sur le genou, s'employait à se masser le pied.

— Tu as eu papa aujourd'hui ?

— Non.

— Je n'ai pas non plus eu de nouvelles de lui. Je me demande ce qu'il trafique. Je crois que je vais l'appeler.

Elle l'intercepta au moment où il allait franchir la porte.

— Matt, quand pourras-tu me communiquer ta liste de questions ?

— Quelle liste de questions ?

— Pour l'interview de Mme Lynam.

Il fit claquer ses doigts.

— Ah, oui. Donc, tu es d'accord ? J'ai ton feu vert ?

— Pour l'interviewer ou pour la baiser ?

La formule n'était certes pas très élégante, mais elle atteignit son but. Il resta pantois.

Avec un calme dont elle ne se serait pas crue capable, elle dit :

— Inutile d'aggraver ton cas et de m'insulter en jouant les imbéciles. Ce n'est pas une vilaine rumeur que j'aurais entendue chez le coiffeur. Je suis allée chez Lottie Lynam cet après-midi et je vous ai vus tous les deux, en plein jour. C'était clair comme de l'eau de roche. Il n'y avait pas à se poser de questions.

Il alla s'appuyer à la rambarde et contempla le jardin, le dos tourné. Kendall attendit, avec un certain agacement, qu'il veuille bien répondre. Elle allait lui dire sans vergogne sa façon de penser quand il se retourna vers elle. Il croisa tranquillement les bras.

— Ce que tu as vu ne te concerne pas.

Il avait dit cela d'un ton parfaitement impassible et posé. En revanche, ses paroles heurtèrent Kendall de plein fouet, avec la violence d'un raz de marée.

— Cela ne me concerne pas ! s'écria-t-elle. Moi ? Mais je suis ta femme !

— Précisément, Kendall. C'est toi que j'ai choisie pour être ma femme.

— Et Lottie Lynam pour être ta maîtresse !

— C'est exact. Depuis des années. Bien avant que je te connaisse.

— Des années ?

À nouveau, il lui tourna le dos, mais elle avait bondi de sa chaise, réduit l'espace qui les séparait, l'avait saisi par la manche et le forçait à lui faire face.

— Depuis combien de temps couches-tu avec elle, Matt ? Je veux savoir.

Il perdit patience. Il se dégagea avec violence.

— Depuis l'année de mes quatorze ans.

Kendall recula d'un pas, anéantie.

— Voilà. Tu es contente ? Ça te rassure de le savoir ? Sans doute pas. Tu ferais mieux de laisser tomber.

Pourtant, il s'acharna. Il ne s'arrêta pas à cet aveu sidérant. Maintenant qu'elle avait découvert sa liaison, il était prêt à tout dévoiler.

— Alors que nous n'étions que des enfants rongés de curiosité, il y avait déjà quelque chose entre Lottie et moi, dit-il. Osmose, karma, appelle ça comme tu voudras. J'ai toujours été attiré par elle et elle par moi. Quand nous avons eu quatorze ans, nous avons satisfait notre curiosité. C'est ainsi que ça a commencé.

Kendall pressa sa main sur ses lèvres pour les empêcher de trembler. La situation était plus grave qu'elle pensait. Beaucoup plus grave. Ce n'était pas un écart passager, une erreur de jugement dont il reviendrait et qu'il évoquerait plus tard avec des remords. Il y avait plus entre Lottie et lui qu'une simple passade. C'était une véritable relation qui avait déjà duré plus longtemps que bien des mariages.

Kendall s'était préparée à une dispute. Elle s'attendait à l'entendre nier d'abord, puis avouer, pour faire appel enfin à son indulgence et à sa compréhension. Elle n'avait pas envisagé cela.

— Après cette première expérience, Lottie et moi nous sommes vus en cachette aussi souvent que possible. Je sortais avec d'autres filles. Elle avec d'autres garçons. Mais c'était seulement pour endormir les soupçons. Lottie se procurait les préservatifs pour que le pharmacien ne puisse dire à papa combien j'en achetais. À force, elle s'y est forgé une réputation de fille facile. Personne ne se doutait qu'elle n'avait qu'un seul amant. Évidemment, la chose a fini par se savoir. Quand la rumeur est arrivée aux oreilles de papa, il m'a demandé si c'était vrai; j'ai nié. Alors il m'a laissé seul tout un week-end, sous prétexte d'aller assister à un salon des articles de sport à Memphis. Lottie était au lit avec moi quand il nous a surpris. Il a demandé à sa famille de venir la chercher. Papa m'a sermonné et mis en garde contre la fourberie des filles comme Lottie qui mettent le grappin sur des garçons comme moi. Alors il m'a donné le nom et l'adresse d'une maison en Géorgie, en me disant qu'il serait ravi de payer chaque fois que j'aurais besoin d'une femme. Mais je devais éviter la racaille du genre de Lottie. Je n'avais rien à gagner à fricoter avec elle. Pendant un moment, je n'ai pas osé la revoir. J'avais peur qu'il s'en aperçoive. Là-dessus, je suis parti à l'université. Les années ont passé. Son souvenir s'est estompé. J'ai obtenu mon diplôme, je suis revenu à Prosper et j'ai entamé des négociations pour racheter le journal. Quand il a été à moi, je suis allé chez l'assureur pour mettre à jour les assurances du bâtiment et de l'équipement. Je suis tombé sur Lottie.

Il demeura un moment silencieux, comme pour savourer le souvenir de Lottie assise derrière son bureau.

— Nous avons échangé un regard. Il n'en a pas fallu davantage. Nous avons repris notre liaison là où nous l'avions laissée. Nous avons vécu quelques années merveilleuses. Et puis, elle s'est mise à me lancer des ultimatums. Elle me disait que je devais l'épouser ou sortir de sa vie à jamais. J'ai cessé de la voir. Trois mois plus tard, elle épousait Charlie Lynam.

— Pour te narguer.

Il hocha la tête.

— Depuis ce jour, elle a été malheureuse comme les pierres.

— Sauf dans les moments qu'elle passait avec mon mari.

Il se lissa les cheveux d'un geste nerveux.

— Aujourd'hui, c'était une exception, Kendall. Je n'étais jamais allé retrouver Lottie depuis que nous sommes mariés. Imagine ce que j'ai pu ressentir quand j'ai appris que tu allais la défendre lors de son procès pour meurtre. Cela ne m'a pas fait plaisir, mais je n'y pouvais rien.

— Pourquoi es-tu allé la voir aujourd'hui ?

— Je ne sais pas. Quelle importance ?

— Pour moi, ça en a. Tu as violé notre serment de mariage. Je veux une explication. Tu me dois bien ça.

Se sentant acculé, il la dévisagea en se mordillant la lèvre.

— Ça ne s'explique pas, d'accord?

— Non. Pas d'accord.

Elle dut museler sa fierté pour demander :

— Est-ce que tu l'aimes, Matt?

Il s'en défendit d'un vigoureux mouvement de la tête, accompagné d'un non ferme et sonore.

— Mais Lottie sait...

— Sait quoi? Qu'est-ce qu'elle sait si bien faire pour toi?

— Elle satisfait certains besoins particuliers! rugit-il.

— Des besoins que je ne satisfais pas?

Il pinça les lèvres et se tut. Mais la réponse semblait évidente et l'amour-propre de Kendall en prit un coup. Quelle confiance aurait-elle désormais dans son pouvoir de séduction?

Comme s'il lisait dans ses pensées, il déclara :

— Je n'ai jamais eu l'intention de te blesser.

— Eh bien, c'est un peu tard, M. Burnwood, car tu m'as blessée. Je suis furieuse, mais surtout déconcertée. Si Lottie sait si bien satisfaire tes besoins, pourquoi ne l'as-tu pas épousée?

Il laissa échapper un petit rire incrédule.

— L'épouser? C'était hors de question. Papa n'aurait jamais accepté.

— Comment ça, il n'aurait jamais accepté? Était-ce à Gibb de décider pour toi? Est-ce lui qui m'a choisie, ou toi?

— Ne me fais pas dire ce que je n'ai pas dit, Kendall.

— Ne prends pas ce ton supérieur avec moi.

— Tu deviens hystérique.

— Je ne suis pas hystérique. Je suis folle de rage. Tu m'as trompée. Ridiculisée.

Il leva les bras dans un geste d'innocence outragée.

— En quoi t'ai-je trompée?

— En prétendant m'aimer.

— Mais je t'aime! J'ai attendu des années de trouver la femme parfaite et c'est toi. Je t'ai choisie parce que tu as toutes les qualités que je souhaite.

— Comme on choisit une voiture parce qu'elle a toutes les options. Tu as attendu de trouver le bon modèle avant d'acheter.

— Tu es injuste, Kendall.

— J'ai sans doute de bonnes raisons.

— Parce que j'ai failli une fois ? Parce que j'ai passé un après-midi avec un amour de jeunesse ? Il n'y a pas de quoi te mettre dans un état pareil.

Elle n'en croyait pas ses oreilles. Qui était cet homme ? Le connaissait-elle vraiment ? La connaissait-il ? Savait-il l'importance qu'avait pour elle la fidélité ? Ils n'en avaient jamais parlé ouvertement, mais elle pensait que cela tombait sous le sens.

— Et si c'était moi qui avais fauté ? demanda-t-elle. Si c'était toi qui m'avais surprise avec un amour de jeunesse ?

— Ce n'est pas pareil.

— Où est la différence ?

— C'est différent, assena-t-il sèchement.

— Il n'y a pas deux poids et deux mesures, Matt. Une règle pour les petits garçons et une autre pour les petites filles.

— Cette conversation devient absurde. J'aimerais en rester là et aller me changer.

Il fit mine de se diriger vers la maison, mais elle le retint.

— Cette discussion n'a rien d'absurde et mérite d'être menée à son terme. Je t'ai vu avec elle, Matt. Je vous ai vus tous les deux vous étreindre et, franchement, je crois que tu te leurres en ce qui concerne tes sentiments pour Lottie. Cela n'avait pas l'air aussi insignifiant que tu le prétends. Bien au contraire. Je ne peux pas faire comme s'il ne s'était rien passé. Je ne peux pas oublier si facilement que tu as commis un adultère.

Sa voix se brisa. Elle respira profondément pour contenir les larmes qui menaçaient de jaillir. Le moindre signe de faiblesse risquait de compromettre sa position.

Quand elle se fut ressaisie, elle reprit :

— Je veux que tu ailles t'installer chez Gibb. J'ai besoin d'un peu de temps pour réfléchir. En attendant, je ne veux pas vivre sous le même toit que toi.

Il sourit d'un air attendri, comme ému de sa naïveté.

— Il n'en est pas question, Kendall. C'est ma maison. Tu es ma femme. Quand je suis allé voir Lottie, je n'avais pas l'intention de te blesser. Je suis désolé que tu nous aies surpris, mais il ne faut plus y penser.

Il l'écarta et entra dans la maison, en lançant avec détachement, comme si cette conversation n'avait jamais eu lieu :

— Papa et moi allons travailler à l'enclos des cerfs. Je rentrerai sans doute assez tard.

22

En moins de dix minutes, Matt avait changé de vêtements, enfilé des bottes, enfourné son équipement de chasse dans un sac en toile et pris la route. Il avait paru amusé par la morne indifférence avec laquelle elle avait accueilli son baiser d'adieu.

Après son départ, Kendall resta longtemps blottie dans son fauteuil, paralysée de désespoir. Elle ne savait pas ce qui l'avait le plus meurtrie, de son infidélité ou de la désinvolture avec laquelle il s'en était dédouané.

Était-elle censée passer outre sous prétexte que c'était la première fois ? Devait-elle le féliciter d'avoir si longtemps résisté à la tentation ? Comment osait-il traiter son indignation avec tant de légèreté et ne pas prendre au sérieux ce qui le méritait ?

Il aurait l'air malin si elle faisait ses valises et disparaissait pendant son absence. Cela éveillerait peut-être son attention !

Mais ce serait un réflexe de colère, pas une attitude dictée par la sagesse et la réflexion. Si elle tenait à réussir son mariage, elle ne devait pas se laisser aller à des réactions inconsidérées. Son infidélité l'avait anéantie ; elle ne s'en remettrait jamais complètement. Mais elle savait que la colère et l'orgueil peuvent être tout aussi destructeurs.

Matt était amoureux de Lottie depuis des années. Il l'aurait épousée si Gibb avait bien voulu.

Lottie n'était pas le genre de femme que Gibb souhaitait pour son fils. Elle n'était pas assez bien pour les Burnwood. En revanche, Kendall Deaton lui convenait, parce qu'elle était cultivée, bien élevée, qu'elle avait des manières et savait s'exprimer.

Son seul défaut était de ne pas satisfaire tous les besoins de son mari, songea-t-elle avec amertume.

Était-ce Matt ou Gibb qui l'avait choisie ? Elle était affolée à l'idée que Gibb pouvait à ce point influencer les décisions de son fils. Tant qu'elle gardait l'approbation de Gibb, tout irait bien. Mais si elle avait le malheur de contrarier son beau-père, il deviendrait pour elle un ennemi redoutable.

Elle écarta dans l'immédiat cette perspective peu réjouissante. Le plus urgent était de décider de la façon de préserver son mariage.

Voulait-elle le préserver ? Oui. Alors, que faire ?

Elle avait deux avantages sur Lottie Lynam. D'abord, Lottie ne plaisait pas à Gibb. Or, son avis comptait considérablement pour Matt. Ensuite, Lottie ne pouvait pas avoir d'enfants, tandis que Kendall portait l'enfant de Matt.

Mais cette arme secrète, au lieu de la rassurer, augmentait son désarroi. Elle devrait être en train de fêter l'événement avec Matt. Ils devraient être en train de s'extasier sur le prodige qu'avait accompli leur amour. Ils devraient être en train d'imaginer la chambre d'enfant, de choisir des prénoms, d'envisager pour lui un brillant avenir.

Au lieu de cela, il était parti, la laissant seule à sa tristesse, avec le souvenir tout frais de Lottie et lui enlacés. Il vaquait à ses occupations, nullement troublé.

— Le salaud! s'exclama-t-elle.

Comment pouvait-il s'en aller comme ça et faire comme si de rien n'était? Il ne lui avait même pas accordé les honneurs d'une empoignade.

Tout à coup, elle se leva comme un ressort et se précipita dans la maison. Elle n'y resta que le temps d'attraper son sac à main. Sa décision à peine prise, elle avait déjà sauté dans sa voiture et fonçait dans l'allée.

Elle voulait rester mariée à Matt. Elle voulait fonder une famille. Elle voulait appartenir à une famille.

Mais pas au prix de sa fierté. Elle ne se laisserait pas écraser. Ignorer comme une carpette. Elle ne laisserait pas Matt réduire sa révolte à une simple crise d'aigreur.

S'il voulait que leur mariage en sorte intact, il devrait reconnaître sa culpabilité. Il devrait lui donner sa parole qu'il ne retournerait jamais vers Lottie ni vers personne d'autre. La fidélité ne pouvait se négocier. S'il acceptait d'admettre qu'il avait eu tort, elle accepterait de lui pardonner.

Mais l'offre était valable ce soir, et ce soir seulement.

Elle n'allait pas attendre à la maison qu'il veuille bien revenir, comme une bonne petite épouse obéissante et soumise. Il avait éludé l'affrontement, elle allait le pousser dans ses retranchements. Si Gibb était avec lui, tant mieux. Il n'aurait qu'à lui raconter sa liaison sordide avec Lottie Lynam et essuyer les foudres de son père.

Kendall était au moins assurée de bénéficier dans cette affaire du soutien indéfectible de Gibb.

La nuit était tombée quand elle atteignit les abords de la ville. Elle se rendit vite compte qu'il ne lui serait pas si facile de retrouver Matt. Maintenant que les lumières de Prosper s'amenuisaient dans le lointain, elle n'avait plus de points de repère auxquels se référer.

Elle n'avait accompagné Matt qu'une fois à l'enclos des cerfs. Il s'y dressait une petite hutte rustique que Gibb et lui avaient construite de leurs mains. Il la lui avait montrée avec fierté. Elle regrettait maintenant de n'avoir pas prêté plus d'attention au chemin qui y conduisait.

Des chemins de terre non goudronnés, étroits et sombres sillonnaient, en guise de routes, les collines boisées surplombant Prosper. Les pancartes y étaient rares. Il fallait être du pays pour s'y retrouver. Pour les promeneurs non avertis, ils se ressemblaient tous.

Kendall continuait à rouler, persuadée qu'elle finirait par apercevoir un indice connu. Mais quand elle passa pour la deuxième fois devant la vieille grange écroulée qu'elle avait remarquée dix minutes plus tôt, force lui fut de reconnaître qu'elle était irrémédiablement perdue.

Elle arrêta sa voiture au milieu de la route.

— Zut de flûte !

Des larmes de rage lui emplirent les yeux. Elle tenait absolument à retrouver Matt. Plus vite ils crèveraient l'abcès, plus vite ils pourraient oublier cette histoire et reprendre le cours de leur existence.

Elle sortit, exaspérée, et regarda dans toutes les directions, à la recherche d'un élément qui lui rappellerait quelque chose. Ses regards se heurtaient partout à l'ombre sinistre de la forêt.

Elle remonta dans la voiture et repartit, sachant qu'elle croiserait tôt ou tard une route qui la ramènerait à Prosper. Mieux valait renoncer à trouver l'enclos des cerfs à cette heure.

Dans un sens, cela lui avait été utile de se perdre. Le temps passé à errer lui avait permis de se calmer avant de rencontrer Matt. Elle serait désormais en mesure de considérer la situation sous des angles différents. Et peut-être de comprendre ce qui avait poussé Matt dans les bras de son ancienne maîtresse. Kendall avait-elle une part de responsabilité ?

Impatiente de mener à bien sa mission de réconciliation, elle accéléra. Comme la voiture arrivait au sommet d'une butte, son regard fut attiré par une lueur rouge au milieu des arbres, à un kilomètre environ. Dans un élan de panique, elle pensa tout d'abord à un feu de forêt. Mais elle écarta aussitôt cette hypothèse alarmante. En effet le feu restait circonscrit en un point précis et n'avait pas l'air de vouloir se propager.

Au fur et à mesure qu'elle s'en approchait, le paysage lui paraissait plus familier. Et tout à coup, elle reconnut l'endroit. Elle y était venue en novembre pour assister à la mise à mort des cochons. Au moins, elle connaissait maintenant la route pour rentrer chez elle. Et peut-être qu'entre-temps, Matt aurait changé d'avis et serait à la maison en train de l'attendre.

Pourtant, elle leva le pied de l'accélérateur et appuya sur le frein. Qu'est-ce qui brûlait ?

Peut-être que sa première idée était la bonne. Un feu de camp mal éteint, peut-être. Il n'y avait pas une voiture dans les parages. Il était donc facile d'en déduire que le feu était sans surveillance. Il pouvait présenter un danger pour toute la forêt.

Elle gara la voiture, en laissant tourner le moteur. Après un regard prudent aux alentours, elle ouvrit la portière et se risqua dehors.

Une forte odeur de bois brûlé, pas désagréable, imprégnait la tiédeur printanière de l'air.

Elle darda un regard inquiet vers les sous-bois obscurs. Elle ferait peut-être mieux de retourner en ville à toute vapeur pour prévenir les pompiers.

Mais si c'était une bande d'adolescents en pique-nique, ou une famille en train de dîner au barbecue ? Elle aurait soulevé tout un remue-ménage pour rien. Une bourde de plus à son actif, comme de s'évanouir en voyant dépecer les porcs.

Une chose était sûre : s'il y avait le moindre risque de déclenchement d'un feu de forêt, elle ne pouvait pas s'en laver les mains. Rassemblant son courage, elle se mit en marche.

Avec son tailleur et ses chaussures à talons, elle n'était pas en tenue pour randonner dans la nature. Son collant ne résista pas longtemps. Les ronces et les lianes rampantes, revitalisées après des mois d'hiver, s'accrochaient à ses cheveux et à ses vêtements, lui griffaient les bras et les jambes. Un mouvement agita les buissons à quelques pas d'elle, mais elle poursuivit son chemin sans s'attarder à identifier l'intrus.

Un cri déchira la nuit.

Kendall se figea. La peur lui noua la gorge. Dieu du ciel, qu'est-ce que c'était ? Un animal ? Un chat sauvage ? Les panthères hurlaient-elles ainsi ?

Non, c'était une voix humaine, atrocement humaine. Seigneur, à quoi devait-elle s'attendre ?

Ce cri suraigu fut suivi d'autres plaintes de douleur, brèves, hachées, intolérables.

Galvanisée par l'idée que quelqu'un avait besoin d'aide, elle fonça dans le noir, oubliant sa frayeur. Dans sa hâte d'arriver au plus vite, elle quitta le chemin tracé. Elle se frayait un chemin à travers la végétation touffue, indifférente aux égratignures cuisantes que lui infligeaient les branches et les épines.

Enfin, elle aperçut la fameuse clairière devant elle. Elle entrevit, entre les troncs des arbres, les éclats d'un feu et de sombres silhouettes.

Il y avait là une bonne vingtaine de personnes, qui poussaient de grandes clameurs. Mais cette fois, ce n'étaient pas des cris de terreur ou de souffrance.

Elle s'arrêta, soulagée, le temps de reprendre son souffle, en espérant que sa course à travers la forêt ne serait pas trop néfaste en début de grossesse. Appuyée d'une main à un tronc, elle s'inclina jusqu'à la taille et s'appliqua à respirer lentement.

Un soudain éclat de rire l'incita à relever la tête. La curiosité la poussait à découvrir ce que signifiait cet étrange rassemblement. Mais elle préférait rester dans l'ombre. Cela lui semblait plus raisonnable, tant qu'elle ne saurait pas qui avait hurlé et pourquoi.

Il lui apparut bientôt que le groupe était constitué d'hommes exclusivement. Était-elle en train d'assister à un rite d'initiation d'une quelconque communauté ? Elle penchait pour cette solution quand elle repéra un visage connu. Elle étouffa une exclamation.

Dabney Gorn. Que faisait le procureur du comté dans ce lieu perdu au milieu de nulle part ? Et le juge Fargo. Il était là, lui aussi. Était-ce une sorte de réunion de club ?

Elle reconnut également le président du conseil scolaire, le directeur de la poste de Prosper, Herman Johnson et Bob Whitaker, le pasteur.

Ils étaient tous penchés comme un seul homme sur une chose, à terre, qui attirait leur attention. Ils formaient un cercle serré qui empêchait Kendall de voir de quoi il s'agissait.

Une nouvelle clameur la fit sursauter. Herman Johnson rejeta la tête en arrière et lança un cri sauvage, bestial, cependant que les autres soulevaient la chose affalée sur le sol.

C'était une croix.

Un homme y était cloué. Michael Li.

23

Le jeune homme était nu.

À la place de ses organes génitaux, un trou béant déversait un flot de sang. Sa tête était mollement affaissée sur sa poitrine étroite. Il était mort ou inconscient.

Kendall était trop pétrifiée d'horreur pour proférer un son. Muette d'épouvante, elle vit un homme offrir ses mains en marchepied à M. Herman pour le hisser vers le crucifié. Quand il fut à la hauteur de Michael Li, il lui saisit les cheveux à pleine main, lui releva la tête, lui ouvrit la bouche et y fourra quelque chose. Kendall imaginait aisément ce que c'était.

Johnson sauta à terre sous les acclamations de ses comparses. Puis les hourras se turent. Un silence trouble se fit. Alors ils entonnèrent un cantique.

Une vague de nausée lui monta à la gorge. Kendall ravala sa bile pour ne pas vomir et s'éloigna sans bruit, désormais terrifiée à l'idée d'être surprise. Elle venait d'assister à l'exécution sommaire d'un garçon innocent. S'ils apprenaient qu'elle avait tout vu, ils n'auraient pas plus de pitié pour elle qu'ils n'en avaient eu pour Michael Li.

Dès qu'elle fut certaine d'être hors de vue, elle s'élança en courant, en écartant les branches plus frénétiquement qu'à l'aller, sans se soucier du bruit qu'elle pouvait faire. On ne l'entendrait pas. Ils chantaient un cantique dont ils avaient travesti les paroles écrites par le compositeur.

Elle s'emmêla le pied dans une liane et faillit tomber. Elle porta la main à son ventre, soucieuse. Elle devait faire attention, pour son bébé. Il fallait ralentir l'allure. Mais ne pas perdre de temps. Si elle pouvait alerter tout de suite les autorités, la police viendrait les arrêter sur les lieux mêmes de leur horrible crime.

— Mon Dieu, murmura-t-elle en pensant au scandale que cela provoquerait.

Comment Herman Johnson, que tous considéraient comme un ivrogne inoffensif, avait-il pu convaincre tant de notables de la ville de prendre part à cette abomination ?

Kendall marchait vite, quoique plus posément, en essayant de retrouver le chemin qu'elle avait pris à l'aller, mais c'était impossible dans le noir. L'obscurité lui masqua aussi une déclivité du sol, qu'elle aborda sans méfiance.

Elle perdit pied, bascula en avant et s'étala de tout son long, face contre terre. La chute lui coupa le souffle. Elle resta un moment échouée sur place, à chercher l'air.

Alors, elle fut assaillie par une puanteur tellement infecte qu'elle en eut un haut-le-cœur. Au même instant, elle s'aperçut qu'elle n'était pas couchée sur la terre, mais sur des vêtements. Prenant appui sur ses mains, elle se redressa. Et se retrouva nez à nez avec Bama.

Il lui manquait la moitié du visage. L'autre moitié était sérieusement décomposée. L'orbite de l'œil était vide, habitée seulement des essaims d'insectes qui y festoyaient encore.

— OhmonDieumonDieumonDieu...

Kendall roula sur le côté en sanglotant d'effroi et vomit.

Puis, toujours à quatre pattes, elle considéra le cadavre pourrissant, qu'on avait jeté dans une tombe trop peu profonde pour dissuader les charognards. Le squelette avait été dépouillé de sa chair, mais ce n'étaient pas les animaux qui l'avaient tué. Il était mort d'une balle en pleine tête. Un trou noir fleurissait en étoile au milieu du front.

Un suicide ? Peu probable. Était-ce une coïncidence si le corps de Bama avait été abandonné si près du lieu de l'exécution dont elle venait d'être témoin ? Kendall n'avait pas de doute sur l'identité de ses meurtriers.

Ses jambes tremblaient tellement qu'elles la portaient à peine. Elle se remit pourtant debout, au prix d'un immense effort. Elle enjamba les restes profanés de Bama et repartit comme une somnambule vers la direction approximative de la route, qu'elle finit par atteindre. Naturellement, elle avait un peu dévié, mais sa voiture n'était pas loin. Elle la rejoignit en chancelant, heureuse de n'avoir pas coupé le contact. Elle démarrerait plus vite. Et d'ailleurs, elle aurait été incapable de manipuler la clé.

Tout en s'élançant sur la route, elle préparait son plan d'action. Pour aller en ville, elle devait passer devant chez elle. Pourquoi ne pas s'y arrêter simplement et téléphoner au shérif ? Peut-être que Matt serait rentré. « S'il vous plaît, mon Dieu, faites que ce soit le cas. » Elle avait besoin de lui. Son infidélité revêtait soudain une importance toute relative par rapport à ce qu'elle venait de voir.

Elle se concentra sur la route, les mains agrippées au volant, et essaya de cibler toute son attention sur ce qu'elle devait faire, mais son esprit lui renvoyait indéfiniment l'image de Michael Li cloué sur sa croix. Elle entendait encore les acclamations des hommes quand on lui avait mis ses organes dans la bouche.

Et Bama. Le gentil, l'inoffensif Bama, qui avait toujours un mot aimable pour tout le monde et prédisait le temps comme personne. Il avait été exécuté parce qu'il constituait un affront à l'harmonie de la ville. C'était un indésirable, un parasite, un mauvais exemple pour les enfants de Prosper.

Seigneur, combien d'autres gêneurs avaient été ainsi éliminés ou châtiés avec cette barbarie ?

Billy Joe Crook ? Certainement ! Comme c'était un voleur, on lui avait coupé le bras. Qui mettrait en cause la version anodine, quoique dramatique, de l'accident ? Certainement pas Billy Joe, dont la vie ne tiendrait qu'à un fil s'il révélait qu'il devait son malheur à une bande de juges auto-proclamés.

Ils avaient pour devise « œil pour œil ». Michael Li avait osé se commettre avec une Blanche. On l'avait condamné à être castré avant de mourir.

Kendall poussa un cri de bonheur en apercevant la voiture de Matt garée devant le perron. Elle gravit les marches au pas de course en l'appelant à pleine voix. Il émergea de la chambre, tout frais douché, au moment où elle faisait irruption dans l'entrée. Il avait les cheveux encore humides et, pour tout vêtement, une serviette autour de la taille.

— Kendall, où étais-tu passée ? Je suis rentré pour trouver la maison vide. Après notre dispute...

— Matt, Dieu merci, tu es là.

Elle se jeta dans ses bras et pleura contre sa poitrine.

Il la serra contre lui.

— Ma chérie ! Tu veux bien me pardonner ? Rien n'est changé entre nous ?

— Oui, bien sûr, mais écoute, écoute-moi !

Quand elle s'écarta de lui, il comprit que ce n'était pas un débordement d'amour qui motivait sa joie de le voir.

— Que s'est-il passé ? Tu es pâle comme la mort. Qu'est-ce que tu as dans les cheveux ?

Il pêcha une brindille, qu'il considéra avec étonnement.

— Matt, c'était horrible, sanglota-t-elle. Je n'aurais jamais cru ça possible si je ne l'avais vu. Ils ont pris Michael Li. Tu ne sais sans doute pas qui c'est. C'est... peu importe, je t'expliquerai plus tard. Habille-toi. Je vais appeler la police. Ils n'ont qu'à nous retrouver ici. C'est sur le chemin. Je les emmènerai au...

— Kendall, reprends-toi. Mais, nom d'un chien, qu'est-ce que tu racontes ?

Maintenant qu'il avait eu le temps de l'observer, il était gagné par son inquiétude. Il lui effleura la joue. Il y avait du sang sur son doigt.

— Tu saignes. Où t'es-tu écorchée comme ça ?

— Je vais très bien. Je t'assure. J'ai seulement eu très peur.

— Qui t'a maltraitée ? demanda-t-il d'une voix rêche de colère. Les jumeaux Crook ? Si ces fumiers...

— Non, non ! s'écria-t-elle pour couvrir sa voix. Écoute, Matt. Ils ont tué Michael Li. Enfin, je crois qu'il était mort. Ils l'ont castré. Il y avait du sang partout. Sur lui, sur le sol.

Elle se dégagea, sauta par-dessus la pile de vêtements sales et se rua sur le téléphone. Elle composa le numéro de la police.

— C'est absurde, Kendall. De quoi parles-tu ?

— De Michael Li, répéta-t-elle avec agacement. Un garçon qu'on a accusé à tort d'avoir violé Kim Johnson. Ils ont tué Bama aussi. J'ai trouvé son corps dans les bois pendant que je m'enfuyais. Allô ?

Oui ? C'est... oh, non, ne me mettez pas en attente ! supplia-t-elle au téléphone d'une voix heurtée.

Matt fut près d'elle en deux enjambées.

— Kendall, tu es hystérique.

— Non. Je te promets que non.

Elle avala sa salive pour réprimer la vague d'hystérie qui, malgré ses dénégations, s'emparait d'elle. Elle claquait des dents.

— Le temps que la police arrive, j'aurai retrouvé mon calme, dit-elle. Je pourrai les conduire tout droit.

— Les conduire où ?

— À la clairière où on tue les cochons. Ils y commettent sans doute leurs meurtres pour qu'on ne remarque pas les traces de sang, ajouta-t-elle, formulant l'évidence qui venait de lui traverser l'esprit. Ils ne sont pas idiots. Et tellement nombreux ! Des gens qu'on connaît, qu'on ne soupçonnerait jamais d'horreurs pareilles.

— Qu'est-ce que tu faisais toute seule en pleine nuit au milieu de la forêt ?

— Je te cherchais.

De grosses larmes brûlantes et salées s'amassèrent sous ses paupières et roulèrent sur ses joues :

— Je voulais te voir. Je ne voulais pas laisser couver cette histoire avec Lottie et risquer qu'elle s'envenime jusqu'à empoisonner nos vies. Je n'avais pas la patience d'attendre que tu rentres pour mettre les choses au point entre nous. J'ai essayé de retrouver l'enclos des cerfs, mais je me suis perdue.

— Services d'urgence. Que puis-je pour vous ?

— Oui, allô. (Elle fit signe à Matt qu'elle avait enfin quelqu'un en ligne.) Je voudrais la police ou le bureau du shérif, tout de suite. Je m'appelle...

Matt lui arracha le combiné et raccrocha. Elle le dévisagea, bouche bée.

— Mais qu'est-ce qui te prend ? Il faut que je signale ce que j'ai vu ! Je peux leur montrer le chemin. S'ils arrivent assez vite...

— Tu ne vas rien faire du tout, si ce n'est prendre

une douche et te coucher. (Il lui caressa les cheveux.) C'est impressionnant, une forêt, la nuit. Tu n'as pas l'habitude. Tu t'es perdue et tu as cédé à la panique, ma chérie. Ce n'est qu'une crise d'angoisse. Après une bonne douche et un verre de vin glacé, il n'y paraîtra plus.

— Ce n'est pas une crise d'angoisse !

S'apercevant que ses cris perçants ne faisaient que confirmer son hypothèse, elle se maîtrisa :

— Je suis en pleine possession de mes moyens, je t'en donne ma parole. Je suis épouvantée, mais je ne suis pas folle.

— Je n'ai jamais dit que tu étais folle. Mais tu as eu de rudes moments ces temps derniers et...

Elle le repoussa.

— Remballe ce ton protecteur et écoute-moi, Matt. Ils...

— Et d'abord, qui sont ces « ils » dont tu me rebats les oreilles ?

— À peu près tous ceux qui jouent un rôle un peu important dans la ville. Je pourrais te citer une dizaine de noms connus.

Elle s'apprêtait à les énumérer quand il l'interrompit encore.

— Et tu prétends que ces hommes ont participé à une séance de castration et de crucifixion ? Sans oublier le vagabond ?

Il arqua les sourcils d'un air sceptique :

— Kendall, sois raisonnable. Comment veux-tu que je croie une histoire pareille ?

— Tu y crois.

Il dodelina de la tête, ahuri.

Un frisson la parcourut.

— Je n'ai jamais parlé de crucifixion.

Son regard s'arrêta sur la pile de vêtements abandonnés sur le sol. Les semelles de ses bottes étaient enrobées de boue, truffée de brindilles et d'aiguilles de pin. Une faible odeur de fumée s'en dégageait.

Elle tourna lentement les yeux vers lui. Il la regardait tranquillement, sereinement.

— Tu y étais, n'est-ce pas ? murmura-t-elle dans un souffle. Tu fais partie de la bande. Et Gibb aussi.

— Kendall...

Il tendit la main vers elle.

Elle se détourna et s'enfuit en courant, mais elle n'avait parcouru que quelques mètres quand il l'empoigna par sa veste et l'immobilisa sur place.

— Lâche-moi !

Tâtonnant derrière elle, elle essaya de lui griffer le visage et entendit avec satisfaction son grognement de douleur.

— Tu ne pouvais pas te mêler de ce qui te regarde, mademoiselle la fouineuse ?

Elle lui expédia un coup de coude dans l'estomac. Il lâcha prise pour se tenir le ventre. Kendall s'élança vers la porte, mais il l'intercepta à nouveau.

Après une brève lutte, il parvint à lui maintenir les bras le long du corps. La colère déformait ses traits. L'écume aux lèvres, il se pencha sur elle et beugla, le visage collé à celui de Kendall :

— Tu veux avertir le shérif ? Ou le chef de la police ? Parfait. Tu les trouveras là-bas, avec les autres.

— Qui êtes-vous ?

— La Confrérie. Nous rendons la justice, parce que la soi-disant démocratie et tout le système légal sont contre nous. Ils sont tous du côté de la racaille. Alors, pour compenser, nous sommes obligés de prendre nous-mêmes les choses en main.

— Vous tuez des gens ?

— Parfois.

— Combien ? Depuis combien de temps ça dure ?

— Des dizaines d'années.

Ses genoux fléchirent sous elle. Elle serait tombée s'il ne l'avait retenue.

— Nous avons espéré que tu te joindrais à nous, Kendall. Tu ne peux pas nous combattre.

— On parie ?

Elle lui darda un coup de genou entre les jambes. Il se plia en deux en jurant. Sans réfléchir, Kendall pivota, attrapa un vase contenant un bouquet de roses qui trônait sur la table et le lui abattit sur la tête de toutes ses forces. Il s'affala comme un arbre coupé et demeura inerte.

Elle resta un long moment à contempler son corps immobile, abasourdie de ce qu'elle avait fait. Elle respirait avec peine. Elle songea à son bébé. Survivrait-il à cette nuit ? Et elle ?

À condition de fuir.

Elle retira son alliance et la jeta sur le corps de Matt. Puis elle se rua vers la porte.

Des phares approchaient dans l'allée. La camionnette s'arrêta. Gibb en sortit, gravit les marches et frappa à la porte.

Obéissant à une impulsion, Kendall retourna dans la chambre, le temps seulement de saisir un peignoir dans le placard.

— Voilà ! chantonna-t-elle.

En revenant vers la porte, elle enfila le peignoir et s'en enveloppa soigneusement pour dissimuler ses vêtements tachés et ses bras constellés d'égratignures. Elle pensa à la dernière minute à enlever ses chaussures. Alors elle entrouvrit la porte et passa la tête.

— Oh, bonsoir, Gibb.

Elle espérait qu'il attribuerait son haleine courte à d'autres raisons que la peur. Il était en tenue de chasse. Ses bottes se révélaient aussi crottées que celles de Matt. Il sentait la fumée, lui aussi. Il venait de participer à un carnage, mais personne ne s'en serait douté devant son sourire aimable.

— Vous n'êtes pas couchés ?

Elle glissa un regard par-dessus son épaule. Elle s'attendait presque à voir Matt surgir de la chambre en se frottant le crâne.

À moins qu'il ne soit mort.

Elle se fabriqua un petit sourire apprêté avant de se retourner vers son beau-père.

— Non. Euh... c'est-à-dire... nous ne dormions pas encore. Nous... enfin, vous comprenez...

Elle adopta une mine contrainte en se tortillant avec affectation :

— Je peux aller chercher Matt, si vous avez vraiment besoin de le voir immédiatement.

Il pouffa de rire.

— Je doute que ce soit aussi important que son occupation actuelle.

— Nous sommes en train de nous rabibocher, expliqua-t-elle d'un air mutin. Nous nous sommes disputés tout à l'heure.

À tout hasard, elle demanda :

— Il ne vous en a pas parlé ?

— À vrai dire, oui, mais il ne m'a pas dit pourquoi. J'étais venu voir si je pouvais arranger les choses.

Le visage fendu d'un large sourire, il lui adressa un clin d'œil :

— Je vois qu'on n'a pas besoin de mes bons offices. Je vais donc me replier et vous laisser à vos affaires.

Quand il posa la main sur son bras, elle se raidit pour ne pas vomir :

— Allez retrouver votre mari. Bonne nuit.

— Bonne nuit.

Il fit demi-tour et s'éloigna.

Pour n'être pas en reste, Kendall lui lança :

— Venez donc prendre le petit déjeuner. Je raffole de vos fameuses gaufres.

— Je serai là à 8 heures.

Elle attendit de voir disparaître ses feux arrière avant de se ruer à nouveau dans la chambre. Matt était tel qu'elle l'avait laissé. Elle ne pouvait se résoudre à le toucher, même pour lui tâter le pouls. Quelle importance après tout ?

Qu'il soit mort ou vif, la vie qu'elle avait connue était finie.

24

— Je m'appelle Kendall Deaton Burnwood. Ce que je vais vous dire va vous paraître totalement incroyable. Vous allez me croire folle. Mais je vous assure que je suis parfaitement saine d'esprit.

Elle s'interrompit pour boire une gorgée du Coca qu'elle avait acheté au distributeur automatique du motel.

— Je vous écoute.

L'agent Braddock, du FBI, avait une voix endormie et légèrement ennuyée. Dommage. Ce qu'elle avait à lui dire le sortirait de sa torpeur. Pour apporter quelque vraisemblance à son histoire invraisemblable, elle s'était présentée comme avocat public. Pour qu'il n'aille pas imaginer qu'il avait affaire à une cinglée.

— Depuis près de deux ans, je vis et travaille à Prosper. Cette nuit, j'ai découvert une organisation de vigiles qui commettent des crimes innommables et entre autres des meurtres. La bande comprend des notables de la ville. Ils appellent leur organisation la Confrérie. Mon... mon mari en fait partie. Ils infligent de leur propre chef des punitions à tous ceux qui, selon eux, le méritent mais sont passés entre les mailles du système judiciaire. Je ne sais pas combien de personnes ils ont ainsi éliminées au fil des années. Cette nuit, en tout cas, j'ai assisté à une exécution.

Elle lui raconta alors l'exécution de Michael Li et comment elle avait découvert le corps de Bama :

— Ce n'était pas un criminel, mais je les soupçonne de l'avoir tué, lui aussi.

Elle décrivit à l'agent ce qu'elle avait vu dans la forêt, en ayant soin de parler posément et de s'en tenir aux faits précis. Elle risquait de compromettre sa crédibilité en montrant trop d'émotivité.

— C'est une clairière isolée au milieu des bois. On y tue le cochon. Mais manifestement pas seulement le cochon, ajouta-t-elle avec un trémolo.

Elle se tut, étonnée de constater qu'il n'avait pas prononcé un mot depuis le début de son récit.

— Vous êtes toujours là ?

— Oui, oui. Seulement... c'est que, madame, c'est assez hallucinant. Avez-vous signalé ce meurtre à la police locale ?

— Ils sont de mèche.

— La police aussi ? Je vois.

Manifestement, il ne voyait rien du tout. Il ne la prenait pas au sérieux. Que pouvait-elle lui dire pour le convaincre de sa bonne foi ? Elle repoussa ses cheveux et but une autre gorgée. La tension des dernières heures entretenait une vive douleur à la base de son cou. Elle avait parcouru deux cents kilomètres avant de s'autoriser une halte. Pendant tout le trajet, elle avait gardé un œil sur la route et l'autre sur le rétroviseur.

Quand Matt reprendrait-il conscience et avertirait-il les membres de la Confrérie qu'elle s'apprêtait à dénoncer ? À moins qu'elle ne l'ait tué avec ce vase. Dans ce cas, combien de temps avant qu'on découvre son corps ? Avec un peu de chance, pas avant 8 heures du matin, quand Gibb arriverait chez eux pour leur confectionner ses gaufres. Elle consulta sa montre. 2 heures passées. Déjà !

— Monsieur Braddock, je vous avais prévenu que mon histoire allait vous paraître incroyable.

— Vous devez reconnaître que c'est dur à avaler. À ce que je sais, Prosper est une petite ville paisible.

— Elle en a l'air. Mais cette apparence anodine n'est qu'un écran. Écoutez, je sais que vous avez tous les jours des dingues qui viennent vous raconter des contes à dormir debout, mais je vous jure que je vous dis la vérité. J'ai vu ce garçon cloué sur une croix.

— Allons, du calme, Mme Burnwood. Nous n'arriverons nulle part si vous vous énervez.

— Nous n'arriverons nulle part si vous ne me prêtez pas attention.

— Je vous prête...

— Alors, que comptez-vous faire ?

— Vous avez cité des personnes haut placées, dit-il, indécis. Des gens qui ont le bras long.

— Vous croyez que je ne m'en rends pas compte? Au début, je n'arrivais pas à croire que ces gens étaient impliqués. Mais plus j'y réfléchis, plus cela me semble logique.

— Pourquoi ça?

— Il y a dans cette ville une manière d'être bien ancrée. Je ne saurais pas vraiment vous la décrire, mais je l'ai ressentie dès mon arrivée. Ce n'est pas aussi évident que s'il s'agissait de skinheads. Les gens n'ont pas l'agressivité de certains groupes néonazis. Mais leur philosophie est la même.

— C'est inquiétant.

— D'autant plus qu'ils agissent de façon subversive. On ne peut pas les identifier. On ne les reconnaît pas au premier coup d'œil pour ce qu'ils sont. Ce sont des notables qui occupent des postes de confiance et jouissent d'une certaine autorité, pas des agités au crâne rasé qui se pavanent avec des croix gammées tatouées sur le front. Ils ne portent pas de longues tuniques et des cagoules. Ils ne tiennent pas de grands rassemblements où ils crient des slogans racistes en prônant la suprématie de la race blanche. D'ailleurs, pour eux il ne suffit pas d'être d'origine européenne. Billy Joe Crook est Blanc. Bama l'était aussi.

— Billy Joe Crook?

Elle lui rapporta l'histoire du jeune délinquant et de son « accident ».

— Je suppose que dans l'esprit de la Confrérie, il faut être Blanc et *élu,* compléta-t-elle sans dissimuler son dégoût.

L'agent du FBI poussa un long soupir.

— Vous avez l'air d'une personne sensée, Mme Burnwood. Je ne pense pas que vous auriez inventé tout ça. Je vais déposer un rapport et voir ce que je peux faire.

— Merci, mais ce n'est pas en déposant un rapport que vous les arrêterez. Je ne serai pas en sécurité tant qu'ils ne seront pas tous derrière les barreaux.

— Je l'admets, mais avant d'interpeller des suspects, je vais envoyer un agent inspecter cette clairière dont vous m'avez parlé. Si nous soumettons l'un d'entre eux à un interrogatoire, votre mari par exemple, les autres seront alertés. Ils risquent de se disperser. De se cacher. Il nous faut des preuves matérielles avant de procéder à des arrestations. Et cela doit être fait avec méthode et dans la plus grande discrétion.

Il avait raison, naturellement. C'était la meilleure tactique. Mais elle ne serait pas tranquille tant que son mari, Gibb et les autres ne seraient pas en prison.

— Quand comptez-vous commencer ?

— Si vous me donnez dès maintenant quelques précisions, j'enverrai quelqu'un sur les lieux à la première heure demain matin.

Elle lui indiqua où trouver le corps de Bama. Elle était à peu près certaine que lorsqu'on retrouverait Michael Li, il serait, lui aussi, à l'état de cadavre. Elle était curieuse de savoir comment on expliquerait sa disparition de la prison de Prosper.

En relatant sa lutte avec Matt, elle s'était contentée d'avouer qu'elle l'avait assommé. Elle n'avait pas dit à Braddock qu'elle craignait de l'avoir tué. Elle ne franchirait ce pas que si cela se révélait nécessaire, et alors seulement.

— Où êtes-vous ? s'informa-t-il. Si nous trouvons des preuves qui confirment votre histoire, vous serez le principal témoin dans l'affaire et devrez bénéficier de la protection du gouvernement.

Elle ne chercha pas à le contredire.

— Je suis dans une ville qui s'appelle Kingwood.

Après lui avoir donné le numéro de la route nationale qui traversait le centre-ville, elle précisa :

— Je suis au Pleasant View Motel. Vous ne pouvez pas le manquer. Il est au bord de la route. Chambre 103. À quelle heure passerez-vous ?

— 9 heures.

Sept heures encore. Supporterait-elle de rester seule aussi longtemps ? Elle n'avait pas le choix. Elle avait appelé la cavalerie ; maintenant, elle n'avait plus qu'à l'attendre.

— Ne bougez pas, lui conseilla l'agent. Ne prenez pas d'initiatives stupides en vous croyant très courageuse. Si ce que vous m'avez dit est vrai, et je commence à penser que c'est le cas, nous avons affaire à de très dangereux malfaiteurs.

— J'en suis consciente, croyez-moi. S'ils mettent la main sur moi, ils me tueront sans hésitation.

— Je suis heureux que vous vous en rendiez compte. Ne sortez sous aucun prétexte. Avez-vous été suivie ?

— Je peux vous affirmer que non.

— Personne ne sait où vous êtes ?

— Non. J'ai fait des tours et des détours et je ne me suis arrêtée que lorsqu'il m'a semblé que je n'avais plus rien à craindre.

— Parfait. Je conduirai une voiture banalisée de la police. Une berline grise.

— Je vous attendrai.

— Je viendrai à 9 heures précises pour vous conduire à notre quartier général de la capitale.

— Merci, M. Braddock.

Kendall raccrocha, mais laissa sa main sur l'appareil. Devait-elle appeler sa grand-mère ? Elle risquait d'affoler la vieille dame en lui téléphonant à une heure pareille.

Elle souleva le combiné et composa un numéro.

— Vous avez intérêt à avoir une bonne raison...

— Ricki Sue, c'est moi.

La mauvaise humeur de son amie fit place instantanément à la surprise.

— Kendall, mais...

— Y a-t-il quelqu'un avec toi ?

— Est-ce que le pape a des copines ?

— Excuse-moi. Je ne te demanderais pas ce service si ce n'était pas d'une importance capitale.

— Que se passe-t-il ? Quelque chose ne va pas ?

— En effet, mais ce serait trop long à t'expliquer. Peux-tu aller chez grand-mère et rester avec elle toute la nuit ?

— Tu veux dire... maintenant ?

Ricki Sue ne débordait pas d'enthousiasme.

— Je veux dire immédiatement.

— Enfin, Kendall, qu'est-ce que...

— Je t'en prie, Ricki Sue. Tu sais bien que si je te demande ça, c'est que la situation est grave. Reste avec grand-mère jusqu'à ce que je te rappelle. Ferme les portes à clé et n'ouvre à personne, pas même à Matt ni à Gibb.

— Quoi ?

— Ne réponds au téléphone que s'il sonne d'abord deux coups. Ce sera mon signal. D'accord ? Embrasse grand-mère pour moi et dis-lui que je vais bien pour l'instant. Je te rappelle dès que je peux. Merci.

Elle raccrocha sans laisser à Ricki Sue le temps de protester ou de poser des questions. Si Matt était vivant et si Gibb et lui se lançaient à sa poursuite, ils commenceraient par aller la chercher dans le Tennessee. Sa grand-mère courait le même danger qu'elle. Tout comme son enfant.

Kendall entrevit soudain toutes les implications à long terme de sa fâcheuse situation. Dans le meilleur des cas, tous les membres de la Confrérie seraient appréhendés et jugés pour leurs crimes. Elle déposerait en tant que témoin oculaire d'au moins l'un des meurtres. Elle serait placée sous la protection du gouvernement pendant des mois, peut-être des années, le temps que les magistrats mènent à bien l'instruction de l'affaire. L'enquête à elle seule pourrait demander des années. Et puis il y aurait des ajournements, des retards, des appels, un réseau inextricable de complications juridiques qui pourraient traîner indéfiniment. Elle et son enfant se trouveraient au centre de cet écheveau.

Tant que l'affaire ne serait pas terminée, sa vie

appartiendrait au gouvernement. Chacun de ses gestes serait surveillé. Elle ne pourrait rien entreprendre sans l'autorisation du gouvernement. Elle n'aurait pas plus la maîtrise de son existence qu'un vulgaire pantin.

Elle se prit la tête à deux mains en gémissant. Était-ce là son châtiment ? Était-ce le prix à payer pour la façon dont elle avait obtenu son poste à Prosper ?

Quand la police fédérale commencerait à fouiller les recoins sombres de la vie de leur principal témoin, elle tomberait des nues. Tôt ou tard, elle découvrirait toute la vérité sur Kendall Deaton. Quelle crédibilité conserverait-elle quand on aurait percé à jour son secret ?

Elle était prisonnière d'un piège qu'elle avait elle-même façonné. Elle ne pouvait s'en prendre qu'à elle-même. Elle avait envie de pleurer, mais elle craignait, si elle versait une première larme, de ne plus pouvoir s'arrêter. Et si l'agent Braddock la trouvait secouée de sanglots incontrôlables à son arrivée, il se dirait qu'il avait devant lui une femme en guerre avec son mari, qui avait monté tout un bateau pour se venger de lui.

Elle prit une douche pour se calmer et apaiser la crispation douloureuse de son corps, en laissant le rideau de douche ouvert pour garder un œil sur la chambre. Elle n'avait pas d'autres vêtements que ceux qu'elle portait au moment de s'enfuir. Ils étaient sales et tailladés d'accrocs, mais elle les remit et s'allongea sur le lit.

Bien qu'épuisée, elle n'arrivait pas à dormir. Elle somnola, en se réveillant au moindre bruit, si léger fût-il. Elle regardait constamment l'heure.

Ce fut une longue nuit.

⁂

— Vous voulez un petit pain avec ? Nous avons de délicieux beignets au miel ce matin.

— Non, merci. Juste un café.

Il était 8 h 20. Kendall était debout depuis 6 heures du matin. Elle avait arpenté de long en large la moquette orange en comptant les minutes qui n'en finissaient pas de s'écouler. Soudain incapable de supporter la chambre une seconde de plus, elle avait désobéi à M. Braddock, qui lui avait pourtant bien recommandé de ne pas sortir. Et, sans cesser de regarder autour d'elle de crainte de voir surgir l'un de ses poursuivants, elle avait traversé la route pour prendre un café au self-service.

Kendall tendit son dû à la sympathique caissière et emporta son café. En chemin, elle repéra une cabine téléphonique au coin du bâtiment. Un coup de fil rapide à Sheridan, pour s'assurer que tout allait bien ? Elle pouvait téléphoner de sa chambre, mais moins sa facture serait élevée, mieux cela vaudrait.

C'était un vieux modèle de cabine, fermée par une porte à deux battants. Elle s'enferma, inséra deux pièces, fit son numéro, laissa sonner deux fois, puis raccrocha et recommença.

Ricki Sue répondit à la première sonnerie.

— Alors ? Où en es-tu ? Tu as des ennuis ?

— J'ai des ennuis, confirma Kendall. Mais pas pour les raisons que tu crois. Grand-mère va bien ?

— Oui. Elle est inquiète, naturellement. Nous aimerions bien savoir ce qui se passe, toutes les deux.

— Est-ce que quelqu'un a demandé à me voir ?

— Non. Où es-tu, Kendall ?

— Je ne peux pas te parler longtemps. Je...

— Hé ! articule, ma vieille. Je t'entends à peine. On dirait que tu es au fond d'un puits.

Une berline grise ralentit et tourna dans le parking du motel, de l'autre côté de la route. L'agent Braddock avait une demi-heure d'avance.

— Kendall ? Tu es toujours là ?

— Oui. Ne quitte pas.

Elle suivait des yeux la voiture qui longeait l'alignement de portes numérotées. Elle distinguait deux hommes à l'avant. Braddock n'avait pas précisé qu'il viendrait accompagné, mais les agents fédéraux n'opéraient-ils pas en général par équipes de deux ?

— Kendall, ta grand-mère voudrait te parler.

— Non, attends. Reste en ligne, Ricki Sue. Prends quelque chose pour écrire. Dépêche.

L'automobile s'arrêta devant le numéro 103. Un grand homme mince, aux cheveux grisonnants, en sortit. Il avait des lunettes de soleil et portait le costume sombre et la chemise blanche qui constituent l'uniforme typique des agents du FBI. Il regarda autour de lui et se dirigea vers la chambre 103. Il frappa, attendit, frappa encore. Il se tourna alors vers la voiture en haussant les épaules.

— Kendall ! Dis quelque chose. Explique !

L'homme qui occupait la place du passager émergea à son tour. C'était Gibb Burnwood.

— Ricki Sue, tu dois m'écouter. S'il te plaît, ne pose pas de questions. Je n'ai pas le temps d'y répondre.

Elle lui débita ses instructions d'une traite, à coups de phrases et de mots laconiques, sans quitter des yeux les deux hommes qui s'agitaient sur l'autre rive de la route à deux voies.

— Tu as tout ?

— J'ai pris en sténo. Mais tu pourrais quand même me dire...

— Pas maintenant.

Kendall avait raccroché. Son cœur battait à tout rompre. Gibb et l'agent Braddock parlementaient devant la porte de sa chambre. Ils ne l'avaient pas encore vue, mais c'était parce qu'ils n'avaient pas regardé dans sa direction. S'ils tournaient les yeux vers la cafétéria, ils risquaient fort de l'apercevoir.

L'allée donnait, à son extrémité, sur un parking exigu, fermé par une rangée de locaux commerciaux à un seul étage. C'était là qu'elle avait garé sa voiture la veille. Sur le moment, cette précaution lui avait paru un peu mélodramatique. Maintenant, elle rendait grâce au ciel de son intuition.

Elle s'engagea dans une rue au hasard, en s'appliquant à conduire ni trop vite ni trop lentement. Elle traversa un quartier résidentiel, longea le stade de football. À la sortie de la ville, la rue se transforma en une route de campagne qui devait bien mener quelque part.

Ou nulle part.

25

Elles se retrouvèrent à Chattanooga, dans le motel que Kendall avait indiqué le matin même à Ricki Sue au cours de leur brève conversation téléphonique. Sa grand-mère la serra entre ses bras frêles en lui caressant les cheveux.

— Ma petite fille, j'étais folle d'angoisse. Dans quel guêpier es-tu encore allée te fourrer?

— Parce que, pour toi, c'est forcément ma faute.

— Si j'en crois ma vieille expérience...

Kendall éclata de rire et étreignit affectueusement sa grand-mère. Elle était ravie de la revoir, et impressionnée de constater à quel point elle avait veilli depuis leur dernière rencontre. Cependant, ses yeux avaient gardé tout leur éclat et leur vivacité.

Quant à Ricki Sue, elle faillit étouffer Kendall en l'embrassant.

— Bon, dit-elle d'un ton excédé, tu m'as fait un drôle de cadeau la nuit dernière. Ce matin, tu m'as débité tes instructions à la vitesse d'une mitraillette. J'ai des crampes aux fesses à force d'avoir conduit. J'aimerais bien savoir ce qui se passe.

— Je comprends que tu sois agacée. Je te demande pardon de t'avoir dérangée et je te remercie du fond du cœur de tout ce que tu as fait. Je pense que tu m'en voudras moins quand je vous aurai tout expliqué. C'est une longue histoire. Avant de commencer, je veux être sûre que vous n'avez pas été suivies.

— Nous avons fait des ronds dans la ville à en avoir le tournis. Je suis absolument certaine que personne ne nous a suivies.

Elles s'assirent toutes les trois sur le bord d'un lit et Kendall leur raconta son histoire effarante. Les deux femmes écoutaient avec attention, dans un silence subjugué, ponctué çà et là des jurons incrédules que laissait échapper Ricki Sue.

— Et ce matin, quand j'ai vu Gibb en compagnie de l'agent Braddock, je me suis dit : De deux choses l'une. Soit il ne m'a pas crue et il a appelé l'un de mes proches pour venir au secours d'une pauvre femme au bord de la dépression nerveuse ; soit, et c'est une possibilité assez terrifiante, la Confrérie a des sympathisants au bureau régional du FBI.

— Doux Jésus ! s'exclama Ricki Sue. Dans un cas comme dans l'autre, tu es foutue.

— Exactement. Je ne peux donc pas tenter à nouveau d'alerter les autorités fédérales, à moins de me trouver très loin d'ici. C'est trop risqué. En attendant, je suis la seule personne, en dehors de ses membres, à connaître l'existence de la Confrérie et de ses passe-temps macabres. Ils vont me pourchasser, pour m'empêcher de moucharder. J'ai donc décidé de disparaître de la circulation jusqu'à ce que ces monstres aient été coffrés, inculpés et emprisonnés sans possibilité de libération sous caution.

Sa grand-mère enferma sa main dans la sienne. L'inquiétude creusait les rides de son visage.

— D'ici là, ta vie est en danger. Où comptes-tu aller ?

— Je ne sais pas. Mais je veux que tu viennes avec moi. Grand-mère, je t'en prie, insista Kendall en voyant la vieille dame prête à protester. Ça peut durer des mois. Je veux t'avoir auprès de moi, pas seulement pour moi, mais pour ton propre bien. Qui sait s'ils ne tenteront pas de m'atteindre à travers toi ? Tu dois me suivre.

Kendall passa une heure à essayer de convaincre la vieille dame, en vain. Sa grand-mère ne se laissa pas fléchir.

— Tu seras plus en sécurité sans moi.

Kendall supplia Ricki Sue de lui faire entendre raison, mais Ricki Sue prit le parti de sa grand-mère.

— C'est toi qui raisonnes de travers, ma cocotte. Ta grand-mère a raison. Tu peux te teindre les cheveux, mettre des lunettes, changer de look vestimentaire, modifier ton aspect de cent façons différentes. Il est plus difficile à une personne de l'âge de ta grand-mère de passer inaperçue.

— Et puis, renchérit la vieille dame, tu sais que je veux mourir chez moi et être enterrée près de ton grand-père et de tes parents. Quand mon heure sera venue, je ne supporte pas l'idée de me trouver dans un lieu inconnu et d'être inhumée au milieu d'étrangers.

Kendall n'avait rien à redire à ça, si ce n'est qu'elle gronda sa grand-mère de parler ainsi de sa mort comme si elle était imminente.

Ce soir-là, sa grand-mère et elle partagèrent le même lit, tandis que Ricki Sue ronflait dans l'autre. Pendant toute la nuit, Kendall la tint serrée contre elle. Elles évoquèrent le passé à voix basse. Elles se rappelaient en riant les bons moments, parlèrent gravement des parents et du grand-père de Kendall, dont elle n'avait aucun souvenir. Elle ne connaissait d'eux que les descriptions que lui en avait faites sa grand-mère, si fréquentes et précises qu'ils étaient vivants dans son esprit.

— Malgré les coups du sort, nous ne nous en sommes pas trop mal tirées, tu ne trouves pas ? chuchota sa grand-mère en lui tapotant la main.

— Mieux que ça, grand-mère. J'ai eu une chance inouïe de t'avoir à mon côté. Tu m'as donné plus d'amour que beaucoup de parents n'en donnent à leurs enfants.

— J'aurais voulu que mon amour te suffise.

— Il m'a comblée ! s'exclama Kendall dans un murmure.

— Non. Comme tous les enfants, tu avais besoin de l'affection et de l'approbation d'un père et d'une mère, qui n'étaient pas là pour te les prodiguer.

Elle appliqua sa main sèche et fripée sur la joue de Kendall.

— Tu n'as rien à prouver à personne, ma chérie. Surtout pas à eux. Tu es telle qu'ils auraient voulu que soit leur legs à la vie, et mieux encore. Ne sois pas trop dure avec toi-même. Profite de l'existence.

— Après ce qui vient d'arriver, je doute que ce soit possible.

Sa grand-mère lui dédia un sourire engageant de diseuse de bonne aventure qui a décelé des prodiges dans sa boule de cristal.

— Tu survivras à cette épreuve. Tu seras toujours curieuse et courageuse, deux qualités qui t'ont déjà été d'une grande utilité. La première fois que je t'ai vue dans ton berceau d'hôpital, tu observais tout avec gourmandise au lieu de dormir paisiblement comme les autres bébés. À ce moment-là, j'ai dit à ta mère que tu étais exceptionnelle et je n'ai pas changé d'avis depuis. (Ses yeux clignotèrent.) Tu es unique. L'avenir te réserve de merveilleuses surprises. Tu verras si je n'ai pas raison.

⁂

C'est un trio morose et taciturne qui se leva au matin.

La grand-mère de Kendall lui glissa dans la main une enveloppe gonflée de billets de banque. Elle dut passer outre sa fierté pour l'accepter, mais elle n'avait guère le choix.

— Je te rembourserai dès que j'aurai trouvé du travail.

— Tu sais que tout ce qui est à moi est à toi. Et n'aie pas peur, je n'ai pas effectué un énorme retrait qui pourrait attirer l'attention. Je cachais cet argent dans la maison depuis des années.

— Hé ! Mais vous êtes futée, la vieille ! s'extasia

Ricki Sue en lui tapant dans le dos. Voilà une mamie comme je les aime.

Kendall se réjouit intérieurement de l'amitié qui unissait les deux femmes. Elle pouvait sans crainte confier sa grand-mère à Ricki Sue.

— Je vous donnerai des nouvelles quand je pourrai, leur promit-elle. Mais je ne pourrai sans doute vous appeler que très brièvement. Vos téléphones pourraient être mis sur écoute. Je les crois capables de tout. Soyez extrêmement prudentes, ajouta-t-elle devant leurs mines atterrées.

Elle mourait d'envie de leur parler du bébé qu'elle portait, mais jugea préférable de s'abstenir. Cette révélation ne ferait qu'accroître leur inquiétude. Elle n'était pas non plus très sûre de son courage. Elles voudraient la dissuader de partir pour l'inconnu et elle serait tentée de rester.

Arriva le moment inévitable où il fallut se séparer. Kendall serra frénétiquement sa grand-mère sur son cœur, avide de s'imprégner de son odeur, de la sensation de fragilité que dégageait son corps calé entre ses bras.

— Je t'aime, grand-mère. Je viendrai te voir dès que possible.

La vieille dame s'écarta d'elle et examina longuement son visage.

— Moi aussi, je t'aime. Beaucoup, beaucoup. Sois heureuse, ma petite fille.

Kendall décela dans son regard la tristesse d'un dernier adieu.

Parce qu'elle pressentait qu'elle ne la reverrait jamais, elle avait envie de la retenir, de la garder près d'elle pour toujours. Mais, prenant exemple sur sa grand-mère, elle adopta la même attitude empreinte de dignité et parvint à esquisser un pâle sourire.

Ricki Sue, qui pleurait bruyamment et sans retenue, déclara qu'elle, en tout cas, ne tenait pas du tout à avoir des tueurs sanguinaires à ses trousses et poussa fermement la vieille dame vers la porte.

Penchée à la fenêtre, Kendall les regarda s'éloigner

et se mit alors à sangloter à s'en user les yeux. Quel danger pouvait bien représenter la Confrérie ? Elle serait morte, le cœur brisé, bien avant de tomber entre leurs mains.

⁂

Elle abandonna sa voiture dans le parking du motel et, avec une partie de l'argent que lui avait donné sa grand-mère, acheta un vieux tacot à un individu qui avait passé une annonce dans le journal local.

La guimbarde la mena jusqu'à Denver. Là, elle rendit son dernier soupir et resta en carafe. Elle la laissa sur le bord de la grande route, entra dans le premier McDonald et éplucha les offres de location de logement en grignotant un Big Mac.

Elle trouva exactement ce qu'elle cherchait, dans un vieux quartier de la ville. La propriétaire était une veuve qui arrondissait sa retraite en louant un garage aménagé en studio. La maison ne se trouvait pas très loin à pied d'une antenne de la bibliothèque municipale, où Kendall obtint un emploi.

Elle travaillait beaucoup, ne se liait avec personne, n'avait même pas de téléphone chez elle. Quand sa grossesse commença à se voir, elle répondit aux questions qu'on lui posait avec une réticence qui découragea les curieux.

Ses coups de téléphone au FBI n'avaient pas, à sa connaissance, suscité le moindre intérêt, ni encore moins donné lieu à une quelconque enquête. Elle appelait de temps en temps un bureau, chaque fois différent, et racontait ce qu'elle avait vu à Prosper.

Apparemment, on la prenait pour une folle. Elle écoutait consciencieusement les nouvelles et lisait tous les journaux, dans l'espoir d'y voir annoncer la découverte d'une organisation néofasciste en Caroline du Sud. Mais rien.

Les membres de la Confrérie commettaient impunément des meurtres et elle n'y pouvait rien, à moins de risquer sa vie. Pourtant, elle ne pouvait rester là sans rien faire.

Elle passait des heures de loisir à la bibliothèque à collecter des renseignements. Elle avait à sa disposition tout un réseau d'informations accessible par ordinateur dont elle usait et abusait. Elle se constitua peu à peu sa propre bibliothèque. Elle comprenait les dossiers de notables de Prosper, des rapports concernant des meurtres inexpliqués, des disparitions, tout ce qui pourrait un jour permettre le jugement des exécuteurs.

Pour leur sécurité, Kendall laissa Ricki Sue et sa grand-mère ignorer où elle se trouvait. Aussi n'apprit-elle la mort de sa grand-mère qu'à l'occasion d'un coup de fil de routine.

— Je suis désolée, Kendall.

Ricki Sue était en larmes quand elle lui annonça la nouvelle.

— Je suis désolée d'avoir à te le dire comme ça.

— Elle était seule ?

— Oui. Le matin, je suis passée pour voir comment elle allait. Elle n'est pas venue m'ouvrir. Je l'ai trouvée dans son lit.

— Elle est donc morte pendant son sommeil. C'est une bénédiction.

— Que veux-tu que je fasse de la maison ?

— Distribue ses vêtements à ceux que ça peut intéresser. Mets toutes ses affaires personnelles et ses objets de valeur dans un coffre. Laisse le reste en l'état et ferme la maison. Paie les factures sur son compte bancaire.

En partant pour Prosper, elle avait autorisé Ricki Sue à signer les chèques de sa grand-mère.

N'ayant personne avec qui partager son chagrin, Kendall dut le supporter seule.

Elle s'arrêta de travailler deux semaines avant son terme. Elle les employa à préparer son minuscule appartement pour l'arrivée du bébé. Les douleurs se déclarèrent un matin. Elle emprunta le téléphone de sa propriétaire pour appeler un taxi.

Le bébé naquit dans l'après-midi à l'hôpital. C'était un beau garçon, plein de vigueur, qui pesait quatre kilos et demi. Elle l'appela Kevin Grant, du nom de son père et de son grand-père. Elle était trop heureuse pour assumer seule tant de bonheur. Elle avait besoin d'en faire part à quelqu'un.

— Un bébé ! s'écria Ricki Sue.

Malgré sa joie d'apprendre la naissance du fils de Kendall, elle lui en voulait de ne jamais lui avoir dit qu'elle était enceinte.

— Tu ne peux pas revenir maintenant ? Mon Dieu, combien de temps vas-tu devoir te cacher ? Tu n'as rien fait de mal, nom d'une pipe !

À sa grande consternation, aucun des habitants de Prosper n'avait cherché à la contacter par l'intermédiaire de Ricki Sue ou de sa grand-mère. Gibb avait manifestement fourni une explication à sa disparition soudaine. Mais pourquoi n'essayait-il pas de se venger ? Elle était presque plus inquiète de leur absence de réaction que s'ils avaient tenté des manœuvres d'intimidation sur ses proches.

Ou alors, ils savaient où elle était et prenaient leur temps avant de frapper.

Comme ils pouvaient surgir à tout moment, elle s'appliquait à ne pas attirer l'attention sur elle. Elle s'était résignée à vivre dans l'ombre, sous un faux nom, jusqu'à la fin de ses jours, à renoncer à sa carrière et à se contenter de petits boulots pour survivre avec Kevin.

Elle n'exercerait jamais plus son métier. Elle ne se marierait jamais. Ricki Sue lui avait proposé de s'informer pour savoir si Matt était mort des suites de son coup sur la tête, mais Kendall ne voulait pas savoir. S'il était mort, elle avait toutes les chances d'être jugée pour meurtre. S'il en avait réchappé, elle restait mariée. Dans un cas comme dans l'autre, elle était définitivement coincée.

Kevin avait trois mois. Cet après-midi-là, elle se prélassait sur une couverture, sur la pelouse de la veuve. Une magnifique journée de printemps engourdissait Denver. Le ciel était clair. Kendall pressentit l'arrivée de la voiture officielle, comme on pressent la fuite du soleil derrière les nuages. Un frisson glacé la parcourut et elle comprit que son exil touchait à sa fin.

La voiture bleu marine s'arrêta dans le virage. Deux hommes en sortirent et s'avancèrent vers elle. Le plus petit arborait un sourire aimable. Le plus grand affichait un air grave.

Le premier s'adressa à elle :

— Mme Burnwood ?

La propriétaire se pencha à la fenêtre. Elle ignorait son nom véritable et resta bouche bée en entendant Kendall répondre par l'affirmative.

Il piocha un portefeuille de cuir dans sa poche de poitrine et l'ouvrit pour lui montrer sa carte.

— Je suis l'agent Jim Pepperdyne. FBI. Et voici le marshal John McGrath, dit-il en inclinant la tête vers l'homme à l'air sérieux, dont les yeux disparaissaient derrière des lunettes de soleil.

26

Lorsque John McGrath s'éveilla, il avait totalement recouvré la mémoire.

Il se réveilla en sursaut, l'esprit parfaitement clair et lucide. Tous les souvenirs de son passé récent et lointain lui revinrent en toute clarté.

Il savait son nom, se souvenait de son enfance à Raleigh, en Caroline du Nord, et même du nombre de tee-shirts qu'il avait usés dans l'équipe de foot du collège.

Il se rappelait sa fonction au FBI et l'événement bouleversant qui l'avait amené à donner sa démission deux ans plus tôt. Il se rappelait son métier actuel et la raison pour laquelle on l'avait envoyé à Denver.

Sa mémoire ne lui restituerait sans doute jamais le souvenir de l'accident, mais il se rappelait le trajet sur la route mouillée et glissante et l'arbre en travers du chemin. Il se rappelait son sentiment d'impuissance face au choc inévitable et sa résignation devant la mort quand la voiture avait plongé dans le ravin. Il se souvenait d'avoir repris conscience à l'hôpital, perclus de douleur. De s'être retrouvé au milieu d'étrangers, étranger à lui-même.

Il se souvenait avec acuité de Kendall penchée sur lui, affirmant, en le regardant droit dans les yeux : « C'est mon mari. » Il rabattit son bras sur son front en jurant entre ses dents, car il se rappelait aussi tout ce qui était arrivé depuis.

En particulier cette nuit.

Cette nuit le mettait dans la merde jusqu'au cou.

Cette nuit, il avait eu un commerce charnel avec Kendall Burnwood.

L'oreiller voisin était vide à présent, mais pas depuis longtemps. Il portait encore l'empreinte de la tête de Kendall. John gardait présents à l'esprit les moindres soupirs, murmures, sensations et saveurs. Il se couvrit le visage et étouffa un gémissement.

Bon Dieu, pas étonnant que sa mémoire ait levé le voile. Tout ce qui constituait l'essence de son être s'était délié à la faveur de ce qu'il avait fait.

Il cacha ses orbites derrière les paumes de ses mains. Comment allait-il justifier cela aux yeux de Pepperdyne ? Comment pouvait-il le justifier à ses propres yeux ? Au moins, il n'avait pas été infidèle à une femme. Lisa et lui...

Lisa. Lisa Frank. Comme le reste, elle avait été effacée de sa mémoire jusqu'à cet instant. Maintenant, les souvenirs d'elle se bousculaient. Comme par hasard, le premier qui lui venait à l'esprit ne ravivait pas un de leurs bons moments, mais une de leurs querelles. Comme cela tombait bien !

John revenait d'un voyage en France, d'où il avait ramené un criminel en fuite. Il était épuisé et maussade. Ses yeux papillotaient de fatigue à cause du décalage horaire et il n'aspirait qu'à une chose : dormir trente heures d'affilée sans être dérangé. En introduisant la clé dans la serrure, il espérait que Lisa serait ailleurs.

Mais elle était là. Furieuse. Cherchant la bagarre parce qu'un passager de première classe s'était conduit comme un sagouin sur le vol de l'après-midi.

— Je suis désolé que tu n'aies pas fait bon voyage, dit-il en s'efforçant de paraître sincère. Le mien n'a pas été non plus une partie de plaisir. Je vais prendre une douche. Ensuite, nous irons nous coucher et nous abandonner à un sommeil réparateur, d'accord ?

Mais Lisa ne brillait pas par l'esprit d'obéissance. Quand il sortit de la douche, elle le guettait avec une serviette et quand il entra dans la chambre, elle l'attendait dans le lit, avec un sourire enjôleur.

Depuis l'époque où il avait découvert les délicieuses différences qui existaient entre les garçons et les filles, la vue d'une femme nue ne manquait jamais de provoquer chez lui une ferveur immédiate. Pourtant, ce soir-là, il se montra égoïste et maladroit, et Lisa resta sur sa faim.

Elle alluma la lampe de chevet d'un geste rageur.

— John, il faut que nous parlions.

— S'il te plaît, pas maintenant, Lisa. Je n'en peux plus.

Il savait, à son ton, qu'elle allait lui sortir son discours sur le thème « Notre relation ne nous mène nulle part » et il était trop fatigué ce soir-là pour l'entendre. Même les soirs de grande forme, il évitait les gloses sur leurs relations.

Indifférente à sa fatigue et à sa mauvaise humeur, elle se lança dans sa péroraison habituelle sur les aspects de leur liaison qui laissaient à désirer et qui étaient, justement, ceux que John appréciait.

Ils ne se voyaient pas assez, selon elle. En tant qu'hôtesse de l'air d'une grande compagnie, Lisa avait des horaires irréguliers et était souvent absente. John, quant à lui, effectuait pour son travail de nombreux déplacements. Ils se retrouvaient ensemble dans l'appartement assez souvent pour entretenir leur entente sexuelle, mais pas pour que se crée entre eux un besoin de l'autre. John préférait qu'il en soit ainsi. Lisa ne s'en contentait pas.

— Tu refuses de t'engager, déplora-t-elle.

Il se récria, tout en reconnaissant au fond de lui qu'elle avait raison. Il aimait leur association telle qu'elle était. Il ne l'envisageait même pas comme une « relation ». Elle exigeait de lui peu de temps, d'énergie et d'attention. Il ne voulait pas qu'il en soit autrement.

Lisa poursuivit sa litanie de réclamations, au point qu'il finit par perdre patience.

— Lisa, je ne veux pas en parler ce soir.

Il éteignit la lumière et enfouit sa tête dans l'oreiller.

Elle grommela :

— Enfant de salaud.

Mais il l'ignora.

Le lendemain matin, il se réveilla avant elle. En la regardant dormir, il se rendit compte que Lisa Frank était pour lui une étrangère, autant que le jour où ils avaient échangé leurs numéros de téléphone à la fin d'un vol sur lequel elle travaillait.

Il avait eu souvent de son corps une approche intime, mais il ne la connaissait pas. Et elle ne le connaissait pas non plus. On ne pénétrait pas la forteresse John McGrath. Il aurait dû se montrer plus loyal et l'en avertir. Au lieu de cela, il l'avait laissée s'acheminer avec lui vers l'explication et la rupture finales.

Il fut arraché à sa rêverie par la voix de Kendall qui chantait une berceuse à Kevin dans la pièce voisine. Elle venait sans doute de lui donner sa première tétée de la journée. John l'imaginait avec le bébé dans ses bras; elle lui souriait, effleurait son petit visage du bout des doigts, l'inondait d'amour maternel.

C'est ainsi qu'elle lui était apparue la première fois

qu'il l'avait vue, assise sur une couverture dans le jardin de la maison, à Denver. Lorsque Jim Pepperdyne s'était présenté, elle avait presque paru soulagée, comme si elle savait qu'on la retrouverait un jour ou l'autre et qu'elle n'avait plus à craindre ce moment.

Ils lui avaient laissé le temps d'empaqueter ses affaires et celles du bébé avant de la conduire à la voiture. Au moment de monter, elle avait hésité. Elle leur avait jeté un regard inquiet.

— Avez-vous l'intention de me ramener en Caroline du Sud ?

— Oui, madame, avait répondu Jim. Il le faut.

Au cours de sa carrière, John avait assisté à presque tout l'éventail de manifestations affectives que peut éprouver un être humain. C'était un expert en réflexes, conditionnés ou non. Il n'avait pas son pareil pour interpréter les inflexions de voix et les expressions du visage. Il distinguait la vérité et le mensonge avec une sûreté époustouflante. C'était sa vocation. On faisait appel à sa parfaite connaissance du comportement humain.

Quand Jim lui avait confirmé son intention de la ramener là d'où elle s'était enfuie et que, les yeux pleins de larmes, elle avait serré son bébé contre son cœur dans un geste protecteur, John avait eu l'absolue certitude que Kendall Deaton Burnwood pensait très exactement ce qu'elle disait :

— Si vous me ramenez là-bas, ils me tueront.

⁂

John avait déjà collaboré avec Jim Pepperdyne dans une affaire de prise d'otages. Pepperdyne était un excellent policier. John le considérait comme l'un de ses rares amis. Bien que John ne fasse plus partie du FBI, Pepperdyne lui avait demandé d'assister à son entretien avec Mme Burnwood.

— En simple observateur, avait-il dit d'un ton détaché en l'entraînant vers le bureau où Kendall les attendait. Cela risque de t'intéresser. Et puis, j'ai besoin de ton avis sur sa sincérité. De savoir si elle dit la vérité ou si tout cela n'est qu'un tissu de mensonges.

— Tu sais déjà qu'elle dit la vérité.

— Mais son témoignage doit être assez solide pour convaincre un jury qui trouvera de prime abord son histoire insensée. Tu es une brute sans cœur, lui dit-il amicalement. Plus coriace et plus cynique que la moyenne des jurés. Si elle arrive à te convaincre, la partie est gagnée.

— Je n'exerce plus, lui avait rappelé John alors qu'ils atteignaient la porte.

Pepperdyne posa la main sur la poignée, lança à John un coup d'œil dubitatif et marmonna :

— Foutaises.

27

Elle était seule en face d'eux. Elle avait en effet refusé l'assistance d'un avocat, disant qu'elle préférait se défendre seule. Son fils avait été confié à un autre agent. Elle ne montra aucun signe d'inquiétude, pas même lorsque Pepperdyne lui présenta son mandat.

Elle le parcourut et leva sur eux un regard perplexe :

— C'est une citation à témoigner !

— Qu'est-ce que vous attendiez ? répliqua Pepperdyne. Un mandat d'arrestation pour meurtre, peut-être ?

— Il est mort ?

— Matt Burnwood ? Non.

Elle se mordit la lèvre, mais John ignorait si cette réaction traduisait le soulagement ou la consternation.

— Je croyais que je l'avais tué.

— Si M. Burnwood est mis en accusation pour les charges qui pèsent contre lui, il regrettera sans doute d'être encore en vie.

Elle porta la main à son front, visiblement troublée.

— Attendez. Je ne comprends pas. Êtes-vous en train de me dire que Matt a été arrêté et inculpé ?

— Lui, son père, et quelques autres que vous avez désignés comme faisant partie de leur organisation néofasciste. (Pepperdyne lui tendit une liste de noms.) Les chefs d'accusation vont de la tentative d'assassinat au meurtre caractérisé, en passant par la complicité. Comme le juge et le procureur du district ont aussi été appréhendés, ils sont remplacés par des magistrats nommés pour exercer ces fonctions à leur place. Ils sont tous sous les verrous, Mme Burnwood. Et tous se sont vu refuser la libération sous caution.

— Je n'en reviens pas, s'exclama-t-elle avec un filet de voix. On a fini par prendre mes appels au sérieux.

— Ils l'auraient été dès le début si vous vous étiez adressée au bon endroit. (Pepperdyne s'assit sur le coin du bureau.) Quelqu'un au ministère de la Justice avait déjà senti qu'il se passait là-bas des choses pas catholiques. Les prisonniers qui mouraient ou étaient blessés pendant leur détention à Prosper étaient trop nombreux. Les sentences prononcées anormalement sévères.

— Il y avait déjà une enquête en cours ?

— Avant même que vous preniez vos fonctions d'avocat public. L'un de nos hommes s'y trouvait incognito. Il a disparu sans laisser de traces avant d'avoir pu récolter des preuves irréfutables contre les suspects.

Il ouvrit un dossier cartonné et lui présenta une photo :

— Je pense que vous le reconnaîtrez.

— Bama ! Mon Dieu !

Pepperdyne glissa un coup d'œil à John, qui hocha la tête. Sa surprise n'était pas feinte.

— La nuit où je les ai vus mettre à mort Michael Li, j'ai découvert son corps, dit-elle. Il y avait près d'une semaine qu'il avait disparu.

— Il est toujours porté disparu, en ce qui nous concerne. Nous avons fouillé la zone, sans jamais trouver la sépulture dont vous avez parlé au téléphone. Pensez-vous que vous pourriez la retrouver ?

— J'en doute. Il y a plus d'un an de ça. Il faisait sombre. J'étais perdue, désorientée, affolée. Je suis tombée sur son cadavre, au sens propre du terme, et je me suis enfuie à toutes jambes. Même si je pouvais vous conduire à l'endroit exact, les intempéries auront effacé toutes les traces.

— On ne sait jamais.

Elle appuya ses doigts sur ses lèvres pour masquer leur tremblement.

— Je n'arrive pas à croire que Bama était un agent du FBI.

— L'agent Robert McCoy. Il a dû se trahir et le payer de sa vie.

— Pas forcément. La Confrérie a pu décider de faire un nettoyage de printemps et juger que les marches du palais de justice avaient besoin d'un coup de balai. Dans leur esprit, c'était suffisant pour le supprimer.

Elle se leva et se dirigea vers la fenêtre. Elle avait les bras croisés sur la poitrine, les épaules voûtées, comme pour se protéger. John lui trouva l'air très vulnérable et apeuré.

Sa voix n'était qu'un murmure quand elle reprit la parole :

— Vous n'imaginez pas ce dont ils sont capables.

— Nous en avons une bonne idée, rectifia Pepperdyne. Vous vous rappelez le chef de la rédaction du journal de votre mari ?

— Je ne l'ai rencontré qu'une fois. Il est mort brusquement quand Matt et moi étions fiancés.

— À notre avis, il n'est pas mort de mort naturelle, comme le prétend le certificat de décès. Il avait manifesté son désaccord avec la politique éditoriale de votre mari. Nous allons exhumer son corps pour pratiquer une autopsie. (Pepperdyne la considéra d'un air sombre.) Non, madame, nous ne les avons pas sous-estimés.

— Je crois malheureusement que vos propres services sont infiltrés. Un certain agent Braddock...

— ... est écroué avec les autres. On s'en occupe.

— Vraiment ? Qu'est-ce qui vous dit que Braddock est le seul ? Combien la Confrérie compte-t-elle de membres ? Le savez-vous ? (Dans son agitation, elle avait haussé le ton.) Si je témoigne contre eux, ils me feront assassiner. Ils trouveront un moyen.

— Vous serez placée sous notre protection.

Pepperdyne avait tendu la main vers John. Elle le gratifia d'un regard qui en disait long sur ce qu'elle pensait de son aptitude à la défendre.

— Vous ne pouvez pas me protéger. Vous pourrez prendre toutes les mesures que vous voudrez, elles ne suffiront pas.

— Votre témoignage est capital dans cette affaire, Mme Burnwood.

— Qui d'autre va témoigner contre eux ?

Devant l'incapacité de Pepperdyne à lui citer d'autres témoins, elle éclata d'un rire dédaigneux :

— Je suis la seule et l'unique, n'est-ce pas ? Et vous croyez que vous obtiendrez une mise en accusation avec mon seul témoignage ? L'avocat de la défense va me réduire à néant en deux coups de cuillère à pot. Il dira que j'ai inventé cette histoire à dormir debout pour me venger de mes ennemis de Prosper.

— Quid de Matt Burnwood ? C'est aussi un ennemi ?

John était content que Jim ait posé la question. D'après le rapport, elle avait tenté de lui fracasser le crâne avec un vase en cristal. John était curieux de savoir pourquoi.

— Êtes-vous prête à témoigner contre lui, Mme Burnwood ?

— J'y suis toute prête. Le problème est que je n'ai

pas vu Matt sur le lieu de l'exécution de Michael Li. Ni mon beau-père. Mais ils y étaient. Je le sais.

— Nous le savons aussi. (Pepperdyne ouvrit un autre dossier, auquel il se référa pour poursuivre.) La Confrérie n'aurait pas pratiqué un meurtre rituel sans Gibbons Burnwood, car il en est le fondateur et le grand prêtre.

Elle étouffa une exclamation de surprise avant de remarquer, d'un ton morose :

— J'aurais dû m'en douter.

— Que savez-vous sur votre beau-père ?

Elle énuméra quelques faits, puis commenta :

— C'est maigre, n'est-ce pas ?

Pepperdyne entreprit de résumer le contenu du gros dossier qu'il avait sur Gibb Burnwood.

— Son père était Marine pendant la Seconde Guerre mondiale, envoyé dans le Pacifique Sud. Avec une poignée d'hommes, il s'est porté volontaire pour une mission spéciale. Les autres ont été tués au cours de la première semaine, mais lui a survécu pendant huit mois sur une petite île occupée par les Japonais, en se nourrissant de poissons crus qu'il attrapait à la main. Il a réussi à abattre cinquante ennemis sans être pris. Quand les Marines ont reconquis l'île, il a été renvoyé dans ses foyers et accueilli en héros.

» Il n'a pas supporté que la guerre s'achève sans qu'il ait eu l'occasion d'y retourner. Un jour d'octobre 1947, il a soigneusement nettoyé son fusil, mis le canon dans sa bouche et appuyé sur la détente avec son gros orteil.

» Malgré son suicide, Gibb idolâtrait son père et voulait suivre ses traces. Il s'est engagé dans les Marines, s'est un peu battu en Corée, mais cette guerre s'est terminée trop tôt à son goût. Lorsque la guerre du Viêt-nam a commencé, il était trop vieux pour partir au front. Il avait raté toutes les bonnes guerres, alors il s'est mis à organiser la sienne, en élevant Matt dans cet esprit.

» Comme son père, Gibb était membre du Ku

Klux Klan. Mais au début des années soixante, il a eu un différend avec eux. Apparemment, ils appliquaient des méthodes trop douces pour Gibb Burnwood. Il a décidé de créer sa propre organisation, un groupe restreint, constitué uniquement de membres triés sur le volet, de manière à n'avoir à rendre de comptes à personne. Nous pensons qu'il a fondé la Confrérie vers le milieu des années soixante. Naturellement, il prépare Matt à prendre sa suite quand il mourra.

» Nous le surveillons depuis à peu près trente mois, mais nous n'avons pas de preuves tangibles. Uniquement des coïncidences. Vous êtes notre seule arme contre ce type, Mme Burnwood. S'il s'effondre, tous les autres s'écrouleront comme un château de cartes.

Kendall avait écouté le long récit de Pepperdyne sans proférer un son. Quand il repoussa le dossier Burnwood, elle déclara :

— Vous ne pouvez toujours pas prouver que Matt et lui ont participé à l'exécution de Michael Li. Ils ont eu un an pour faire disparaître les preuves. Un bon avocat — et Matt et Gibb engageront le meilleur — dira que mon témoignage n'est qu'une vengeance de ma part, parce que Matt avait une liaison avec une de mes clientes.

— Avait-il une liaison avec une de vos clientes ?

— Oui.

Pepperdyne réprima une grimace, se gratta la tête et consulta John du regard.

— Malheureusement, elle a raison, Jim, confirma ce dernier. Si cela se sait lors du procès, elle apparaîtra comme une femme trompée et humiliée et son témoignage perdra de sa valeur.

— Bigre.

— Cela n'a aucune importance, M. Pepperdyne, s'énerva-t-elle soudain. Toute cette conversation ne sert à rien. Je serai morte avant qu'ils comparaissent devant leurs juges. La Confrérie n'aurait pas perduré pendant trente ans si elle n'avait pu compter sur l'absolue loyauté de ses membres et de leurs familles. Croyez-vous qu'ils me laisseront en vie ? Je les ai vus châtrer et crucifier un merveilleux jeune homme, parce qu'il était asiatique et avait eu le culot d'aimer une de leurs filles. Mon crime, à leurs yeux, est mille fois plus grave que le sien. Même si je refuse de témoigner, ils me tueront, pour me punir de les avoir trahis. Ils m'égorgeront sans l'ombre d'un remords, persuadés d'être dans leur bon droit, parce que le plus affolant dans cette histoire c'est qu'ils sont convaincus d'avoir raison, convaincus que Dieu est avec eux. Ils ont été choisis par lui. Tout ce qu'ils font, ils le font en son nom. Ils chantaient des cantiques pendant que Michael Li se vidait de son sang. Pour eux, je suis une hérétique. En me tuant, ils accompliraient une sainte mission. Et puis supposons que je vive assez longtemps pour témoigner et qu'ils soient acquittés ? Supposons que les preuves que vous présenterez à l'appui du témoignage douteux d'une épouse bafouée ne soient pas suffisantes pour les condamner et qu'ils soient libérés ? Si Matt ne me fait pas liquider, il m'accusera d'abandon du domicile conjugal et tentera d'obtenir la garde de Kevin.

Pepperdyne se renfrogna, visiblement mal à l'aise.

— Je dois vous avouer, Mme Burnwood, qu'il a déjà obtenu le divorce. Pour coups et blessures.

— Parce que je l'ai frappé pour me défendre ?

Pepperdyne haussa les épaules.

— Il a déposé une demande. Vous n'avez pas répondu dans les délais impartis, alors le tribunal lui a accordé le divorce par défaut.

— Le juge Fargo ?

— Lui-même.

John l'observait tandis que cheminait dans son esprit l'idée qu'elle était légalement libérée de Matt Burnwood. Elle n'était manifestement pas affectée par ce divorce. Pourtant, un pli soucieux barrait son front.

Elle révéla ce qui la préoccupait :

— Mon ex-mari connaît-il l'existence de Kevin ?

— Pas par nous, assura Pepperdyne. Nous avons découvert que vous aviez un bébé quand nous sommes venus vous chercher. Naturellement, il a pu l'apprendre par d'autres sources.

Elle s'affaissa sur sa chaise, replia les bras sur son ventre et se mit à se balancer d'avant en arrière.

— Il fera tout pour m'éliminer et confier Kevin à un membre secret de la Confrérie. Non ! proclama-t-elle avec emphase. Je ne peux pas retourner là-bas. Je m'y refuse.

Pepperdyne intervint :

— Vous savez aussi bien que moi que vous n'avez pas le choix, Mme Burnwood. Vous avez fui la région où avaient été commis toutes sortes de crimes et d'infractions. Le refus de témoigner est un délit puni par la loi. Vous devez comparaître devant un juge d'instruction dans une demi-heure. Il délivrera une ordonnance prescrivant votre mise en détention à titre de témoin et votre transfert sous bonne garde dans le district où l'affaire est instruite. Vous pouvez bien sûr demander maintenant à être assistée d'un avocat.

— Je connais parfaitement la loi, M. Pepperdyne, remarqua-t-elle froidement. Et je vais continuer à assurer ma propre défense.

— Nous sommes disposés à retirer les chefs d'accusation que nous avons contre vous si vous nous aidez à les faire condamner. (Il s'interrompit pour lui offrir l'occasion de parler, mais elle se taisait.) Vous êtes entrée ici en croyant que vous étiez arrêtée pour meurtre. Je pensais que vous seriez soulagée.

Elle hocha tristement la tête.

— Vous ne comprenez pas. Ils n'auront de cesse que je sois morte.

— Nous partons ce soir, annonça laconiquement Pepperdyne.

John savait que les frayeurs de la jeune femme ne laissaient pas son ami totalement indifférent. Mais

Jim était un homme de devoir. Il s'en tenait à la voie que lui traçaient ses obligations. Il avait une mission à remplir, il la remplirait.

— Notre avion est à 3 heures, précisa-t-il. Vous serez transférée à Columbia, où vous attendrez en lieu sûr la première audition. Je vous accompagnerai jusqu'à Dallas. Là, une femme officier et le marshal McGrath prendront la relève pour vous escorter jusqu'à votre destination.

John eut l'impression que le sol se dérobait sous lui. Il suivit Pepperdyne dans le couloir pour lui dire sa façon de penser.

— Qu'est-ce que c'est que cette histoire ?

— Quelle histoire ?

— Je vais l'escorter jusqu'à Columbia ? Moi ?

Pepperdyne prit un air trop innocent pour n'être pas suspect.

— C'est la surprise du chef, John.

— Mais je ne suis pas d'accord ! C'est Stewart qui était censé s'occuper de ça, pas moi. Il s'est fait porter malade à la dernière minute et on m'a envoyé à sa place.

— Alors, mets ça sur le compte de la malchance.

— Jim...

Il saisit son ami par la manche pour l'obliger à l'écouter :

— Je ne savais pas qu'elle avait un bébé.

— Nous l'ignorions tous, John.

— Je ne peux pas accepter. Je... je ne le supporterais pas. Tu le sais.

— Tu as peur ?

— Exactement.

— D'un nourrisson ?

Il admettait lui-même que c'était ridicule. Pourtant, c'était vrai.

— Tu sais ce que j'ai enduré après ce fiasco, au Nouveau-Mexique. J'en ai encore des cauchemars.

Pepperdyne aurait pu se moquer de cette phobie irrationnelle. John lui saurait toujours gré de s'en abstenir. Il essaya au contraire de le raisonner.

— John, je t'ai vu négocier avec les plus ignobles crapules de la planète. Tu as réussi à convaincre des terroristes de déposer leurs armes, alors qu'ils étaient certains qu'en faisant cela, ils seraient à jamais bannis du paradis. Ton pouvoir de persuasion est sans limites.

— Autrefois peut-être. Plus maintenant.

— Ce n'est pas à cause d'une mauvaise journée que tu dois tout laisser tomber.

— Une mauvaise journée ? Parce que pour toi, ce qui est arrivé se résume à une mauvaise journée ?

— Je ne cherche pas à en minimiser l'importance. Mais personne ne t'en a tenu rigueur. Personne, John. Tu ne pouvais pas prévoir que ce dingue allait mettre ses menaces à exécution.

— Pourtant, j'aurais dû le prévoir, tu ne crois pas ? C'était le but de toutes mes études et de ma formation. C'est à ça qu'est censé servir mon titre de psychologue. J'étais censé savoir ne pas aller trop loin et m'arrêter à temps.

— Tu es le meilleur dans la partie, John. Nous avons encore besoin de toi et j'espère qu'un jour ou l'autre, tu te pardonneras l'échec du Nouveau-Mexique et que tu nous reviendras. (Pepperdyne lui posa la main sur l'épaule.) Tu as des nerfs d'acier. Alors, franchement, qu'est-ce que tu peux redouter d'un bébé braillard qui n'a même pas de dents ?

28

En embarquant à bord de l'avion, à Denver, John avait le pressentiment d'une catastrophe. Il ne pouvait se libérer de l'impression prémonitoire que ce voyage allait mal tourner.

Là, alors qu'il se retrouvait après plusieurs semaines dans le lit qu'il avait partagé avec sa prisonnière, gratifié d'une jambe cassée, d'une cicatrice toute fraîche à la tête et d'une amnésie brusquement guérie, il se demandait ce qu'il aurait bien pu faire pour modifier le cours des événements.

Il n'avait pas la possibilité d'éviter de monter à bord de cet avion. Pepperdyne aurait sérieusement douté de sa santé mentale s'il l'avait attiré à part pour lui dire que ce n'était pas une bonne idée, qu'une intuition viscérale lui commandait de reconsidérer la situation et d'envisager un autre plan.

Pepperdyne devait rester à Dallas, tandis que John et sa coéquipière, Ruthie Fordham, une sympathique Hispano-Américaine aux manières réservées, prendraient avec Mme Burnwood et son fils un vol Raleigh-Durham, puis une correspondance pour Columbia.

Tel était le programme.

Le destin en décida autrement.

Peu après le décollage, Kendall se plaignit de maux d'oreilles. Le marshal Fordham signala la chose à l'hôtesse, qui assura que la douleur s'estomperait dès que l'avion aurait atteint son altitude de croisière. Il n'en fut rien.

Kendall souffrit comme une damnée pendant les cent minutes que dura le vol. Sentant sa mère perturbée, le bébé se mit à geindre et à s'agiter. John, qui était installé de l'autre côté de l'allée, s'accrochait aux bras de son siège en priant le ciel que l'enfant se taise. Mais plus il priait, plus le bébé hurlait.

— Tu devrais commander un verre, lui suggéra Pepperdyne en remarquant les gouttes de sueur qui perlaient à son front.

— Je suis en service.

— Au diable le règlement. Tu es vert.

— Je vais très bien.

Ce n'était pas vrai. Mais il concentra son attention sur le revêtement du plafond et s'efforça d'oublier les pleurs de l'enfant.

Le trajet de la piste à l'aire de débarquement lui

parut presque aussi long que le vol lui-même. Quand l'appareil s'immobilisa enfin, John bouscula les passagers en jouant des coudes dans sa hâte de sortir de l'avion. Dès qu'ils débouchèrent dans le terminal, le marshal Fordham entraîna Kendall dans les toilettes pour dames les plus proches. Pepperdyne se retrouva avec le bébé dans les bras. Il avait l'air assez mal à l'aise dans son rôle improvisé de nounou. En d'autres circonstances, John aurait ri de sa maladresse de célibataire endurci. Mais dans l'immédiat, il n'avait pas le cœur à plaisanter.

— Son mari, c'est quel genre ? demanda-t-il.

À vrai dire, il s'en moquait. Il cherchait seulement une échappatoire pour détourner son esprit de l'enfant que Pepperdyne avait dans les bras.

— Je n'ai pas encore eu le plaisir de le rencontrer. (Le bébé avait cessé de pleurer. Pepperdyne le berçait avec entrain.) D'après ce que je sais, Matt est le type parfait du tenant de la suprématie blanche en costume trois-pièces. Il est joli garçon, à l'aise, bien élevé et cultivé. Mais c'est aussi un expert en armes, un partisan de la méthode forte et un dangereux fanatique. Il croit que son père a Dieu dans sa poche. Gibb lui dit de sauter et il demande à quelle hauteur.

Il s'interrompit brièvement avant d'ajouter :

— Tous ceux qui les contrarient signent leur arrêt de mort.

John vrilla sur lui un regard perçant.

— Elle a raison, John, reconnut Pepperdyne, qui avait deviné les pensées de son ami. Je ne donne pas cher de sa peau si l'un d'eux parvient à s'approcher d'elle.

— Il ne s'agit donc pas seulement de jouer les baby-sitters.

— Loin de là. Même derrière les barreaux, les Burnwood ont le bras long. Nous ne connaissons sans doute pas encore tous leurs adeptes.

— Seigneur.

— Ne la quitte pas des yeux. Méfie-toi de tout le monde.

Les deux femmes les rejoignirent un moment plus tard. Kendall récupéra son bébé. Le marshal Fordham lâcha la nouvelle qui devait changer le cours des événements.

— Mme Burnwood ne peut prendre un avion tant que ses oreilles n'auront pas été examinées par un médecin.

— J'ai eu des problèmes d'allergie dernièrement, expliqua Kendall. Je dois avoir une infection. La pressurisation de la cabine me fait atrocement mal.

Pepperdyne se déchargea sur John.

— À toi de voir.

McGrath se tourna vers elle. C'était la première fois qu'ils se regardaient dans les yeux. Il ne savait pas pourquoi il avait évité de l'examiner de trop près jusqu'à maintenant. Peut-être avait-il eu peur de ce qu'il pourrait découvrir, peur d'en être affecté.

Lisa était partie. Profitant de ce qu'il était en déplacement, elle avait déménagé en emportant toutes ses affaires et un certain nombre des siennes. Elle n'avait laissé ni lettre, ni numéro de téléphone, ni adresse. Rien. Pfft ! Il ne s'en était pas ému outre mesure, si ce n'est qu'il aurait aimé pouvoir lui dire à quel point il s'en tamponnait. Depuis son départ, il savourait sa solitude. Il s'était promis de se tenir à distance des femmes pendant quelque temps.

Mais celle-ci avait quelque chose...

Elle l'avait regardé droit dans les yeux, sans sourciller. C'est à ce moment-là qu'il l'avait soupçonnée d'être une menteuse accomplie. Son regard était trop assuré pour être honnête. Il fallait une longue pratique pour parvenir à un tel degré de candeur.

Il subodorait que son mal d'oreilles était une ruse destinée à gagner du temps. Elle serait même capable de tenter de s'enfuir, de se fondre dans la foule des voyageurs de l'aéroport pour leur échapper.

Au cas, cependant, où elle serait sincère, force lui était de l'emmener chez un médecin et de retarder leur départ de quelques heures.

Pepperdyne l'abandonna à la sortie du terminal. Il assena à John une grande claque dans le dos en lui disant au revoir.

— Amuse-toi bien, vieux.

— Va te faire foutre, grommela John.

Son ami se contenta de sourire et héla le premier taxi de la file.

John se retrouva à son tour coincé dans un taxi avec deux femmes, un bébé hurleur et un chauffeur qui ne parlait pas leur langue. À l'aide de quelques mots clés et de toute une panoplie de gestes, il expliqua au chauffeur ahuri qu'il devait les conduire à l'hôpital le plus proche.

Quand ils y arrivèrent, le marshal Fordham resta dans la salle d'attente avec le bébé. John accompagna Kendall dans la salle de consultation. Une infirmière prit sa tension et sa température, posa quelques questions pertinentes et les laissa seuls.

Elle était assise sur la table d'examen, les jambes ballantes. John s'essuya les mains sur son pantalon et, le dos consciencieusement tourné, entreprit d'étudier un croquis en couleurs du système sanguin de l'homme, qui était épinglé sur le mur.

— Vous avez peur que je vous fausse compagnie ?

Il se retourna.

— Pardon ?

— Est-ce que vous êtes entré ici avec moi parce que vous avez peur que je m'enfuie par la porte de service ?

Il ne dit rien. Rien d'ailleurs ne l'y obligeait. Elle émit un petit rire :

— Croyez-vous que j'abandonnerais mon bébé ?

— Je ne sais pas. Vous le feriez ?

Son expression se durcit.

— Non, affirma-t-elle d'un ton sans réplique.

— Je suis chargé de veiller sur vous, Mme Burnwood.

— Et de me livrer aux autorités de Caroline du Sud.

— Exact.

— Où on ne manquera pas de m'assassiner. Ne voyez-vous pas l'absurdité de la chose ? Vous veillez sur ma vie pour me ramener là où je cours le plus grand danger.

À vrai dire, il voyait l'absurdité de la chose. Mais, merde, il faisait son boulot. Il n'était pas payé pour peser le pour et le contre.

— Tant que vous êtes sous ma protection, je n'ai pas le droit de vous quitter des yeux, répondit-il sèchement.

Quand le docteur se présenta, il considéra John avec curiosité.

— Vous êtes M. Burnwood ? demanda-t-il en désignant le formulaire qu'avait rempli Kendall.

Il lui montra sa carte.

— FBI ? Vraiment ? Est-elle votre prisonnière ? Qu'est-ce qu'elle a fait ?

— Elle a eu mal aux oreilles en avion, rétorqua John, passablement agacé. Allez-vous l'examiner, oui ou non ?

Le médecin écouta ses poumons, lui tâta la gorge, constata la présence de ganglions, puis examina ses oreilles et confirma, au bout du compte, qu'elle avait une vilaine infection bilatérale.

— Peut-elle prendre l'avion ? s'informa John.

— C'est hors de question. Si vous ne voulez pas que ses tympans éclatent.

Il attendit dans le couloir, pendant qu'une infirmière lui administrait une piqûre d'antibiotiques. Kendall reparut enfin. Tandis qu'ils se dirigeaient de concert vers la salle d'attente, elle le surprit en demandant :

— Vous pensiez que je mentais, n'est-ce pas ?

— Ça m'a effleuré.

— Je ne perdrais pas mon temps à des mensonges si faciles à démasquer.

— Dois-je en déduire que vous mentez quand vous avez toutes les chances de vous en tirer ?

Elle s'arrêta et se tourna vers lui.

— Parfaitement, monsieur McGrath.

⁂

— Ce n'est pas si terrible.

John était d'une humeur massacrante et trouvait déplacées les remarques ironiques de Pepperdyne.

— Tu peux parler. Ce n'est pas toi qui vas te payer mille cinq cents bornes en voiture.

Après avoir installé les deux femmes et le bébé dans une chambre d'hôtel, il était allé rendre compte directement à Pepperdyne, qui était chargé de coordonner le transfert de Mme Burnwood à Columbia.

— On n'y peut rien, John, dit Pepperdyne d'un ton apaisant. D'après le médecin, elle ne peut pas voyager en avion avant au moins un mois. Nous ne pouvons pas attendre aussi longtemps. Vous ne serez que trois jours et deux nuits sur la route.

— Je pourrais franchir la distance en deux jours sans mal.

— Seul, oui. Pas avec des passagers. Surtout pas avec un enfant. Tu feras à peu près cinq cents kilomètres par jour. Cela ne va pas être une partie de plaisir, mais ce n'est pas la mer à boire.

Feignant de ne pas remarquer la mine déconfite de John, Pepperdyne lui tendit une carte routière.

— Vous partirez demain matin et vous passerez la première nuit à Munroe, en Louisiane. La deuxième à Birmingham. Le lendemain, vous serez à Columbia.

Y arriverait-il? Il se le demandait.

— Au moins, Ruthie Fordham sera là, dit-il, pour essayer de considérer le bon côté des choses, s'il y en avait un. Elle a l'air de bien s'entendre avec la mère et l'enfant.

— Elle dormira avec eux. Nous avons fait en sorte que tu aies la chambre voisine dans les deux motels.

John jeta un coup d'œil à l'itinéraire.

— Je redoute chaque kilomètre de ce périple. Crois-tu qu'on peut compter sur elle pour ne pas faire de bêtises?

— S'évader, par exemple?

— Elle a peur, Jim.

Pepperdyne grimaça un sourire.

— Tu n'as pas pu t'en empêcher, hein ? Tu l'as analysée, malgré toi ?

— Je n'en ai pas eu besoin. N'importe quel imbécile verrait qu'elle est terrifiée.

— Elle n'ira nulle part sans son bébé. Il lui serait pratiquement impossible d'arriver à vous maîtriser, Mme Fordham et toi, et de s'évanouir dans la nature avec un tout petit bonhomme qui requiert toute son attention.

— Tu as sans doute raison. Mais notre cliente a plus d'un tour dans son sac. Et il y a autre chose que tu dois savoir. C'est une menteuse.

— Une menteuse ? répéta Pepperdyne en éclatant de rire.

— Je veux dire qu'elle raconte des histoires.

— Tu ne penses pas tout de même qu'elle a inventé cette...

— Non. Elle dit la vérité au sujet de la Confrérie. Les indices que tu as réunis jusqu'à présent abondent dans ce sens. Mais Mme Burnwood cache bien son jeu. Elle nous dissimule quelque chose. Elle n'est pas très claire.

— Elle est avocate.

La remarque de Pepperdyne arracha un ricanement à l'agent qui s'affairait sur une imprimante d'ordinateur à l'autre bout de la pièce. Pepperdyne se tourna vers lui.

— Vous avez quelque chose ?

— Nan.

Pepperdyne expliqua à John :

— Nous menons une enquête de routine sur elle, bien qu'il semble qu'elle n'ait rien à se reprocher. D'après son dossier professionnel, elle ne s'en laissait pas remontrer en tant qu'avocat public. Avec elle, la bonne vieille magistrature pépère de Prosper en a eu pour son argent. Sachant ce que nous savons sur les personnes qui occupaient les postes clés, elle devait être sacrément coriace pour avoir tenu aussi longtemps.

— Dans ce cas, quel est le problème ? s'étonna John en pointant le menton vers l'ordinateur, qu'il savait relié à un nombre impressionnant de réseaux d'information nationaux et internationaux.

— Apparemment, il y a un hic. Les renseignements que nous recevons n'ont ni queue ni tête. Il essaie d'arranger ça.

— Prévenez-moi quand vous aurez quelque chose.

Jim pouffa de rire.

— Le docteur McGrath serait-il impatient de connaître le défaut de la cuirasse ?

— Oh, il n'y a pas de quoi pavoiser, Jim, grommela John en prenant la porte. Les vieilles habitudes ont la vie dure.

— Tu peux reprendre ta place quand tu veux. J'aimerais beaucoup t'avoir dans ma division.

Pepperdyne était sérieux et John savait gré à son ancien collègue de sa confiance. Mais la réponse était toujours non.

— Trop exigeant. Mon métier actuel est moins stressant.

Il considéra alors la carte sur laquelle était indiqué leur trajet du Texas à la Caroline du Sud et ajouta d'un ton morne :

— Enfin, jusqu'à maintenant.

⁂

L'inventaire de ses souvenirs ramena John au matin de l'accident. En quittant Birmingham, il était excédé et impatient de se débarrasser de Mme Burnwood et de son bébé. Il estimait qu'ils arriveraient dans la capitale de Caroline du Sud à la tombée de la nuit. Dès qu'ils eurent avalé leur petit déjeuner dans la cafétéria du motel, il poussa son monde vers la voiture, sous un crachin persistant.

Plus ils avançaient vers l'est, plus la pluie tombait dru. À midi il avait les nerfs en pelote. Il avait mal au dos à force de se cramponner à son volant. Il maudissait en silence le convoi de camions qui roulait à une vitesse déraisonnable de son point de vue, même sur une autoroute. Pas de doute, le chef de file était irresponsable.

Quand la circulation commença à ralentir sur toutes les voies, il s'en aperçut immédiatement. Elle fut bientôt réduite à une allure d'escargot. La voiture était équipée d'une radio de police. Il en augmenta le volume et écouta avec une exaspération grandissante les conversations des policiers échangeant leurs impressions sur le vaste carambolage qui était à l'origine de l'embouteillage.

La collision, qui mettait en cause plusieurs véhicules, était la conséquence de la perturbation installée sur le sud du pays depuis plusieurs jours, laquelle arrosait continuellement la région de pluies abondantes, provoquant des inondations et toutes sortes de catastrophes naturelles.

D'après les calculs de John, l'accident s'était produit à environ deux kilomètres devant eux. La circulation avait été interrompue ailleurs pour faciliter l'accès des secours. Tout en se désolant pour les personnes impliquées, il était agacé par cette perte de temps.

Ruthie Fordham occupait le siège voisin du sien. Il lui tendit la carte en lui demandant de leur trouver un itinéraire de rechange. Il y en avait un, mais qui représentait un détour. Il se dit qu'il préférait parcourir quelques kilomètres de plus, plutôt que rester immobilisé. Il emprunta la première sortie.

C'est ainsi qu'il se retrouva sur cette route de campagne sur laquelle le destin avait placé un arbre abattu. Sa décision de s'écarter de l'itinéraire prévu avait coûté la vie à Ruthie Fordham. N'étant pas dans une zone reliée, il ne pouvait se servir du téléphone de bord pour prévenir le bureau de Columbia. La radio de la police était encombrée d'appels relatifs à l'accident. Il n'avait pas voulu surcharger encore la ligne.

Il avait l'intention de s'arrêter à une cabine téléphonique dès qu'il aurait quitté l'autoroute. Mais il n'en existait pas sur les routes de campagne. Dans ces conditions, personne ne savait exactement où il se trouvait.

Combien de temps les avait-on attendus à Columbia avant de lancer un avis de recherche ? Les hommes de Jim avaient dû déjà remonter jusqu'à l'hôpital de Stephensville. Il supposait que Ruthie Fordham avait été tuée. Avait-elle une famille ? Il l'ignorait. Sa collègue était morte inutilement par sa faute. Encore une victime au passif de John McGrath.

Le médecin avait certainement fourni à Jim une description complète de ses blessures, mais Jim n'en savait pas davantage.

Zut, Kendall Burnwood était maligne. En y repensant, John se rendait compte qu'elle n'avait laissé aucun indice. Aucune piste à suivre. Ceux qui enquêtaient sur leur disparition devaient avoir l'impression qu'ils s'étaient tout bonnement évaporés.

Il s'aperçut soudain qu'elle ne chantait plus sa berceuse. Il entendit les tuyaux cogner derrière les murs et comprit qu'elle venait d'ouvrir les robinets de la baignoire. Il avait encore quelques minutes pour réfléchir avant qu'elle sache qu'il était réveillé.

Elle avait eu un trait de génie en le faisant passer pour son mari. Cela lui avait permis de décider pour lui tant qu'il n'en avait pas lui-même la possibilité. Une fois mis en œuvre son mensonge, il fallait encore l'entretenir. Là aussi, elle avait fait preuve d'astuce.

Toutes les réponses qu'elle apportait à ses questions s'appuyaient sur un fond de vérité. Le récit de leur mariage et de leur nuit de noces, et sa liaison, étaient empruntés à la réalité. Elle n'avait rien inventé. Sauf que c'était sa vie avec Matt Burnwood qu'elle lui resservait. En s'en tenant aux faits, sans rien imaginer, elle ne risquait pas de se couper. Pas bête. Elle lui avait même donné son vrai prénom, au cas où elle aurait une distraction. Elle était très forte.

Tellement forte que John en venait à se demander

si la nuit dernière n'était pas simplement un mensonge de plus ajouté à ses histoires.

29

Un cauchemar l'avait encore réveillé la nuit dernière. Il était moins terrible que les précédents, mais l'avait suffisamment impressionné pour le soustraire brutalement à son sommeil. Fébrile et accablé de chaleur, il avait repoussé les draps humides qui lui collaient à la peau et s'était redressé dans le lit.

La place de Kendall était vide, mais il ne s'en était pas inquiété. Elle se levait souvent en pleine nuit pour aller voir le bébé. Elle était douée d'un instinct maternel infaillible qui l'avertissait immédiatement des moindres besoins de son enfant. Elle les devançait même parfois, ce qui ne manquait jamais de le laisser pantois.

Il cala ses bras dans les arceaux des béquilles et se propulsa dans le couloir, vers l'autre chambre. Personne dans le berceau. Personne dans la chambre. Un sentiment intense d'angoisse et de tristesse s'empara de lui. Avait-elle filé ? Toute la journée, elle avait été anormalement sombre et silencieuse. Préparait-elle un nouveau plan d'évasion ?

Il pivota sur place et courut, autant qu'il est possible avec des béquilles, au salon, où il s'immobilisa si brutalement qu'il faillit tomber à la renverse.

La pièce était plongée dans l'obscurité. Seul un rayon de lune coulait entre les rideaux, écartés sur la fenêtre ouverte. Ils ondulaient comme des voiles gonflées par la brise. C'était sans doute cette fraîcheur que Kendall était venue chercher.

Elle était assise dans le fauteuil à bascule, Kevin sur les genoux. Elle avait baissé la bretelle de sa chemise de nuit pour pouvoir l'allaiter. La bouche de l'enfant était plaquée contre son sein. À intervalles réguliers, un mouvement de succion creusait ses joues replètes.

Ils dormaient tous les deux.

Rétrospectivement, John reconnaissait qu'il y avait quelque chose d'indiscret à les épier ainsi, mais du diable s'il pouvait se résoudre à battre en retraite et à regagner silencieusement la chambre. Il était pétrifié de désir.

Même sa coupe de cheveux informe ne parvenait pas à gâcher la beauté du tableau qu'elle offrait, la tête inclinée sur le dossier du fauteuil. Un rayon de lune éclairait la courbe gracieuse de sa gorge. La déclivité qui séparait ses seins demeurait dans une ombre mystérieuse. Il brûlait d'explorer les sortilèges de cette vallée. Il s'imaginait déposant un baiser à cet endroit et ce fantasme attisa une fièvre sensuelle qui lui arracha une plainte.

Il la réprima aussitôt, de crainte de la réveiller. Il était trop vieux pour lorgner en cachette les seins nus des femmes. Il fallait être un gamin immature et égoïste pour s'enflammer ainsi d'un seul coup d'œil, dardé de l'autre bout de la pièce.

Saisi de honte, il avait voulu s'en aller mais s'en était révélé incapable. Il ne pouvait détacher ses yeux de sa bouche, aux lèvres charnues et sensuelles, qui avait proféré tant de mensonges, et il grillait d'envie d'y goûter. Il avait envie d'éprouver sous ses doigts la rondeur appétissante de sa poitrine, le galbe secret de son ventre, de recueillir sur la sienne la saveur de sa langue. Il avait envie...

Un sifflement strident avait soudain déchiré le silence.

Elle s'était réveillée subitement.

Il avait sursauté. L'une de ses béquilles était tombée bruyamment.

Pendant quelques secondes, ils étaient restés figés, comme en suspens. Il était vaincu de désir, gêné et furieux d'être pris sur le fait.

— Seigneur, qu'est-ce que c'est ?

Kendall rajusta précipitamment sa bretelle. Elle écarta le bébé, qui émit un vagissement de mécontentement, et le remonta sur son épaule.

— La bouilloire, répondit-elle d'une voix haletante. J'avais mis de l'eau à bouillir avant de venir ici nourrir Kevin. Qu'est-ce que tu fais debout ?

— J'ai trop chaud. Je n'arrive pas à dormir.

— J'ai remarqué que tu étais agité tout à l'heure. Tu veux une infusion ?

La bouilloire sifflait avec insistance.

— Non merci.

Elle s'avança vers lui.

— Dans ce cas, tiens-moi Kevin un moment. Je vais me préparer une tasse.

Elle lui fourra le bébé dans les bras en passant, s'éloigna dans le couloir et disparut. Sur le moment, il n'osa pas bouger. Il s'appliquait à vider son esprit, à lui interdire toute perception. Peu à peu, il laissa quelques sensations franchir la double barrière de terreur et d'aversion qui l'habitait.

Kevin était un bébé dodu. Il fut donc étonné de le trouver si léger. Étonné aussi de la douceur de sa peau.

Il avait fini par trouver le courage de regarder l'enfant. Celui-ci avait les yeux fixés sur lui. Il en fut assez déconcerté. Il retint son souffle. L'enfant n'allait pas se priver de brailler quand il s'apercevrait qu'il se trouvait dans les bras d'un inconnu.

Non point. Il ouvrit tout grand la bouche pour laisser passer un bâillement, découvrant un palais rose dépourvu de dents et une langue minuscule. Après quoi il lâcha trois pets, un triolet sonore dont les effets se firent sentir dans sa couche.

Il pouffa de rire malgré lui.

— J'étais certaine que, si tu acceptais de baisser ta garde, vous vous entendriez bien, tous les deux.

Il ne l'avait pas entendue revenir. Il se retourna. Elle l'observait derrière la fumée qui montait d'une tasse d'où s'échappaient des senteurs d'orange.

— Il est facile.

— Il est adorable et tu le sais. Tu lui plais.

— Comment le savez-vous ?

— Il fait des bulles. Il fait toujours des bulles quand il est heureux.

De fait, le bébé bavait copieusement et s'inondait le menton de salive en agitant joyeusement les bras. Il avait l'air content, mais John n'en était pas encore très sûr.

— Vous devriez le reprendre.

Elle parut amusée, mais posa sa tasse sans un mot, prit le bébé et l'emporta dans sa chambre.

— Il est tombé comme une masse, commenta-t-elle à son retour. Pourquoi les adultes n'ont-ils pas cette chance ?

— Nous avons trop de soucis en tête.

— Et toi, as-tu une idée en tête ?

Il guetta une pointe d'ironie dans sa voix, mais n'en décela pas. Elle avait posé la question avec sérieux. Il répondit sur le même ton.

— Oui, j'ai une idée en tête. À vrai dire, elle y trotte en permanence.

Il n'avait pas besoin d'extrapoler. Un voile passa dans ses yeux et sa voix s'étrangla quand elle avoua :

— Elle ne me quitte pas non plus.

Il ne supporterait pas un autre rejet, mais après de telles paroles, il ne pouvait pas faire autrement que lui tendre les bras. Kendall s'échoua doucement contre lui. Elle plongea les doigts dans le duvet de sa poitrine lorsqu'il lui releva le visage. Il lâcha sa béquille et, de sa main libérée, agrippa ses cheveux tailladés et lui renversa la tête en arrière.

Elle tendait ses lèvres vers lui, impatiente et soumise. Il s'en empara et se rassasia de sa bouche avec tant de fureur qu'elle en resta pantelante.

— Doucement, John. Je ne peux pas respirer.

— Tant mieux. Ce n'est pas obligatoire.

Elle lui posa les mains sur les épaules en riant.

— Est-ce bien moi qui pose les mains sur toi ? J'en ai tellement rêvé ! Si souvent !

— Pose, ne te gêne surtout pas.

Il ne demandait tout au plus qu'un long baiser pour apaiser sa faim. Un peu de sa saveur pour s'en repaître jusqu'au matin. Les encouragements qu'elle lui prodiguait en gestes et en paroles dépassaient ses espérances. La réalité était plus envoûtante que tout ce qu'il avait imaginé. Elle était merveilleuse, fraîche comme le marbre en surface, bouillante à l'intérieur.

Comme il picorait encore ses lèvres, elle lui glissa les bras autour du cou. Il laissa ses mains s'égarer sur son buste, enserrer ses seins, dont l'empreinte ferme contre lui acheva de l'embraser.

Il se pencha pour y promener sa joue rugueuse, les couvrir de baisers sous le coton fin de sa chemise de nuit, qu'il souleva alors avec impatience pour la sentir tout entière au bout de ses lèvres.

Leur parfum lacté l'enivrait. N'y tenant plus, il les prit tout entiers dans sa bouche.

— Oh, mon Dieu.

Il n'avait jamais rien entendu de si troublant que ce soupir et ce murmure rauque. Il l'embrassa dans le cou, lui agaça la nuque.

En tournant sur elle-même, elle se retrouva face au mur, le front contre le papier à fleurs. Guidée par lui, elle prit appui sur ses avant-bras.

Aussitôt, il empoigna sa chemise de nuit, qu'il enroula autour de son poing. Il l'enlaça d'un bras, tandis que son autre main s'insinuait sous l'élastique de sa culotte, dérivait le long de son ventre, effleurait sa toison pour aborder entre ses cuisses.

Elle était moite. Cette découverte décupla encore son ardeur. Étourdi de désir, il jouait des doigts entre les replis de son sexe.

Ses hanches se mirent à onduler, ses poings à tambouriner contre les roses du papier. Elle se rendit en silence à la jouissance d'un orgasme violent.

Quand ses spasmes furent calmés, il la tourna vers lui pour la tenir, languide et frémissante, entre ses bras.

Après un instant, il lui releva le menton.

— Je te porterais dans le lit si je pouvais.

Elle comprit. Elle ramassa ses béquilles, qu'elle lui tendit, et le précéda dans le couloir. Il ôta ses sous-vêtements et se faufila entre les draps.

Tout à coup, elle hésita au bord du lit. Après l'expérience sexuelle intense qu'ils venaient de connaître, elle paraissait soudain craintive et virginale.

Aujourd'hui, il saisissait la cause de son indécision. Depuis deux semaines, ils vivaient en étroite compagnie, mais ils étaient des étrangers l'un pour l'autre. Il n'était pas son mari. Mais un amant qu'elle découvrait.

Quelque part, tout au fond de lui, il le savait.

Mais il avait fait taire la voix outrée de sa conscience. Muselé l'intuition qui lui disait qu'il avait tort, que c'était mal. Il lui avait pris la main et l'avait attirée dans le lit.

— Viens.

— Est-ce que tu peux... avec ton plâtre... ?

— Pas de problème.

Il l'allongea sur le dos. Lui retira sa chemise de nuit, qu'il laissa choir à terre, caressa sa poitrine, et son buste, encore roses et pantelants de plaisir.

Il guida sa main vers son mât de cocagne. Elle eut encore une hésitation imperceptible avant de se l'approprier.

Il étouffa un juron. Se coula entre ses jambes. Il remarqua l'estafilade de la césarienne, qu'il effleura doucement, comme il avait fait le premier soir, et, le sourcil froncé, demanda :

— Tu es sûre que...

Elle sourit.

— Sûre.

Les yeux rivés aux siens, il entra en elle avec une lenteur calculée. Il murmura :

— Tu m'as menti.

Elle lui jeta un regard perplexe et inquiet.

Dressé sur les bras à cause de son plâtre, il s'était mis en mouvement, oscillait contre elle.

— Je n'ai jamais connu cela avec toi, chuchota-t-il, le souffle haché. Je n'aurais jamais pu l'oublier.

Elle était amarrée à lui, accordée à sa cadence.

— Ne t'arrête pas.

— Je m'en souviendrais. Je me souviendrais de toi. Qui diable es-tu ?

Elle s'était arquée sous lui.

— S'il te plaît, ne t'arrête pas.

L'eût-il voulu, qu'il n'aurait pas pu. Ils s'étaient acheminés ensemble vers un sommet de jouissance tumultueuse, soudés dans une union charnelle qu'il savait n'avoir jamais expérimentée.

Quand il avait basculé sur le flanc, elle s'était lovée contre lui.

— Serre-moi. Fort.

Il ne s'était pas fait prier. Depuis des semaines il rêvait d'étreindre ce corps qu'il avait entrevu.

Rassasiée, elle avait murmuré d'une voix indolente :

— John, pourquoi n'ai-je pas été timide avec toi ?

— Tu n'étais pas censée l'être. Je suis ton mari.

Elle n'avait pas répondu, parce qu'elle s'était endormie. Il se demandait maintenant si elle s'était rendu compte qu'elle avait exprimé tout haut le fond de sa pensée. Elle avait laissé libre cours à sa sensualité avec un homme auquel elle ne s'était jamais donnée auparavant et elle voulait savoir pourquoi.

John aussi voulait le savoir.

Mais il ne pouvait s'attarder à des considérations personnelles. Il ne devait pas perdre de vue le fait, accablant, qu'il avait eu des relations sexuelles avec un témoin oculaire placé sous sa responsabilité. L'amnésie due au traumatisme n'était pas une excuse. Il savait. Nom de Dieu, il savait depuis le début qu'elle mentait.

Il avait quand même couché avec elle. Et l'expérience avait été fantastique, tellement bouleversante qu'elle avait ravivé sa mémoire. Il se souvenait maintenant qu'il appartenait à la police fédérale. Les officiers fédéraux n'étaient pas censés avoir des rapports physiques avec les femmes confiées à leur garde. Tout le monde, du nord au sud de l'Union, désapprouverait.

Alors, maintenant, que faire ?

Sa formation de psychologue pas plus que son entraînement d'agent du FBI ou de la police judiciaire ne l'avaient préparé à ce genre de situation. Il n'avait aucune pièce d'identité pour prouver sa fonction. Qui, dans son entourage, pourrait l'attester ? Il ne savait même pas où il se trouvait.

Par-dessus le marché, il avait une jambe cassée. Jusqu'où pourrait-il bien aller en se traînant sur des béquilles ? Elle veillait à ce qu'il ne mette pas la main sur sa clé de voiture. D'ailleurs, s'il parvenait à la dénicher, elle aurait décampé à son retour. Elle avait de bonnes raisons de vouloir disparaître à nouveau et elle ne manquait pas de ressources. Elle trouverait le moyen de s'enfuir avec Kevin.

Où diable avait-elle mis son revolver ? Elle lui avait assuré qu'il ne trouverait pas la cachette cette fois et pour le moment, elle ne s'était pas trompée. Il l'avait cherché partout quand elle était absente.

Elle se vantait de ne rien laisser au hasard et de toujours tout prévoir à l'avance. Jusqu'à présent, cela ne lui avait pas été trop difficile, à cause de l'état d'hébétude où il était plongé. Eh bien, se dit-il, le marshal John McGrath a peut-être perdu ses facultés mentales et physiques pendant deux semaines, mais il est désormais de retour au poste.

Il sortit du lit et se dirigea vers la commode pour y prendre des sous-vêtements propres. Elle avait soigneusement rangé ses caleçons dans le tiroir, à côté des chaussettes. Quelle bonne épouse, songea-t-il avec un sourire moqueur en repoussant brutalement le tiroir.

Le claquement soudain résonna comme une détonation dans la maison silencieuse. Il tendit l'oreille, avec une grimace, mais fut soulagé d'entendre couler l'eau de la douche. Il avait encore un peu de temps pour chercher son pistolet.

Elle était trop avisée pour s'en être débarrassée. Si elle n'avait pas l'intention de s'en servir contre lui — quoique ce ne fût pas à écarter, se dit-il avec dépit — elle l'avait gardé pour se défendre. Les sbires de la Confrérie étaient peut-être à sa recherche. Elle n'aurait pas jeté l'arme.

John fouilla ses tiroirs, en veillant à ne pas déranger les piles ordonnées de culottes et de soutiens-gorge. En vain. Il glissa la main entre le sommier et le matelas du lit, même s'il ne s'attendait pas à l'y trouver, étant donné que c'était là qu'il l'avait caché au départ, sans beaucoup d'imagination.

Il inspecta les étagères les plus élevées du placard. Il rampa à terre, en quête de lattes amovibles sous lesquelles elle aurait pu dissimuler son revolver. La table de nuit était vide.

Le bruit de la douche s'arrêta.

Déçu et furieux contre lui-même, John s'arrachait les cheveux. Que faire ? Dieu, que faire ? Il fallait prendre une décision. Vite. Tout de suite.

Sa première impression se révélait exacte : Kendall Deaton Burnwood était une menteuse accomplie. Elle avait assez de cran et d'intelligence pour élaborer les stratagèmes les plus audacieux, même si elle devait pour cela consommer son prétendu mariage avec un homme qui était en réalité son geôlier.

Et puis, elle était mère. Elle craignait pour la vie de son enfant autant que pour la sienne. Elle était capable de toutes les extrémités pour le protéger.

Mais ses angoisses de mère ne justifiaient pas la séquestration d'un officier fédéral. Elle avait enfreint un trop grand nombre de lois pour qu'il puisse toutes les identifier dans l'immédiat. Il avait le devoir de la livrer aux autorités compétentes. Et il s'en acquitterait. Par tous les moyens.

Il se faufila dans le couloir. La porte de la salle de bains était entrouverte. Il s'en approcha le plus silencieusement possible et la poussa. Elle s'ouvrit sans un bruit.

Kendall se tenait devant le lavabo. Ses cheveux, qu'elle venait d'essorer, étaient dressés en pointes humides autour de sa tête, comme un casque hérissé. Elle avait un bras levé. Elle se saupoudrait l'aisselle de talc.

Elle fredonnait un air monocorde, adorablement faux.

Il ne s'autorisa pas un sourire.

Dieu, y arriverait-il ?

C'était habile. C'était nécessaire. Mais cela allait être bigrement difficile, sans doute la mission la plus difficile de sa carrière. Ou plutôt de ses deux carrières.

Luttant contre mille instincts qui tentaient de le retenir, il se força à avancer. Il avait peur qu'elle l'aperçoive dans la glace, mais il n'en fut rien, pas même quand il fut à un mètre d'elle. Il ôta lentement son bras de l'arceau de la béquille et la saisit fermement en son milieu. De l'autre main, il agrippa Kendall par l'épaule et la fit tournoyer face à lui.

30

— Comment ça, elle a disparu ?

La nouvelle ne plaisait pas du tout à Gibb Burnwood. Son ton était aussi meurtrier que son regard.

Leur avocat resta imperturbable. Assis les jambes croisées, ses fines mains jointes sur ses genoux, Quincy Lamar était un modèle d'élégance et de flegme sudiste.

On aurait dit qu'il n'avait jamais transpiré de sa vie. Il arborait un costume de coupe parfaite, des boutons de manchettes sertis de diamants, des cheveux gominés, des ongles polis.

Ses manières efféminées écœuraient Gibb. Il ne supportait Lamar que parce qu'il avait la réputation d'être l'avocat le plus madré et le plus corrompu que l'argent puisse acheter. Quelques escrocs de la pire espèce lui devaient leur liberté.

— Comment s'est-elle sauvée ? Quand ? demanda Gibb.

— Si j'ai bien compris, on a perdu sa trace depuis plus de deux semaines.

— Deux semaines ! tonna Gibb. Et c'est seulement maintenant qu'on nous prévient ? Pourquoi ne nous a-t-on pas avertis plus tôt ?

— Rien ne vous autorise à élever la voix, M. Burnwood. Je vous ai dit tout ce que je savais, dès que j'en ai été moi-même informé.

La voix de Lamar était onctueuse comme une liqueur. Comme la boisson alcoolisée, elle paraissait inoffensive. Mais elle pouvait fondre sur les jurés et les parties adverses pour leur infliger de cinglantes déconvenues.

— Mme Burnwood a été emmenée à Denver sous bonne garde. Elle devait être transférée en Caroline du Sud pour témoigner à votre procès.

Matt prit la parole pour la dernière fois.

— Dommage que j'aie divorcé. On n'aurait pas pu la forcer à témoigner contre moi.

— J'ai la nette impression qu'on n'a pas besoin de la forcer, rectifia tranquillement Lamar. (Il prit le temps d'épousseter une saleté imaginaire sur sa manche.) Quelque part sur le trajet, Mme Burnwood leur a faussé compagnie...

— Quoi ? Elle a réussi à échapper à deux officiers fédéraux ?

Lamar regarda Matt.

— Voulez-vous bien me laisser continuer ? Ou tenez-vous à m'interrompre à chaque phrase ?

— Excusez-moi, grommela Matt.

L'avocat s'accorda quelques instants avant de reprendre. Il jeta à Gibb un regard réprobateur, comme pour lui signifier qu'il aurait dû enseigner à son fils les bonnes manières. Gibb aurait volontiers étranglé l'avocat, mais il était aussi impatient que Matt d'entendre la suite.

— L'un des officiers était une femme, expliqua Lamar.

Il leur raconta comment l'infection auriculaire de Kendall les avait obligés à voyager en voiture en passant plusieurs nuits en route.

Il ajouta, pour plus de précision :

— J'imagine qu'il fallait une femme pour veiller à la sécurité et à la tranquillité de Mme Burnwood dans les moments où elle s'occupait du bébé.

Gibb et Matt échangèrent un regard et bondirent de leur siège comme un seul homme. Gibb savoura l'air de panique de l'avocat quand il le saisit par le col pour le soulever de sa chaise.

— Qu'est-ce que vous dites ?

Le gardien surgit aussitôt, la main sur son étui de revolver.

— Lâchez-le, hurla-t-il à Gibb.

Gibb relâcha Lamar, dont le postérieur anguleux retomba sans douceur sur le bois de la chaise. Il étira le cou comme pour s'assurer que sa tête tenait toujours.

— Tout va bien, dit-il au gardien en lissant ses cheveux quelque peu ébouriffés. Mon client s'est un peu énervé. Cela ne se reproduira plus.

Le gardien attendit pour s'assurer que l'avocat avait repris la maîtrise de la situation, puis sortit et referma la porte.

— Kendall a un bébé ?

— Garçon ou fille ? Quel âge ?

Lamar laissa leurs questions en suspens et fixa sur Gibb un regard froid de reptile.

— Si vous levez encore la main sur moi, je m'en vais, et vous n'aurez plus qu'à aller rôtir en enfer, vous et vos copains fascistes. Me suis-je bien fait comprendre, M. Burnwood ?

Sa voix sifflante aurait donné la chair de poule à n'importe qui, mais Gibb Burnwood ne se considérait pas comme n'importe qui. Il se pencha sur la table, au point de se retrouver nez à nez avec l'avocat.

— Vous, la pédale, ne me menacez pas. Vos jolis costumes, vos cravates en soie et vos cheveux gominés ne m'impressionnent pas. Je déteste ces fantaisies.

Il arracha l'œillet que portait Lamar à la boutonnière et l'écrasa dans sa main.

— Les types comme vous me débectent. Alors vous avez intérêt à me dire ce que je veux savoir sur cet enfant ou je vous arrache les yeux de mes propres mains et je m'en sers comme appât pour les poissons. Me suis-je bien fait comprendre ?

Quincy Lamar, qui était connu pour transformer les témoins récalcitrants en pauvres choses tremblantes, demeura sans voix. Il chercha Matt du regard, mais sa mine sévère ne faisait qu'entériner la menace de son père. L'avocat avala péniblement sa salive. Quand sa pomme d'Adam proéminente fut revenue en place, il reprit son récit.

— Mme Burnwood a un petit garçon. (Il puisa dans sa serviette un acte de naissance qu'il leur tendit.) Je suppose que l'enfant est...

— De moi, affirma résolument Matt après avoir vérifié la date de naissance. C'est mon enfant !

Gibb le prit par les épaules et lui assena une grande tape dans le dos.

— Je suis fier pour toi, fiston. Dieu soit loué, j'ai enfin un petit-fils.

Leur explosion de joie fut cependant de courte durée. Gibb abattit son poing sur la table.

— La garce !

Matt s'adressa à Lamar.

— Dites donc, je veux mon fils. Faites tout ce qui est en votre pouvoir pour que je puisse le récupérer et le garder. J'ai demandé le divorce sans savoir qu'elle était enceinte. Non contente de me quitter après avoir essayé de me tuer, elle m'a enlevé mon fils. Il ne devrait pas être très difficile de m'obtenir la garde exclusive de l'enfant.

Lamar glissa vers Gibb un coup d'œil inquiet.

— Il faut être raisonnable, M. Burnwood. Vous

êtes sous le coup de plusieurs inculpations de crimes graves. Ne pensez-vous pas qu'il vaudrait mieux d'abord vous blanchir de ces accusations avant d'entamer une nouvelle procédure ?

— On ne peut pas prouver que papa et moi sommes impliqués dans le meurtre de ce Michael Li. Ni dans le dernier en date qu'on veut nous mettre sur le dos, le soi-disant assassinat du dénommé Bama.

— Le dénommé Bama se trouvait être un agent du FBI, lui rappela l'avocat d'un ton solennel.

— Peu importe, ce n'est pas nous qui lui avons troué la peau pour l'enterrer ensuite dans la forêt. On n'a jamais retrouvé le corps, on n'est donc même pas sûr qu'il soit mort. Ce charlot a dû quitter la ville sans prévenir, comme il était venu.

— Et d'après vous, comment Michael Li a-t-il disparu de la prison ?

— Il s'est évadé. Il n'a pas non plus été retrouvé et on ne le retrouvera pas. Il n'est pas près de refaire surface. S'il montre son nez, il sera jugé pour viol. Alors, il se terre pendant qu'on nous accuse de deux meurtres qui n'ont jamais eu lieu.

— Comment expliquez-vous, dans ce cas, l'histoire qu'a racontée Mme Burnwood aux autorités ?

— Elle s'est perdue dans les bois, elle s'est affolée et elle a eu des hallucinations. Elle en a profité pour se venger de ma liaison avec Lottie Lynam.

Gibb crispa la mâchoire. C'était chez lui un réflexe conditionné chaque fois qu'il entendait Matt prononcer le nom de Lottie. Quand il avait recommencé à la voir, Gibb l'avait su presque dès le premier jour. Il ne comprenait pas la complaisance de son fils, si docile et obéissant dans tous les autres domaines, pour cette rouquine de bas étage.

Cela ne lui avait pas fait plaisir, mais pour préserver la paix familiale, il avait fermé les yeux. Après tout, Lottie était mariée. Cette liaison ne pouvait avoir de conséquences trop désastreuses, comme un mouflet indésirable par exemple. Il avait depuis longtemps veillé à éliminer le risque d'une grossesse inopportune.

Lorsque Gibb avait appris que son fils de seize ans s'était entiché de cette fille, il s'était fendu d'un coup de fil au père de Lottie. Celui-ci avait convenu que c'était à eux de faire en sorte d'éviter des ennuis à leurs enfants. Pour soixante-quinze dollars, le bonhomme avait accepté de glisser un cachet dans le lait de Lottie. Gibb lui avait assuré que c'était un somnifère anodin, que lui avait fourni le médecin en personne.

Le cachet avait déclenché des maux de ventre. Le même médecin avait diagnostiqué une appendicite. Il en avait coûté à Gibb deux cents dollars pour soudoyer le toubib, plus les frais de l'opération, qui avait consisté à enlever à Lottie un appendice parfaitement sain et à lui ligaturer les trompes dans la foulée. Pour un peu moins de mille dollars, Gibb avait supprimé tout danger de voir Lottie donner naissance à un bâtard Burnwood. Il était convaincu jusqu'à ce jour que c'était le meilleur investissement qu'il ait fait de toute sa vie.

Tant que leur liaison n'empêchait pas Matt de se marier et de procréer un héritier légitime, Gibb ne voyait pas d'inconvénient à ce qu'il retrouve Lottie quand son ivrogne de mari était absent.

Mais il ne voulait pas que la chose s'ébruite. Matt Burnwood, qui était appelé à succéder à son père à la tête de la Confrérie, ne pouvait pas s'afficher avec une petite grue. Leur image en serait ternie. Si Matt avait le droit de transgresser le code rigoureux de la Confrérie, les autres demanderaient des dérogations. L'abstention de tout commerce charnel avec la racaille et les individus d'autres races constituait la première des règles.

C'est pourquoi Gibb redoutait de voir les écarts de son fils étalés en public au cours du procès. Il ne fallait compter sur aucune discrétion. Quincy Lamar avait même suggéré à Matt de se servir de Lottie comme alibi pour la nuit où Michael Li avait mystérieusement disparu de la prison sans laisser de traces.

Si Mme Lynam déclarait sous serment que Matt était avec elle ce soir-là, son témoignage pourrait convaincre un jury hésitant. Lamar avait conseillé à Matt d'avouer le moindre des deux crimes. L'adultère était un péché, mais n'était pas puni de mort. Pas en Amérique en tout cas.

Matt et Gibb avaient discuté de cette possibilité, mais n'avaient pas encore pris de décision. Gibb préférait attendre le plus longtemps possible avant de révéler le lien qui existait entre Matt et cette femme. Cette relation ne constituait pas l'aspect le plus représentatif de la vie de son fils, mais c'était tout ce que les gens retiendraient de lui.

L'ennui, c'est que leur défense reposait exclusivement sur des dénégations. Gibb n'ignorait pas qu'il serait déraisonnable de ne pas exploiter tous les arguments, même les moins agréables. Maintenant qu'il se savait grand-père, la situation prenait un autre tour. L'ordre des priorités n'était plus le même. L'angle avait changé. Il devait sans doute reconsidérer ses réticences à l'encontre de Lottie Lynam.

Pendant que son esprit voguait ailleurs, Gibb n'en suivait pas moins la discussion qui avait lieu entre Matt et l'avocat. Leur joute verbale ne les mènerait nulle part. Gibb se décida à parler, d'une voix forte qui couvrit la leur.

— Ce que mon fils est en train de vous dire, M. Lamar, c'est que nous voulons récupérer cet enfant. Il est à nous, en toute légitimité. Et nous voulons l'avoir.

— Voilà, ponctua Matt.

Lamar leva les bras, mains ouvertes, comme pour parer une attaque.

— Je vous dis cela dans votre intérêt, messieurs. Vous nourrissez là des espérances qui ne sont pas réalistes.

Les paroles de l'avocat n'entamèrent en rien la détermination de Matt.

— Je ferai tout ce qui est humainement possible pour arracher cet enfant à sa mère. Kendall n'est pas apte à élever un Burnwood. Ce ne sera pas une bonne mère, puisqu'elle n'a pas été une bonne épouse. Je l'ai laissée entièrement libre de se consacrer à sa carrière, qu'elle a compromise en s'attirant l'inimitié de tous ses collègues. Je me suis montré financièrement généreux. Je l'ai bien traitée, sans jamais déroger à mes obligations de mari. Demandez à qui vous voudrez. Tout le monde vous dira que nous formions un couple parfait. Et voilà comme elle me remercie. En débitant d'ignobles mensonges sur mon père et moi. Elle m'a agressé, sous mon toit, et m'a abandonné en me laissant pour mort. Et au bout d'un an, j'apprends que j'ai un fils. Il a trois mois et je ne savais même pas qu'il existait ! Quel monstre il faut être pour priver un père de son fils !

Quincy Lamar, qui avait écouté patiemment son client, empoigna sa mallette et se leva.

— C'est un très beau discours, M. Burnwood. Contenu riche. Ton persuasif. Prononcé avec flamme. Vous m'avez convaincu que vous êtes non seulement innocent des crimes dont on vous accuse, mais victime de la perfidie inqualifiable de Mme Burnwood. On verra si vous saurez renouveler cette performance lors du contre-interrogatoire.

Il frappa à la porte pour signaler la fin de l'entretien. En attendant le gardien, il ajouta :

— Tant que Mme Burnwood n'est pas là pour faire valoir son point de vue, personne ne contredira cette version très émouvante des faits. Quand on l'aura retrouvée, et vous pouvez compter sur les fédéraux pour retourner toutes les pierres de notre bon vieux pays, il faudra peut-être apporter quelques rectificatifs.

Après son départ, Gibb et Matt ne restèrent seuls qu'un instant avant d'être reconduits à leurs cellules.

— Papa, j'ai un fils ! Un garçon.

Gibb serra l'épaule de Matt.

— C'est une grande nouvelle, fiston. Je suis ravi. Mais nous fêterons cela plus tard. Malheureusement, nous n'en avons pas le temps dans l'immédiat. Je n'ai aucune confiance dans ce péteux d'avocat. Je ne peux pas le piffer.

— Je ne l'aime pas non plus. Tu veux qu'on le renvoie et qu'on en prenne un autre ?

Gibb agita la tête.

— Tous les avocats ont leur degré d'incompétence. Ils sont sournois et hypocrites, même quand ils appartiennent à votre propre famille, remarqua-t-il avec amertume. Nous ne pouvons pas compter sur lui, ni sur personne, pour penser et agir à notre place.

Matt écarquilla les yeux.

— Où veux-tu en venir, papa ?

— Il est temps de prendre les choses en main.

***

Lottie relut la lettre une deuxième fois. Puis une troisième. Le message était laconique, sans équivoque et sans détours.

Elle froissa la feuille et la jeta à terre. Elle se dirigea vers la fenêtre en jurant et contempla le jardin en friche. Il proclamait, aussi clairement qu'un panneau en lettres capitales : *Ici habite une moins que rien.* Charlie ne s'était pas contenté d'être un mauvais mari. Il ne savait pas non plus gagner de l'argent. Elle n'avait jamais eu les moyens d'aménager et décorer l'endroit.

Allons, qu'avait-elle espéré ? Que le mariage transformerait sa vie d'un coup de baguette magique ?

Elle était issue de la racaille. Elle y resterait. Elle le savait. Charlie le savait. Et Matt aussi. Il ne s'était d'ailleurs pas privé de le lui dire la première fois qu'il lui avait adressé la parole.

Ils étaient au collège à l'époque où il l'avait interceptée sur le chemin qui la ramenait de l'école. Il avait failli la faire mourir de peur en sautant des branches d'un arbre et s'était dressé en travers de sa route.

— Tu te crois quelqu'un de bien, hein, la rouquine ? lui avait-il lancé. Eh ben, tu te trompes. Mon père dit que vous êtes de la racaille de petits Blancs et que je dois pas fréquenter les moins que rien comme vous.

— Et moi, je dis que ton père et toi, vous êtes de la fiente de moineau. J'aime autant n'avoir rien à faire avec des gens comme vous. Et maintenant, ôte-toi de mon chemin.

Elle avait fait mine de passer, mais il avait exécuté un superbe pas chassé et l'avait saisie par l'épaule.

— Tu es bien pressée.

Il avait essayé de l'embrasser. Elle lui avait expédié son genou entre les jambes et s'était enfuie en courant.

Ce n'est que quelques années plus tard qu'il avait retrouvé le courage de tenter à nouveau de lui voler un baiser. Cette fois, elle le lui avait accordé. À dater de ce jour, ils ne s'étaient plus quittés, tout en sachant qu'il ne pourrait jamais rien exister de constructif entre eux. Les enfants qu'ils étaient avaient déjà compris la différence de classe qui les séparait. Ce fossé demeurerait à jamais infranchissable.

Ils avaient néanmoins flirté et titillé leur sexualité naissante, dont les ardeurs étaient restées inassouvies jusqu'à ce jour d'été caniculaire où ils s'étaient retrouvés au bord d'un ruisseau, au milieu des collines. Ils s'était ébattus dans l'eau en sous-vêtements. Matt avait lancé un défi, à qui resterait le plus longtemps sous l'eau.

Il avait gagné, naturellement. En guise de récompense, il lui avait demandé d'enlever son soutien-gorge et de lui laisser voir ses seins. Derrière ses grands airs arrogants, elle décelait une fragilité qu'elle trouvait émouvante.

Elle avait enlevé son soutien-gorge.

Il avait regardé.

Cela lui avait donné envie de toucher. Ses gestes étaient timides et doux. C'est pourquoi elle lui avait accordé des libertés qu'elle interdisait aux autres garçons. Elle s'était mise, elle aussi, à le caresser.

Cette première expérience s'était déroulée dans la maladresse et l'inconfort. Matt s'était montré gauche et nerveux; elle, désireuse de plaire. Mais elle n'avait pas oublié la ferveur de leurs corps, les battements de leurs cœurs, leurs soupirs d'aise et de jubilation. Leur sensualité était sincère, spontanée, frémissante, débordante. Et par bien des aspects innocente.

Le front appuyé au carreau terne, Lottie laissa un flot de larmes inonder ses joues. Elle aimait Matt Burnwood à la folie en ce temps-là. Comme maintenant. Pour toujours.

C'est la raison pour laquelle elle acceptait tout de lui. Elle percevait et consolait le désespoir qui sous-tendait le désir qu'il avait d'elle. Elle comblait un vide en lui, un manque qu'elle soupçonnait de n'être pas seulement sexuel.

Elle était sa manière de se révolter clandestinement contre ce qu'il était. Matt Burnwood avait atteint tous les objectifs que lui avait assignés son père. Sa vie était conforme aux exigences que d'autres lui imposaient. Il faisait tout ce qu'on attendait de lui. Son aventure avec elle était la seule faiblesse qu'il s'autorisait.

La nécessité de garder leur liaison secrète en augmentait l'attrait. Elle était à l'opposé de la femme qu'il était censé avoir pour compagne. Si elle avait pu, bon an mal an, être jugée acceptable dans le milieu social auquel appartenaient les Burnwood, il y a belle lurette sans doute que Matt aurait cessé de s'intéresser à elle. C'était sa parfaite inadéquation qui le ramenait indéfiniment vers elle depuis tout ce temps.

Pourtant, elle savait que Matt l'aimait, à sa manière. Il n'aimerait jamais personne autant que son père. Personne n'obtiendrait jamais de lui l'absolue loyauté et le dévouement aveugle qu'il réservait à Gibb.

C'est pourquoi Lottie éprouvait de la compassion pour Kendall Deaton, qui avait épousé Matt, le cœur farci d'illusions. Elle supportait mal d'être reléguée au second plan, loin derrière son beau-père, dans l'affection de Matt. Apparemment, elle n'avait pas caché ses sentiments. Avant son divorce déjà, Matt déplorait son franc-parler.

Que devenait Lottie là-dedans ? Une carpette ? Une maîtresse complaisante et docile ?

La réponse était contenue dans la lettre qu'elle venait de recevoir de Matt. Elle se baissa pour la ramasser et la déploya sur la table, en la lissant pour la défriper.

Matt avait besoin d'elle, en ce moment plus que jamais.

Elle considéra le mobilier défraîchi, le plafond maculé de taches d'humidité, le parquet gondolé qui grinçait à chaque pas.

« Je n'ai rien d'autre à attendre de la vie », songea-t-elle tristement.

Quand Kendall avait quitté la ville, le procès de Lottie avait été ajourné, le temps de lui trouver un autre avocat. On en avait commis un d'office ; sa première mesure avait consisté à demander une avance pour lui permettre d'étudier le dossier et de préparer sa défense. Le tribunal avait accédé à sa demande. Maintenant que d'autres procès plus retentissants s'annonçaient, il s'écoulerait sans doute des mois avant qu'on fixe une date pour le sien.

Pourtant, Lottie avait envie d'en finir. Quelle que soit l'issue du procès, tant qu'elle n'aurait pas été jugée pour le meurtre de Charlie, sa vie resterait à l'état de chimère. Elle n'était pas en prison, mais elle n'était pas libre pour autant.

Elle n'avait pas de mari, pas d'enfants, pas de famille pour s'intéresser à elle. Elle avait une maison, mais c'était un toit, pas un foyer. Elle n'avait pas sa place dans la communauté.

Ses seuls instants de bonheur avaient été ceux passés dans les bras de Matt Burnwood. Malgré ses défauts et ses préjugés, elle l'aimait.

Elle relut une fois encore la lettre qu'il lui avait écrite de sa cellule. Il lui demandait un immense service. En acceptant, elle mettrait sa vie en péril.

D'un autre côté, quand elle en faisait l'inventaire, elle était bien obligée d'admettre qu'elle n'avait absolument rien à perdre.

31

— Ils se sont évadés !

Le porteur de cette incroyable nouvelle était un shérif adjoint dont la seule tâche consistait à aider et renseigner les gens qui vaquaient, pour une raison ou une autre, entre les murs du palais de justice du comté de Prosper.

Son bagage génétique comportait plus que sa part de gènes amorphes, en particulier du côté de l'acuité intellectuelle. Il avait passé de justesse l'examen d'application exigé pour ce poste. Mais il l'avait passé et il arborait fièrement l'uniforme kaki et l'insigne de sa fonction.

Le col empesé bâillait largement sur son cou étique, qui soutenait mollement une petite tête en pointe.

Il s'appelait Lee Simon Crook. C'était un cousin de Billy Joe et des jumeaux.

Luther Crook s'apprêtait à exécuter une touche à coup sûr quand Lee Simon déboula dans la salle de billard et lâcha la nouvelle qui lui avait valu un sprint depuis le palais de justice, à deux rues de là. Furieux d'avoir manqué le coup qui lui aurait permis de récupérer les dix dollars qu'il avait perdus un peu plus tôt, Luther pivota en crachant des jurons, les poings brandis, prêt à se battre.

— Lee Simon, espèce d'emmerdeur ! Tu mériterais que je t'écrabouille. J'avais un...

— Tais-toi, Luther, commanda Henry du haut de son tabouret de bar. Qu'est-ce que tu racontais à propos d'évasion, Lee Simon ?

— Ils se sont évadés de la prison.

Luther agrippa son cousin par la manche.

— Qui s'est évadé, crétin ?

— Les B-Burnwood.

— Qu'est-ce que tu racontes ?

— Je le jure devant Dieu. (Il traça une croix sur son buste concave.) Ça fait une dizaine de minutes. Ça a déclenché un de ces branle-bas au palais ! J'ai profité de l'affolement pour sortir ni vu ni connu et je suis venu ici aussi vite que j'ai pu.

Même aux heures creuses, il y avait toujours une petite poignée d'hommes au billard, des désœuvrés qui s'occupaient en buvant des bières et en déblatérant sur le service des postes qui mettait toujours cent sept ans à leur transmettre leur chèque de pension.

La mine renfrognée, Henry attira son cousin dans un coin sombre et enfumé de la salle en faisant signe à Luther de venir les rejoindre.

— Tu déclares forfait ? demanda l'adversaire de Luther.

Luther lança un billet de dix dollars sur le tapis, accrocha sa queue au râtelier et alla s'asseoir à côté de son frère dans le box. Ainsi, ils se trouvaient tous les deux en face du cousin qu'ils avaient martyrisé toute sa vie. Les cruels jumeaux transformaient toutes les réunions familiales en cauchemar pour le fils rabougri qu'avait eu le frère de leur père de sa troisième femme.

Leur acharnement avait eu pour effet, curieusement, de leur gagner la loyauté, l'admiration et l'affection indéfectibles du garçon. Si ses cousins enfreignaient souvent la loi qu'il servait, il semblait ne les en aimer que davantage.

— Vous m'avez dit d'ouvrir l'œil là-bas, commença-t-il en pointant le pouce dans la direction approximative du palais de justice. Eh bien, c'est ce que j'ai fait. Mais je m'attendais pas à quelque chose d'aussi sensationnel.

— Que s'est-il passé ?

— Ils ont foutu le camp. Matt et son vieux. En pleine journée.

— Comment? Ils ont assommé un gardien?

— Envoûté, tu veux dire, ricana Lee Simon.

— Comment ça?

— Mam'selle Lottie Lynam.

— Ouais, dirent en chœur les jumeaux.

— Ces derniers temps, elle venait régulièrement voir Matt à la prison. Elle lui apportait des *cheeseburgers* et des tartes à la noix de coco achetés au café d'en face. Des livres, des journaux, des trucs comme ça.

Il se pencha sur la table et adopta un ton entendu.

— Vous savez comment elle est balancée? Elle débarque dans la prison en se dandinant, comme si c'était la reine de Saba. Elle met tout le monde en ébullition, même les gardes. Moi aussi. Hein, on a peut-être un uniforme, on est quand même un homme à l'intérieur, pas vrai?

— Ouais, elle a une paire de nichons à vous laisser baba, commenta Luther d'un air agacé. Aux faits, tu veux?

Lee Simon essuya la salive qui s'accumulait souvent au coin de ses lèvres.

— Aujourd'hui, elle se pointe comme de juste, avec une robe serrée moulée. Elle fait bien attention que tout le monde la remarque, y compris le vieux Wiley Jones.

Dans le feu de son récit, il glissait en avant sur son siège et postillonnait comme un malade.

— Au moment où Wiley la fait entrer dans la salle des visites, elle trébuche et fait tomber son sac. Et la voilà à quatre pattes en train de ramasser son fourbi. Il paraît que le vieux Wiley en avait les yeux qui lui sortaient de la tête. Il paraît aussi qu'elle avait pas de culotte, mais c'est peut-être des on-dit. Ou des gus qui prennent leurs désirs pour des réalités.

— Si tu te grouilles pas...

— Bon, bon. Je veux pas en oublier. (Il prit son souffle.) Comme vous savez, Gibb Burnwood a la cote. Tout le monde trouve que c'est un type bien et tout. Les gardiens pensent qu'ils sont victimes de racontars, alors la surveillance est comme qui dirait plutôt relâchée autour de lui et de Matt. Quand mam'selle Lottie a fait tomber son sac, Wiley a quitté son poste et s'est précipité pour lui donner un coup de main. Pendant qu'il ramassait ses bâtons de rouge et ses chewing-gums, Matt et Gibb, qui attendaient de voir Lottie, ont filé comme des dards.

» Lottie remercie Wiley et lui dit, tout essoufflée : « Oh mon Dieu, je ne peux pas aller voir mes amis dans cet état ! » Elle s'arrange les cheveux, tire sur sa robe, l'air de vouloir la rajuster. Et elle va aux toilettes pour dames où Matt et Gibb l'attendent. Elle ferme à clé, ils enfilent les vêtements qu'elle avait planqués là et ils sortent, tous les trois, par la grande porte, montent dans la voiture et s'en vont, les doigts dans le nez.

» Plusieurs personnes les ont vus sortir du palais de justice. Ils souriaient, serraient des mains, disaient qu'ils avaient été libérés sous caution, que c'était super. Il y avait une justice tout de même. Le système fonctionnait pas si mal. Des conneries de ce genre. Il a des couilles en acier, ce Burnwood.

» Wiley, le pauvre vieux, il s'est rendu compte de rien. Quand la nouvelle s'est répandue, il était tranquillement installé sur sa chaise, à attendre que mam'selle Lottie sorte des toilettes, encore tout chose de ce qu'il avait vu sous sa robe. Il était tellement dans les vapes qu'il s'est même pas aperçu que ses prisonniers avaient mis les voiles !

— Où sont-ils maintenant ?

— Depuis combien de temps ils ont levé le camp ?

— Du calme, les cousins. Je vais vous le dire. Mais si je pouvais m'en jeter un, j'aurais la gorge moins sèche, dit Lee Simon en lorgnant le bar.

Henry fit signe au barman, qui apporta une bière au shérif adjoint.

— J'suis pas censé boire en service, mais personne remarquera l'odeur, avec tout le tintouin que fait cette histoire.

Il aspira une gorgée de faux col.

— Moi, je suis pas au courant, mais on dit que l'agent du FBI, Pepperdyne, on a pas idée d'avoir un nom pareil, on dit qu'il a piqué une crise quand il a su. Il a demandé pourquoi on faisait garder des prisonniers par un vieux chnoque gâtouilleux. Il a demandé qui avait mis là le vieux Wiley. On dit que si les mots pouvaient tuer, tous les gars, ils seraient raides morts, y compris dans l'équipe du Pepperdyne. Il est sur le sentier de la guerre.

— Comment Lottie va les faire sortir de la ville ? s'informa Henry.

— Elle avait prévu une autre voiture, à ce qu'on croit. Juste avant de venir, j'ai entendu qu'on avait retrouvé sa voiture sous un pont, sur l'autoroute. Personne les a vus faire l'échange. Les véhicules des Burnwood sont tous au complet. Elle a dû en piquer un quelque part, mais personne sait à quoi il ressemble. Ils sont loin, si vous voulez mon avis.

— Où ?

Lee Simon haussa les épaules, qu'il avait pointues.

— Va savoir.

— Aucune idée ? insista Luther.

— Ben, y'a des rumeurs au palais. Rien que des bavardages. (Il avala une autre gorgée de bière.) Tout le monde pense qu'ils vont tâcher de retrouver l'ex-femme de Matt pour lui faire fermer son clapet. C'est pour ça que le Pepperdyne a fait tout ce foin. Elle est la seule qui peut dire qu'ils ont tué le chinetoque qu'a disparu de la prison. Vous rendez compte qu'elle prétend qu'ils lui ont coupé les roubignoles et qu'ils l'ont crucifié, ajouta-t-il dans un murmure.

Henry et Luther échangèrent un regard de dégoût qui en disait long sur l'ineptie des représentants de la loi. Henry dit :

— Il paraît qu'elle a faussé compagnie aux marshals qui la ramenaient pour témoigner.

— C'est vrai. Personne ne sait où elle est passée. Lee Simon baissa la voix. Vous aimeriez bien savoir, hein ?

— T'as raison, Lee Simon. T'es pas aussi bête que t'es moche.

Lee Simon accueillit avec un sourire rayonnant le compliment du plus âgé et du plus vachard de ses cousins.

— Ma mère dit que vous en voulez à Mme Burnwood d'avoir fait jeter Billy Joe en prison. Elle dit que votre mère ne s'en est pas remise.

Billy Joe avait fini par guérir de sa blessure et avait été envoyé dans un centre de rééducation, où on lui avait mis une prothèse. Il savait à peine s'en débrouiller qu'il avait attaqué l'un de ceux qui le soignaient. Il s'était servi de son faux bras comme d'une arme pour infliger au gaillard de sérieuses blessures à la tête.

Cette fois, il avait été jugé comme un adulte, inculpé, et purgeait sa peine au pénitencier central. Billy Joe devait tous ses malheurs à l'avocat public de Prosper, qui avait trompé et gravement mécontenté la famille.

— Nous n'aurions jamais dû lui faire confiance, gronda Henry avec un pli amer et sauvage aux lèvres. Qu'est-ce qu'elles y connaissent, les meufs ?

— Pas un clou, répondit Luther. Sans elle, notre petit frère ne serait pas en cabane.

— Et il aurait toujours son bras.

Lee Simon vida sa chope et lâcha un rot sonore pour impressionner ses cousins.

— Vaut mieux que j'y retourne. Je savais que ça vous intéresserait.

Les frères marmonnèrent distraitement un au revoir. Luther se leva et prit la place de Lee Simon pour voir son jumeau de face. Ils se dévisagèrent un moment. Luther finit par demander :

— À quoi tu penses, Henry ?

— Et toi, à quoi tu penses ?

— J'ai demandé le premier.

Henry se frotta le menton, comme un écolier devant un devoir de physique particulièrement compliqué.

— Ce serait ennuyeux si quelqu'un réglait son compte à Mme Burnwood avant nous, même si c'est Gibb et Matt.

— Honteux, tu veux dire.

— Je ne pourrais plus me regarder dans la glace.

— C'est une question de fierté familiale.

— D'honneur.

— Nous avons juré à maman qu'on ferait payer à Kendall Burnwood tout ce qui est arrivé à Billy Joe.

— Elle a eu tort de nous contrarier.

— Si nous voulons tenir la promesse que nous avons faite à maman...

— Il faut la retrouver avant eux. (Henry s'extirpa du box et d'un geste invita Luther à le suivre.) Allons demander à maman ce qu'elle en pense.

Maman trouva que c'était une excellente idée. Elle ajouta même une motivation à laquelle les jumeaux n'avaient pas pensé, mais qui n'était pas du tout incompatible avec les raisons qui les incitaient à partir à la recherche de Kendall Burnwood.

La mère posa une question à ses fils, avec une lueur perverse dans le regard.

— Qui sait ce que dira le vieux Burnwood si quelqu'un se charge de la besogne à sa place ? Hein ? Il est bourré aux as, non ?

Henry fut le premier à saisir l'idée de la mère. Il adressa un clin d'œil à son frère.

— Il sera d'accord pour lâcher quelques biftons, si ça lui évite d'avoir à rendre compte à la justice.

Quand l'affaire Burnwood avait éclaté et que les Crook avaient appris qu'il existait une organisation néofasciste qui opérait sous leur nez, ils avaient été outrés, mais seulement parce qu'on ne les avait pas invités à y prendre part. Le souci de préserver la pureté de la race à Prosper leur semblait une merveilleuse idée et ils ne comprenaient pas qu'on punisse des hommes pour ça.

Naturellement, il ne leur était jamais venu à l'esprit que c'était le juge Fargo qui avait donné l'ordre d'arracher son bras à Billy Joe pour lui donner une leçon, ainsi qu'à Kendall Burnwood. Ils ignoraient également qu'on leur destinait à eux-mêmes un châtiment spécial pour avoir osé menacer un membre de la famille Burnwood, Kendall pour ne pas la nommer. Mais, parce qu'elle avait des affaires plus urgentes à régler, la Confrérie avait dû remettre à plus tard.

Les Crook tenaient à tort Kendall pour responsable de tous leurs déboires. Du jour où Billy Joe leur avait été enlevé, ils avaient concocté leur vengeance. Le pare-brise cassé, les lettres de menace et le rat mort n'étaient que des avant-goûts.

Ils avaient fait appel à Lee Simon pour saccager son bureau. Il les avait introduits dans le bâtiment après les heures ouvrables. En échange, les jumeaux lui avaient procuré une femme qui, pour vingt dollars, avait accepté de passer la nuit avec lui. Les jumeaux avaient le sentiment d'avoir fait une bonne affaire; leur cousin était aux anges.

Le plan mis au point par maman consistait à harceler Mme Burnwood sans répit, jusqu'au jour où elle aurait un « accident » fatal. Mais elle saurait, juste avant de mourir, que les Crook avaient accompli leur vengeance.

Malheureusement, Mme Burnwood avait décampé avant le grand final. Déçus et furieux de ce contretemps, Henry et Luther s'étaient copieusement soûlés et avaient mis le feu à une meule de foin pour se soulager.

Ils n'en avaient pas oublié leur serment de vengeance pour autant. L'année qui s'était écoulée depuis la disparition de Kendall Burnwood n'avait pas affaibli la haine qu'ils nourrissaient contre elle. Quand ils avaient appris qu'on l'avait retrouvée dans le Colorado et qu'on la ramenait en Caroline du Sud, ils avaient fêté la bonne nouvelle en s'octroyant une autre beuverie et en déflorant une nièce de douze ans.

Ils avaient émergé de leur gueule de bois pour s'entendre annoncer que l'objet de leur vindicte avait échappé à ses gardes et courait Dieu savait où. Les jumeaux avaient à nouveau sombré dans le désespoir.

Mais les révélations de Lee Simon avaient rallumé leurs ardeurs vengeresses. Maman leur avait même soufflé un moyen de se garnir les poches par la même occasion. Ils s'attablèrent à la cuisine autour d'une bouteille de whisky pour boire à leur richesse prochaine et dresser leur plan.

— Il paraît qu'elle a un gosse, remarqua Luther, l'air soucieux. Quand on l'aura tuée, qu'est-ce qu'on fera du marmot ?

Maman lui flanqua une taloche sur le menton.

— Hé, patate ! Vous le ramenez à grand-papa Burnwood, évidemment. Il doublera la somme pour avoir son petit-fils.

Les jumeaux se regardèrent avec un large sourire. Décidément, pour ce qui était du sens des affaires, la mère était imbattable, pas vrai ?

32

— C'est le bébé ?

Kendall s'étira.

— Hein ?

— J'entends Kevin.

— Il a dormi plus longtemps que prévu. Je ne peux pas me plaindre. (Elle se leva et enfila une robe de chambre.) Ça t'ennuie si je l'amène ici ?

— Euh... non.

D'où lui venait son aversion pour les enfants ? se demanda Kendall en entrant dans la chambre de Kevin. Dans ses cauchemars, il criait à Pepperdyne de les faire taire. Entendait-il pleurer des enfants dans ses rêves ? Quel rapport avaient-ils avec son travail ? Quel incident pouvait bien encore le tourmenter jusqu'à ce jour ?

C'était l'une des innombrables questions qu'elle lui aurait posées si les circonstances avaient été différentes. L'ironie du sort voulait que son amnésie soit la mince et fragile condition de sa sécurité en même temps qu'une barrière infranchissable qui lui interdisait toute connaissance personnelle de John McGrath. Elle ne savait rien de son passé. Elle ne connaissait même pas la date de son anniversaire.

Il était pour elle un parfait étranger. Et un compagnon intime à la fois.

Elle reconnaissait toutes les intonations de sa voix, son timbre et ses inflexions, mais elle ignorait tout de ses opinions et de ses convictions. Elle connaissait toutes les marques et les cicatrices qu'il avait sur le corps, mais pas leur origine. Elle avait exploré au bout de ses doigts tous les recoins de sa peau, mais ne savait pas combien de femmes l'avaient caressée avant elle.

Il était peut-être marié.

Elle chassa aussitôt cette idée dérangeante. Elle ne voulait pas penser à celle qu'il aimait peut-être, qu'il trahissait en dormant avec elle. Elle se rassurait en se disant qu'il n'était pas responsable de ses actes tant qu'il souffrait d'amnésie.

Elle était seule fautive. Elle l'admettait. Elle l'avait déclaré son mari sous le coup d'une lubie, pensant que c'était un moyen ingénieux de gagner du temps en attendant de pouvoir s'enfuir. Elle n'avait pas prévu de le kidnapper et de vivre avec lui pendant des semaines. Elle n'avait pas prévu qu'il changerait à son contact et au contact de Kevin, que son caractère s'adoucirait et qu'il perdrait de sa sévérité pour devenir plus affectueux.

Elle n'avait certainement pas prévu de tomber amoureuse de lui.

Au matin de leur première nuit d'amour, elle avait eu un instant de panique. Il s'était faufilé derrière elle alors qu'elle était devant le lavabo, dans la salle de bains. Quand il l'avait empoignée et retournée brutalement, ses yeux brillaient d'une lueur tellement farouche qu'elle avait été persuadée qu'il avait retrouvé la mémoire.

Mais ce qu'elle avait pris pour un élan de colère était un élan de passion. Il avait plaqué sa bouche sur la sienne et, d'un baiser fervent, calmé son inquiétude. John n'aurait jamais trahi ses devoirs d'officier fédéral. Quand la mémoire lui reviendrait, il serait indigné. Il ferait tout pour la reconduire en Caroline du Sud. C'était une certitude qu'elle préférait ne pas envisager.

Après avoir changé Kevin, elle revint se coucher avec son bébé. John se dressa sur un coude pour la regarder caler l'enfant contre son sein. Le nourrisson lui martelait la poitrine de son petit poing en cherchant le sein à l'aveuglette. Elle l'ajusta et l'enfant se mit à téter avidement.

— Quel morfal !

— Il a un appétit d'ogre.

— Pourquoi est-il né par césarienne ?

Elle lissa le fin duvet qui recouvrait la tête de Kevin.

— Il affirmait son indépendance avant même d'être né, répondit-elle avec un sourire. Il refusait de se mettre dans la bonne position. Le médecin a essayé de le tourner, mais Kevin ne voulait rien entendre. C'était par coquetterie, je pense. Il ne voulait pas abîmer la forme parfaite de son crâne.

John tendit timidement la main et effleura la tempe de l'enfant où une veine battait avec vigueur sous la peau translucide. Puis il posa la main sur sa tête en faisant bien attention à la fontanelle.

— C'est un beau bébé.

— Merci.

— Il te ressemble.

— Vraiment ?

— Vraiment. Et tu es jolie.

Leurs regards se croisèrent.

— Tu trouves ?

— Oui.

— Surtout ma coiffure !

Il considéra les mèches grossièrement hachées.
— Tu vas lancer une nouvelle mode.
— Coupe John Deere.
— C'est qui, ça ?
— Peu importe, dit-elle en riant.
— C'est vrai. Peu importe. Tu es quand même jolie.

Elle le savait sincère. Elle aussi le trouvait beau. Pas d'une beauté classique. Mais il avait un visage fascinant, éminemment viril, de la ligne expressive des sourcils à l'arête vive du menton.

Elle s'étonnait de le trouver si séduisant, alors qu'il était physiquement tout le contraire de Matt, qu'elle considérait comme l'homme le plus beau du monde.

Matt était grand et mince. John était aussi grand, mais de morphologie plus massive. Matt était blond ; John avait des cheveux noirs parsemés de gris. Matt avait des traits fins, aristocratiques, mais presque trop symétriques pour être intéressants. Le visage taillé à la hache de John avait infiniment plus de caractère.

Et puis, elle aimait ses yeux, dont la couleur hésitait entre le vert et le brun. Ils changeaient de forme selon son humeur, comme les mires d'un kaléidoscope.

Il pouvait se montrer très rogue, ce qui n'en rendait que plus précieux ses rares sourires et ses brèves pointes d'humour. Il avait une certaine brusquerie de manières, qu'elle attribuait à une enfance malheureuse. Elle imaginait qu'il avait dû manquer de tendresse dans ses premières années. Il n'avait pas appris à exprimer ses sentiments et son affection, ce qui expliquait une certaine maladresse dans ses rapports avec les autres. Mais il était capable d'une grande sensibilité et n'hésitait pas à régler ses actes sur la voix de son cœur. Quand elle se remémorait la façon dont il avait maté les adolescents qui l'ennuyaient, elle ne doutait pas qu'il irait jusqu'au bout pour les protéger, Kevin et elle.

Malgré sa rudesse, il savait aussi faire preuve

d'une extrême douceur, comme tout à l'heure, quand elle avait surpris son regard posé comme une rosée sur elle.

D'une voix râpeuse, il avait demandé :

— Tu as déjà essayé?

— Quoi?

— De venir sur moi.

Elle était devenue rouge comme une pivoine, avait enfoui son visage au creux de sa poitrine et agité la tête.

— Pourquoi?

— Je n'en avais pas envie.

— Et maintenant?

— Je n'ai pas l'habitude.

— Laisse-toi faire. Contente-toi d'être toi-même.

Elle avait connu un plaisir tellement intense qu'elle avait cru en mourir.

Elle éprouvait à cet instant un bonheur d'une autre nature, tout aussi intense et sans doute d'une portée plus profonde. Tandis qu'elle nourrissait Kevin sous le regard attentif de John, elle pouvait presque se figurer qu'ils formaient une vraie famille.

C'était là ce qu'elle avait toujours souhaité, sans jamais l'obtenir : un homme aimant à ses côtés, un enfant, une famille. Le destin semblait résolu à lui refuser cette joie simple, aussi en était-elle réduite à simuler. Provisoirement.

Cela ne pourrait durer bien longtemps. Le rêve pouvait s'écrouler à tout moment. John pouvait recouvrer la mémoire d'un instant à l'autre. Ou des officiers de la police fédérale les localiser et faire soudain irruption pour l'arrêter pour enlèvement et séquestration. À moins, et cette éventualité était celle qu'elle redoutait le plus, que les Burnwood ne les retrouvent avant.

C'étaient des chasseurs. Ils avaient l'art de suivre leur proie à la trace. Les murs de la maison de Gibb étaient couverts des trophées qui illustraient les succès de leurs traques. Ces pauvres animaux représentaient à ses yeux tous ceux qui avaient succombé à la pointe de leurs armes.

Elle craignait fort d'être leur prochaine victime. Alors Kevin tomberait entre leurs mains.

Dans tous les cas, il n'y aurait pas de suite heureuse à cette histoire. Au mieux, elle pouvait espérer échapper à John, ne plus jamais le revoir et vivre en fugitive jusqu'à la fin de ses jours.

Pour cela, il fallait le quitter maintenant, avant qu'il reprenne ses esprits et se souvienne qu'elle était sa prisonnière. Quand il se rendrait compte qu'elle l'avait transformé en protagoniste involontaire d'un conte de fées sans avenir, il la haïrait. Elle avait commis l'impardonnable : elle avait suscité son affection pour Kevin et elle, en sachant que tôt ou tard, elle disparaîtrait, le laissant seul face aux conséquences de sa duplicité. Il la honnirait d'un point de vue professionnel, mais plus encore sur le plan personnel.

Elle espérait qu'elle serait partie avant d'avoir à affronter son mépris. Tout sauf ça. Dieu veuille qu'il ne croie jamais un seul instant que l'amour qu'elle lui avait témoigné n'était qu'une fourbe manipulation de plus.

Mais comment pourrait-elle abandonner un homme qui la regardait de cette façon ? Qui lui caressait la joue du revers de la main et posait sur ses lèvres un long et tendre baiser ?

Pour dissimuler son sanglot, Kendall agrippa ses cheveux et l'embrassa avec toute la ferveur de son amour et de sa peur. Il les enferma, elle et Kevin accroché à son sein, dans le cercle de ses bras et les tint serrés contre lui. Elle aurait voulu que cette merveilleuse intimité dure éternellement.

C'était impossible. Elle allait devoir le quitter.

Mais pas cette nuit.

33

— Qu'est-ce qui va nous arriver, Matt ? Comment tout cela va-t-il finir ?

Il suivit du bout des doigts la courbe de sa hanche.

— Ne t'inquiète pas pour ça. Papa se charge de tout.

Lottie s'écarta de lui et se dressa sur son séant.

— Évidemment que je m'inquiète, Matt. J'ai enfreint la loi. Je suis en fuite.

— Papa arrangera ça.

Elle se passa la main dans les cheveux et laissa échapper un rire sans joie.

— Ton père est barjot, Matt. Tu ne t'en es pas encore rendu compte ?

— Chut ! Il va t'entendre.

Il jeta un regard inquiet vers le mur qui séparait sa chambre de la leur. Ils se trouvaient dans un hôtel miteux, constitué d'une rangée de chambres aux cloisons ultra-minces et à la moquette fatiguée, le genre d'endroit où les amants clandestins se donnent rendez-vous quand ils n'ont pas le sou.

Pour Matt, Lottie et lui n'étaient pas des amants clandestins. Il vivait l'accomplissement d'une histoire d'amour qui avait commencé du temps des premiers frémissements de ses hormones. À l'époque, il ne se doutait pas que la fille qui mettait ses sens en ébullition deviendrait la femme de sa vie.

Deux jours plus tôt, il avait ajouté l'évasion à la liste des crimes dont on l'accusait et dont il s'était rendu coupable, mais Matt Burnwood n'avait jamais été aussi heureux de sa vie. Il était avec Lottie. Ouvertement. Avec la bénédiction de son père.

Il admettait qu'elle devait trouver niaise la confiance aveugle qu'il avait en son père. Elle n'était sans doute pas la seule. Mais il avait foi en lui. Gibb avait dit qu'il s'occuperait de tout et la parole de Gibb valait de l'or. Il avait toujours raison. Aussi loin que Matt se souvienne, son père ne s'était jamais trompé. Il était l'incarnation du vrai héros américain.

Comme son père avant lui. Matt n'avait pas connu son grand-père, mais il savait tout de lui. Gibb lui avait raconté ses exploits militaires. En fait Gibb n'ignorait pas un détail des épreuves qu'il avait affrontées dans le Pacifique Sud, ni de la façon dont il avait survécu dans des conditions effroyables.

Tout comme Gibb jugeait son père irréprochable, Matt croyait à l'infaillibilité du sien sans se poser de questions. Il ne l'avait jamais vu commettre d'erreur.

Sauf peut-être dans le cas de Kendall.

Gibb l'avait fortement incité à l'épouser. Il disait qu'elle constituerait un écran parfait pour couvrir les activités de la Confrérie. Par son intermédiaire, il leur serait encore plus facile de mettre la main sur les individus qui, à moins d'être exterminés, risquaient de saper les fondements sur lesquels s'était bâtie l'Amérique.

En théorie, cela semblait une idée géniale d'épouser l'avocat public, qu'ils avaient cru à tort pouvoir plier à leurs vues. Malheureusement, ils avaient sous-estimé son esprit d'indépendance. Elle n'était pas aussi malléable qu'ils l'auraient souhaité, mais c'était sa faute à elle, pas celle de Gibb.

Matt comprenait qu'on puisse mal juger son père. C'était un obsédé de l'autorité. Il avait, en matière d'offense, une mémoire d'éléphant ; il n'oubliait ni ne pardonnait jamais un affront. Quand quelqu'un l'avait contrarié, il devenait pour lui un ennemi à vie. Et quand il s'était mis une idée en tête, il la suivait avec un entêtement qui allait bien au-delà de la détermination.

Aux yeux de Matt, ces traits de caractère étaient des qualités, pas des défauts. Là où d'autres taxaient Gibb de despotisme, Matt admirait son courage et sa constance. Gibb ne revenait jamais sur une opinion. Matt aurait bien voulu avoir le quart de la force de caractère de son père et de son grand-père.

En même temps, s'il avait eu leur intransigeance,

il ne se serait peut-être pas laissé aller à aimer Lottie comme il l'aimait. Si son amour pour elle était une faiblesse, alors c'était une faiblesse qu'il ne chercherait jamais à surmonter.

— Je t'en prie, ne t'en fais pas, murmura-t-il en lui tendant la main.

Elle résista d'abord, puis se laissa tomber dans ses bras.

Il lui couvrit la nuque de baisers, grisé, comme toujours, par le goût de sa peau. Il aimait tout en elle. Il n'avait jamais trouvé un défaut à ce corps qu'il avait pourtant si souvent exploré. Elle était parfaite. À une exception près : sa stérilité. Sans elle, il aurait sans doute secoué ses ailes, dit à son père qu'il la voulait, elle à l'exclusion de toute autre, et l'aurait épousée depuis belle lurette.

Elle sourit tristement.

— Tu ne veux pas voir, hein, Matt ?

— Voir quoi ? Que tu es belle ? Bien sûr que je le vois. Tout le monde s'accorde à te trouver superbe.

— Tu as subi un lavage de cerveau, mon pauvre chéri, et tu ne t'en rends même pas compte.

Elle hésita avant de demander :

— Matt, c'est vrai ce qu'on raconte sur toi, ton père et les autres ? Vous avez vraiment commis ces meurtres rituels ? Mutilé et crucifié ce Chinois ?

Il l'embrassa.

— Ces histoires ne nous concernent pas, Lottie.

— Mais dis-moi. Est-ce vrai ?

— Quoi que nous ayons fait, nous l'avons fait avec la bénédiction de Dieu.

— Alors, c'est vrai. Seigneur ! Matt, ne vois-tu pas que nous courons à la catastrophe ?

Il lui posa un baiser léger sur le bout du nez.

— Tu es une pessimiste.

— Et toi un imbécile.

— Si tu le penses vraiment, pourquoi nous as-tu aidés à nous enfuir ? Pourquoi es-tu venue ?

Elle plongea ses doigts dans ses cheveux et serra son poing à lui faire mal.

— Idiot. Pauvre merveilleux idiot.

Matt vit avec surprise ses yeux s'emplir de larmes.

— Je t'aime, dit-elle dans un murmure passionné. Ma seule joie, dans toute ma vie pourrie, a été de t'aimer. Tant que ce sera possible, je continuerai de t'aimer.

Elle s'allongea sur le dos et l'attira à lui.

⁂

Lottie ferma le robinet et sortit de la douche. Elle tendit la main vers la mince serviette usée, mais sentant tout à coup une présence derrière elle, elle se retourna et poussa un cri de stupéfaction.

— Bonjour, Lottie, lui dit Gibb. Tu as bien dormi ?

— Qu'est-ce que vous faites là ?

— Forcément, tu as bien dormi. Tu as forniqué avec mon fils jusqu'à épuisement.

Lottie plaqua la serviette devant elle. Elle se mit à claquer des dents.

— Sortez d'ici. Si Matt vous trouve...

— Pas de risque. Comme tu sais, il est allé nous chercher du café et des croissants. Il m'a appelé dans ma chambre pour me demander ce que je voulais. C'est vraiment un bon garçon, attentionné et obéissant. Sauf en ce qui te concerne.

Gibb l'avait félicitée pour le rôle hardi qu'elle avait joué dans leur évasion et loué le cran et le sang-froid avec lesquels elle avait exécuté leur plan téméraire.

Mais ses éloges sonnaient creux. Il n'y avait aucune chaleur dans son regard. Si elle tremblait, là, devant lui, ce n'était pas seulement parce qu'elle était nue et trempée. Il la terrifiait.

Gibb Burnwood lui avait toujours donné la chair de poule. Déjà, quand elle était petite et qu'elle entrait dans son magasin avec son père, elle éprouvait un malaise en sa présence. C'était une répulsion instinctive, animale. Comme les chiens qui prennent en grippe un membre de la famille sans raison apparente, quelque chose, en lui, la rebutait. Mais elle était la seule, semblait-il.

Après la conversation qu'elle avait eue cette nuit avec Matt, elle comprenait maintenant pourquoi elle ne l'aimait pas. C'était un dangereux pervers qui avait endoctriné son fils pour lui inculquer ses croyances tordues, pétries de sectarisme et de violence.

— J'aimerais m'habiller, si ça ne vous fait rien.

Elle s'efforçait de maîtriser les tremblements de sa voix, sachant que ses instincts de chasseur lui permettraient de détecter sa peur.

— Pourquoi ? Tu es tellement fière de ton corps ! Ça fait des années que tu pavanes ta nudité sous les yeux de mon fils pour l'accabler de désir. D'où te vient cette soudaine pudeur ?

— Écoutez, je ne sais pas où vous voulez en venir, mais ça ne me plaît pas. Et je vous assure que Matt ne sera pas content non plus.

— Je sais ce qui convient à Matt.

— Comme faire de lui un assassin ? C'est ça que vous appelez agir pour son bien ? Vous appelez ça de l'amour ?

Il la gifla violemment. Elle alla buter contre le lavabo, dont elle agrippa la froide porcelaine pour ne pas tomber. Elle crut voir le mur chanceler tandis que jaillissait devant ses yeux un feu d'artifice d'étincelles lumineuses sur un fond noir. La douleur mit quelques secondes à se faire sentir. Quand elle atteignit sa conscience, elle éclata avec la force d'un cataclysme.

— Petite putain. Ça ne te va pas de jouer les saintes nitouches avec moi.

Il l'empoigna par l'épaule et la mit à genoux.

— Je vous en prie, murmura-t-elle. Je ne sais pas...

Elle savait qu'il ne fallait pas supplier. Elle ferma les yeux et pria, pour la première fois de sa vie. Elle pria pour que vienne l'inconscience.

Il la saisit à pleine main par les cheveux et lui souleva la tête. La souffrance et l'humiliation qu'il lui infligea étaient trop vives pour qu'elle puisse espérer s'évanouir.

⁂

Selon les instructions de Gibb, Matt était entré dans un grand magasin bondé de vendeurs et de clients trop affairés pour faire attention les uns aux autres.

Il remplit trois gobelets de café bouillant à un distributeur automatique et acheta une demi-douzaine de croissants à la caisse. Personne ne prit le temps de le remarquer.

« *Papa a toujours raison.* »

Il ouvrit la porte de sa chambre avec la clé.

— Salut, papa ! lança-t-il en apercevant Gibb, assis sur l'unique chaise. Je ne m'attendais pas à te voir ici. Comme tu le disais...

Il poussa un hurlement et lâcha son sac à provisions. Les couvercles des gobelets sautèrent. Un jet de café fumant se répandit sur son pantalon, mais il ne sentit pas la brûlure.

— Ferme la porte, Matt.

Matt considérait avec effroi le lit où Lottie était étendue, nue, jambes écartées et indiscutablement morte. Ses yeux étaient figés dans une expression d'épouvante. Elle avait la gorge tranchée. Depuis peu. Le sang coulait encore lentement de la blessure ; les draps en étaient inondés. Il avait giclé de l'artère sur le mur, derrière le lit, où il traçait un dessin maladroit de cornouiller en fleur.

Gibb se leva, passa devant son fils tétanisé d'horreur, et referma calmement la porte. L'un des gobelets de café était resté intact. Il le ramassa, ôta le couvercle et en but une gorgée.

Matt tenta un pas vacillant. Il se serait jeté sur le corps de Lottie si Gibb ne l'avait retenu.

— Il n'y avait pas d'autre solution, fiston, dit-il d'un ton raisonnable et posé. Tu le sais. Elle a tué son mari de sang-froid. Elle l'a accusé de viol et l'a abattu dans son sommeil. Quel exemple pour les jeunes femmes ! Où allons-nous si nos épouses se croient autorisées à assassiner leurs maris sous prétexte qu'ils exercent le pouvoir que Dieu leur a donné sur elles et demandent l'accomplissement de leur devoir conjugal ? La Confrérie avait déjà prévu son élimination. C'est par déférence pour toi que les membres ont accédé à ta demande d'ajournement. Mais son exécution aurait eu lieu tôt ou tard. Dans un sens, je lui ai rendu service. J'ai fait preuve de clémence en agissant vite. Elle est morte en faisant ce qu'elle aimait le plus.

Matt posa sur son père un regard aussi vitreux que celui de Lottie.

— Eh oui, mon fils. Elle est morte en se donnant à moi. Je l'ai tentée, comme Satan a tenté Notre Seigneur dans le désert. Contrairement à Jésus, elle a succombé.

Il jeta un regard au cadavre.

Matt ne disait rien. Il n'avait pas proféré un son depuis sa macabre découverte.

— Elle m'a offert son corps en implorant et suppliant sans vergogne. Elle m'a fléchi et incité à pécher, tout comme elle jouait de ta faiblesse depuis des années. Tu peux voir ma semence mêlée à la tienne. Seule une putain peut perpétrer pareille abomination.

Matt contemplait sans sourciller la position obscène du corps. Gibb lui posa la main sur l'épaule.

— C'était une envoyée du diable, Matthew. Un suppôt de Satan. Si je ne l'avais pas arrêtée, elle aurait continué à entraîner les hommes dans la luxure et à te dépraver. Je ne pouvais l'accepter.

Matt avala sa salive.

— Mais...

— Pense à ton fils. Il sera bientôt avec nous. Nous ne pouvions la laisser le pervertir, lui aussi.

— Il... il n'avait rien à craindre d'elle. Elle était bonne.

— Ah, Matt, tu es dans l'erreur. Je sais combien il t'est difficile d'y voir clair maintenant, mais tu finiras par t'apercevoir que j'avais raison. Tu te souviens comme nous avons eu du mal à supprimer ta mère ?

Matt hocha mollement la tête.

— Je l'aimais, fiston. J'aimais tendrement Laurelann, mais elle avait outrepassé ses droits. Elle avait découvert ce qui se cachait derrière la Confrérie et avait l'intention de nous dénoncer à ceux qui ne comprennent pas notre mission. Il fallait l'en empêcher. J'ai pleuré. Tu as pleuré aussi. Tu te souviens ?

— Oui.

— C'était dur, mais nécessaire. Tu n'étais qu'un enfant, mais tu avais compris que c'était nécessaire, n'est-ce pas ?

— Oui.

— Peu à peu, la douleur s'est apaisée, comme je te l'avais dit. Ton âme a guéri. Tu as appris à te passer de ta mère. Crois-moi, mon garçon, mieux vaut pour toi que tu sois débarrassé de l'influence néfaste de cette vermine. Qui sait ? Peut-être que, sans cette petite grue, ton mariage tiendrait encore et que nous ne serions pas dans cette situation pénible. Je pense qu'avec le temps, quand elle aurait saisi nos objectifs, Kendall aurait admis la Confrérie. Mais sa fierté ne lui aurait jamais permis d'admettre Lottie. À juste titre. Tu te rendais coupable d'adultère, mon fils. Ce n'était pas ta faute. Je le sais. (Il désigna le corps inerte.) Le diable avait façonné son corps pour embraser tes sens. Elle en porte toute la faute. Elle t'infligeait des tentations auxquelles tu ne pouvais pas résister. Ne t'apitoie pas sur elle.

Il donna à Matt une claque amicale dans le dos.

— Maintenant, allons charger la voiture. Cela ne doit pas nous détourner de notre mission : retrouver ton fils.

34

La maison se trouvait à bonne distance de la route. On y accédait par un étroit chemin de pierres, bordé de végétation épaisse. Les branches des arbres formaient une voûte au-dessus de la route, un dais végétal presque impénétrable qui arrêtait les rayons de la lune.

La situation de la maison n'aurait pas pu mieux convenir à leur projet.

Minuit avait sonné depuis longtemps. Depuis plus d'une heure, ils n'avaient pas vu un véhicule sur la route. Ils étaient passés plusieurs fois, phares éteints, devant l'entrée du chemin avant de garer la voiture au bord d'un fossé et de couper le contact. Puis ils avaient attendu tranquillement, au cas où leur arrivée aurait été remarquée. Depuis plus de soixante minutes, rien.

— Tu crois qu'elle est là ?

— On ne le saura que quand on sera entré. Ne compte pas sur elle pour signaler sa présence en le criant sur les toits.

L'obscurité les protégeait quand ils sortirent de la voiture pour s'engager dans le chemin. Leurs deux grandes ombres se mêlaient à toutes les autres, innombrables, alors qu'ils progressaient lentement, à l'abri des feuillages. À trente mètres de la maison, ils se tapirent derrière un buisson et examinèrent le pavillon qui appartenait autrefois à Elvie Hancock, la grand-mère de Kendall.

Ils communiquaient par gestes. Au signal, ils se séparèrent. L'un des deux s'éloigna vers la droite, l'autre vers la gauche. Ils veillaient à rester sous le couvert des arbres qui entouraient la propriété. Ils abordèrent l'arrière de la maison de deux directions différentes et se rejoignirent sous un appentis.

— Tu vois ou tu entends quelque chose ?

— Un silence de mort !

— Ça ne veut pas dire qu'elle ne s'y trouve pas avec le bébé.

— Et McGrath ?

— Va savoir.

Ils échangèrent un regard indécis. L'un demanda finalement à l'autre :

— Tu es prêt ?

— Allons-y.

Ils avaient prévu de forcer la serrure mais la porte n'était pas fermée à clé. Elle ne fit entendre qu'un infime grincement en s'ouvrant. Ils pénétrèrent sans bruit dans l'office et, de là, dans la cuisine.

D'après ce qu'ils pouvaient voir, elle était propre comme un sou neuf. Il y avait des assiettes entassées dans l'évier, tout était bien rangé. L'un d'eux ouvrit le réfrigérateur pour en inspecter le contenu, mais quand il se mit à vrombir et que la lumière s'alluma, il le referma bien vite.

***

Kendall se redressa dans le lit.

— Qu'est-ce que c'était ?

— Quoi ?

Quelque chose l'avait réveillée et elle était effrayée, manifestement.

— Tu n'entends rien ? demanda-t-elle à mi-voix.

John leva la tête et tendit l'oreille. La maison n'était que silence.

— Non. C'était quel genre de bruit ?

— Je ne sais pas. Je suis désolée de t'avoir réveillé. J'ai dû rêver.

— Un rêve terrifiant ?

— Probablement.

Il reposa sa tête sur l'oreiller et lui mordilla l'épaule.

— Le bébé va bien ?

— Très bien.

Elle avait gardé l'enfant dans le lit après l'avoir nourri. Il était lové contre la poitrine de Kendall. Elle était couchée contre John, le dos contre son ventre, les jambes blotties le long des siennes. Il se serra plus fort contre elle et Kevin. Elle essaya de se détendre. Ainsi pelotonnée dans les bras de John, elle se sentait en sécurité.

Malgré tout, elle était rassurée d'avoir le pistolet de John, bien rangé dans sa cachette introuvable. Elle détestait les armes. Le masque mortuaire de Bama lui avait trop cruellement rappelé les ravages qu'elles pouvaient produire. Bien que Matt lui ait souvent proposé de lui apprendre à tirer, elle n'avait jamais manié une arme de sa vie.

Mais s'il s'agissait de sauver la vie de Kevin, ou celle de John, elle n'hésiterait pas à tirer dans le but de tuer.

⁂

Ils erraient à travers la maison sur la pointe des pieds depuis cinq minutes, mais ils ne savaient toujours pas si l'oiseau était au nid.

Ils ne pouvaient se rendre compte si les pièces avaient été occupées récemment. Pour dénicher des objets personnels qui les auraient renseignés, il aurait fallu allumer la lampe torche. Mais ils n'osaient pas, de peur de trahir leur présence.

Au bout de quelques minutes de va-et-vient inutile, l'un se tourna vers l'autre en haussant les épaules. L'autre lui fit comprendre par gestes qu'il fallait se diriger vers les chambres à coucher, où les éventuels occupants de la maison devaient se trouver à cette heure de la nuit.

L'un suivit l'autre dans le couloir qui comportait trois portes. Ils s'apprêtaient à entrer dans la première pièce quand l'un des deux trébucha sur un objet et se rattrapa de justesse. Il se baissa pour le ramasser. C'était un ours en peluche.

Il le brandit sous le nez de l'autre. Tous deux sourirent. Le premier indiqua la pièce située à l'autre bout du couloir. La porte était entrouverte. Ils n'eurent qu'à la pousser doucement. Elle s'écarta lentement, sans un bruit.

Ils se regardèrent de part et d'autre de l'encadrement en comptant en silence jusqu'à trois. Puis ils foncèrent dans la chambre.

⁂

Kendall introduisit le nombre requis de pièces dans la fente. La communication s'établit. Une sonnerie se déclencha à l'autre bout de la ligne. Elle tenait l'appareil d'une main moite de sueur.

Ricki Sue répondit presque aussitôt.

— Bristol & Mathers.

— C'est moi. Ne dis rien. Tu peux parler ?

— Dieu soit loué, tu es en vie ! J'étais folle, malade d'inquiétude. Tu es le régime amaigrissant le plus efficace que je connaisse.

— Je savais que tu t'inquiéterais, mais je ne pouvais pas appeler avant. Je ne devrais pas appeler maintenant.

— Est-il vrai que tu as kidnappé un marshal ? demanda Ricki Sue d'une voix assourdie.

— Si on veut.

— Qu'est-ce que ça veut dire ? Tu l'as kidnappé, oui ou non ? Où diable es-tu ?

— Dans ton propre intérêt, je ne peux pas te le dire. Et je ne peux pas parler longtemps. Le téléphone est probablement sur écoute.

— Ça ne m'étonnerait pas. Sheridan grouille d'agents fédéraux, qui sont tous à ta recherche, ma chérie.

Kendall n'était pas surprise. Mais d'entendre formuler ses craintes ébranlait son courage déjà fléchissant.

— Ils sont venus plusieurs fois au cabinet, dit Ricki Sue. Ils ont fourré leur nez dans tout ce qui concernait Kendall Deaton.

— Oh, mon Dieu !

— Ils ont même posté des types dans la maison de ta grand-mère.

— À l'intérieur ?

Kendall était écœurée. Sa grand-mère aurait détesté cette invasion de sa vie privée.

— C'est tellement stupide et inutile, dit-elle. Sachant que ce serait le premier endroit où on me chercherait, je n'allais pas m'installer chez grand-mère.

— Les fédéraux n'ont pas été les seuls à avoir cette idée. La nuit dernière, deux hommes y sont entrés, pensant sans doute t'y trouver.

— Deux hommes ? Qui c'était ?

— Le FBI avait tendu un piège. Les intrus ont réussi à s'enfuir avant d'avoir été identifiés. Ils ont regagné leur voiture sous une pluie de balles, mais les policiers croient qu'ils n'ont même pas été blessés.

— Mais qui... ?

— Ne t'affole pas, ma grande, mais c'était peut-être ton mari et son père.

— Ils sont en prison, protesta faiblement Kendall.

— Plus maintenant. Ils se sont évadés il y a trois jours.

Kendall raccrocha aussitôt, mais elle garda les deux mains sur l'appareil et y resta agrippée comme à une bouée de sauvetage. Elle avait peur de se retourner, peur de tomber sur Matt et Gibb en train de l'observer, avec un sourire satisfait aux lèvres.

— Vous avez fini avec le téléphone, madame ?

Kendall sursauta et jeta un bref coup d'œil par-dessus son épaule. Un homme en tenue de base-ball attendait impatiemment son tour.

— Oh, pardon.

Elle s'éloigna, la tête enfoncée dans les épaules. Tout semblait normal à la station-service. Un client remplissait son réservoir d'essence. Un autre insérait des pièces dans un distributeur automatique de cigarettes. Deux mécaniciens, allongés sous une voiture juchée sur un vérin hydraulique, discutaient avec son propriétaire.

Personne ne prêtait la moindre attention au garçon manqué en jean et blouson, si peu comparable aux photos, publiées dans la presse, de Kendall Burnwood, l'avocat public qui avait disparu.

Dans tout le Sud, les polices d'État devaient être à la recherche du véhicule avec lequel elle avait quitté Stephensville. C'était une cible voyante. Elle prenait un risque considérable chaque fois qu'elle circulait à son bord. Mais elle avait besoin de savoir où en était la chasse à l'homme et les chances qu'il lui restait.

Elle retourna en hâte à sa voiture. Elle changerait les plaques d'immatriculation dès que possible. Il régnait à l'intérieur une chaleur d'étuve, mais Kendall frissonnait en s'élançant sur la route pour rentrer chez elle.

Chez elle ?

Oui. Elle se sentait chez elle dans cette maison, autant que dans celle de sa grand-mère à Sheridan. La ferme avait été léguée par un oncle à son grand-père. Ce dernier était mort avant d'avoir pu beaucoup en profiter, mais Kendall et sa grand-mère avaient pris l'habitude d'y installer leurs quartiers d'été.

Dès la fin de l'année scolaire, elles se transportaient à la campagne où elles coulaient des jours de bonheur serein. Parfois elles allaient à la pêche, parfois elles mettaient en bocal les fruits qu'elles avaient achetés au bord des routes, parfois elles ne faisaient rien, heureuses de simplement être ensemble. Elles se lisaient des histoires à haute voix le soir, confectionnaient des couronnes de fleurs sur la terrasse et allaient souvent pique-niquer à la cascade, leur lieu de promenade favori.

Elles n'invitaient jamais d'amis à la ferme. Elles ne convièrent jamais personne à partager leurs vacances estivales. On savait dans leur entourage qu'elles quittaient Sheridan dans le courant du mois de juin pour ne revenir que fin septembre, mais personne ne connaissait le lieu de leur retraite. C'est pourquoi Kendall était assurée d'y trouver le plus sûr des abris.

Mais serait-elle à l'abri où que ce soit maintenant que Matt et Gibb étaient en liberté ?

Pepperdyne devait être dans tous ses états. Il avait perdu son témoin à charge, son ami John McGrath, et maintenant ses suspects numéro un. Kendall avait vu en lui un homme foncièrement bon sous des dehors bourrus. Elle ne pouvait lui en vouloir de faire ce pour quoi on le payait. Mais elle tenterait tout pour éviter de retomber entre ses mains.

Cependant, elle préférait encore être arrêtée plutôt qu'avoir affaire à Gibb et à Matt. Or ils la retrouveraient. Il fallait toujours garder de l'avance sur eux jusqu'à ce qu'ils soient repris et remis en prison. C'était sa seule chance de survie. Il lui fallait lever le camp dès ce soir, avec Kevin.

Et John ?

Même s'il marchait encore avec une béquille, il était presque complètement guéri. Elle pouvait le quitter maintenant sans remords. Mais il y avait un hic : elle n'en avait pas envie.

Pourtant, si elle l'aimait, n'était-ce pas une raison de plus pour s'en aller ? Tant qu'il serait auprès d'elle, sa vie aussi serait en danger. Il ne laisserait pas les Burnwood s'attaquer à elle, ni à Kevin, à qui il vouait une affection plus grande de jour en jour. Il pouvait être tué en voulant les défendre et mourir sans savoir de quoi il retournait.

Cela ne devait pas arriver. Elle ne le permettrait pas. Il n'y avait pas d'avenir pour eux, mais même si elle devait passer le reste de sa vie séparée de lui, elle voulait le savoir vivant.

Que faire ? Se livrer ?

Elle chassa aussitôt cette idée. D'après Ricki Sue, le FBI avait enquêté au cabinet d'avocats, posé des questions, fouillé dans son passé. S'ils venaient à tout apprendre sur elle, sa crédibilité serait réduite à néant.

Si son témoignage perdait de sa fiabilité, à quoi leur servirait-elle ? Elle serait soit mise en accusation pour avoir enlevé John et jetée en prison, soit relâchée et privée de toute protection contre Matt, son père et leurs disciples.

Elle n'avait d'autre solution que de disparaître à nouveau. Elle regrettait d'avoir laissé Kevin avec John. Si elle avait eu l'enfant avec elle, elle aurait pu poursuivre la route, droit devant elle. Elle aurait eu le cœur brisé de ne pas revoir John pour lui adresser un adieu muet, mais il lui serait encore plus dur de partir après l'avoir revu.

Il le fallait pourtant.

⁂

— Qui a merdé ?

Les agents ne disaient pas un mot. Ils restaient pétrifiés sous le regard foudroyant de Pepperdyne.

— J'attends.

Ses éclats de voix ébranlaient les vitres du commissariat de Sheridan, Tennessee, où il avait installé son quartier général après avoir émigré de Prosper.

L'un des deux agents impliqués dans le bide de la veille réussit à rassembler assez de courage pour s'aventurer à parler.

— Nous tenions la maison sous surveillance en permanence depuis sa disparition, monsieur, et il ne s'était jamais rien passé.

— Alors ?

— Alors, nous... nous avons merdé, acheva l'agent transi.

— Monsieur ? risqua timidement l'autre agent. Nous n'avons pas osé tirer, au cas où il s'agirait de Mme Burnwood. Ou du marshal McGrath.

— C'est vrai, confirma son coéquipier, réconforté par cette once d'excuse. Ça aurait pu être ces deux-là, avec le bébé.

— Ben voyons. Ou peut-être le petit chaperon rouge et le grand méchant loup. Nous ne savons pas, puisque vous n'avez pas identifié les intrus, ni même leur voiture.

— Ce n'était pas Mme Burnwood, affirma l'un des agents avec assurance. C'étaient deux hommes, sans conteste.

— Oh, deux hommes sans conteste. Eh bien, voilà qui rétrécit l'éventail des recherches. Pourquoi pas Batman et Robin, soupira Pepperdyne, qui assaisonna sa remarque de quelques obscénités bien senties. Vous deux, vous allez me passer une heure sur un stand de tir que je vous ai aménagé dans la prairie la plus ensoleillée et la plus chaude du coin. Parce que, hier, vous avez prouvé que vous n'étiez même pas foutus de plomber les fesses d'une vache à un mètre de distance.

L'un des agents commit l'imprudence d'esquisser un sourire.

— Vous trouvez ça drôle ? rugit Pepperdyne. Vous me ferez deux heures. Et maintenant, hors de ma vue.

Ils s'éclipsèrent et refermèrent la porte derrière eux. Pepperdyne se retrouva seul. Il se laissa tomber sur son siège et enfouit son visage dans ses mains. La vague d'optimisme qui l'avait envahi quand il avait obtenu une description de la voiture en revenant à Stephensville l'avait quitté depuis longtemps.

Depuis le début de cette affaire, il n'avait pas eu un instant de répit. Cela avait commencé quand il avait cru à tort à un problème d'ordinateur. Si l'informaticien n'avait pas rejeté l'information qu'il avait reçue, Ruthie Fordham serait encore en vie et Mme Burnwood ne serait pas en cavale avec John dans son sillage. Le temps qu'ils constatent leur erreur et reconstituent le puzzle, John courait à la catastrophe. Toutes ses tentatives pour le joindre sur son téléphone cellulaire étaient restées vaines. Alors il avait heurté un arbre abattu sur la route et y avait laissé sa mémoire.

Dieu. Quelle curieuse suite d'événements.

Ensuite, l'évasion des Burnwood de la prison de Prosper lui avait infligé une nouvelle déconvenue. Maintenant, il devait non seulement retrouver John et Mme Burnwood, mais les retrouver avant ces déséquilibrés. Cela n'allait pas être facile. Elle avait réussi à se terrer à Denver pendant un an avant qu'on retrouve sa trace.

Elle n'était pas assez bête pour retourner dans sa ville natale, mais certains, apparemment, n'étaient pas de cet avis. Ils étaient entrés dans la maison de sa grand-mère pendant la nuit, pensant l'y trouver.

La réaction de Pepperdyne devant cette débâcle était dictée par la peur autant que par la rage et la contrariété. Il craignait de connaître l'identité des auteurs de cette effraction : Gibb et Matt Burnwood.

Il considéra la photographie de Mme Burnwood, qui avait été diffusée dans tous les commissariats du pays. Puis son regard se reporta sur les clichés qu'on lui avait remis à peine une heure plus tôt. Le spectacle du corps nu, ensanglanté, de Lottie Lynam lui souleva l'estomac.

Pepperdyne marmonna, en s'adressant au portrait de la femme de Matt Burnwood :

— Chère petite madame, priez pour que je vous retrouve avant le papa et son fiston.

Qu'est-ce que John fichait pendant tout ce temps ?

35

Debout devant la porte, John regarda Kendall disparaître dans le lointain au volant de sa voiture, puis regagna en clopinant la chambre où Kevin reposait, allongé sur le dos, dans son parc.

— Dis, euh, je n'ai pas beaucoup de temps. Aussi ai-je besoin de ta coopération pleine et entière, d'accord ? Tu vas rester seul un moment. Je ne serai pas long. Je ne peux pas m'absenter longtemps. Alors sois bien sage jusqu'à mon retour.

Il hésita, comme s'il craignait des protestations de la part du bébé. Kevin agita les mains en faisant des bulles. Il ne paraissait nullement troublé à l'idée d'avoir à rester seul.

— Parfait, dans ce cas, dit John en s'éloignant.

Il était sorti de la maison et allait aborder le chemin quand il s'immobilisa. Il lui semblait avoir entendu un bruit. Un craquement? Un gémissement? Il envisagea toutes les possibilités les plus terrifiantes. Un incendie. Des animaux sauvages. Des insectes. Des gaz asphyxiants.

— Et merde.

Il revint sur ses pas.

— O.K., vieux. J'espère que tu es prêt pour cette aventure.

Il ajouta pour lui-même :

— J'espère que *je* suis prêt pour cette aventure.

Il enfila le porte-bébé dont se servait Kendall pour transporter Kevin. Il accrocha ses béquilles à la bordure du parc et, prenant appui sur une jambe, se pencha pour saisir l'enfant, lequel se mit à pousser des cris de joie.

— Ouais, tu as raison, c'est désopilant.

Quand l'enfant fut bien calé contre sa poitrine, il récupéra ses cannes et se remit en route.

— Pas un mot de cette escapade à ta mère, c'est bien compris? C'est une futée, ta mère. Elle m'a chipé mon revolver, ce qui fait que je ne peux pas exiger qu'elle nous ramène à mes supérieurs en la menaçant avec mon arme. Je pourrais y aller tout seul, mais le temps que je revienne, elle se sera débinée.

Il jeta un regard interrogateur à l'enfant.

— Je suppose que tu ne sais pas où elle l'a caché, n'est-ce pas? Elle est trop avisée pour s'en être débarrassée, mais merde... oh, pardon... mince, je n'arrive pas à mettre la main dessus. J'ai retourné toute la maison.

Il eut vite fait d'atteindre la route, où il s'arrêta pour reprendre son souffle. Il était déjà trempé de sueur. Elle lui dégoulinait sur le front, dans les yeux, et lui brouillait la vue. Il s'essuya le visage d'un revers de manche, ce qui n'était pas une maigre opération étant donné qu'il avait besoin de ses deux mains pour manier ses béquilles. Il savait que cette expédition serait physiquement éprouvante et il avait compté sans les huit kilos de Kevin.

Il mit le cap sur la maison qu'il avait repérée le jour où il avait accompagné Kendall en ville.

— Franchement, ta mère n'est pas raisonnable, dit-il d'une voix hachée. Elle devrait me rendre mon pistolet. Je saurais mieux m'en servir qu'elle en cas de besoin.

Il parlait pour ne pas penser à la modicité de ses chances de succès. Il n'était pas en état d'entreprendre un tel effort physique. Il respirait avec peine. Il faisait une chaleur accablante. Même en mettant à profit les moindres coins d'ombre, il n'y trouvait que bien peu de fraîcheur.

Il devait se contenter d'une marge de manœuvre très restreinte. Il faudrait qu'il soit rentré avant Kendall et il n'avait pas la moindre idée du temps que lui prendraient ses courses. Le jour où il était allé en ville avec elle, il avait mentalement chronométré la durée du trajet. Il représentait vingt kilomètres, à un ou deux près. En comptant avec les virages et en évaluant approximativement le temps nécessaire pour effectuer ses achats, elle ne pouvait mettre moins d'une demi-heure. C'était le temps qu'il s'était accordé pour tenter de trouver de l'aide.

Mais il n'avançait pas vite et les forces lui manquaient. Si la chance lui souriait, il rencontrerait un automobiliste qui le déposerait à la première cabine téléphonique. Il n'en demandait pas plus : soixante secondes au téléphone.

Il jeta un coup d'œil à sa montre. Sept minutes s'étaient écoulées depuis son départ. Il avait les muscles des bras et du dos en feu mais se forçait à maintenir l'allure.

Il eut sa récompense quand, en émergeant au sommet de la côte, il aperçut la maison qu'il visait. Elle était à huit cents mètres, peut-être moins. Il avait du mal à évaluer la distance à cause des ondes de chaleur qui montaient de l'asphalte et déformaient le paysage.

— En allant à la limite de mes possibilités, je peux y arriver en quatre minutes, dit-il à Kevin. Cinq, max. En tout cas, il faut être ravagé pour parler à un bébé qui ne comprend rien. Si ça se trouve, je suis toujours dans le coma, en train de faire un rêve complètement loufoque. Ça doit être ça. Tu n'es qu'une illusion. Tu...

Tout à coup, John éclata de rire.

— Dis donc, tu es en train de me pisser dessus.

Un jet bouillant inonda son buste.

— Une façon de me convaincre que tu es bien réel, conclut-il.

Son monologue l'aidait à oublier ses douleurs musculaires, l'insupportable chaleur et la distance qu'il lui restait à parcourir. Il éprouva un immense soulagement quand il se retrouva à l'entrée du chemin qui menait à la maison. L'ascension de la côte acheva de l'exténuer. Arrivé sur le perron, il s'effondra.

Il s'adossa à une colonne et appela.

— Hé ho!

À sa grande surprise, il s'entendit proférer une sorte de coassement faible. Il respira profondément, avala le peu de salive qui lui restait et essaya de nouveau.

— Hé ho!

Kevin se mit à hurler.

— Chut. Ce n'est pas après toi que j'en ai.

Il lui tapota les fesses pour le rassurer. Kevin se tut, mais son humeur restait incertaine. Sa bouche dessinait un accent circonflexe et des larmes naviguaient dans ses yeux.

— Je sais ce que tu ressens, vieux. Pour un peu, je me mettrais aussi à pleurer.

À mieux y regarder, il était évident que la maison était inoccupée et cela depuis un certain temps. Les pots de fleurs qui jalonnaient la galerie ne contenaient plus que des tiges brunâtres, dépourvues de feuilles. Tous les stores étaient baissés. Une armée d'araignées avait élu domicile dans les chambranles de portes.

Et maintenant ? Ses vêtements étaient humides de sueur. Il avait de bonnes chances de mourir déshydraté avant d'avoir regagné la maison de Kendall. Et le bébé...

Seigneur ! S'il souffrait à ce point de la chaleur, ce devait être aussi le cas de Kevin. Il se souvenait d'avoir lu un article disant que la température des bébés était plus élevée que celle des adultes. Il appliqua la main sur le front de Kevin. Il était chaud ; brûlant.

Soudain galvanisé, John ajusta une béquille sous son bras pour se hisser et se remettre péniblement debout. À l'aide d'un pot de fleurs, il brisa la vitre de la porte d'entrée, glissa la main à l'intérieur, tourna le verrou et ouvrit.

Tant mieux s'il déclenchait une alarme silencieuse. Maintenant qu'il savait ne pas être un criminel en cavale, il ne demandait qu'à être appréhendé par la police. En attendant, il était urgent de trouver un liquide à absorber et à faire absorber au bébé.

La maison n'était pas grande. Elle n'avait pas dû être habitée depuis longtemps. Les pièces n'étaient visiblement pas entretenues. Mais John les traversa trop vite pour en observer les détails. Il ne tarda pas à déboucher dans la cuisine, alla droit à l'évier et tourna le robinet d'eau froide. Rien.

Nom de nom !

Alors il y eut une secousse, une vibration, un cliquetis, et un filet d'eau jaillit du robinet. Elle sortit rouge au début, mais s'éclaircit en quelques secondes. John en avala avec bonheur de grandes lampées, recueillies au creux de sa main. Il s'humecta la nuque. Puis il passa sa main mouillée sur la tête de Kevin.

— Ça va mieux ? Tu as moins chaud ?

Il lui bassina aussi les joues.

Mais il lui fallait de l'eau également à l'intérieur. John se rendit compte qu'il n'avait aucun moyen de lui en faire ingérer. Kendall lui donnait parfois à boire au biberon, mais naturellement, John n'avait pas pensé à en emporter un. Il y avait bien des verres dans les placards, mais s'il essayait de lui verser de l'eau dans la bouche, il risquait de le noyer. L'enfant ne savait que téter...

Sans même y réfléchir, il passa un doigt sous le robinet et en effleura les lèvres du bébé qui, aussitôt, se mit à le sucer.

Il en éprouva une sensation bizarre et troublante, et étrangement gratifiante en même temps.

— Ça ne vaut pas le lait de ta mère, je sais, chuchota-t-il en lui redonnant de l'eau au bout de son doigt.

John se demanda ce que penseraient ses amis et collègues s'ils pouvaient assister à cette scène étonnante. Ils n'en croiraient pas leurs yeux.

Et Lisa ? Au diable Lisa. Elle l'avait traité de sale égoïste parce qu'il refusait de lui faire un bébé. Il ne voulait même pas en entendre parler. C'était ce désaccord qui était à l'origine de leur séparation.

— Mon horloge biologique sera bientôt en bout de course, avait-elle annoncé un soir.

— Eh bien, remonte-la, avait-il répondu derrière son journal.

Elle lui avait lancé un coussin. Il avait abaissé son journal, sentant qu'ils se préparaient pour la grande bataille, le Waterloo de leur liaison. Ce n'était pas la première fois qu'elle abordait le sujet. Il éludait toujours. Cette fois, elle n'y alla pas par quatre chemins.

— Je veux avoir un bébé, John. Et je veux qu'il soit de toi.

— Je suis flatté, mais non merci. Je ne veux pas d'enfant. Ni maintenant, ni jamais.

— Pourquoi pas ?

— Les raisons sont trop nombreuses pour que je puisse toutes te les citer.

Elle s'était calée plus confortablement dans son fauteuil, comme un soldat qui se terre dans sa tranchée et se met en condition pour le corps à corps.

— J'ai le temps. Va pour la liste de tes objections.

— Premièrement, c'est irréalisable dans la pratique. Nous voyageons tous les deux et nous sommes rarement là.

— Je prendrais un congé. Ensuite ? avait-elle demandé avec une horripilante désinvolture.

— Je ne...

Il s'apprêtait à lui dire qu'il ne l'aimait pas. Il lui semblait qu'il fallait un minimum d'amour pour mettre un enfant au monde.

Victime du divorce de ses parents avant d'avoir atteint l'âge de deux ans, John n'avait pas le souvenir d'avoir jamais vécu au sein d'une vraie famille. Jusqu'à sa majorité, il avait été ballotté entre deux adultes pour qui il n'était qu'un accessoire, une gêne et la preuve vivante de leur échec conjugal.

Ses parents avaient mené leurs carrières respectives avec assiduité et avaient réussi. Son père avait obtenu une chaire au département des sciences humaines d'une université indépendante. Sa mère occupait la vice-présidence d'un cabinet d'architectes.

Mais ils avaient vertigineusement raté leur rôle de parents. En dehors de visites obligatoires pendant les vacances, il n'avait plus que très peu de contacts avec eux. Ils n'exerçaient certainement aucune influence sur sa vie et n'y tenaient d'ailleurs pas. Leurs rares conversations restaient polies et sans chaleur. Depuis sa naissance, ils le traitaient comme un épiphénomène encombrant. Quarante-trois ans plus tard, c'était toujours l'impression qu'il avait de lui-même.

Il en avait conçu une opinion négative de la vie de famille. L'éclatement de la sienne ne l'avait pas préparé à envisager des relations à long terme et ne lui avait pas non plus inspiré le désir d'être père. Bien au contraire.

Il n'avait rien contre les enfants. En réalité, il avait un peu pitié d'eux. Trop d'enfants sans défense se retrouvaient la proie de parents indignes. Alors, quand on sait dès le départ qu'on sera de mauvais parents, pourquoi avoir un enfant ?

Ses études de psychologie lui avaient appris que des parents pouvaient entraver le développement affectif d'un enfant. Ils pouvaient transformer un bébé parfaitement sain en adulte asocial dans le meilleur des cas, en assassin sanguinaire dans le pire des cas. Pour résumer grossièrement, ils n'avaient pas besoin pour cela d'être cruels ou violents, il leur suffisait d'être égoïstes.

C'est pourquoi il avait refusé d'avoir un bébé avec Lisa. Il n'était pas égoïste à ce point. Il doutait sérieusement des chances que Lisa et lui avaient de vieillir ensemble. Il était irresponsable d'avoir un enfant quand on savait, avec une bonne dose de certitude, qu'on le rendrait parfaitement malheureux.

À cela s'ajoutait l'incident dramatique qui l'avait conduit à démissionner du FBI. Comme si elle avait lu dans ses pensées, Lisa avait touché ce point sensible :

— Est-ce qu'il y a un rapport avec ce qui s'est passé au Nouveau-Mexique ?

— Non.

— Je pense que si.

— Non !

— Si tu voulais bien m'en parler, John, cela te ferait du bien.

— Je ne peux pas en parler et je ne veux pas d'enfant. Point. Fin de la discussion.

— Tu n'es qu'un sale égoïste.

Elle avait boudé pendant plusieurs jours avant de remettre le sujet sur le tapis. Il la croyait capable de se laisser engrosser sans son consentement. Il avait donc pris rendez-vous pour une vasectomie et utilisé des préservatifs en attendant.

Avant même qu'il ait subi son opération, Lisa avait piqué une rage à cause des préservatifs et était à jamais sortie de sa vie. Peu après, on le convoquait à Denver pour rapatrier un témoin en Caroline du Sud.

Et c'est ainsi qu'il se retrouvait en train d'étancher la soif d'un nourrisson en lui donnant ses doigts à téter. Trois semaines plus tôt, dût-il en mourir, il aurait refusé d'approcher un bébé à moins de trois mètres. Encore moins de le prendre dans ses bras et de lui parler. Sa situation présente n'aurait pas été alors du domaine du possible.

— La vie vous joue de ces tours, hein, Kevin ?

Le bébé semblait désaltéré et content. John regarda sa montre. Merde alors. Vingt-trois minutes étaient passées depuis le départ de Kendall. Pas question qu'elle revienne avant lui. Tant qu'elle le croyait encore amnésique, il avait l'avantage. Si elle s'apercevait qu'il était parti à la recherche d'un...

Téléphone !

Dans sa hâte de donner à boire au bébé, il avait oublié la raison de sa présence ici. Il ferma le robinet et se précipita dans le salon. Sur une table basse, dans un coin, trônait un vieux téléphone noir à cadran circulaire comme on n'en faisait plus.

John rit tout haut en saisissant le combiné. Pour se rendre compte aussitôt qu'il n'y avait pas de tonalité. Il appuya plusieurs fois sur le bouton, dans l'espoir que, comme le robinet, le téléphone avait seulement besoin d'encouragements. Mais c'était inutile. Il perdait son temps.

John vérifia que Kevin était bien amarré dans ses sangles, après quoi il referma soigneusement la porte derrière lui.

— Navré pour le carreau cassé, lança-t-il au propriétaire absent en dévalant, autant que faire se pouvait, les marches du perron. Il ramassa au passage la béquille qu'il y avait laissée.

Heureusement, le chemin du retour était en descente, mais la chaleur demeurait impitoyable. Ses muscles, qu'il entretenait habituellement par deux ou trois séances hebdomadaires de vigoureuse remise en forme, lui faisaient l'effet d'une marmelade qu'on aurait truffée de clous acérés.

Arrivé près de la boîte aux lettres, au bout du chemin, il s'y appuya en cherchant l'air. Le métal était brûlant. Il eut bientôt la sensation d'avoir posé le bras sur un fer rouge.

« *Laisse un mot dans la boîte aux lettres, pauvre couillon !* »

Cette brusque inspiration valait bien un peu de peau carbonisée. Il n'aurait qu'à rédiger un mot ce soir, s'éclipser discrètement et venir le glisser dans la boîte. Il l'adresserait au facteur et lui demanderait d'alerter les autorités locales. Il inscrirait par la même occasion le numéro de téléphone de son bureau et celui de Pepperdyne, au cas où le facteur le prendrait pour un brindezingue et voudrait vérifier son identité. Il relèverait le petit drapeau rouge de la boîte. Le facteur le remarquerait en passant et s'arrêterait. Mieux, il arriverait peut-être à lui dire quelques mots.

Ce nouveau plan lui redonna des ailes. Il franchit la distance qui le séparait de la maison en deux fois moins de temps qu'à l'aller. Malgré sa vélocité, il entendit la voiture tourner dans l'allée au moment où il posait le pied sur le perron.

Il abandonna une béquille dans le salon et se précipita, en traînant la jambe, dans la salle de bains. Il ferma la porte à clé et y reposa son front un bref instant. Son corps n'était que douleur. Sa respiration faisait un bruit de soufflerie encrassée. Ses vêtements dégouttaient de sueur. Et il sentait la transpiration.

Si Kendall le découvrait dans cet état, elle comprendrait tout de suite qu'il tramait quelque chose.

Tremblant de fatigue, il libéra Kevin de ses sangles et le posa sur le tapis de douche.

— On est complices dans cette affaire, non ?

Il mit en place le bouchon de la baignoire et ouvrit les robinets.

Les pas de Kendall résonnèrent dans l'entrée.

— John ?

— Oui ?

Il avait débarrassé Kevin de ses vêtements. Il ne restait plus que la couche.

— Où es-tu ?

— Kendall ? (Il vint à bout de la couche.) Tu es déjà rentrée ?

John s'échoua dans la baignoire en laissant son plâtre hors de l'eau. Cela lui demanda quelques contorsions, mais il parvint à se pencher assez pour caser sa tête sous le robinet et se mouiller complètement les cheveux. Puis il prit le bébé qui frétillait, tout nu, sur le tapis.

— Tu es un vrai pote, lui murmura-t-il en s'allongeant, le bébé sur le ventre. Je n'oublierai pas.

— John, qu'est-ce que tu fais ? Où est Kevin ?

— Quoi ? Je ne t'entends pas. Il y a l'eau qui coule.

— Où est Kevin ? répéta-t-elle avec une pointe de panique dans la voix.

— Ici, avec moi.

Il arrosa le bébé qui couina de bonheur en martelant joyeusement des deux mains la poitrine de John.

— Il est avec toi ?

— Bien sûr. Où veux-tu qu'il soit ?

Elle abaissa la poignée.

— Tu as fermé à clé.

— Oh. Pardon.

— Ouvre.

— Je suis dans la baignoire. Et ce n'est pas une mince affaire d'y entrer et d'en sortir avec ce plâtre.

— J'arrive.

Il s'y attendait. Il avait entendu la peur vibrer dans sa voix. Cela lui démontrait que, même s'ils étaient amants, elle n'avait pas entièrement confiance en lui.

Elle n'avait pas tort.

S'il avait pu tout à l'heure, il l'aurait trahie. S'il y avait eu quelqu'un dans la maison, si le téléphone avait marché, s'il avait pu arrêter une voiture, la police serait en route à l'heure qu'il était pour venir la chercher.

Aujourd'hui, il avait échoué, mais il réessaierait demain, et le lendemain, aussi longtemps qu'il le faudrait. Privé de son arme et de l'usage de sa jambe, il aurait bien du mal à la protéger si les membres de la Confrérie débarquaient pour tenter de s'emparer d'elle.

Le gouvernement avait besoin de son témoignage pour mettre les Burnwood hors d'état de nuire. De toute façon, sans la protection du gouvernement, sa vie ne tenait qu'à un fil face à la société secrète. Il avait la ferme intention de faire en sorte qu'elle bénéficie de cette protection, même si elle devait le haïr pour cela.

La serrure bancale céda aux assauts d'une épingle à cheveux. Kendall entra en trombe pour se figer aussitôt sur place en voyant l'homme et le bébé installés dans la baignoire. Ils offraient un spectacle étonnant, lui avec une jambe pendant hors de la baignoire, l'enfant avec sa petite taille et sa peau rose, minuscule sur ce grand corps.

— Tu arrives à temps pour prendre place, dit-il avec un sourire innocent. Mais nous serons peut-être un peu serrés. Tu veux bien fermer les robinets pour moi ? Je crois que nous avons assez d'eau.

— Qu'est-ce que tu fabriques ?

La frayeur aiguisait le timbre de sa voix.

L'air stupéfait, il énonça l'évidence :

— Je prends un bain.

— Avec Kevin ?

— Pourquoi pas ? J'ai pensé qu'il serait content de se rafraîchir.

— Quand je suis arrivée, la maison avait l'air déserte. Je ne savais pas où vous étiez. Kevin n'était pas dans son parc. J'ai cru... Je ne sais pas ce que j'ai cru.

Elle s'assit lourdement sur le siège des toilettes. Elle était pâle, au bord des larmes. Ses lèvres avaient perdu toute couleur. Elle inclina la tête et se massa les tempes. Elle était bouleversée et, de l'avis de John, ce n'était pas seulement à cause de l'inquiétude momentanée qu'ils lui avaient causée, Kevin et lui.

Il s'était passé quelque chose.

Quoi ? Elle était plus sérieusement ébranlée que lorsqu'elle s'était rogné les cheveux pour modifier son apparence. Il fallait qu'il sache. Qu'avait-elle appris et comment ? Quelle était l'information qui la mettait dans un tel état ?

Elle laissa retomber ses mains sur ses genoux et releva la tête.

— S'il te plaît, John, ne me fais plus jamais des peurs pareilles.

Devant ce regard et ce filet de voix, il se fit l'effet du plus ignoble des salauds.

— Je ne voulais pas te faire peur.

Tout attendri qu'il était, il ne devait pas oublier qu'avec son air pathétique, son regard éperdu et ses cheveux tailladés, cette femme était coupable de deux délits d'une extrême gravité : enlèvement et séquestration, et refus de témoigner.

Il était de son devoir de la remettre indemne aux autorités, par tous les moyens. D'accord, ses méthodes n'étaient pas très catholiques, mais la situation particulière à laquelle il était confronté n'était pas prévue dans le manuel. Il faisait de son mieux.

Il n'avait pas demandé cette mission. Elle lui avait été imposée, d'abord par Jim, ensuite par Kendall. S'il était obligé d'improviser au fur et à mesure, tant pis. S'il n'avouait pas qu'il avait retrouvé la mémoire, s'il filait le parfait amour avec Kendall et s'il s'attachait à son bébé, c'était le boulot qui voulait ça.

« *Bien parlé, McGrath.* » À force de se le répéter, il pourrait bien finir par y croire.

36

Ricki Sue s'arracha nerveusement une petite peau du pouce. Quand le vieux Bristol s'était déplacé en personne pour venir lui demander discrètement de l'accompagner, elle avait fait comme si cela lui arrivait tous les jours d'être convoquée dans le bureau du directeur.

Indifférente aux regards interrogateurs des employés, elle s'était levée, le dos droit et la tête haute, avait réglé son pas sur celui, branlant, du vieux Bristol et l'avait suivi dans la salle de conférence, dont il lui avait galamment ouvert la porte.

— Veuillez attendre ici, mademoiselle Robb. Ils vont venir dans un instant.

« Ouais, c'est ça », avait-elle répondu intérieurement.

Il y avait plus d'une demi-heure qu'elle se morfondait et « ils » n'avaient toujours pas montré leur nez. La salle de conférence avait la gaieté d'un mausolée. Il y régnait une atmosphère de chambre froide. Du haut de leurs cadres dorés, les portraits austères d'associés depuis longtemps décédés la considéraient, avec des expressions sévères, hautaines et sans concession.

Elle fut saisie d'une vague envie de leur tirer la langue, mais se ravisa. Les pontes de Bristol & Mathers seraient bien capables de surveiller leurs employés au moyen de caméras cachées. Ils avaient bien surpris Kendall !

Ricki Sue ne l'aurait pas avoué même sous la torture, mais elle était nerveuse. Les agents du FBI l'avaient déjà interrogée plusieurs fois, plus souvent que tous les autres employés du cabinet, sans doute parce qu'ils savaient qu'elle était la grande amie de Mme Burnwood.

Elle ne leur avait rien révélé, évidemment. Et elle resterait muette comme une tombe, même si on lui introduisait des pointes de bambou sous les ongles.

Soudain, la porte s'ouvrit sans douceur. Un homme entra, escorté de deux autres. Ils portaient tous des costumes sombres et des chemises blanches, mais on savait tout de suite lequel était le chef. Il y avait de la fermeté et de la détermination dans sa démarche autant que dans son attitude.

— Mademoiselle Robb ? Je suis l'agent spécial Pepperdyne.

Il présenta les agents qui l'accompagnaient, mais

Ricki Sue était trop subjuguée par l'air d'autorité qui se dégageait de sa personne pour prêter la moindre attention à ses acolytes. D'ailleurs, elle les connaissait déjà. C'étaient eux qui l'avaient interrogée auparavant.

Cette fois, elle avait droit au grand sachem. Pepperdyne. Il était plutôt mignon et il avait l'art de faire des entrées remarquées. Elle regrettait que le vieux Bristol ne lui ait pas laissé le temps de se recoiffer et de se remettre du rouge à lèvres.

Pepperdyne déclara sans préambule :

— Je suis à court de temps, mademoiselle Robb, alors j'irai droit au but.

Il s'assit à un bout de la longue table et jeta un gros dossier sur la surface brillante. Les documents s'éparpillèrent, mais Ricki Sue n'avait pas besoin de les consulter pour savoir ce qu'ils contenaient.

— Quand nous avons commencé à rassembler par ordinateur des informations sur les antécédents de Kendall Deaton, nous avons récolté des données incohérentes. Il nous a fallu un peu de temps pour y mettre de l'ordre. Maintenant, nous savons tout.

— Vous m'en direz tant !

— Oui, je vous en dis tant.

Il feuilleta plusieurs documents, dont Ricki Sue le soupçonnait de connaître la teneur aussi bien qu'elle, et précisa :

— La falsification de preuves est une faute grave pour un avocat.

— Ça n'a jamais été prouvé, rétorqua Ricki Sue. Or, en Amérique, toute personne dont la culpabilité n'a pas été prouvée est présumée innocente, il me semble.

Il abattit son poing sur la table. Elle en frémit d'excitation. Elle aimerait bien mettre ce gars-là dans son lit pour le voir prendre un vrai coup de sang.

— Ce dossier est farci de rapports faisant état de mensonges, de fraudes et de manipulation de renseignements confidentiels. Mais je n'ai pas besoin de vous donner de détails, car vous savez tout ça, n'est-ce pas ?

— Dans ce cas, pourquoi avez-vous demandé à me voir en particulier ?

Elle baissa la voix pour demander d'un ton enjôleur :

— À moins que cet entretien ne soit pas seulement professionnel ?

Les deux autres agents ricanèrent. Pepperdyne demeura impassible. Il lança à ses subordonnés un coup d'œil réprobateur, puis riva sur Ricki Sue un regard menaçant.

— Vous prenez tout cela un peu trop à la légère, mademoiselle Robb. Pendant que vous débitez des plaisanteries et des allusions déplacées, Mme Burnwood risque sa vie. Un officier fédéral a disparu et il s'avère qu'elle est la seule personne sur la planète à savoir où il se trouve. Je veux les retrouver tous les deux, et vous allez m'y aider.

— Pourquoi vous aiderais-je ? (Elle désigna les dossiers d'un geste de la main.) Puisque vous pensez tout savoir, pourquoi auriez-vous besoin de moi ?

— Parce que vous avez déclaré être l'amie de Mme Burnwood et que j'ai de bonnes raisons de penser qu'elle ne vivra pas longtemps.

Elle s'adressa aux deux autres agents :

— Vous êtes là pour jouer les bons flics ?

Et, se tournant vers Pepperdyne :

— Et vous, vous jouez le rôle du méchant, c'est ça ? Vous cherchez à me faire peur pour m'amener à parler. Eh bien, je ne me laisse pas prendre à ces conneries. Vous croyez que je suis née de la dernière pluie ? C'était le 14 avril 1962, si vous voulez tout savoir. En vrai, 1960, mais on n'est pas à deux ans près.

Peperdyne fronça les sourcils.

— Vous persistez à croire que c'est une farce ? Je vous assure que ce n'en est pas une. Votre amie a enlevé un marshal. Si ça se trouve, elle a tué John McGrath et s'est débarrassée de son corps.

— Elle ne ferait jamais ça ! s'exclama Ricki Sue.

— Elle a bien laissé le marshal Fordham couler dans une voiture ! cria-t-il.

— Elle était déjà morte ! répliqua Ricki Sue sur le même ton. C'est ce qu'ont dit les journaux. J'ai lu comme vous le rapport du coroner, alors cessez de me faire marcher. Kendall ne ferait pas de mal à une mouche. Surtout pas à un gus qui a une jambe cassée et souffre d'amnésie, enfin ! En fait, je suis persuadée qu'elle compte sur lui pour la protéger.

— Dans ce cas, elle court un danger encore plus grand que vous n'imaginez.

La voix de Pepperdyne avait repris une inflexion étonnamment calme, mais où couraient des sous-entendus tellement inquiétants qu'elle en avait la chair de poule.

— Parce que s'il y a un homme dont Mme Burnwood devrait se méfier, c'est John McGrath, ajouta-t-il enfin.

Ricki Sue coula un regard ironique en direction des deux agents, qui restèrent parfaitement stoïques, figés dans une attitude déférente à l'égard de leur supérieur.

— Il y a deux ans, commença Pepperdyne, dans un trou perdu du Nouveau-Mexique dont je ne me rappelle même plus le nom, un homme a fait irruption dans une banque un matin avec deux armes automatiques et tout un arsenal de munitions. Il a demandé à parler à sa femme. Il espérait la convaincre de revenir vivre avec lui et d'essayer de régler leur mésentente. Sa femme travaillait comme standardiste à la banque, mais il ignorait que ce jour-là, justement, elle s'était fait porter malade. Quand le forcené a compris son erreur, cela n'a fait que l'énerver davantage et renforcer sa détermination. Qu'est-ce qu'il avait à perdre ? Maintenant qu'il était là, armé jusqu'aux dents, il n'avait plus qu'à tirer jusqu'à ce qu'il ait tué tout le monde, ou jusqu'à ce que son ex-femme lui promette la réconciliation, c'était selon.

Ricki Sue fit mine de s'ennuyer ferme. Elle s'agita sur son siège et soupira.

— Cette histoire est passionnante, M. Pepperdyne, mais...

— Taisez-vous et écoutez.

— Bon, bon, j'écoute. (Elle croisa les bras sur son opulente poitrine.) Mais on n'a pas intérêt à compter sur mes temps de pause le temps que vous me prenez sur mon travail, sinon, je gueule.

Pepperdyne poursuivit, sans se laisser démonter :

— Au fur et à mesure que la journée avançait, la situation s'enlisait à la banque. La police locale a essayé de raisonner le bonhomme, mais il devenait de plus en plus agité d'heure en heure et chatouilleux de la gâchette. Pour leur montrer qu'il ne rigolait pas, il a abattu un gardien de la banque et jeté son corps d'une fenêtre du deuxième étage. C'est à ce moment-là qu'on m'a appelé. J'ai sauté dans le premier avion en emmenant avec moi le meilleur négociateur que nous avions, le docteur John McGrath.

Ricki Sue ouvrit de grands yeux.

— Oui, le *docteur* McGrath. Il a un doctorat de psychologie et de criminologie. Quand nous sommes arrivés, un système de communication avait déjà été mis en place. John a poliment demandé au forcené d'accepter de lui parler au téléphone. Il lui a fait toutes les promesses qu'on fait dans les situations bloquées comme celle-ci. Il s'y prenait tellement bien que moi-même, j'ai failli croire qu'on les tiendrait.

» John lui a parlé de sa femme. Croyait-il qu'il pourrait reconquérir son amour en se comportant de la sorte ? Voudrait-elle le reprendre s'il continuait à tuer ? Des trucs de ce genre. Le bonhomme commençait à fléchir. John était en train de gagner la partie. Nous espérions que l'affaire se terminerait sans autre mort.

» L'un des otages, une femme, avait ses deux enfants avec elle, un nourrisson et un petit de deux ans. Disons pour abréger que le bébé s'est mis à pleurer. Le gamin de deux ans a suivi. Le gars s'est mis en pétard et a ordonné à la mère de les faire taire.

» Elle a essayé du mieux qu'elle a pu, mais les enfants étaient fatigués et ils avaient faim. Ils étaient trop petits pour se rendre compte du danger et ils ont continué à gémir et à crier. Le forcené a menacé de les tuer s'ils ne se taisaient pas. Vous n'imaginez pas ce que c'était pour nous d'entendre ces gamins pleurer et leur mère supplier.

» Je ne sais pas comment John pouvait rester si calme. Nous étions tous là à pester et à faire les cent pas. John gardait son sang-froid. Il a tenté tout ce qui pouvait l'être. Il lui a promis la lune s'il relâchait la femme et ses enfants sans leur faire de mal. Il parlait d'une voix posée et lénifiante d'hypnotiseur, mais il était aussi angoissé que nous tous. Je n'ai jamais vu un homme transpirer comme lui ce jour-là. Il s'arrachait littéralement les cheveux pendant la négociation. Il voulait de toutes ses forces sauver ces enfants.

Il s'interrompit. Ricki Sue comprit qu'il était plongé en lui-même, dans son souvenir. Elle se racla bruyamment la gorge.

— Que s'est-il passé ?

Pepperdyne la transperça du regard.

— Il les a tués à bout portant. De sang-froid, mademoiselle Robb. La mère, le bébé, le petit garçon. En trois coups de feu. Heureusement, une équipe des groupes d'intervention a réussi à pénétrer dans la banque et à le maîtriser, mais il avait déjà exécuté cette jeune mère et ses petits.

» Cela a été un rude coup pour nous tous, mais surtout pour John. J'ai vu mon ami et collègue s'étioler et dépérir. Quelques mois après ce drame, il quittait le FBI pour entrer dans la police d'État.

» Il s'en veut jusqu'à maintenant. Il le prend comme un échec personnel, qui a privé un homme de toute sa famille. Il a fait tout ce qu'il a pu, dit tout ce qu'il y avait à dire. Il a mis dans la balance tout le pouvoir de persuasion dont il est capable, mais ses efforts n'ont servi à rien. Il n'a pas réussi à sauver ces trois vies et il est tenaillé depuis par un immense sentiment de culpabilité.

Un lourd silence conclut son récit. Ricki Sue se recroquevilla sur sa chaise. Elle demanda enfin :

— Pourquoi me racontez-vous cette histoire ?

— Pour vous expliquer que votre amie se croit peut-être très maligne d'avoir enlevé John, mais qu'elle ne sait pas à quel péril elle s'expose. Il est psychologiquement instable, particulièrement en ce qui concerne les bébés. (Il se pencha vers elle, son visage contre le sien.) Est-ce que vous me comprenez bien, Ricki Sue ? dit-il d'une voix assourdie, sans plus s'encombrer de formalités. Mme Burnwood et son bébé sont en danger.

Ricki Sue était tellement envoûtée par le charme érotique intense de ces yeux qu'elle ne répondit pas tout de suite. Alors elle battit des paupières et inclina la tête en arrière pour s'éloigner de lui.

— Vous êtes encore en train d'essayer de m'embobiner. Je ne marche pas.

Il consulta ses deux compères :

— Est-ce que j'essaie de l'embobiner ?

Ils agitèrent la tête d'un air solennel. Pepperdyne se retourna vers elle.

— Même si John a perdu la mémoire dans l'accident, croyez-moi, sa phobie des enfants reste profondément enracinée dans son subconscient. Il perd la boule dès qu'il aperçoit un enfant. Si vous l'aviez vu dans l'avion qui nous transportait de Denver à Dallas ! Il entend un bébé pleurer, il perd les pédales.

— S'il est aussi instable que vous le dites, pourquoi les lui avoir confiés ?

— Parce que je ne savais pas qu'il allait avoir un accident, ni que Mme Fordham allait mourir. Si John craque et commet un acte irréparable, j'en porterai l'entière responsabilité. Mes intentions étaient bonnes. J'ai pensé que ce pourrait être pour lui une bonne thérapeutique d'avoir à protéger Mme Burnwood et son bébé. Évidemment, je n'avais pas prévu qu'elle se lancerait dans une entreprise aussi insensée. Et répréhensible. En fait, remarqua-t-il en écartant les mains d'un air candide, rien ne dit que John n'a pas déjà disjoncté et buté la mère et l'enfant.

— Non, ils vont bien.

Se rendant compte de sa gaffe, elle sacra entre ses dents.

Pepperdyne saisit la balle au bond.

— Vous avez donc eu de leurs nouvelles ?

— Non, pas du tout.

— Où est-elle ?

— Je ne sais pas.

— Ricki Sue, vous ne lui rendez pas service en refusant de dire où elle se trouve.

— Je vous jure que je ne sais pas où elle est.

Elle se rendit compte qu'elle clignait des yeux trop vite, trahissant irrémédiablement sa mauvaise foi :

— D'accord, je lui ai parlé. Ce matin. Elle a appelé ici, au bureau. Elle savait que ce serait moi qui répondrais. Elle m'a dit qu'elle et Kevin allaient bien et elle a raccroché. Elle n'a parlé que quelques secondes parce qu'elle avait peur que vous n'interceptiez les appels.

Elle attendit un démenti. Il se contenta de soutenir son regard.

— Vous avez mis les téléphones sur écoute, n'est-ce pas ? Ici, et chez moi aussi probablement ! (Elle se leva d'un bond.) Vous êtes un beau salaud ! Puisque vous saviez déjà qu'elle m'avait appelée, pourquoi vous me tournez en bourrique ?

— Asseyez-vous.

— Allez vous faire foutre.

— Asseyez-vous.

Pepperdyne la força à se rasseoir. Ricki Sue était folle de rage et complètement conquise à la fois. Il était affreusement séduisant quand il se mettait en colère.

— Vous êtes sa meilleure amie, Ricki Sue. Vous avez sûrement une idée de l'endroit où elle se cache.

— Vous nous avez espionnées. Donc, vous m'avez entendue lui demander où elle se trouvait. Elle n'a pas voulu me le dire.

— Mais vous avez une idée.

— Aucune.

— Si je m'aperçois que vous m'avez menti, je vous inculperai de rétention d'information et de complicité.

— Ouh, j'ai peur !

Elle fit mine de frissonner.

— Vous êtes trop mignonne.

— Vous trouvez ?

Elle adressa aux agents une œillade entendue. Pepperdyne se retenait visiblement de l'étrangler, ce qui ne manquerait pas de sel, se dit-elle.

— Écoutez, reprit-elle, je n'ai même pas su où elle était pendant toute l'année qu'elle a passée à Denver. Je vous assure que c'est vrai. Elle ne nous avait pas dit où elle habitait, ni à sa grand-mère, ni à moi. Pour notre sécurité, d'après elle. Elle ne voulait pas nous obliger à mentir si on venait nous interroger. (Ricki Sue déploya un grand sourire.) Elle est assez maligne, dans son genre.

— Beaucoup plus maligne que vous. (Pepperdyne posa ses bras sur les accoudoirs et s'inclina vers elle.) Elle est avec un homme que les pleurs d'enfant rend maboul. Mme Burnwood a un enfant.

Ricki Sue émit un son qui ressemblait au bruit qu'on entend dans les jeux télévisés quand le concurrent a donné une mauvaise réponse.

— Allons. M. McGrath ne doit pas être si malade que ça, sinon il ne travaillerait plus. Kevin et elle n'ont rien à craindre de votre flic déjanté.

Le silence de Pepperdyne parut durer une éternité.

— Peut-être pas. Mais la fragilité mentale de John ne fait que s'ajouter aux nombreux problèmes auxquels elle est confrontée.

Il allongea la main vers l'un des agents qui y déposa une enveloppe brune avec la précision d'une infirmière qui remet un scalpel au chirurgien. Pepperdyne ouvrit l'enveloppe et en sortit une photographie sans quitter un instant Ricki Sue des yeux. Il la lui tendit sans un mot.

Ricki Sue regarda et étouffa un cri. Un flot de bile lui monta à la gorge. Elle appliqua une main sur sa bouche. Ses taches de rousseur ressortaient plus que jamais sur ses joues devenues blêmes.

— C'est ce que Matt et Gibb ont fait à la maîtresse de Matt, Lottie Lynam, celle qui les a aidés à s'évader de la prison. La coupure est tellement profonde que la tête était presque détachée du corps.

— Je vous en prie ! souffla Ricki Sue en levant une main tremblante.

— Vous me priez de quoi ? D'arrêter ? De ne pas en dire davantage ? (Il avait élevé la voix.) Et comment, je vais vous en dire davantage, si c'est la seule manière de vous arracher une bribe d'information.

— Je vous l'ai dit. Je ne sais pas où est Kendall.

— Vous n'avez pas l'air de vous rendre compte, Ricki Sue. C'est un délit grave de s'évader de prison. Sans parler du viol et du meurtre. Oui, nous pensons que Mme Lynam a été violée avant d'être égorgée. Nous avons affaire à des déséquilibrés. Rien ne les arrêtera. Les Burnwood ont atteint le point de non-retour. La vie qu'ils menaient avant est finie et ils le savent. Ils n'ont plus rien à perdre. Même fou à lier, on n'en arrive pas à de telles extrémités à moins de se croire investi d'une mission.

Il se rapprocha encore d'elle et murmura :

— À votre avis, en quoi consiste leur mission ?

— À la... la retrouver.

— Exactement.

— Ce sont eux qui ont pénétré dans la maison de sa grand-mère ?

— Nous le supposons. Inquiétant, non ?

— Ils sont rapides à ce point pour être déjà si près ?

— Ils sont déterminés à ce point. Gibb l'est en tout cas, et apparemment, Matt acquiesce à tout ce que son père fait et dit.

Ricki Sue hocha pensivement la tête. C'était bien l'impression qu'elle avait eue dès le départ et tout ce que Kendall lui avait raconté par la suite l'avait confortée dans cette idée.

— Maintenant, c'est tout ou rien, continua Pepperdyne. Les Burnwood se fichent d'être capturés, du moment qu'ils coupent le sifflet à celle qui les a mouchardés. Elle les a trahis. Pour eux, c'est une hérétique. Ils sont justement indignés qu'elle ait pu contester leurs méthodes et se retourner contre eux. Et n'oubliez pas qu'il y a quelques jours encore, Matt ignorait qu'il avait un fils. Je ne pense pas qu'il soit ravi que sa femme lui ait caché cette paternité.

Un pâle sourire effleura ses lèvres :

— Vous n'avez pas encore vu ce bébé, hein, Ricki Sue ? Moi, je l'ai vu. Je l'ai tenu dans mes bras. C'est un petit bonhomme adorable. Il ressemble énormément à sa mère, votre meilleure amie.

— Ça suffit.

Il ajouta d'un ton neutre, anodin :

— Au cours de ma carrière, j'ai eu à enquêter sur des crimes effroyables. Mais je peux vous dire que ce que j'ai appris sur les Burnwood et la Confrérie m'a glacé le sang et encore, nous ne connaissons qu'une infime partie de la vérité.

Il se pencha un peu plus :

— Je verrais très bien ces fanatiques soumettre le bébé à un meurtre rituel, simplement pour prouver qu'ils sont élus. Saints. Au-dessus des lois humaines ; même au-dessus des lois divines. Vous voulez que le petit Kevin finisse comme ça ?

Il lui brandit la photo de Lottie Lynam devant les yeux.

— Arrêtez !

Ricki Sue repoussa la photo et tenta de se lever.

Pepperdyne la retint par les épaules pour l'obliger à rester assise.

— Si vous savez où se cache Mme Burnwood, vous lui sauverez la vie en me le disant.

— Je vous jure que je ne le sais pas, sanglota Ricki Sue.

— Réfléchissez ! Où a-t-elle bien pu aller ?

— Je ne sais pas !

Pepperdyne se redressa et poussa un profond soupir.

— Très bien, Ricki Sue. Ne me faites pas confiance. Ne me dites rien. Mais en vous taisant, vous exposez deux vies à un grave danger, sans compter le marshal McGrath.

Il posa sa carte de visite sur la table.

— J'ai noté au dos le numéro de téléphone où on peut me joindre. Nous avons un bureau au commissariat de Sheridan. Il y a là-bas quelqu'un qui saura où me trouver vingt-quatre heures sur vingt-quatre. Si Mme Burnwood appelle, dites-lui de venir. Suppliez-la de venir. Je jure de la protéger.

Ricki Sue s'essuya le nez du revers de la main.

— Vous allez la protéger ? Comme avant ?

Elle retira une petite satisfaction de cette pique, lancée en guise d'adieu. Pepperdyne quitta la pièce le front soucieux.

37

— Maman est dans une de ces rognes !

Henry raccrocha, la mine défaite, et se tourna vers son frère.

Luther s'était offert un snack et un grand godet de boisson gazeuse. Il proposa à Henry d'y goûter d'un air absent. Il était très occupé à lorgner les trois filles qui mettaient de l'essence dans une Mustang décapotable, près des pompes.

— Elles devraient pas se promener à moitié nues comme ça, remarqua-t-il en avalant une gorgée de son soda. Elles ont des shorts tellement courts qu'on voit dépasser leurs fesses. Et regarde-moi ces hauts, comme ils sont serrés ! Mais si un mec comme moi essaie de prendre un peu de ce qu'elles étalent, c'est le prix fort. La cabane !

Henry jeta un coup d'œil aux filles en question, mais il était trop accablé pour apprécier le spectacle. Maman venait de lui passer un savon presque aussi douloureux que les coups de ceinture que son père lui donnait dans le temps. La gueulante de la mère valait la pire des corrections.

— Tu as entendu ce que je t'ai dit, Luther ? Maman est furibarde.

Luther engouffra la fin de son sandwich d'une seule bouchée, froissa le papier d'emballage et le jeta par terre.

— Pourquoi ça ?

— À cause de ce qui s'est passé la nuit dernière.

— Comment pouvions-nous savoir que la maison de la vieille dame était infestée de fédéraux ? Il me semblait que c'était plutôt une bonne idée d'aller la déplanquer là-bas. Tu l'as dit à maman ?

— J'ai essayé. Mais je suis pas sûr qu'elle ait tout enregistré. Elle criait trop fort. Quand elle se met à gueuler, ça ne l'intéresse pas trop d'écouter.

Luther opina du chef. Les trois filles passèrent devant lui pour aller payer à la caisse. Absorbées qu'elles étaient dans leur conversation et leurs ricanements, elles ne le remarquèrent même pas. Ces gosses de riche, qui se baladaient dans des voitures flambant neuves que leur papa leur donnait le jour de leurs seize ans, n'étaient pas du même monde. Elles ne le voyaient pas, comme s'il était transparent, comme s'il n'existait pas. Luther était vexé.

— Il devrait y avoir une loi pour leur interdire de ballotter leurs nichons comme ça, grommela-t-il. C'est vrai, quoi ! Elles savent bien l'effet que ça fait aux bonshommes.

— Arrête de t'agiter comme un ressort et écoute-moi, beugla Henry.

Henry n'avait que quelques minutes de plus que son jumeau, mais il prenait très au sérieux son rôle d'aîné. C'était lui qui organisait et qui décidait. Cela n'avait jamais soulevé aucun litige entre eux. Luther se soumettait volontiers aux talents de chef de son frère. Il faisait ce qu'on lui disait. On pouvait compter sur lui pour s'acquitter de sa charge dans toutes les opérations, légales ou illégales, mais il était l'exécutant, pas la tête pensante.

Henry était encore sous le coup de l'engueulade maternelle.

— Elle a dit que même si on mettait nos deux cerveaux ensemble, ça ne suffirait pas. Elle a dit que même un imbécile se serait douté que Mme Burnwood n'irait pas se planquer dans la maison de sa grand-mère, parce que c'était le premier endroit où on viendrait la chercher.

— Je peux t'avouer quelque chose, Henry? Jure-moi que tu ne le répéteras pas, surtout pas à maman.

— Quoi?

— J'ai pissé dans mon froc quand les flics ont commencé à nous courser en nous canardant. J'ai jamais eu si peur de ma vie.

— Moi non plus. On a eu de la veine, parce qu'à l'heure qu'il est, on devrait se les geler en taule.

L'évocation de la prison raviva immédiatement le souvenir de Billy Joe et des épreuves qu'il traversait à cause de celle qu'ils traquaient. Parfois, rebutés par la difficulté de l'entreprise, en proie à la lassitude et au découragement, ils sentaient leur zèle diminuer. Mais tout ce qui leur rappelait leur petit frère, condamné à vivre comme un infirme derrière des barreaux, au milieu de toqués et de tordus de toutes les couleurs, rallumait leur rancune et leurs ardeurs vengeresses.

— Bon, nous perdons notre temps à traînasser ici, déclara Henry. Chaque minute qui passe nous écarte de sa piste.

— Je reviens tout de suite, annonça Luther en se dirigeant vers le magasin. Je vais m'acheter un autre snack.

Henry l'attrapa par la chemise et le poussa vers la voiture.

— Snack, mon cul ! Tu veux encore reluquer les trois gonzesses.

— Un coup d'œil, ça ne fait de mal à personne, que je sache !

Ils errèrent pendant une heure dans les rues de Sheridan, dans l'espoir que leur flânerie dans la ville natale de Kendall Burnwood ferait naître une inspiration, qu'ils absorberaient par osmose un indice qui les conduirait à sa cachette, puisqu'ils avaient appris à leurs dépens qu'elle ne s'était pas réfugiée chez sa grand-mère, dans un hameau dépeuplé des alentours de la ville.

Ils n'avaient pas pensé qu'il serait si difficile de la trouver. Ils en avaient assez et avaient envie de rentrer. À Prosper, maman fulminait à cause de leur échec. S'ils n'obtenaient pas un résultat dans les plus brefs délais, elle leur ferait leur fête, pas de doute.

Au bout d'une heure d'errance sans but, Henry gara la voiture dans le parking du palais de justice.

— Qu'est-ce que tu fabriques, Henry ? (Luther jeta autour de lui des regards inquiets.) Les flics pullulent dans le coin comme les mouches sur une charogne.

— Ils ne nous ont pas vus et ne savent pas à quoi ressemble notre voiture. Les journaux parlent de « malfaiteurs non identifiés ». Ils pensent qu'ils ont eu affaire à des gosses qui cherchaient à piquer une chaîne ou une radio pour se payer leur dose.

L'explication n'apaisa pas les craintes de Luther.

— N'empêche que je comprends pas. Qu'est-ce qu'on fout ici ?

— On surveille.

— On surveille quoi ?

— On surveille, pour voir s'il y a quelque chose à voir. On sait jamais. Je crois qu'on arrivera jamais à trouver cette salope tout seuls. On va attendre que quelqu'un nous montre le chemin.

Luther glissa au fond de son siège, baissa la tête et ferma les yeux. Il sifflotait en imaginant que les trois filles en short rasibus et tee-shirt étriqué se soumettaient avec entrain à ses quatre volontés. Il avait dû s'assoupir, car il émergea en sursaut quand Henry lui planta son coude dans les côtes.

— Allez, viens.

Il s'ébroua, bâilla.

— Où ça?

— Tu vois les mecs qui traversent la rue là-bas?

Luther suivit la direction que lui indiquait Henry au bout de son doigt.

— En costume sombre?

— Ils viennent de sortir du palais de justice. C'est quoi, à ton avis?

— Des poulets, sûr comme deux et deux font quatre.

— Han-han.

— C'est pas l'immeuble dans lequel travaillait Mme Burnwood avant? Ils y vont tout droit.

— C'est pour ça que je pense que c'est peut-être important.

Ils sortirent de la voiture et traversèrent la rue au pas de course pour entrer, à la suite des agents du FBI, dans l'immeuble où le cabinet Bristol & Mathers tenait ses bureaux. Ils avaient déjà un peu joué les limiers aux alentours de l'immeuble, mais n'en avaient rien retiré d'intéressant.

— Ils sont montés, remarqua Henry quand ils pénétrèrent dans l'entrée du bâtiment. Tu vois où s'est arrêté l'ascenseur? Cinquième étage.

Ils rôdèrent un moment dans le hall, en s'efforçant de passer inaperçus, mais ils étaient tellement extraordinairement identiques que tous les gens qui entraient et sortaient se retournaient sur eux.

Luther trouva bientôt l'attente ennuyeuse et commença à se plaindre, mais Henry refusa de partir. Une demi-heure plus tard, leur patience fut récompensée. L'ascenseur déversa les trois hommes dans le hall. Ils étaient visiblement nerveux. L'un d'eux mettait autant de fureur dans sa parole que dans sa démarche.

— Je reste persuadé qu'elle ne dit pas tout ce

qu'elle sait. Elle a beaucoup plus peur de trahir son amie qu'elle n'a peur de nous.

Ce fut ce que les Crook glanèrent. Les trois hommes avaient déjà franchi la porte. Les jumeaux se regardèrent.

— À quoi ça rime, à ton avis ? demanda Luther.

En guise de réponse, les portes de l'ascenseur s'écartèrent à nouveau pour livrer passage à une femme d'un volume imposant à la tête surmontée d'une pyramide de cheveux roux. Elle avait le visage marbré, les yeux rouges et bouffis. Manifestement, elle avait pleuré.

Elle appliqua un mouchoir sur son nez et se moucha bruyamment, sous les yeux écarquillés de Luther et d'Henry. Elle ne remarqua pas les jumeaux, car elle gardait les yeux fixés sur le trio d'agents fédéraux qui s'éloignaient sur le trottoir. Dès qu'elle fut dehors, elle leur adressa un geste obscène de la main, que les destinataires ne virent pas, mais qui sembla lui procurer une immense satisfaction.

— Qui est cette grosse fille ?

— J'en sais rien, répondit Henry, songeur. Mais ce que je sais, c'est qu'elle porte pas les poulets dans son cœur. Qu'est-ce qu'ils peuvent bien avoir en commun sinon Kendall Burnwood ?

⁂

— C'est dégoûtant.

Gibb balaya la pile de *Playgirl* que Ricki Sue accumulait sur sa table basse.

— Des horreurs. Des cochonneries. Exactement ce qu'on s'attend à trouver sous le toit d'une putain.

Matt considéra les magazines éparpillés sur le sol. S'ils lui inspiraient la même répulsion qu'à son père, il ne le montra pas. Il n'avait pratiquement plus aucune réaction depuis qu'ils avaient quitté le motel où ils avaient laissé Lottie dans un bain de sang.

— Cette femme est antipathique et grossière. Toujours des allusions lubriques à la bouche. Tu te souviens comme elle nous a fait mauvaise impression à ton mariage ?

— Oui.

— Pas du tout le genre d'amie qui convient à une Burnwood.

— Non.

— C'est vrai qu'en fin de compte, celle que tu as épousée nous a trahis.

— Oui.

Depuis plusieurs heures, ils fouillaient toute la maison pour trouver un indice qui les mette sur la piste de Kendall. Ils avaient retourné tous les tiroirs, lu tous les papiers qu'ils avaient pu trouver, feuilles d'impôts, agendas, Post-it, notes personnelles.

Ils n'avaient rien déniché sur Kendall, mais n'ignorait plus rien du mode de vie de Ricki Sue. Elle possédait, outre un assortiment de produits de beauté digne d'un drugstore, une collection impressionnante de livres et de cassettes érotiques.

Ils avaient découvert, dans le tiroir de sa table de nuit, une réserve de préservatifs à faire pâlir d'envie un pharmacien. Il y en avait de toutes les tailles, formes et couleurs.

Elle avait un goût immodéré pour les sels de bains et les parfums fleuris. Elle détenait une immense quantité de lingerie, dont une chemise de nuit en flanelle écossaise ultra-longue et un quarteron de culottes sans fond.

Les placards de la cuisine regorgaient de biscuits, de chips et de boissons de régime. Le réfrigérateur ne contenait qu'un quart de litre de lait, quatre packs de six bières et un bocal d'olives opaque de moisissure.

Ricki Sue n'était pas une maîtresse de maison très ordonnée, mais après le passage de Gibb et Matt, cela n'aurait plus d'importance. Ils avaient littéralement saccagé l'appartement. Ils en étaient à jeter un dernier coup d'œil pour s'assurer qu'ils n'avaient rien oublié.

— Tu as regardé sous le lit ? demanda Gibb.

— Non.

Ils avaient arraché les draps et couvertures pour soulever le matelas, mais ils n'avaient ni l'un ni l'autre le souvenir d'avoir regardé sous le lit.

Matt s'agenouilla.

— Il y a une boîte, papa.

Gibb fut aussitôt alerté.

— Quel genre de boîte ?

Matt ramena une boîte à chaussures ordinaire. Il ôta le couvercle nappé de poussière. Voyant qu'elle contenait des lettres et des cartes postales, il la tendit à Gibb.

— Il y en a peut-être une de Kendall, murmura Gibb, enchanté. Voyons cela.

Ils transportèrent leur trouvaille dans le salon, où ils auraient plus de place pour étaler toute cette correspondance. Ils allaient commencer leur tri quand Gibb leva la main pour demander le silence. Il s'approcha à pas feutrés de la fenêtre donnant sur la rue et jeta un coup d'œil à l'extérieur.

— La voilà. Sa voiture vient d'entrer sur le parking.

Il considéra la pile de revues pornographiques avec un dégoût non dissimulé, puis leva lentement les yeux sur Matt.

— Nous devons saisir l'occasion, Matthew. C'est pour cela que nous avons été envoyés, mon garçon. C'était écrit. Sinon, pourquoi rentrerait-elle avant l'heure habituelle ? Tu comprends ce que je veux dire ?

Sans un mot de protestation ou d'hésitation, Matt hocha la tête.

— Oui.

Gibb lui fit signe de se cacher derrière la porte. Lui-même se faufila dans l'alcôve qui servait de salle à manger, d'où il pouvait surveiller la porte sans être trop visible. Les deux hommes avaient les yeux fixés sur la poignée lorsque Ricki Sue introduisit la clé dans la serrure.

— Hé, la rouquine !

Le cri venait de la rue.

Devant le tour inattendu que prenaient les événements, Matt interrogea son père du regard. Gibb guignait entre les lattes des volets pour essayer de voir qui avait interpellé Ricki Sue.

— Quoi ?

Laissant sa clé sur la porte, elle se retourna.

— Nous cherchons Sunset Street. Vous savez où ça se trouve ?

— Peut-être bien que oui, peut-être bien que non, chantonna-t-elle avec un petit air effronté.

— Vous voulez pas venir voir ?

Les traits de Gibb se crispèrent d'indignation. Il martela l'air de son index dressé pour inviter son fils à venir assister au spectacle. Une vieille Camaro était garée au bord du trottoir. Les occupants en étaient Henry et Luther Crook.

— Qu'est-ce qu'ils font là ? murmura Gibb.

Ricki Sue avait rejoint la voiture. Elle s'était penchée à la fenêtre du conducteur pour mieux lui expliquer le chemin. Elle flirtait avec les jumeaux, qui étaient manifestement éblouis par l'ampleur de ses formes.

— Ils doivent faire la même chose que nous, décréta Gibb après réflexion. Ils sont à la recherche de Kendall, à cause de Billy Joe. Ils la rendent responsable de son malheureux accident.

Il lâcha un rire cynique.

— Ils veulent prendre leur revanche. Pour ça, il faut qu'ils la retrouvent avant les forces de l'ordre. (Ses yeux s'arrêtèrent sur Matt.) Comme nous, fiston. Sauf qu'eux n'ont pas le Pouvoir Suprême à leur côté. Ce sont eux, sans doute, qui sont tombés dans le piège tendu par le FBI chez sa grand-mère. Les journaux ont laissé entendre que c'était nous. Comme si nous étions aussi bêtes !

Matt écoutait en acquiesçant docilement.

Ricki Sue gesticulait abondamment en décrivant leur itinéraire aux jumeaux.

Gibb vint se placer derrière Matt et lui posa la main sur l'épaule.

— Allons-nous-en. Apparemment, le Seigneur a changé d'avis. Ce n'est pas son heure. Quand le moment sera venu, il nous le fera savoir. Prends la boîte.

Gibb regagna la chambre et se dirigea vers la fenêtre par laquelle ils étaient entrés. Matt le suivit sans un mot.

38

Le policier pénétra dans le bureau provisoire de Pepperdyne.

— Il y a quelqu'un qui veut vous parler au téléphone, monsieur. Elle ne veut parler à personne d'autre. Ligne trois.

Elle ? Mme Burnwood ? Tout gonflé d'espoir, Pepperdyne décrocha le téléphone d'un geste impatient et pressa le bouton qui clignotait.

— Pepperdyne à l'appareil.

— Espèce d'enfant de salaud !

— Pardon ?

— Vous m'avez parfaitement comprise. Vous êtes un enculé, une ordure ! Et ce n'est qu'un début. Quand j'aurai épuisé toute la liste des injures que je connais dans ma langue, j'irai puiser dans les langues étrangères pour vous donner une bonne idée générale de l'opinion exécrable que j'ai de vous.

Pepperdyne soupira.

— J'ai une bonne idée générale, mademoiselle Robb. Puis-je savoir ce qui me vaut une telle avalanche d'obscénités ?

— Vous le savez très bien, faux cul !

Elle criait tellement fort que les autres agents présents dans la pièce pouvaient profiter de la conversation. Ils interrompirent leurs activités diverses pour verser sur Pepperdyne des regards déconcertés. La plupart devaient regretter de n'avoir pas le toupet de Ricki Sue.

— Ces fumiers ont mis mon appartement à sac.

— Quels fumiers ?

— Vos fumiers. Ils ont tripatouillé dans tous mes tiroirs. Au sens propre. Mes dessous sont répandus partout et...

— Attendez une minute. (Pepperdyne se redressa dans son fauteuil à dossier inclinable.) Votre appartement a été visité ?

— Comme je vous le dis, Sherlock.

— Et vous croyez que ce sont mes hommes ?

— Ne jouez pas les imbéciles avec moi. Ils...

— J'arrive.

Il raccrocha sans autres formalités. Il brailla à deux de ses hommes de l'accompagner, arracha sa veste du portemanteau et fonça vers la première sortie.

Cinq minutes plus tard, il affrontait Ricki Sue devant sa porte. Elle frémissait d'une indignation qui l'agitait tellement que son échafaudage capillaire menaçait ruine.

— Vous devriez demander au FBI de vous apprendre les bonnes manières en cours accéléré, agent spécial Pepperdyne. Un, vous envoyez vos détraqués foutre en l'air ma baraque, ensuite, vous me raccrochez au nez. Je refuse de payer un centime d'impôt de plus si c'est tout ce que ces fils de merde...

— Mes « détraqués », comme vous dites, n'y sont pour rien. (Il l'écarta de son chemin, entra et commença à lui lancer une rafale de questions.) L'appartement est-il exactement dans l'état où vous l'avez trouvé ? À quelle heure avez-vous découvert l'effraction ? Avez-vous remarqué s'il manque quelque chose ? Avez-vous touché à quoi que ce soit ?

Pendant que les deux autres agents tournicotaient dans l'appartement pour évaluer l'étendue des dégâts sans rien déranger qui puisse par la suite servir de preuve, Ricki Sue se planta au milieu de son salon, les poings fichés sur ses vastes hanches.

— Êtes-vous en train de vous payer ma tête, Pepperdyne ?

— Non. Pour effectuer une fouille officielle, nous vous aurions présenté un mandat. Nous appliquons strictement les règles dans cette affaire, pour éviter qu'un juge plus soucieux de démagogie que d'éthique ou de réalisme décide d'ajourner l'enquête pour vice de forme. Quoi qu'il en soit, je peux vous affirmer que les responsables de cette pagaille ne venaient pas de chez moi, ni de la police fédérale, ni de celle de Sheridan.

— Alors qui ?

— Je l'ignore. Mais j'ai l'intention de le découvrir, ajouta-t-il d'un ton rageur. Est-ce qu'il manque quelque chose ?

— Pas à ma connaissance, mais je n'ai pas vraiment regardé. Je suis arrivée, j'ai vu ce foutoir et j'étais tellement furieuse que je vous ai appelé sans prendre le temps de faire l'inventaire.

— Allez vérifier.

Elle obtempéra pendant que ses hommes réquisitionnaient le téléphone pour demander l'envoi immédiat d'une équipe scientifique. Ricki Sue assistait, impuissante, au deuxième saccage de son appartement, cette fois par des professionnels à la recherche d'indices qui leur permettraient d'identifier ceux qui l'avaient dévasté la première fois.

— Écoutez, ce n'est pas une situation ordinaire, expliqua Pepperdyne pour mettre un terme au crescendo de ses récriminations. Nous travaillons au niveau fédéral et parce que vous étiez une amie proche de Mme Burnwood, vous êtes devenue un élément capital dans cette affaire.

— C'est sans doute un banal cambriolage qui n'a rien à voir avec cette histoire, répliqua Ricki Sue.

— Vous n'y croyez pas plus que moi.

Il subodorait que ses violentes protestations n'étaient qu'un écran de fumée pour cacher son inquiétude grandissante. Elle rouspétait avec moins de vigueur, ce qui était bon signe. S'il ne pouvait la convaincre par l'intimidation de l'aider à trouver son amie, peut-être que la peur l'inciterait à révéler quelques secrets.

— Votre vandale n'est pas venu pour voler, continua-t-il. Il n'a rien emporté des trucs habituels, poste de télévision, radio, caméras. Il cherchait quelque chose de totalement différent.

— Comme ?

— Comme une indication sur le lieu où se cache Mme Burnwood.

— Dans ce cas, ils l'ont d.l.c. — dans le cul.

Pepperdyne ne se laissa pas ébranler par sa vulgarité de langage et poursuivit sa démonstration.

— Je ne pense pas que ces ravages soient dus à un seul homme. Inconsciemment, vous êtes du même avis. Vous avez toujours parlé de voleurs au pluriel.

— Ne vous échauffez pas, Pepperdyne. J'ai seulement dit ce qui m'est venu à l'esprit.

— Si ça vous est venu à l'esprit, c'est qu'il y a une raison, Ricki Sue. Vous avez une idée, n'est-ce pas ? Moi aussi.

Cédant soudain à la nervosité, elle s'humecta les lèvres.

— Vous pensez à Matt Burnwood et à son père ?

— C'est une éventualité.

— Oh, merde ! Je ne tiens pas à avoir affaire à ces bouchers.

— Quand je suis arrivé, vous avez employé le mot de « détraqués ». Pourquoi ? Au-delà des apparences bien sûr. Ils ont fourragé dans votre lingerie, mais tous les voleurs le font, dans l'espoir de tomber sur un trésor.

— C'est pas seulement ça. (Elle le prit par le bras et le conduisit devant la table basse.) Regardez ces revues.

Une athlète nue aux muscles rebondis coulait à Pepperdyne un sourire séducteur depuis la page centrale d'un *Playgirl*.

— Assez bandante. Et alors ?

— Exact. Alors pourquoi l'aurais-je esquintée en l'écrasant sous mon talon ?

Au centre de la photo, le papier était froissé, parcouru de plis déployés en spirale autour d'un point central. Quelqu'un en effet y avait enfoncé son talon.

— Ça a peut-être été involontaire.

Ricki Sue agita sa coiffure monumentale en voie d'effondrement.

— Je ne crois pas, parce qu'il y a la même chose là-bas. Et ça, ça m'agace. Ce bouquin m'a coûté cinquante billets. C'est le seul souvenir que j'aie rapporté de mes vacances à San Francisco, il y a deux ans.

Elle l'entraîna derrière le canapé. Un amas de livres et de cassettes, arrachés aux étagères, jalonnaient le sol. Pepperdyne s'agenouilla pour examiner de plus près le livre qu'elle lui désignait. C'était un recueil de clichés pornos, ouvert à une page où s'étalait, en grand format, la photographie en couleurs d'un couple en plein acte sexuel. La photo était sillonnée d'éraflures, comme si quelqu'un s'était essuyé les pieds dessus.

— Pas très chaste comme attitude, commenta Pepperdyne.

— C'est ce qui faisait tout l'intérêt du livre. Jeannot-la-trique-agile, l'homme de mes rêves. Cette image à elle seule valait les cinquante billets.

— Je vous en achèterai un autre exemplaire, proposa Pepperdyne en se relevant. Je vous achèterai un magasin entier de livres cochons si vous me dites où se trouve Mme Burnwood.

— Vous êtes dur de la feuille, vous ! Alors, lisez sur mes lèvres, bourrique. *Je ne sais pas.*

Elle ouvrit grand les bras pour englober la totalité du capharnaüm qui régnait chez elle :

— Ceux qui sont venus ici foutre ma maison en l'air pour y chercher un « indice » se gourent autant d'adresse que vous.

⁂

— Monsieur, c'est bien eux. Les empreintes correspondent.

Pepperdyne remercia l'officier qui lui avait apporté le rapport sans tarder. Il vira sur place et apostropha le chef de police.

— Vous avez entendu. Gibb et Matt Burnwood ont vandalisé l'appartement de Mlle Robb cet après-midi. Ils sont dans cette ville. Rassemblez tous vos hommes. Les miens sont à votre disposition et nous allons recevoir des renforts. Je veux qu'on retrouve ces salauds. Ce soir. Maintenant.

Le policier se mettait en branle pour exécuter les ordres de Pepperdyne, lorsque celui-ci le rappela pour lui adresser un dernier mot :

— Ce sont d'ignobles brutes. Dites à vos hommes de ne pas se laisser impressionner par leur tenue correcte et leurs belles manières. Ce sont des fanatiques, convaincus d'avoir été choisis pour accomplir une mission divine. Ils tueront sans pitié ceux qui se dresseront sur leur route. Demandez à vos hommes d'agir avec une extrême prudence s'ils les repèrent.

— Bien, monsieur.

Pepperdyne s'écroula dans son fauteuil de bureau et se frotta les yeux avec vigueur. Il ne pouvait se permettre de céder à la fatigue. Depuis que John avait disparu, il ne dormait que brièvement, par à-coups, quelques minutes par-ci, par-là, quand il pouvait. Il ne s'accorderait pas une nuit entière de sommeil tant qu'on n'aurait pas retrouvé son ami et Mme Burnwood et tant que Gibb et Matt Burnwood n'auraient pas été repris, morts ou vifs.

Ce qu'il avait dit à la virago flamboyante était un aveu personnel : il se sentait réellement responsable d'avoir entraîné John dans cette situation dramatique.

Au départ, c'était une plaisanterie, sans doute assez cruelle. Il avait pensé que ce serait salutaire pour John. Que les moments passés avec le bébé de Mme Burnwood pourraient réparer les dégâts psychologiques causés par les événements tragiques du Nouveau-Mexique.

C'est avec cette idée que Pepperdyne les avait

confiés à John. Jamais il n'aurait imaginé que son ami deviendrait un personnage clé dans l'une des affaires criminelles les plus bizarres des dix dernières années.

Plus le Bureau en apprenait sur la Confrérie, plus Pepperdyne s'inquiétait pour John et Mme Burnwood. Meurtres et mutilations rituels, mots de passe et cantiques secrets, assez de supplices et de sang versé pour reléguer le marquis de Sade au rang de simple amateur, tel était l'apanage de la Confrérie.

Pepperdyne se leva avec peine et s'étira pour soulager ses lombaires douloureuses. Il se dirigea vers la fenêtre et contempla la ville de Sheridan. La nuit était tombée. L'obscurité jouait en faveur des Burnwood. Ils étaient là, quelque part. Mais où ?

Mme Burnwood et son ami John McGrath étaient là, quelque part, eux aussi. Personne, pas même quelqu'un d'aussi astucieux que Mme Burnwood, ne pouvait disparaître complètement. Quelqu'un les avait forcément vus. Ils se terraient dans quelque refuge.

— Mais où, nom d'un chien ? s'énerva Pepperdyne à haute voix.

Il ne savait même pas par où commencer ses recherches.

L'agent spécial Pepperdyne ne savait qu'une chose avec une absolue certitude : si Matt Burnwood retrouvait son ex-femme avant les autorités, elle n'aurait plus à craindre d'avoir à répondre de ses forfaits.

Elle serait morte.

39

— ... la femme est morte sans que son affaire ait été traitée en justice. Elle est morte du SIDA, dans la souffrance et l'indignité. Tout ce qu'elle demandait, c'était de dire adieu à ses enfants. Cela lui a été refusé.

Kendall rapportait à John l'histoire qu'elle avait racontée à Matt et à Gibb en un temps qui semblait appartenir à une autre vie. C'était une autre vie en effet, bien loin de cette petite chambre de la ferme grand-maternelle, au fin fond du Tennessee.

— Chaque fois que je perds, c'est pour moi un échec personnel. C'est comme si je la décevais encore une fois.

— C'est ce qui t'a amenée à choisir l'un des aspects les plus difficiles de ce métier?

— Sans doute.

— Cet épisode a certainement été déterminant. Mais je pense qu'il y a autre chose. Je pense que tu avais la bosse du dévouement avant de devenir avocat et de t'occuper du cas de cette femme atteinte du SIDA.

Elle releva la tête pour scruter ses yeux.

— Pourquoi veux-tu parler de mon passé? C'est important?

— De toi, je ne sais que ce qui s'est passé depuis que j'ai repris connaissance à l'hôpital. Oui, c'est important pour moi.

Elle reposa la tête sur son épaule en soupirant. En réalité, elle n'était pas aussi réticente à parler qu'elle le prétendait. Son calme incitait à la confidence et elle voulait qu'il se souvienne d'elle. Plus tard.

— Pourquoi tu t'investis tellement, Kendall?

— Qui dit que je m'investis?

— Ho! lâcha-t-il d'un ton moqueur. Raconte. Qu'est-il arrivé à tes parents?

— Ils sont morts dans le crash d'un avion privé en allant faire du ski dans le Colorado.

— Comment étaient-ils?

— Pleins de vitalité. Entreprenants. Drôles. Affectueux l'un avec l'autre autant qu'avec moi. Je trouvais que c'étaient les deux personnes les plus merveilleuses qui existaient en ce bas monde. Je les aimais de toutes mes forces. Ils sont morts bien avant leur heure. On se dit dans ces cas-là qu'on doit vivre à leur place et compenser ce qu'ils n'ont pas eu. Ça pousse à s'investir.

Elle redressa encore la tête.

— Tu es psy ou quoi ?

Elle plaisantait, mais cela ne le fit pas sourire.

— Comment es-tu devenue la femme volontaire, obstinée que je connais ?

— Je t'ai expliqué...

— Creuse.

— Bon, si tu veux jouer au docteur, libre à toi. (Elle poussa un soupir de résignation.) Au moment de partir pour le Colorado, pendant que nous nous disions au revoir, avec toutes les démonstrations habituelles, papa m'a dit : « Avant notre retour, tâche de ranger ta chambre et de faire en sorte que nous puissions être fiers de toi. » Ils ne sont jamais revenus. Je suppose que je suis toujours en train d'essayer de faire en sorte qu'ils soient fiers de moi.

— C'est une version condensée, mais assez bien vue.

— Merci. Maintenant, si on passait à des choses plus gaies ? Il y a d'autres façons de jouer au docteur, tu sais ?

— Tu n'as pas à chercher l'approbation de personnes qui sont mortes, Kendall. Tu n'es pas obligée d'être la meilleure en tout.

— On me l'a déjà dit.

— Qui ?

— Mon mari.

Il riva sur elle un regard perçant. Le cœur de Kendall s'arrêta de battre. Elle fut saisie de panique, mais elle savait qu'elle devait continuer à parler et trouver à la minute une explication valable.

— Tu as tellement changé. Je pense au mari d'avant, celui qui m'a trompée, comme si c'était quelqu'un d'autre.

— Je suis quelqu'un d'autre. C'est ça ?

— Oui, répondit-elle d'une voix ébranlée. Tu as complètement changé depuis que nous sommes ici.

Tu n'as rien de commun avec l'homme que j'ai épousé. Il appartient à un mauvais rêve qui s'est déroulé ailleurs, il y a longtemps.

Il soutint longuement son regard avant de reprendre la discussion.

— Tu t'es mise à mentir à la mort de tes parents, n'est-ce pas ?

— Je ne mens pas.

— Ça, c'est une question sur laquelle il n'y a pas à débattre, Kendall. Tu es très forte dans ce domaine.

— Si j'étais si forte, tu ne douterais pas de tout ce que je dis.

— Pas tout. Mais une bonne proportion. Tu dois avoir des années d'entraînement.

— Je veux toujours enjoliver les choses. Quand j'étais petite, je voulais... embellir la réalité, la rendre plus acceptable. Au lieu de n'avoir plus de parents, je m'en inventais d'extraordinaires, que leurs métiers fabuleux obligeaient à vivre loin de moi. Une année, c'étaient des stars de cinéma qui voulaient me préserver de la vie dissolue d'Hollywood. L'année suivante, c'étaient des explorateurs en expédition au Pôle Nord. Une autre fois, des pasteurs en mission derrière le rideau de fer, qui convertissaient les âmes le dimanche et exécutaient des opérations périlleuses pour la CIA pendant la semaine.

— Quelle imagination !

Elle sourit aux souvenirs qui l'assaillaient.

— Mon imagination ne plaisait pas beaucoup à mes éducateurs et enseignants, à l'école. J'avais souvent des ennuis à cause de ce qu'ils appelaient mes mensonges et que je considérais comme des retouches à une situation qui, sinon, aurait été insupportable.

— Et maintenant, à l'âge adulte ? Quand une situation intolérable surgit, tu remanies les faits ?

— Comme par exemple ? demanda-t-elle précautionneusement.

— Par exemple si ton mari était frappé d'amnésie et ne se souvenait ni de toi, ni des relations qu'il avait avec toi auparavant, tu falsifierais tes véritables sentiments à son égard ?

Des larmes affluèrent à ses yeux. Elle agita la tête.

— Tu as raison. J'ai menti plus souvent qu'à mon tour. Généralement pour jeter un éclairage plus positif sur la réalité. Parfois, je l'admets, parce que ça m'arrangeait.

Elle lui effleura les cheveux, les cils, les lèvres.

— Mais il y a des sentiments qu'on ne peut feindre. L'amour en est un. Si je ne t'aimais pas, je ne pourrais pas faire semblant. Même amnésique, tu t'en rendrais compte, n'est-ce pas ? Tu le sentirais ?

Elle lui prit la main et la posa sur son cœur.

— Quand tu retrouveras la mémoire, tu souffriras peut-être d'une autre forme d'amnésie, qui effacera tout ce qui s'est passé après l'accident. Tu oublieras tous les moments que nous avons passés ensemble ; ici, dans cette maison.

Elle enserra son visage entre ses deux mains.

— Mais si tu ne dois te souvenir que d'une chose, souviens-toi que je t'ai aimé pendant notre séjour ici.

Elle posa sur ses lèvres un baiser léger, comme un sceau sur son vœu.

Il lui rendit son baiser. Leurs bouches se confondirent. Il laissa ses mains partir en reconnaissance sur son corps. Elle promena un genou provocateur au bas de son ventre.

— Encore, murmura-t-elle.

Elle sentit peu à peu sous son genou s'affermir son désir. Elle acheva de le solliciter du bout des doigts.

Il couvrit son buste de baisers, penché sur elle. Elle se retrouva allongée sur le dos. Il lança ses lèvres à l'assaut de son ventre. Elle s'ouvrit lentement sous sa caresse.

Alors il enfouit son visage à la croisée intime de ses jambes.

Kendall s'abandonna, sans honte ni pudeur, aux sensations inouïes qui se répandaient en elle. Quand un frisson la parcourut, il se hissa jusqu'à elle et entra en elle au moment où leurs bouches se joignaient.

Kendall enfonça ses doigts dans ses cheveux.

— Ouvre les yeux, John. Regarde-moi, dit-elle d'une voix assourdie, pressante. Regarde mon visage et souviens-toi de moi.

Il obéit, sans cesser de se mouvoir en elle. Il s'assouvit en criant son nom d'une voix rauque, hachée, avant de succomber aux spasmes qui secouaient son corps, ébranlaient son univers.

Il la serra, l'enveloppa de ses bras et blottit son visage au creux de son cou. Kendall resta longtemps ainsi, soudée à lui, en lui caressant les cheveux et en répétant :

— Souviens-toi de moi, John. Ne m'oublie pas.

40

Un homme vint s'asseoir en face de Ricki Sue.

— Salut !

— Foutez-moi la paix !

— Vous n'êtes pas très aimable. Vous ne vous souvenez pas de moi ? Mon frère et moi, nous vous avons demandé notre chemin tout à l'heure.

Depuis une demi-heure, Ricki Sue buvait avec constance, seule, pour essayer d'atténuer l'effet désastreux des avertissements acerbes de Pepperdyne.

S'il arrivait malheur à Mme Burnwood et à son bébé, ce serait sa faute, lui avait-il dit.

Si elle voulait revoir son amie vivante, elle avait intérêt à jouer franc-jeu avec lui et à lui dire tout ce qu'elle savait.

S'ils étaient tués, elle aurait à jamais leur mort sur la conscience. Leur vie était entre ses mains.

Il avait jacassé ainsi sans s'arrêter et débité à jet continu tant de prédictions sinistres qu'elle avait éprouvé l'urgent besoin de se soustraire à sa voix.

Après son départ, elle avait été saisie de claustrophobie dans l'appartement sens dessus dessous. Papperdyne avait promis d'envoyer une équipe de nettoyage le lendemain, mais elle ne pouvait se voir une minute de plus dans ce capharnaüm.

L'idée que quelqu'un avait violé son intimité et tripoté ses affaires personnelles lui procurait un pénible sentiment de vulnérabilité. Et puis, mais cela, elle ne l'avouerait jamais à Pepperdyne, elle avait peur de rester seule chez elle.

Elle avait besoin de sortir. Elle était donc venue se réfugier dans ce bar. Ce n'était pas un endroit qu'elle fréquentait souvent. Préférant éviter les rencontres, elle avait fui les clubs où on la connaissait et où elle risquait d'être abordée par des amis qui voudraient s'amuser.

Ce soir, elle avait envie de se pinter. Seule. Quelques hommes avaient déjà tenté de lui glisser des œillades brillantes d'expectative, mais elle les décourageait d'un regard hostile. Personne n'avait encore osé l'approcher.

Quand elle releva la tête pour examiner l'homme qui venait la déranger, elle le reconnut aussitôt. Son cœur fit un petit bond dans sa poitrine. Ses rebuffades habituelles moururent sur ses lèvres. Son dédain se mua en sourire.

— Avez-vous trouvé Sunset Street ?

— Ouais, grâce à vous. Mais l'ami que nous cherchions avait déménagé. On ne sait pas où. (Henry Crook haussa les épaules avec indifférence.) Ça fait rien. Comme nous étions de passage, nous nous étions dit qu'on allait lui rendre visite.

— Où est votre frère ?

— Luther, il s'appelle. Moi, c'est Henry.

— Je m'appelle Ricki Sue. Ricki Sue Robb.

— Marrant qu'on tombe sur vous deux fois de suite dans la même journée. Ça doit être le destin.

— Sûrement, confirma Ricki Sue.

Il avait des yeux d'un bleu extraordinaire. Et de jolis cheveux blonds. Il n'avait pas inventé la poudre, et alors ? Pepperdyne était intelligent, mais comme emmerdeur, il se posait là.

Et puis, quand les hommes étaient trop malins, elle se sentait en infériorité. Elle préférait être à égalité sur le plan intellectuel. Habituellement, les entorses à la grammaire la rebutaient, mais Henry et son frère dégageaient une séduction mâle, sauvage, qui l'attirait.

Elle battit des cils.

— J'ai presque fini mon verre.

— Je peux vous en offrir un autre ?

— Avec plaisir. Whisky soda, s'il vous plaît.

Il alla commander au bar. Il lui adressa de loin un sourire de gosse effarouché qui la fit fondre. Les hommes timides la chamboulaient. Elle avait tant à leur apprendre !

Il revint avec les verres. Elle but quelques gorgées avant de demander :

— D'où venez-vous ?

— Euh, de Virginie.

— Ah. Vous avez plutôt l'accent du Sud.

— Nous avons grandi en Caroline du Sud, mais la famille a déménagé quand Luther et moi étions au lycée.

— Qu'est-ce que vous faites ?

— Nous sommes dans l'automobile.

— Comme c'est passionnant ! s'exclama-t-elle, le souffle court. J'adore les voitures, les moteurs, la mécanique.

C'était un pieux mensonge, mais son enthousiasme feint lui donna l'occasion de se pencher en avant pour offrir à Henry une vue plongeante sur sa majestueuse poitrine. Elle portait un chemisier noir très échancré sur un soutien-gorge également noir, destiné à être admiré.

Fasciné par le spectacle, Henry renversa sa bière en portant la chope à ses lèvres.

— Mon frère et moi, on est revenus vous voir.

— Ah bon ? Quand ça ?

— Quand on s'est aperçus que notre ami n'habitait plus à son adresse. On a eu l'impression que ça grouillait de flics, chez vous.

Ricki Sue se renfrogna.

— En effet. Quelqu'un est entré chez moi par effraction.

— Sans blague ! Qu'est-ce qu'il a volé ?

Elle se pencha encore davantage.

— Henry de mon cœur, vous voulez bien qu'on parle d'autre chose ? Ça m'a fichu un coup.

Elle s'empara de sa main et la serra dans la sienne.

— Pas étonnant. Luther et moi, on s'est dit qu'il y avait quelque chose qui n'allait pas quand on a vu les deux zigotos qui surveillaient votre maison de l'autre côté de la rue.

Même si ses réactions étaient un peu amorties par tout l'alcool qu'elle avait ingurgité, Ricki Sue eut immédiatement la puce à l'oreille.

— Quels zigotos ? De quoi parlez-vous ?

— Ouah. Je ne voulais pas vous affoler. Luther et moi, on s'est dit que c'était sans doute votre ex qui les avait postés pour vous avoir à l'œil.

— Je n'ai pas d'ex.

— Oh ! En tout cas, ceux qui vous collent au train vous lâchent pas d'une semelle. Ils vous ont suivie ici, répliqua Henry avec une grimace de perplexité.

Les Burnwood ! Ils étaient ici ! Ils la tenaient au bout de leur lunette ! Ils pointaient sur sa nuque un de ces fusils abominables dont Kendall lui avait parlé !

— Où ? coassa-t-elle.

— Là-bas, près du distributeur de cigarettes. (Il pointa le menton vers un endroit situé derrière elle.) Vous pouvez vous retourner. Pour le moment, ils ne regardent pas.

Elle jeta un coup d'œil rapide dans la direction indiquée. L'un des hommes faisait partie de la suite de Pepperdyne. Elle ne connaissait pas l'autre, mais elle avait toutes les raisons de croire que c'était aussi un agent du FBI. Ils étaient ridicules avec leurs casquettes toutes neuves, qui étaient censées garantir leur anonymat.

— Ah, l'enfoiré ! siffla-t-elle. Il est gonflé ! Il me fait filer, comme si c'était moi la criminelle !

— Qui ? Qu'est-ce qui se passe ? C'est qui, cet enfoiré ? Vous voulez que Luther et moi, on s'occupe de lui ?

— Non, non. C'est rien, je vous assure, seulement...

— Écoutez, si vous avez des ennuis...

— Pas moi, une de mes amies. Ce sont des types du FBI. Ils croient que je sais des choses que je ne veux pas dire.

— C'est vrai ?

— Même si je savais quelque chose, je ne dirais rien.

C'était hasardeux de dévoiler à un flirt éventuel qu'elle était impliquée dans une affaire assez sérieuse pour requérir l'intervention des fédéraux. Mais au lieu de s'en alarmer, Henry semblait très impressionné.

— Ouaouh ! Vous menez une vie tout à fait passionnante, ma bonne dame.

Ricki Sue ne laissa pas paraître son soulagement. Elle lui darda un sourire coquin.

— Et encore, tu n'en connais pas la moitié, Henry de mon cœur.

— Je ne demande pas mieux que de me mettre au parfum.

— Dans ce cas, allons-nous-en d'ici, déclara-t-elle sur un coup de tête.

S'il y avait un soir où elle avait besoin de faire la fête, c'était ce soir :

— Je connais des endroits beaucoup plus propices aux conversations intimes.

Elle vida son verre d'une traite et s'apprêtait à lever le camp lorsqu'elle songea à l'équipe de surveillance de Pepperdyne.

— Flûte ! Je ne tiens pas à les avoir sur les talons !

Henry étudia un instant la question.

— J'ai une idée. Mon frère est en train de jouer au billard dans l'arrière-salle. Qu'est-ce que vous en dites ? On va tous les deux le rejoindre. Je reste un moment, puis je reviens ici, comme si on ne s'était pas entendus, vous voyez ? Pendant ce temps-là, avec Luther, vous vous débinez par-derrière. Moi je sors par la grande porte. Le temps qu'ils s'inquiètent et aillent voir ce que vous devenez dans l'arrière-salle, on sera loin.

— Génial ! (Elle oscilla dangereusement en se levant.) Oouuh ! Je suis déjà bien ravagée, constata-t-elle en ricanant.

Henry la saisit par la taille pour la soutenir.

— Mais non, vous n'êtes pas ravagée. Vous savez prendre du bon temps, c'est tout.

Elle s'appuya sur lui.

— Ça va être super. Je le sens.

⁂

Le stratagème d'Henry fut un succès. Moins d'une demi-heure plus tard, il rejoignait Luther et Ricki Sue à l'endroit fixé. Il arriva à pied et sauta sur le siège avant de la Camaro à l'instant même où elle se garait le long du trottoir. Luther écrasa l'accélérateur et la voiture repartit dans un crissement de pneus.

Ricki Sue trouvait Luther aussi mignon et sympathique que son jumeau. Comme ils étaient tous les trois entassés à l'avant, elle se retrouvait à califourchon sur le levier de vitesse, ce qui donna lieu à toutes sortes de sous-entendus et commentaires salaces. La voiture cahotait sur les nids-de-poule, ballottant Ricki Sue, dont chaque rebond engendrait une belle crise d'hilarité.

Elle portait une bouteille de Jack Daniels à sa bouche quand ils traversèrent la voie ferrée. Elle en renversa une grande rasade sur elle.

— Regardez ce que vous me faites faire.

Elle s'étranglait de rire. C'est tout juste si elle parvenait à reprendre sa respiration.

— Hé, Luther, regarde dans quel état tu mets la dame à force de conduire comme une brute.

— Nous allons la consoler, c'est bien le moins.

— Tu l'as dit, c'est bien le moins.

Ricki Sue leur assena à chacun une grande claque sur la cuisse.

— Oh, les vilains ! Je sais à quoi vous pensez.

Henry se pencha pour lui lécher le cou.

— Ah, oui ? Et à quoi on pense ?

Ricki Sue renversa la tête en arrière et se mit à se trémousser en poussant de petits cris.

— C'est pas juste, se lamenta Luther. Moi, je conduis !

Il réussit cependant à tenir le volant d'une main pour enfourner l'autre entre les cuisses de Ricki Sue.

Elle ne savait plus très bien qui avait le premier suggéré une halte au parking. Peut-être elle. Ce n'était certainement pas la première fois qu'elle s'arrêtait dans ce motel. Le réceptionniste était toxico et toujours bien trop camé pour se préoccuper de la tenue de ses registres, du moment qu'on lui posait un billet sur le comptoir.

Mais c'était la première fois qu'elle y venait, ou qu'elle se trouvait, d'ailleurs, en compagnie de jumeaux. La nouveauté de cette expérience inédite renforçait l'intérêt de la chose et l'état de surexcitation dans lequel elle était quand elle franchit d'un pas chancelant la porte de la chambre.

Luther, à moins que ce ne fût Henry, car plus elle buvait, moins elle arrivait à les distinguer, l'un des deux en tout cas dit quelque chose de désopilant. Elle s'affaissa sur le lit, secouée d'un rire convulsif.

Luther s'allongea d'un côté, Henry de l'autre. L'un d'eux l'embrassa. Puis l'autre. Puis à nouveau le premier. Et ainsi de suite jusqu'à ce qu'elle ne sache plus reconnaître le propriétaire de la bouche.

Se rebiffant alors avec bonhomie, elle les interrompit.

— On arrête. Écoutez-moi. Deux secondes. Hé, du calme, j'ai dit !

Elle les repoussa et se redressa vaille que vaille sur son séant. La pièce tournoyait. Elle posa une main sur sa joue pour apaiser le tangage. Adoptant le ton solennel dont seules sont capables les personnes extrêmement ivres, elle déclara :

— Patience les gars. À ce stade, on ne va pas plus loin sans son petit capuchon.

Pendant que les jumeaux se débattaient avec les sachets de préservatifs qu'elle avait extraits de son sac à main, Ricki Sue, langoureusement adossée au montant douteux du lit, songeait au succès qu'elle se taillerait le lendemain à l'heure du café. Encore une histoire extravagante à raconter !

41

Matt conduisait. Bientôt, Gibb le pria de s'arrêter sur une aire de repos en bordure de la route. Il avait respecté les limites de vitesse et scrupuleusement observé le code de la route pour mettre entre eux et Sheridan ce que son père semblait considérer comme une distance suffisante.

Gibb était impatient de découvrir ce que pourrait leur révéler le courrier renfermé dans la boîte à chaussures qu'ils avaient trouvée chez Ricki Sue. Il en renversa le contenu entre eux. Ils se partagèrent les lettres et cartes postales et commencèrent leur lecture.

Il leur apparut très vite que Ricki Sue avait systématiquement gardé toute la correspondance de provenance masculine. La besogne devenait lassante. Matt s'ennuyait ferme.

— Il n'y a rien là-dedans.

— Nous ne devons en négliger aucune, insista son père. Ce pourrait être justement celle qui nous apprendrait quelque chose.

Parmi les lettres scabreuses de ses anciens amants, ils trouvèrent un mot griffonné à la hâte par un camarade de classe prénommé Jeff qui demandait à Ricki Sue de lui montrer sa culotte. Son cousin Joe, qui avait fait son service à bord du *John F. Kennedy*, avait signé une longue missive paillarde dans laquelle il lui promettait de communiquer son adresse à tous ses amis esseulés. Il y avait une carte de son catéchiste, M. Howard, qui déplorait de ne l'avoir pas vue à son cours le dimanche précédent.

Matt prit alors une carte postale dont il reconnut immédiatement l'écriture.

— Celle-ci est de Kendall.

Il ne parvenait pas à se réjouir de sa trouvaille. Il fonctionnait sur pilote automatique et se révélait incapable de reprendre les commandes. C'était plus facile de se contenter d'obéir. En se comportant en automate, il s'épargnait la souffrance d'écouter son cœur.

Il était ainsi depuis le meurtre de Lottie.

C'était comme s'il était mort, lui aussi. Il n'envisageait plus d'écrire encore un article, de sortir encore un numéro de son journal. Il n'aurait plus le goût à rien, à la nourriture, à la boisson, à la chasse, à la Confrérie, à la vie en général. Comment en serait-il autrement ? La mort de Lottie laissait un vide en lui qui ne serait jamais comblé. Son père lui avait dit qu'il verrait les choses différemment quand ils auraient retrouvé son fils, mais il en doutait.

Dieu sait qu'il avait eu le cœur brisé quand Lottie et lui étaient adolescents et que son père lui avait interdit de la voir, mais il conservait au moins l'espoir qu'ils seraient un jour à nouveau réunis. Il s'était accroché à cet espoir. Il lui avait permis de surmonter les moments où il croyait mourir d'envie d'elle.

Maintenant qu'elle était perdue à jamais, il n'avait plus rien à espérer. Pour tenter de le consoler, son père lui avait rappelé que le vrai bonheur les attendait au paradis, mais Matt avait connu le paradis avec Lottie. Il n'était pas certain de souhaiter l'éternité s'il devait la vivre sans elle.

Kendall était responsable de la mort de Lottie. Son père lui avait ouvert les yeux à ce sujet. Si Kendall n'avait pas fourré son nez dans des affaires qui la dépassaient, si elle était restée la femme effacée et obéissante qu'elle aurait dû être, rien de tout cela ne serait arrivé. Lottie serait encore en vie, prête à lui offrir les sourires, les baisers, les étreintes qui étaient sa raison d'être.

Chaque fois qu'il pensait à ce qu'il avait perdu, sa haine pour Kendall l'étouffait. Elle allait payer. Il y veillerait. Comme tous ceux qui avaient subi le châtiment de la Confrérie, c'était Kendall elle-même qui avait attiré sur elle leur juste colère.

Il considéra la carte postale, qu'il exécrait parce qu'elle venait d'elle.

— Je reconnais son écriture.

— De quand date-t-elle ?

— Le cachet est effacé. Elle a l'air ancienne. Les coins sont jaunis.

— Lis-la quand même.

— « Passons de merveilleux moments, malgré la chaleur et les moustiques. Ils ont failli me dévorer hier quand G. et moi sommes allées pique-niquer dans notre endroit favori. »

— G., ce doit être sa grand-mère, remarqua Gibb. Autre chose ?

— Elle manquait de place. Elle a resserré son écriture. Matt plissa les yeux pour déchiffrer les pattes de mouche. « Tu sais, l'endroit dont je t'ai déjà parlé, avec le canon conf., la cascade, etc. À bientôt. » C'est tout. Elle a dessiné un cœur au milieu de sa signature.

— Conf. ? Confédéré ? Il y a un canon des États Confédérés à cet endroit. Elle t'en a déjà parlé ?

Matt fouilla sa mémoire, mais l'image des yeux sans vie de Lottie cachait le reste.

— Peut-être. Je crois. Elle m'a dit qu'elle et sa grand-mère passaient l'été dans une vieille ferme.

— Une vieille ferme située près d'un canon confédéré et d'une cascade. (Gagné par l'exaltation, Gibb ouvrit la boîte à gants, y prit la carte du Tennessee et la déploya sur ses genoux.) Que sais-tu de la nature, Matthew ? Quand un animal est blessé, ou aux abois, que fait-il ? Où va-t-il ?

— Se terrer dans sa tanière.

— Autrement dit, chez lui. Kendall n'est pas retournée chez elle, elle ne pouvait pas. Mais elle est peut-être allée dans sa maison de vacances. Il faut trouver un monument de la guerre de Sécession près d'une cascade.

Les yeux brillants, il ajouta :

— Rends-toi compte, fiston. À l'aube, tu tiendras peut-être ton fils dans tes bras.

Matt s'efforça de puiser dans cette nouvelle un semblant d'enthousiasme. Il essaya de s'imaginer avec son fils sur les genoux, en train de rire, de savourer son bonheur et sa liberté. Sa liberté ? C'est vrai, reconnut-il. Jamais de sa vie il ne s'était senti libre.

Ni plus enchaîné qu'à cet instant.

***

Kendall se dégagea de l'étreinte de John. Il marmonna une question inintelligible.

— Je vais à la salle de bains, murmura-t-elle. Je reviens dans une minute.

Il se rendormit. Elle se pencha, l'embrassa sur le front et resta un moment à contempler son visage pour en mémoriser tous les détails.

Si tout marchait comme prévu, c'était la dernière fois qu'elle le voyait.

Elle sentit monter un sanglot, qu'elle réprima bien vite. Elle sortit doucement du lit et s'habilla rapidement, en silence.

Dès qu'elle avait su, par Ricki Sue, que Gibb et Matt s'étaient évadés de prison, elle avait compris qu'elle devait fuir. Elle n'avait plus de temps à perdre. Elle n'avait déjà attendu que trop longtemps. Malgré tout, elle s'était offert le luxe d'une nuit de plus avec John.

Gibb et Matt la pourchasseraient et finiraient par la trouver. Inévitablement. Elle avait davantage confiance dans leur instinct de chasseurs que dans les ordinateurs et les limiers du FBI.

Si sa vie seule était en jeu, elle aurait pris le risque de rester avec John. Mais elle devait penser à Kevin. Si les Burnwood la retrouvaient, ils la tueraient et s'empareraient de Kevin. C'était une perspective trop épouvantable pour l'envisager. Même si la police parvenait à remettre la main sur eux, il deviendrait pupille de l'État et son avenir dépendrait d'une commission d'étrangers.

Elle devait protéger son enfant, même s'il fallait pour cela quitter l'homme qu'elle aimait. Elle s'en irait sans donner d'explications, sans dire au revoir. Au matin, quand il s'apercevrait qu'elle était partie, il serait troublé, probablement furieux. Mais cela ne durerait pas longtemps.

Elle lui écrivit un mot, lui annonçant l'arrivée de secours. Quand elle était en ville, cet après-midi, elle avait envoyé une carte aux autorités expliquant où trouver John McGrath, le marshal qui avait disparu.

Dès que la lettre leur parviendrait, on enverrait quelqu'un à la ferme. L'ami de John, Jim Pepperdyne, veillerait à ce qu'il bénéficie du meilleur traitement neurologique. La mémoire finirait par lui revenir. Elle avait le cœur fendu à l'idée qu'il ne se souviendrait peut-être jamais de leur idylle.

Mais si cette éventualité l'attristait, elle admettait en même temps que ce serait pour lui une bénédiction. Il ne pourrait être tenu pour responsable de ce qui était arrivé et serait libéré de toute culpabilité, envers ses supérieurs autant qu'envers lui-même.

Elle pénétra sans bruit dans la chambre de Kevin et prit le sac de vêtements, de couches et autres articles de première nécessité qu'elle avait préparé auparavant. Elle comptait ne s'embarrasser que du strict minimum.

Elle laissa provisoirement Kevin dans son berceau. Un coup d'œil dans la chambre lui confirma que John dormait profondément. Elle traversa la maison et sortit par la porte de derrière.

L'aube ne poindrait pas avant longtemps, mais chaque minute comptait désormais. Elle mit le sac dans la voiture. Elle avait déniché un pot de peinture dans l'appentis, derrière la maison. À l'aide d'un pinceau, elle transforma en 8 les 3 de sa plaque d'immatriculation. La falsification ne résisterait pas à un examen un peu approfondi, mais lui éviterait peut-être d'être arrêtée avant d'avoir abandonné le véhicule pour en acheter un autre.

Elle retourna dans la maison et gagna l'office, où l'attendaient des sacs déjà chargés de vivres et de bouteilles d'eau. Elle pourrait se nourrir en conduisant et ne s'arrêterait que pour allaiter Kevin ou satisfaire ses besoins naturels. Il leur faudrait évidemment s'arrêter aussi pour dormir. Elle choisirait des motels isolés où elle pourrait payer en liquide sans éveiller de soupçons.

Quand elle aurait besoin d'argent, elle s'arrangerait avec Ricki Sue, comme elle l'avait fait jusqu'à présent. Elle avait confiance en son amie, mais, pour sa sécurité, elle ne la contacterait pas avant d'y être absolument obligée.

Après avoir disposé les sacs de vivres dans la voiture, elle retourna une dernière fois dans la maison. Elle entra dans le salon, alla s'agenouiller devant la cheminée, introduisit la main dans le conduit et récupéra le revolver.

C'était la seule défense sur laquelle elle pourrait compter si Gibb et Matt la retrouvaient. Malgré cela, elle répugnait à le tenir dans sa main. Elle le glissa dans la poche de sa jupe, en le manipulant avec une extrême prudence.

Soudain une pensée alarmante lui traversa l'esprit. Et si les Burnwood venaient la débusquer ici avant qu'on ait secouru John ? Ils devineraient que c'était le policier qu'elle avait « kidnappé » à l'hôpital de Stephensville et le tueraient sans hésitation.

Elle repêcha le pistolet au fond de sa poche et se dirigea vers la cuisine. Elle posa sur la table l'enveloppe qui contenait son mot et plaça le revolver dessus pour la fixer. La dernière chose qu'elle remettait à John était la première qu'elle lui avait subtilisée quand il gisait, inconscient, sur le sol gorgé d'eau. C'était justice après tout.

Quel chemin ils avaient parcouru ensemble depuis !

Luttant contre ses larmes, elle entra sur la pointe des pieds dans la chambre de Kevin et l'enleva à son berceau. Il miaula une protestation, mais dès qu'elle l'installa sur son épaule, il fut repris par le sommeil.

Elle jeta un dernier regard dans la chambre obscure. John n'avait pas bougé. Puis elle s'éloigna en hâte dans le couloir. Dans la cuisine, malgré toutes ses résolutions, une larme roula sur sa joue.

C'étaient les ultimes instants qu'elle passait dans cette maison si pleine de précieux souvenirs. Dès lors qu'on en connaîtrait l'existence, elle ne pourrait jamais plus s'y réfugier. Elle ne reviendrait jamais s'abriter entre ces murs qui résonnaient du rire de sa grand-mère. Ici, elle avait connu l'amour, celui de sa grand-mère, puis celui de John.

Était-elle toujours condamnée à dire adieu à tous ceux qu'elle aimait ?

Kevin gigota. « Pas à tous », murmura-t-elle. Elle lui posa un baiser sur la tête et se dirigea d'un pas décidé vers la porte. Elle levait la main vers la poignée quand la lumière s'alluma.

Elle tournoya sur elle-même, mais, éblouie par l'éclat soudain, elle ne put discerner que la silhouette d'un homme qui se ruait sur Kevin et elle.

42

Les jumeaux Crook tenaient un conciliabule dans la salle de bains du motel pour tenter de résoudre leur dilemme. Ils devaient arriver à suffisamment abrutir la grosse rousse d'alcool pour lui délier la langue, sans la laisser boire à s'en rendre inconsciente.

— Hé, les gars, appela-t-elle d'une voix vacillante. Qu'est-ce que vous fichez là-dedans ?

— Je crois que je n'arriverai plus à le remonter. J'avais jamais vu un tel tempérament. Quel phénomène !

Luther considérait son pénis alangui d'un air désespéré.

— Arrête de te lamenter. Il faut qu'on la fasse parler.

Luther se massait les testicules d'une main compatissante.

— Comment tu comptes t'y prendre, Henry ? Elle s'est déjà envoyé presque toute la bouteille de Jack Daniels et ça ne lui fait rien du tout que la chauffer à blanc.

Henry méditait cette remarque lorsque Ricki Sue les héla de nouveau depuis la chambre.

— Nous ferions mieux d'y retourner, sinon elle va avoir des soupçons. J'ai une idée. Quoi que je dise, tu joues le jeu.

Ricki Sue était toujours vautrée sur le lit, la mine boudeuse.

— Je commençais à croire que vous faisiez la bamboula sans moi.

Henry remarqua qu'elle avait la parole plus embrouillée que tout à l'heure. Il pointa subrepticement le pouce en l'air à l'adresse de Luther en s'allongeant près de Ricki Sue.

— Nan. Ce serait pas drôle sans notre super copine, s'pas, Luther ?

— Nan. Pas drôle du tout. Allez, encore un gorgeon.

Il fit semblant d'avaler une grande lampée avant de tendre la bouteille à Ricki Sue. Elle leur jeta à chacun un regard méfiant.

— Vous voulez me soûler la gueule, ou quoi ?

Elle ne leur laissa pas le loisir de répondre. Elle

éclata d'un énorme rire et porta la bouteille à sa bouche. Henry fit un clin d'œil à son frère par-dessus l'amas de chair pâle constellée de taches de son.

— Dis donc, Ricki Sue, t'as une de ces descentes ! C'est la première fois qu'on voit ça. Pas vrai, Luther ?

— Exact.

— En fait, tu me sidères à tous points de vue. Par exemple, la façon dont tu as semé les flics. C'était quelque chose ! Ça leur apprendra à fourrer leur nez dans les affaires des gens.

Elle renifla avec dédain.

— Ce Pepperdyne, il ne se prend pas pour de la merde. Vous savez où se trouve Mme Burnwood, qu'il me dit. Vous savez ci, vous savez ça, dit-elle en le singeant. Comment peut-il savoir ce que je sais alors que moi seule sais ce que je sais ?

— Ouais, approuva Luther. Qu'est-ce qui lui prend de te poser toutes ces questions sur ta meilleure amie ?

Henry foudroya son frère du regard. Il n'était vraiment pas fichu de tenir sa langue ! Maman avait raison : son jumeau était dangereux à force d'être bête. Grâce à cette seule remarque, Ricki Sue aurait pu se douter qu'ils n'étaient pas là seulement pour la gaudriole.

Mais elle était trop cuite pour remarquer la gaffe de Luther.

— Je veux pas donner Kendall, sanglota-t-elle. C'est mon amie. Je ne dirais pas à Pepperdyne où elle se cache, même si je le savais, et je ne le sais pas.

Elle but encore une gorgée et faillit s'étrangler en pouffant de rire. Elle leva un index péremptoire :

— Mais j'ai ma petite idée, annonça-t-elle en détachant les syllabes.

— Oh, t'as pas besoin de bluffer avec nous, Ricki Sue. Nous, on n'est pas flics, ni rien. Hein, Luther ?

— Ça non.

Henry se mit à bécoter le cou de Ricki Sue.

— Oublie ce Pepperdyne. On est là pour rigoler.

Ricki Sue le repoussa.

— Je ne bluffe pas. Je sais où elle a dû aller. Je suis la seule personne au monde qui sache.

— Mais bien sûr, ma chérie. Nous te croyons. N'est-ce pas, Luther ?

Il adressa à son frère une moue complice, mais Luther ne suivait pas. La technique qui consistait à prêcher le faux pour savoir le vrai dépassait son entendement.

— Euh... euh, oui. C'est vrai. Ce qu'a dit Henry.

Ricki Sue redoubla d'efforts pour se redresser.

— C'est la vérité. Je parie qu'elle est dans la maison où elle avait l'habitude de passer l'été avec sa grand-mère.

— Mais oui, mais oui. (Henry lui appliqua sur la cuisse une tape réconfortante.) Si tu le dis.

Elle martela le matelas à coups de poing.

— Je sais où elle est. Enfin, pas exactement. Mais c'est quelque part près de Morton. Il y a une...

— Une quoi ?

— Une *cassade.*

— Une cascade ?

Elle inclina la tête avec condescendance et regarda Henry de haut.

— C'est pas ce que j'ai dit ?

— Si, si, ma chérie. Je ne voulais pas te vexer.

— Il y a aussi un... un grand fusil. Comment ça s'appelle ? Sur des roues. Comme il y en avait dans le temps.

— Un canon ?

Elle planta l'ongle de son index dans la poitrine de Henry.

— C'est ça. T'as gagné ! T'as gagné le gros lot.

Elle écarta les bras de part et d'autre de son corps pour le lui offrir en guise de récompense. Alors, ses yeux se révulsèrent et elle retomba sur le lit, sans connaissance.

— Putain ! s'écria Henry. Ça a marché ! On va à Morton.

— Où c'est ?

— Sais pas. Mais ça doit se trouver sur la carte. Grouille, Luther, habille-toi.

— Et elle ?
— Tu sais ce qu'a dit maman ?
Le regard en suspens sur Ricki Sue, Luther fit claquer ses lèvres avec dépit.
— Quel dommage de gâcher une affaire pareille ! J'avais jamais rien agrafé d'aussi explosif que cette rouquine.

⁂

— Vous dites ? Voulez-vous bien répéter, s'il vous plaît ?
Pepperdyne grinça des dents. Il serrait le combiné du téléphone avec une telle vigueur que ses jointures avaient pâli.
— Nous, euh, nous l'avons perdue, monsieur. Elle est entrée dans le bar, un vrai bouge en réalité. Elle était toute seule dans un box. Elle descendait whisky sur whisky comme une buveuse chevronnée.
— Abrégez.
— Bien, monsieur. Le type...
— Quel type ?
— Un type. Un grand gaillard dégingandé aux cheveux couleur paille et aux yeux bizarres. Il est allé la retrouver dans son box. Il lui a offert un verre. Ils ont bavardé.
— Vous avez demandé le nom de cet homme ?
— Bien sûr, monsieur. Personne ne le connaissait.
— Une voiture ?
— On a demandé aussi. Personne ne les a vus arriver, son frère et lui. Alors on ne sait pas quel genre de voiture ils ont.
— Vous avez dit « son frère » ? Il a un frère ?
— Oui, monsieur. Un frère jumeau.
— Seigneur.
Pepperdyne se fourra dans la bouche deux aspirines, qu'il fit descendre avec du Maalox. Pourquoi fallait-il que les choses soient toujours si compliquées ? Il ne suffisait pas qu'il ait un frère, ce qui, déjà, ne leur facilitait pas la tâche. Il fallait en plus que ce soit un jumeau.

— Des jumeaux identiques ?

— C'est ce qu'on nous a dit. On ne peut pas les distinguer l'un de l'autre.

— Naturellement.

— Nous n'avons pas vu l'autre. Il est resté dans la salle de billard, au fond.

L'agent expliqua comment Ricki Sue et ses compagnons leur avaient filé entre les doigts.

— Comment a-t-il payé les boissons ?

— En liquide.

— Je m'en doutais, grommela Pepperdyne. Et personne ne savait qui ils étaient ?

— Non, monsieur. Ni leur nom. Ni rien. Apparemment, ils ne sont pas du coin.

L'agent s'interrompit, prêt sans doute à essuyer les foudres de son supérieur. Comme son patron ne disait rien, il risqua une opinion :

— À mon avis, monsieur, elle a rencontré ces types et elle est partie avec eux.

— Cela semble évident, non ?

— Ce que je veux dire, monsieur, c'est que je ne pense pas que ces jumeaux aient quelque chose à voir avec le cambriolage de cet après-midi. Il est sûr et certain qu'il ne s'agit pas de Gibb et Matt Burnwood. Pour moi, c'est une rencontre de fortune. Les témoins disent que Mlle Robb a fait ami-ami avec eux en moins de deux, si vous voyez. En fait, l'un d'eux a bien voulu nous tuyauter sur elle. Il a dit, et plusieurs personnes l'ont confirmé, qu'elle est connue pour être une noceuse acharnée. Ça lui arrive souvent de partir avec des étrangers, il a dit.

Pepperdyne perdit son sang-froid.

— Écoutez-moi. Je me fous de savoir si Mlle Robb s'envoie en l'air à la pleine lune au milieu du square tous les samedis. C'est une citoyenne comme une autre et même si elle nous cache de précieuses informations, nous avons le devoir de la protéger. Vous aviez pour mission de ne pas la perdre de vue et vous avez merdé. Maintenant, elle a disparu. On ne sait pas où elle est, ni avec qui, et pendant ce temps-là, il y a deux maniaques qui se prennent pour le bras de Dieu et assassinent tous ceux qui ne leur plaisent pas, et cela inclut Mlle Robb parce qu'elle est la meilleure amie et la confidente de la personne qu'ils tiennent le plus à dégommer!

Il arrêta de hurler pour reprendre son souffle. Sa voix radoucie n'en était que plus menaçante :

— Est-ce que je me fais bien comprendre?

— Oui, monsieur. Je crois.

— Pour éviter tout malentendu, je vais vous mettre les points sur les *i*. S'il arrive quoi que ce soit à Ricki Sue, je vous cloue au plancher par les couilles et j'y mets le feu.

— Oui, monsieur.

— C'est clair?

— Très clair, monsieur.

Pepperdyne raccrocha brutalement. Il expédia un nouveau contingent d'hommes au bar pour tenter de retrouver la piste des jumeaux. Il leur en donna un signalement succinct.

— Grands, dégingandés, les cheveux couleur paille. Quelque chose de bizarre dans les yeux. Ils sont identiques. La femme est une rousse dodue. Elle ne passe pas inaperçue, alors interrogez tout le monde.

Pepperdyne arpentait son bureau en sirotant sa bouteille de Maalox. Il réfléchissait. Était-ce une coïncidence que Ricki Sue se fasse emballer dans un cabaret miteux par deux jumeaux inconnus, justement le jour où les Burnwood avaient visité son appartement?

Quel lien pouvait-il exister entre les deux faits? Ces jumeaux étaient-ils membres de la Confrérie, des lieutenants des Burnwood chargés d'exécuter leurs ordres? Ou l'agent avait-il raison : les deux événements n'avaient aucun rapport?

Son instinct viscéral incitait Pepperdyne à envisager le pire. Si ces jumeaux étaient de mèche avec les Burnwood, ou impliqués d'une façon ou d'une autre dans l'affaire, il avait maintenant quatre vies à préserver : John; Mme Burnwood et son bébé; et Ricki Sue Robb.

Si les Burnwood mettaient la main sur l'un ou l'autre d'entre eux avant ses hommes...

Cela ne devait pas arriver. C'était aussi simple que ça.

⁂

Cela n'avait pas été une mince affaire de transporter Ricki Sue jusqu'à la voiture, mais ils y étaient parvenus sans la réveiller. Ils eurent moins de chance quand il fallut l'extirper de la Camaro.

Dès qu'elle reprit ses esprits, elle se mit à se débattre.

— Hé, qu'est-ce qui se passe? se rebiffa-t-elle en cherchant ses affaires.

La voiture était stationnée au bord d'un fossé, sur une petite route étroite et sombre.

— Où sommes-nous? demanda-t-elle. Qu'est-ce qu'on fait là? Où sont mes vêtements?

Pour toute réponse, Luther la considéra bouche bée, de l'air stupide qui lui était habituel.

Henry décocha à son frère un regard comminatoire et se tourna vers Ricki Sue en agitant la tête avec entrain.

— Un bain de minuit, ça te dit?

— Un bain? (Elle inspecta les alentours avec appréhension.) On est au bout du monde, on dirait.

— Nous connaissons l'endroit, assura Henry d'un ton enjoué. Luther et moi, on est venus ici cet après-midi. Il y a un joli petit ruisseau à une cinquantaine de mètres dans les bois.

Ricki Sue suivit la direction qu'il lui indiquait du doigt, mais ne fut nullement inspirée par ce qu'elle voyait, à savoir une épaisse forêt, lugubre et terrifiante. Les excursions en tenue d'Eve dans la nature, en pleine nuit, n'entraient pas pour elle dans la catégorie des réjouissances. Elle était toujours partante pour l'aventure, mais de préférence entre quatre murs et sous un toit.

Ce n'était pas une fanatique du grand air. Le soleil était une calamité pour sa peau blanche, qui, sous ses rayons, se couvrait de taches de rousseur ou de cloques. Elle était allergique aux orties et aux piqûres de moustiques, qui se traduisaient par d'affreux boutons, lesquels ne manquaient jamais de s'infecter et de requérir le secours d'antibiotiques.

D'un autre côté, elle s'était prise de passion pour les corps sveltes et fluets des jumeaux. La situation de femme-sandwich constituait une expérience qui éclipsait toutes les autres. Nus, sous l'eau, ils seraient ondulants et veloutés comme des anguilles, quand ils s'entortilleraient autour de ses formes plantureuses.

Elle en frissonna d'impatience.

— Montrez le chemin.

— On va jouer aux Indiens et marcher à la queue leu leu, proposa Henry. Luther, tu vas devant. Moi, je ferme la marche.

Il empoigna les fesses de Ricki Sue et les pinça, l'une après l'autre.

Ricki Sue s'intercala entre eux en poussant des petits cris ravis. Henry lui emboîta le pas. Elle tenait Luther par la taille. Ils s'engagèrent dans la forêt.

Quand ils arrivèrent au bord du ruisseau et qu'elle entendit le doux murmure de l'eau, elle soupira.

— C'est très romantique. Ou alors, je suis pompette.

Henry avait eu la bonne idée d'apporter une bouteille pleine.

— Mais non, tu n'es pas pompette. Après cette petite randonnée, nous avons bien mérité un coup à boire.

Ils se passèrent la bouteille. Chacun y fit honneur. Mais l'alcool semblait impuissant à égayer les jumeaux. Ricki Sue commençait à entrevoir leur nervosité, surtout quand elle les prit par la main pour les entraîner vers le cours d'eau.

— Eh bien, qu'est-ce qu'il y a, les gars ? Vous avez changé d'avis ? Vous vous dites que je suis un trop gros morceau pour vous, même si vous êtes deux ?

— Nous, euh, nous avons un petit frère qui s'est noyé, bégaya Henry. Nous n'étions pas grands, mais nous nous en souvenons encore. C'est pour ça que l'eau, on n'aime pas trop.

Si elle avait eu les idées plus claires, elle se serait demandé pourquoi ils avaient suggéré une orgie aquatique alors qu'ils avaient horreur de l'eau. Elle s'attendrit au contraire :

— Oh, mes pauvres petits. Venez dans les bras de Ricki Sue.

Henry avait, sans le savoir, mis le doigt sur l'un de ses désirs les plus chers, que Ricki Sue gardait secret car les chances de le voir un jour satisfait étaient nulles. Elle ne demandait qu'à materner, qu'à prodiguer confort et consolation à un mari, à un enfant, même à un parent qui la considérerait avec fierté au lieu du dédain qui était le plus souvent son lot. Elle avait d'immenses réserves d'amour, mais personne ne lui en demandait jamais. Elle en avait un trop-plein dans le cœur.

C'est pourquoi le mensonge d'Henry provoqua chez elle une réaction profondément affective. Ses yeux s'emplirent de larmes. Elle les attira contre elle et leur caressa la tête en leur murmurant des paroles de réconfort :

— Je vais arranger ça. Ne pensez plus à votre frère. Sa petite âme est au ciel.

Bientôt, pourtant, cette étreinte produisit l'effet escompté : elle tourna à l'érotisme. Elle les serra plus fort.

— Ne vous inquiétez pas, mes chéris. À la fin de cette nuit, vous aurez une tout autre opinion des sports aquatiques. Laissez faire Ricki Sue.

Elle entra dans l'eau. Quand ils se décidèrent à la suivre, elle les arrêta d'un geste.

— Comment se fait-il que je sois la seule à poil ?

Luther regarda Henry, qui haussa les épaules et commença à se déshabiller. Voyant ses vêtements s'entasser sur la rive boueuse, Luther l'imita. Henry fut le premier à rejoindre Ricki Sue qui l'attendait, enfoncée dans l'eau jusqu'aux genoux.

— Mon petit cœur.

Elle entreprit de titiller son sexe, sans grand succès.

— Désolé, dit-il. Tu as dû trop le fatiguer à l'hôtel. Il lui faut peut-être un autre genre d'encouragement.

Elle lâcha un rire gras et se mit à genoux.

— N'en dis pas plus. S'il n'y a que ça...

La vase qui nappait le fond de l'eau lui procura une sensation de fraîcheur soyeuse. Le clapotis de l'eau déposait sur sa peau une caresse délicieuse. Elle sourit à Henry et frotta sa poitrine contre ses cuisses.

Elle perçut nettement le déplacement d'air au-dessus de sa tête et entendit le crépitement écœurant de la chair éclatée avant de ressentir la douleur. Elle envahit son crâne comme une déflagration, lui arrachant une plainte étouffée. Un flot de whisky jaillit de son estomac et lui emplit la bouche. Il inonda son menton quand elle poussa un cri. Elle s'affaissa lourdement sur le côté dans un grand éclaboussement.

Assommée, au bord de l'évanouissement, elle leva les yeux et vit Luther dressé devant elle. Il tenait un gourdin. Il le brandit au-dessus de sa tête et l'abattit à nouveau avec toute la force dont il était capable.

Ricki n'eut pas le temps d'éprouver la moindre peur, seulement une perplexité fugitive.

43

Son cri s'étrangla dans sa gorge.

— John !

— Oui, John. Il n'y a pas à dire, c'était très astucieux de me donner mon vrai nom. C'était plus facile, non ?

Soudain assaillie par l'évidence, Kendall pâlit.

— Tu as retrouvé la mémoire.

— Oui, tout m'est revenu quand je me suis réveillé.

Ils se dévisagèrent. L'espace qui les séparait semblait tout à coup infranchissable. Jusqu'à cet instant, elle avait l'avantage. La chance venait de basculer.

— Je... je croyais que tu dormais.

— Je voulais que tu le croies.

— Tu savais que je m'apprêtais à partir ?

— C'est une manie chez toi, de t'enfuir.

Sous le halo blafard du plafonnier, elle avait un teint crayeux. Elle serrait Kevin contre elle d'un geste protecteur. Ou alors elle s'en servait comme d'un bouclier, au cas où l'idée viendrait à John de la frapper. Il était tellement furieux qu'il en avait bien envie.

Il se contenta de saisir l'arme abandonnée sur la table et de la glisser à sa ceinture. Il avait enfilé un short avant de quitter la chambre.

— Qu'est-ce qui t'a incitée à me laisser le revolver ?

— J'ai pensé que tu pourrais en avoir besoin pour te défendre.

— Quelle gentille attention !

Arc-bouté sur sa béquille, il tira une chaise de sous la table et la poussa vers elle :

— Assieds-toi.

— John, si tu voulais seulement écouter ce...

— Assise ! tonna-t-il.

Elle approcha la chaise en le regardant avec méfiance et s'assit sans demander son reste.

— Tu te souviens de tout ?

— De tout. De ma vie avant l'amnésie et de ce qui s'est passé ensuite. John McGrath. Deuxième nom Leland, qui est en fait le nom de jeune fille de ma mère. Né le 23 mai 1952, à Raleigh, Caroline du Nord. J'y ai fait toute ma scolarité et obtenu mon diplôme de fin d'études à dix-huit ans. En 1979, j'ai passé un doctorat de psychologie.

— De psychologie ? Tu es psychologue ?

Il laissa de côté ce détail.

— Ma thèse portait sur le Syndrome de Stress Différé. J'ai exercé un temps à Bethesda. C'est ce qui a amené le FBI à s'intéresser à moi, et plus particulièrement l'agent Jim Pepperdyne, qui m'a engagé dans son équipe de spécialistes des prises d'otages. Nous avons souvent travaillé ensemble.

» Il y a deux ans, j'ai quitté le FBI pour me mettre au service de la police d'État.

Après un long silence, il ajouta :

— J'ai été enlevé le 12 juillet 1994. Mais ça, tu le sais.

— John, je peux tout t'expliquer.

— Oh, je n'en doute pas et j'y compte bien. Mais occupe-toi d'abord de Kevin.

Le bébé commençait à s'agiter. John ne voulait pas d'interruption pendant leur conversation. Mais il ne voulait surtout pas que l'enfant soit mal.

— Il est mouillé. Je vais le changer.

Elle se leva et fit mine de s'éloigner, mais il la retint par le bras.

— Habile manœuvre, mais pas question. Change-le ici.

— Sur la table de la cuisine ?

— Nous n'aurons plus l'occasion d'y prendre de repas. Change-le ici.

Elle déploya la couverture de Kevin sur la table et lui enleva sa couche humide.

— Le sac de couches est dans la voiture.

— Va le chercher.

— Tu n'as pas peur que j'en profite pour décamper ? demanda-t-elle d'un ton ironique.

— Pas sans Kevin. Je le garde. Dépêche-toi. (Elle posa les yeux sur l'enfant, puis sur John.) Soit tu vas chercher ces couches dans la voiture, soit Kevin reste les fesses à l'air. Je ne pense pas que ça le gêne ; quant à moi, je peux te dire que je m'en contrefiche.

Elle claqua la porte de la cuisine derrière elle.

Il s'était réveillé au moment même où elle sortait du lit. Il se doutait qu'elle allait lever le pied et mettre à exécution la deuxième partie de son plan, dont elle seule connaissait la teneur.

Il n'avait pas été surpris qu'elle tente une fois de plus de s'éclipser. Ce qui l'avait surpris, c'était la peine qu'il en avait ressentie. Il était en colère, mais aussi meurtri.

Naturellement, il ne laisserait pas ses sentiments personnels infléchir son jugement. La situation requérait un pragmatisme purement professionnel, où l'affectivité n'entrait pas en ligne de compte. C'était son devoir et il ne l'avait que trop négligé depuis quelques semaines, d'abord en s'autorisant un détour en voiture sans prévenir, ensuite en couchant avec sa prisonnière à plusieurs reprises, dont la dernière remontait à deux heures.

Kendall revint avec son chargement de couches et en mit une à Kevin. Elle le prit sur son épaule et retourna s'asseoir.

— Eh bien, marshal McGrath, allez-vous me mettre au pain sec et à l'eau ?

— Ne te moque pas de moi, Kendall ! Ce n'est pas un jeu. Si tu ne m'avais pas volé mes menottes, je t'aurais attachée à cette chaise. Tu as dû me les faucher en même temps que mon revolver.

— Je n'allais pas te laisser débarquer à l'hôpital avec une arme à la ceinture, tu imagines ?

— En effet, cela aurait donné lieu à des questions auxquelles tu préférais ne pas répondre. Alors tu t'es simplifié la vie.

— J'ai essayé.

— Quand as-tu décidé de dire que j'étais ton mari ? Dans l'ambulance ?

— Non. À vrai dire, je ne savais pas ce que j'allais raconter. Quand le médecin m'a demandé qui tu étais, la réponse m'est venue comme ça. C'était plausible. J'avais un nourrisson. Nous voyagions ensemble. Nos âges étaient compatibles.

Elle haussa les épaules, comme si tout cela allait de soi.

— Et je ne pouvais pas démentir.

— C'est exact. Tu ne pouvais pas démentir.

— Le fait d'être ma femme te donnait tout pouvoir de décision.

— C'était l'intérêt.
— Que leur as-tu dit au sujet du marshal Fordham ?
— Qu'elle était ta sœur.
— Qu'as-tu fait pour les en convaincre ?
— Ils m'ont crue sur parole.
— Elle avait un type sud-américain.
— Ils ne le savaient pas à ce moment-là.
— Oh. C'est vrai. On ne pouvait pas récupérer la voiture à cause du courant.
— Cela aussi a joué en ma faveur.
— Oui, tout marchait comme tu le voulais. Ça tombait bien que Mme Fordham soit morte, hein ?
— C'est honteux de dire des choses pareilles ! s'écria-t-elle.
— Est-ce qu'elle était morte ?
— Quoi ?
— Est-ce qu'elle était déjà morte quand la voiture a été emportée ?
Elle détourna la tête et garda les yeux fixés sur le mur pendant un bon moment. Elle était ulcérée, c'était visible. Elle avait la mâchoire crispée et des larmes de dépit aux yeux quand elle se retourna.
— Salaud !
— Un salaud qu'on n'hésite pas à baiser, répondit-il sur un ton tout aussi insultant, dans tous les sens du terme et pas qu'une fois ! (Leurs regards s'accrochèrent.) As-tu laissé Ruthie Fordham se noyer ?
Elle resta silencieuse.
— Réponds-moi, merde ! Était-elle déjà morte quand...
— Oui ! Oui. Elle est morte sur le coup. Je suis sûre que le rapport d'autopsie le confirmera.
Il ne demandait qu'à la croire. Il lui semblait qu'elle disait la vérité. L'homme espérait que c'était le cas. Mais le crimonologue se méfiait. Elle avait un sacré talent pour le mensonge.
— Pourquoi ne m'as-tu pas laissé m'enfoncer avec la voiture ? Tu aurais pu t'enfuir. Il aurait fallu des

jours et des jours avant qu'on retrouve nos corps, à des kilomètres du lieu de l'accident. Il aurait fallu encore plus de temps pour nous identifier. Tu aurais pris une belle avance et on aurait complètement perdu ta trace. Pourquoi m'as-tu sorti de l'épave ?

Elle recueillit sur sa langue une larme qui avait roulé à la commissure de ses lèvres. La colère l'avait quittée. C'étaient des larmes de regret.

— Tu as dormi avec moi, tu m'as fait l'amour, et tu me demandes pourquoi je t'ai sauvé la vie ? Tu me crois vraiment capable de m'en aller en abandonnant un blessé à la mort ? Tu me connais donc si mal ?

Il se pencha vers elle.

— Je ne sais rien de toi. Tu es une étrangère pour moi. Je ne te connais pas plus que quand je t'ai vue pour la première fois, sur ta pelouse, à Denver.

Elle agita la tête pour nier tout ce qu'il venait de dire.

— Tu as tellement menti, Kendall, raconté tellement d'histoires, que je ne sais plus ce qui est vrai et ce qui est inventé.

— Kevin veut sa tétée.

Il se redressa brutalement.

— Quoi ?

Kevin tirait sur le chemisier de Kendall, la bouche plaquée sur sa poitrine. Il en fut tout déconcerté.

— Oh. Vas-y.

Pas plus tard que cette nuit, il lui avait fait l'amour. Il avait exploré son corps des mains et des lèvres. Mais quand elle ouvrit son corsage pour donner le sein à son bébé affamé, il ne put se résoudre à regarder. Il se sentait coupable, comme un adolescent victime d'une érection en plein confessionnal parce qu'il confesse au prêtre son péché de chair.

Difficile de conserver une attitude professionnelle pendant qu'elle nourrissait son enfant. Heureusement, il n'en eut pas besoin, car Kendall le prit au dépourvu en lui posant à son tour une question.

— Qui est Lisa ?

— Comment connais-tu son existence ?

— Tu parles en dormant. Tu as marmonné son nom plusieurs fois. Qui est-ce ? Ta femme ? Tu es marié ?

Il trouva risible cette inquiétude soudaine, mais son alacrité fut de courte durée.

— Tu kidnappes un officier de police, mais ce qui te préoccupes, c'est de savoir si tu as commis un adultère ?

— Es-tu marié ?

— Non.

— Alors qui est Lisa ?

— Seulement... une femme.

Du regard, Kendall exigeait une explication. Il lui dressa un tableau sommaire de ses relations avec Lisa.

— Elle est partie comme ça, conclut-il en claquant des doigts. Et ça ne m'a fait ni chaud ni froid. Pas plus que quand je l'avais rencontrée.

— C'était juste un corps tiède pour chauffer ton lit.

Il fut aussitôt sur la défensive.

— Exactement. C'était peinard, comme une simple relation sexuelle doit l'être. D'ailleurs, ça ne t'a pas gênée. J'ai parlé d'elle dans mon sommeil, mais ça ne t'a pas empêchée de baiser.

— Tu as autant de responsabilité que moi dans... ça.

— Pas vraiment. Je n'ai pas demandé à être mêlé à ta vie. J'ai même engueulé Jim parce qu'il m'avait chargé de t'accompagner. S'il n'avait tenu qu'à moi, je t'aurais larguée à Dallas. Pourquoi m'as-tu entraîné dans cette histoire, Kendall ?

— Je n'ai pas eu le choix. Tu te souviens ? répliqua-t-elle avec véhémence. Quand j'ai voulu m'esquiver de l'hôpital, tu m'as surprise et c'est toi qui as insisté pour venir avec moi.

— Tu as eu de multiples occasions de me lâcher avant d'arriver ici. Chaque fois que j'allais aux toilettes, par exemple. Pourquoi n'as-tu pas simplement fichu le camp ?

— Parce que plus j'y réfléchissais, plus je trouvais logique de te garder avec nous. Malgré tes béquilles, tu pouvais nous protéger, Kevin et moi.

— Je ne pouvais pas le voir, pas même l'approcher.

— Je ne m'en suis rendu compte que lorsque nous sommes arrivés ici. (Elle le considéra d'un air songeur.) Je me suis posé des questions à ce propos. Pourquoi as-tu immédiatement pris Kevin en grippe ?

— Pas Kevin spécialement. Tous les bébés.

— Pourquoi ?

Il agita vigoureusement la tête pour lui signifier que cette question était hors sujet.

— Où sommes-nous exactement ? Comment s'appelle cette ville ?

— Morton. Nous sommes dans l'est du Tennessee, près de la frontière de la Caroline du Nord.

Elle lui raconta l'histoire de la maison :

— Personne n'est jamais venu ici, à part grand-mère et moi. Je savais que c'était un bon endroit pour se cacher.

Les yeux dans les siens, elle ajouta gravement :

— John, je ne peux pas retourner en Caroline du Sud pour déposer contre Gibb et Matt.

— Ton témoignage est indispensable pour les condamner.

Elle protesta d'un ferme mouvement de la tête.

— Maintenant, Pepperdyne a dû trouver les dossiers que je conservais dans mon appartement de Denver. J'ai eu toute une année pour les constituer. Ils sont exhaustifs. Ils contiennent un paquet d'informations compromettantes sur les principaux membres de la Confrérie. Si on ne peut les condamner pour meurtre, on peut les inculper de bien d'autres crimes. Comme Al Capone, qu'on a coincé pour fraude fiscale. J'ai vu ce qu'ils ont fait, John, et il n'y a pas de mots pour décrire une telle horreur. Je m'étais entretenue avec Michael Li, quelques heures avant son exécution. C'était un garçon brillant, poli, raffiné. Quand je pense aux tortures effroyables qu'ils lui ont fait subir...

Elle baissa la tête, le regard accablé de tristesse. Puis elle leva les yeux à nouveau :

— J'ai tout perdu à cause d'eux, John. Je suis devenue une fugitive, une criminelle de mon propre chef. Je ne pourrai jamais plus exercer mon métier. Et j'étais bonne, souligna-t-elle. (Un flot de larmes jaillit de ses yeux.) Je croyais à ce que je faisais. Je voulais aider les gens, changer les choses. Ils m'en ont enlevé la possibilité. Crois-moi, je veux plus que personne mettre ces monstres derrière des barreaux pour le restant de leurs jours. Je veux bien jouer mon rôle de citoyenne, mais je ne veux pas mourir pour la bonne cause.

Elle s'interrompit pour donner plus de poids à ses paroles et pressa son bébé contre elle :

— Je ne veux pas que Kevin soit orphelin comme moi. Or, si je me trouve dans les parages de Matt et Gibb, ils trouveront le moyen de me tuer. Et ce sera une mort violente.

John comprenait. Sa réaction était parfaitement normale.

— Tu ne risques rien, Kendall. Ils sont en prison.

— Plus maintenant. Ils se sont évadés il y a trois jours.

John fut d'abord étonné, puis assailli de soupçons. Était-ce encore un de ses mensonges ?

— Comment le sais-tu ?

— C'est Ricki Sue qui me l'a dit quand je l'ai appelée.

— Quand ?

— Aujourd'hui.

— C'est pour ça que tu étais tellement bouleversée à ton retour ?

Elle hocha la tête.

— Je n'ai aucun détail parce que j'ai raccroché aussitôt.

Il plongea la main dans ses cheveux et se mit à arpenter la cuisine, le temps de passer en revue les mille et une conséquences de cet état de fait. Quand il revint se planter devant Kendall, elle reboutonnait son corsage. Kevin s'était endormi au creux de ses bras.

— À quelle distance sommes-nous de ta ville natale ? Sheridan, c'est bien ça ?

— Environ cent quarante kilomètres.

— Si près !

— Et ils y sont déjà passés. (Elle lui relata la tentative manquée de guet-apens organisée par le FBI dans la maison de sa grand-mère.) Les intrus n'ont pas été identifiés, mais il s'agissait probablement de Matt et Gibb.

— Je comprends ton empressement à partir. Si j'avais su qu'ils étaient en liberté, je vous aurais emmenés depuis longtemps. En fait, il y a...

— Attends ! Qu'est-ce que tu as dit ?

Kendall se leva avec lenteur :

— Tu nous aurais emmenés *depuis longtemps* ?

Il assista, impuissant, au changement d'expression qui se produisit sur son visage quand elle comprit ce qu'impliquaient ces paroles.

— Donc, ta mémoire... tu ne viens pas seulement de la retrouver. Tu savais...

Elle porta la main à sa bouche pour y retenir une exclamation :

— Tu savais et malgré cela... Saligaud !

Elle le gifla sans ménagement :

— Depuis combien de temps as-tu repris conscience ?

Il saisit son poignet pour parer la deuxième gifle.

— Kendall, écoute-moi ! Nous n'avons pas le temps d'ergoter là-dessus.

— Oh, mais nous allons le prendre, docteur McGrath. Pourquoi tu ne m'étendrais pas sur un divan pour continuer ta psychanalyse ? Je suis un cas intéressant, n'est-ce pas ? Tu meurs d'envie de me disséquer pour savoir comment je fonctionne. Tu es un excellent psy et tu fais merveille quand je suis en position allongée !

— Toi aussi tu fais merveille quand tu es en position allongée ! cria-t-il plus fort qu'elle.

— Salaud !

— Dis, c'est toi qui as voulu jouer à l'épouse avec un homme — un étranger — que tu avais kidnappé. C'est toi qui as inventé que nous étions mariés. Et je dois dire que tu étais très convaincante. Alors, ne m'accuse pas de m'être comporté en mari.

Il posa sa béquille sur la table, la prit par les épaules et l'attira à lui, enfermant Kevin entre les remparts de leurs corps.

— Tout ce que tu peux me reprocher, Kendall, c'est d'avoir joué le rôle que tu avais écrit pour moi.

— Tu as joué la comédie pour m'arracher mes secrets et t'en servir ensuite contre moi. Et tout raconter sur moi à ton ami Pepperdyne. M'étudier, m'analyser. Tu m'as manipulée.

— Autant que toi, tu m'as manipulé, riposta-t-il.

— Quand as-tu retrouvé la mémoire ? Dis-moi. Quand ?

Il resserra l'emprise de ses mains sur ses bras.

— Tu n'imagines pas à quel point j'étais peu fait pour assumer le rôle de mari et de père. Mais toi, tu étais parfaite, l'épouse dévouée qui reste avec son mari blessé bien qu'il l'ait trompée avec une autre femme. Tu y as mis juste la dose de martyre qu'il fallait en agitant la promesse du pardon et de la réconciliation. Tu étais distante, mais accessible. Prude mais présente. La madone chaste et sexy à laquelle on ne résiste pas. Merde, Kendall, tu as mis tout le paquet pour me séduire, en sachant ce que tu faisais. Tu t'es rendue désirable. Et je te voulais, je te voulais à moi. Et Kevin aussi. C'était la première fois de ma vie que je souhaitais cette union totale avec quelqu'un. Les rapports humains n'ont jamais été mon fort. Loin de là. Je n'ai jamais accepté une telle proximité, de personne. Mais je crois que l'amnésie m'a changé. Maintenant que je sais ce que c'est d'avoir besoin de quelqu'un et d'être utile à quelqu'un, je ne veux pour rien au monde redevenir l'homme que j'étais avant.

Sa voix se brisa. Il posa son front sur le sien, comme si ce discours l'avait épuisé.

— En couchant avec toi, j'ai enfreint un nombre incalculable de lois et de règles de déontologie. Quand cette histoire sera terminée, je serai voué aux gémonies. Je dirai que je faisais mon devoir tel que me l'imposaient les circonstances, mais ça m'étonnerait qu'on me croie.

Il releva la tête et plongea son regard dans le sien.

— Je t'ai abusée, oui, mais pas plus que je ne me suis abusé moi-même. Mon devoir, tu parles ! Si je t'ai aimée toutes les nuits, c'est parce que j'en avais envie. Non, *besoin.*

Se rendait-elle compte de l'importance de la déclaration qu'il venait de lui faire ? Il en doutait. Jamais il n'avait exprimé tant d'amour.

Peut-être avait-elle compris toute la portée de cet aveu, après tout, car son agressivité l'avait abandonnée. Les yeux voilés par l'émotion, elle appliqua doucement la main sur sa bouche.

— Je t'ai manipulé effrontément, je l'admets. Mais je te jure sur la tête de Kevin que ce qui a eu lieu entre nous était sincère.

Ils échangèrent un baiser franc et intime. Quand ils se séparèrent, leurs lèvres continuaient encore à musarder. Elle murmura :

— Je t'aime, John, mais je dois protéger Kevin. Et te protéger, toi. Et même si tu ne dois jamais me pardonner, cela ne m'arrêtera pas.

Avant qu'il ait pu comprendre ce qui arrivait, elle s'était emparée du revolver fiché dans sa ceinture et le braquait sur lui. Elle le força à reculer jusqu'à la cuisinière. Il trébucha et dégringola à terre en poussant un cri de douleur et de rage.

Kendall éloigna sa béquille d'un coup de pied.

— Je regrette, John.

Elle sanglotait mais poursuivit :

— Je regrette, mais il n'est pas question que tu me ramènes là-bas.

Elle s'éclipsa par la porte grillagée, qui se rabattit dans un claquement après son passage.

Un élancement intolérable se répandait du tibia à la cuisse, se répercutait dans le ventre et le bassin, pour éclater au sommet de son crâne avec une force colossale. Il saisit sa jambe à deux mains.

— Kendall.

Il cria son nom d'une voix altérée par la souffrance. Il appela encore :

— Kendall !

Il ne croyait pas une minute qu'elle allait revenir. Aussi fut-il ébahi d'entendre à nouveau le grincement du battant de la porte.

Il ouvrit les yeux et les écarquilla.

Elle était revenue. Mais pas seule. Et pas de son plein gré.

44

On pouvait régler sa montre sur l'emploi du temps quotidien d'Elmo Carney.

Il se levait tous les matins à 4 h 30, buvait un café, puis, qu'il pleuve ou qu'il vente, allait à l'étable traire ses quelques vaches. À 5 h 55 précises, il montait dans sa camionnette et parcourait les trois kilomètres qui le séparaient de la ville pour prendre son petit déjeuner au bistrot, qui ouvrait à 6 heures.

Il respectait scrupuleusement cette routine depuis la mort de sa femme. Il n'aimait pas le samedi, car ce jour-là, le bistrot n'ouvrait qu'à 7 heures, ni le dimanche, car, tout de suite après la traite, il devait échanger son bleu contre une veste et une cravate pour aller à l'église. Son estomac grondait d'un bout à l'autre de l'office.

Ce matin-là, il commença sa journée comme à son habitude. Il recueillit le lait de ses vaches et partit pour la ville, sans se douter de ce qui l'attendait au tournant. Il rêvait de pain tendre et de saucisses moelleuses quand une apparition surgit devant son pare-brise.

Elle avait jailli des buissons qui bordaient le fossé et s'était plantée au beau milieu de la route en agitant frénétiquement les bras au-dessus de sa tête.

Elmo pila. Les roues se bloquèrent. Les freins usés protestèrent. Le camion se cabra comme un vieux corps perclus d'arthrose et s'immobilisa à deux centimètres du fantôme.

Le cœur battant à se rompre, Elmo vit le spectre se précipiter pour ouvrir la portière du passager.

— Dieu merci, vous voilà, monsieur.

La vision grimpa sur le siège et claqua la porte.

— Ça fait des heures que j'attends, se plaignit-elle. Il n'y a donc personne dans ce bled ? J'ai toujours habité Sheridan et je ne me souviens pas d'être jamais venue par ici. Et je n'y reviendrai pas de sitôt, c'est moi qui vous le dis !

Elle se tut et lui désigna le levier de vitesses.

— Eh bien, qu'est-ce que vous attendez ? Allez, on décolle. Il faut que je sois là-bas illico presto.

Elmo écoutait, la mâchoire affaissée, les mains tétanisées sur son volant. Ça bougeait, ça parlait. Ça avait même une odeur. Mais il n'arrivait pas à croire que c'était réel.

— Bon, grommela-t-elle, exaspérée. Comme si ça ne suffisait pas pour aujourd'hui, il faut que je tombe sur une andouille ! C'est bien ma veine !

Elle secoua la main devant les yeux hagards d'Elmo.

— You-ouh ! Oh, pépé ? Y'a quelqu'un ? Cligne de l'œil. Fais quelque chose. Qu'est-ce qui se passe ? Tu n'as jamais vu une femme à poil ? Tu n'as jamais vu une rousse authentique ?

⁂

Pepperdyne fut réveillé par le remue-ménage qui venait de se déclarer dans la salle voisine. Une heure plus tôt, il avait fini par succomber à la fatigue et s'était étendu sur le lit de camp que la police de Sheridan avait installé dans son bureau.

Il ne pensait pas pouvoir dormir. Il voulait seulement fermer les yeux. Mais il avait dû sombrer dans un sommeil profond. Malgré ce réveil brutal, il se sentait reposé.

Il se redressa et mettait pied à terre quand un policier fit irruption dans son bureau.

— M. Pepperdyne, vous devriez venir.

— Que se passe-t-il ? On les a retrouvés ?

« Les » pouvait s'appliquer, un certain nombre de personnes, mais Pepperdyne emboîta le pas au policier sans préciser. Dans la salle qui servait de quartier général à son équipe, l'un de ses hommes s'entretenait avec un vieux paysan en bleu de travail, tandis que tous les autres contemplaient la pelouse, agglutinés aux fenêtres.

— Qu'est-ce qui se passe ici ?

Son rugissement capta l'attention générale, y compris celle du fermier qui vint vers lui en retirant obséquieusement sa casquette.

— Vous êtes M. Pepperdyne ?

— C'est exact. Qui êtes-vous ?

— Elmo Carney, je m'appelle. Elle m'a dit de venir chercher M. Pepperdyne. Personne d'autre, elle a dit. Mais je jure sur la tombe de ma pauvre femme que j'ai rien fait de mal ou d'illégal. J'allais en ville prendre mon petit déjeuner quand je l'ai vue tout à coup au milieu de la route, nue comme au jour de sa naissance, qui faisait des grands signes avec ses bras. J'ai failli avoir une crise cardiaque. Elle est montée dans mon camion, comme ça...

— Excusez-moi. Qui ?

— Une dame rousse. Plutôt grassouillette, je dirais. Elle a dit que vous...

Pepperdyne n'attendit pas d'en entendre davantage. Il se rua vers la porte.

— Elle est blessée?

— Oui, monsieur, mais comme je vous disais, moi, je lui ai rien fait.

— Qu'on me passe un imper. Une veste. Quelque chose.

Un officier se précipita pour lui tendre un ciré jaune. Pepperdyne s'en empara et sortit en courant. Il enfila le couloir au pas de course, franchit la porte, dévala le perron. Il ne ralentit l'allure que quand il atteignit la camionnette d'un bleu délavé garée sur un emplacement de parking.

— Vous en avez mis un temps!

Ricki Sue ouvrit la porte en fulminant et lui arracha le ciré des mains :

— Ces vicelards n'arrêtent pas de se rincer l'œil.

Elle jeta un regard furibond vers les visages collés aux fenêtres. Pepperdyne se retourna. Aussitôt, les fenêtres se dégagèrent. Il ne pouvait en vouloir à ses hommes. Nue comme au jour de sa naissance, comme disait le fermier, Ricki Sue offrait un spectacle saisissant.

Mais une fois passé l'instant d'émotion masculine devant un tel déploiement de chair, le professionnalisme reprit ses droits. Il remarqua plusieurs choses à la fois. Elle avait les pieds et les jambes couverts de boue. Des égratignures et des ecchymoses sur tout le corps. Sa coiffure en échafaudage s'était écroulée. Ses cheveux pendaient sur ses épaules et ses seins lourds, auxquels il était difficile de rester insensible même quand il s'agissait d'y poser un œil détaché de professionnel. Elle présentait, à l'arrière de la tête, un vilain magma de sang séché ou de quelque chose qui y ressemblait fort.

— Il faut voir un médecin, dit-il.

— Ça peut attendre. J'ai des choses à vous dire.

— Mais vous êtes blessée.

— Pepperdyne, vous avez un sens des déductions génial, railla-t-elle.

Elle ouvrit grand les bras, lui offrant à nouveau une vue imprenable sur son corps plantureux :

— Je ne suis pas une beauté au départ. Et je ne suis jamais au mieux de ma forme le matin à la première heure. Mais je n'ai quand même jamais l'air ravagé à ce point. Bien sûr que je suis blessée, gros malin, s'égosilla-t-elle. Ils ont essayé de me tuer.

— Les jumeaux ?

— Vos gars sont venus rapporter.

— Oui, mes gars sont venus rapporter.

— Ça vous fait bander de suivre les gens, Pepperdyne ? C'est ça qui vous branche ?

— Je vous ai fait suivre pour votre sécurité.

— Eh bien, c'est raté.

— Ça n'aurait pas raté si vous n'aviez pas suivi deux inconnus dans un bar. À votre âge, avec ce qui se passe, vous manquez vraiment de jugeote.

— Je ne savais pas...

Soudain, son agressivité s'évanouit, son visage se plissa et elle fondit en larmes :

— Je ne savais pas qu'ils me voulaient du mal.

Il fouilla maladroitement dans sa poche et en extirpa un mouchoir fripé.

Elle le prit et remarqua :

— Il n'est pas propre.

— Votre sens des déductions vaut le mien.

Elle ne releva pas. Elle s'essuya les yeux, se moucha. Elle ne pleurait plus, mais elle était encore bouleversée. Elle rentra la lèvre inférieure entre ses dents. De l'avis de Pepperdyne, elle était plus jolie sans rouge à lèvres.

— J'aurais pu mourir, dit-elle en tremblant. Ils ont vraiment essayé de me tuer.

— Qui sont-ils, Ricki Sue ?

— Henry et Luther. C'est tout ce que je sais.

Elle lui raconta le motel, l'alcool :

— Je suis revenue à moi alors qu'ils me tiraient de la voiture. J'aurais dû me douter à ce moment-là... Mais j'avais tellement bu ! Toujours est-il qu'on est entrés dans l'eau. Et tout à coup, Luther, je crois, me donne un grand coup de bâton sur la tête. J'ai esquivé le deuxième coup, je lui ai fait un croc-enjambe et il a perdu l'équilibre. Ils ne s'attendaient pas à me voir résister. Et c'était pas évident, parce que ma tête me faisait un mal de chien. Pendant que je me débattais, j'ai failli tourner de l'œil plusieurs fois. Enfin, j'ai réussi à éviter qu'ils m'explosent le caisson.

— Où sont-ils allés ?

— Allés ? (Elle émit un ricanement grave.) Nulle part. Ils sont toujours près du ruisseau. En tout cas, ils y étaient encore quand je suis partie. Je les ai assommés et ligotés à un arbre avec leurs pantalons.

Pepperdyne laissa échapper un rire. Ce n'était pas le moment, mais il n'avait pu s'en empêcher.

— Mademoiselle Robb, le FBI devrait vous engager.

Elle ne partageait pas son hilarité. Elle continuait à se mordiller la lèvre avec désespoir.

— Non, Pepperdyne. Je crois que je n'ai pas mieux sauvegardé le secret que ma virginité.

Il reprit aussitôt son sérieux.

— Quel secret ?

— Je crois que ces deux copies conformes ont quelque chose à voir avec l'affaire Burnwood.

— Comment ça ?

— Ils m'ont demandé leur chemin devant chez moi au moment où on dévastait ma maison.

— Et vous ne m'en avez pas parlé ?

— Je n'avais pas fait le rapprochement. Et puis, arrêtez de hurler. J'ai mal à la tête.

— Cette nuit, vous ont-ils demandé où se trouvait Mme Burnwood ?

— Je suis encore un peu groggy, tout n'est pas très clair dans ma tête, mais je crois qu'ils m'ont fait boire pour me soutirer des informations. Vous auriez dû essayer cette méthode, Pepperdyne. Au lieu de ne compter que sur votre charme, ajouta-t-elle d'un ton caustique.

— Ont-ils parlé à quelqu'un d'autre ? Téléphoné ?

— Non. Pas à ma connaissance, en tout cas.

— Que leur avez-vous dit, Ricki Sue ? Il faut que je sache.

— Pas si vite. Si vous la retrouvez, avez-vous l'intention de la mettre en prison?

— Ça ne dépendra pas de moi.

Ricki Sue croisa les bras sur sa poitrine et prit un air entêté. Pepperdyne réfléchissait en se rongeant l'intérieur de la joue.

— Je ferai ce que je pourrai pour elle.

— Ce n'est pas assez, Pepperdyne. Je ne veux pas que mon amie finisse en cabane pour avoir voulu sauver sa peau.

— D'accord. Je ferai tout ce qui est en mon pouvoir pour trouver un arrangement en sa faveur. C'est tout ce que je peux promettre et ça dépend de l'état dans lequel on retrouvera John.

Elle le défia du regard avant de reprendre :

— S'il lui arrive quoi que ce soit, à elle ou à son bébé...

— C'est précisément ce que je veux éviter. Je me soucie avant tout de leur vie. Je vous en prie. Dites-moi tout, Ricki Sue.

— C'est pas gratuit.

— Tout ce que vous voudrez.

— Un dîner dansant?

— Vous et moi?

— Non, Ginger et Fred, grommela-t-elle en le foudroyant du regard.

Il inclina la tête.

— Accordé. Maintenant, je vous écoute.

45

Deux hommes poussèrent Kendall dans la cuisine qu'elle venait de quitter à la sauvette.

Matt lui arracha Kevin. Gibb lui donna un coup violent dans le dos. Elle perdit l'équilibre et s'affala pratiquement sur John.

— Elle ne va nulle part, marshal McGrath. Vous avez de la compagnie.

Gibb leur souriait d'un air aimable, comme quand il débarquait à l'improviste pour préparer le petit déjeuner.

— Kendall, faites-nous donc du café. La nuit a été longue et pénible. J'en prendrais volontiers et je suis sûr que Matt aussi.

Il se dégageait de lui une aura puissante, diabolique. Peut-être avait-elle toujours été là, mais elle ne l'avait pas remarquée parce qu'elle ne la cherchait pas. Ou émanait-elle depuis peu des noirceurs de son âme ?

Ses yeux brillaient d'une lueur terrifiante. En se rappelant l'effroyable supplice de Michael Li, elle aurait voulu se jeter sur lui, lui harponner les yeux, mais tant que Matt détenait Kevin, elle ne pouvait prendre un tel risque. Elle était impuissante, réduite à faire exactement ce qu'on lui disait.

Elle avait les muscles liquéfiés de peur. Elle parvint cependant à se remettre debout et prépara machinalement la cafetière. Tandis que le café s'écoulait goutte à goutte, Gibb était assis sur une chaise, un fusil de chasse sur les genoux. Il s'adressa à John, toujours affaissé par terre :

— Je m'appelle Gibb Burnwood. Nous ne nous sommes jamais rencontrés. Mais on a tellement parlé de vous dans les médias ces temps derniers que j'ai l'impression de vous connaître. Comment allez-vous ?

John le dévisagea sans répondre. Il ignorait que son silence était pour Gibb la pire des insultes. Voyant que ses marques de politesse restaient sans écho, il reprit d'un ton sec :

— J'imagine que vous n'êtes pas très heureux de nous voir. À vrai dire, je ne comprends pas pourquoi. Nous venons vous libérer, au sens propre du terme, de ma belle-fille. C'est une déséquilibrée. Mais peu importe que vous nous remerciiez ou non. Plus vous êtes désagréable, et plus il sera facile de vous supprimer le moment venu.

Il se frappa la cuisse, comme pour indiquer qu'il venait de régler à sa convenance une question importante.

— Kendall, le café est prêt ?

Son ton badin et ses manières amicales l'effrayaient davantage que s'il avait hurlé et tempêté en gesticulant. Les tueurs qui affichaient le plus de sang-froid assassinaient en général avec d'autant moins de remords et de scrupules.

Gibb semblait parfaitement sain d'esprit, mais il avait perdu tout contact avec la réalité. Les autres membres de la Confrérie en avaient sans doute embrassé les aspects spirituels dans le seul but d'apaiser leur conscience en justifiant les meurtres et les actes odieux qu'ils commettaient.

Mais Gibb croyait dur comme fer à leur doctrine. Il avait fini par s'identifier totalement à sa propre propagande fasciste. Il se considérait comme un être à part, à l'écart du reste de l'humanité.

Un être implacable.

Kendall vint lui apporter sa tasse de café bouillant en se demandant ce qui se passerait si elle la renversait sur lui. Il sursauterait, bondirait de sa chaise. Dans la confusion, elle pourrait reprendre Kevin à Matt pendant que John bondirait sur Gibb. Elle jeta un coup d'œil à John. Il l'observait. Il avait compris.

Mais Gibb aussi avait deviné ses pensées. Sans même tourner la tête ni la regarder, il déclara :

— Kendall, je compte sur vous pour ne pas faire de bêtises.

Alors seulement, sa tête pivota et son regard s'arrêta sur elle :

— Vous vous êtes révélée décevante à tous points de vue, sauf un : vous êtes extrêmement maligne. Trop, à vrai dire. Il aurait beaucoup mieux valu pour vous que vous ayez moins de curiosité intellectuelle. Ne me décevez pas une fois encore en prenant quelque initiative stupide. Sinon, je serai obligé de descendre votre ami, là.

— Allez-y, descendez-le, lui dit-elle d'un ton de

défi en posant sans douceur la tasse devant lui. Ce n'est pas mon ami. Si j'avais une arme, je le flinguerais moi-même. (Elle lança à John un regard de dédain.) Il m'a menée en bateau. Il a été frappé d'amnésie après l'accident, mais quand il a retrouvé la mémoire, il s'est bien gardé de me le dire. Pendant tout ce temps, il a essayé de m'embobiner.

N'ayant pas de béquille à portée de main, John se hissa sur une chaise pour se lever.

— Papa ?

Matt avança d'un pas, l'œil prudemment fixé sur John.

Gibb leva la main.

— Ça va, mon fils. Il ne peut rien faire.

John prit pour la première fois la parole.

— C'est exact, Burnwood. Je ne peux rien faire. Je n'ai rien pu faire pour me défendre depuis qu'elle m'a enlevé, reconnut-il, la voix amère. Elle m'a amené ici en prétendant...

Il glissa un regard à Matt et poursuivit, d'un ton d'excuse :

— Elle a prétendu que j'étais son mari. Je ne sais pas pourquoi elle a inventé ça, alors qu'elle n'avait qu'à me planter ici et continuer à fuir.

— Elle attendait que les autorités se lassent de la rechercher et cessent de s'intéresser à elle, affirma Gibb.

— Vous avez sans doute raison, admit John. Quoi qu'il en soit, je ne pouvais pas la contredire puisque je ne me souvenais plus de rien. J'ai donc vécu avec elle comme si j'étais son mari. Dans tous les sens du terme.

Matt s'élança, frémissant de colère, mais Gibb le retint encore d'un geste de la main.

— Le marshal McGrath n'y est pour rien, Matthew. C'est elle la fautive.

— C'est vrai, Matt, renchérit John. Je ne faisais que me régler sur ses mensonges. Comment aurais-je pu savoir que nous n'étions pas mariés ?

— Tu le savais ! s'écria Kendall. Tu le savais depuis longtemps. Tu as retrouvé la mémoire, mais...

— Mais j'étais pris au piège, interrompit John. (Il s'adressait directement à Matt.) Je n'ai pas besoin de vous dire la merveille que c'est au lit. En tout cas avec moi. Il se peut que la maternité ait déchaîné ses ardeurs. Question d'hormones ou quelque chose comme ça, vous voyez ? Mais si je vous dis qu'elle n'en avait jamais assez...

— Putain de salope.

Matt se campa soudain devant Kendall :

— Tu as fait tes saloperies devant notre fils ?

— La plupart du temps, il était dans le lit avec nous, répondit John.

Matt émit un rugissement rauque. Kendall avait donné la réplique à John sans savoir où cette mise en scène allait les mener, mais ils ne s'attendaient ni l'un ni l'autre à une réaction aussi violente de la part de Matt.

Il lui assena une gifle brutale du revers de la main.

Elle ne l'avait pas vue venir. Le choc l'atteignit de plein fouet. Elle tomba en avant avec un cri et se rattrapa à la table. Matt levait la main pour la frapper de nouveau, mais John s'élança sur lui et le saisit à la gorge.

— Espèce de dingue. Si vous la touchez encore, je vous bute.

John se battit vaillamment, mais le combat était inégal. Gibb s'empara de la béquille et lui flanqua un formidable coup sur le dos. Kendall entendit son exclamation de douleur et vit ses genoux ployer. Il s'écroula à quatre pattes, la tête pendante.

Terrorisé par l'agitation et les éclats de voix, Kevin s'était mis à pleurer. Gibb le prit et le tint sur son épaule en lui serinant des inepties en langage bébé, comme s'il était en visite un dimanche après-midi. Mais Kevin n'était pas dupe. Il hurlait.

Kendall ne pouvait rien pour son enfant. Gibb ne voudrait jamais le lui rendre. Alors elle alla s'agenouiller auprès de John et l'entoura de son bras.

— Je suis désolée, lui murmura-t-elle à l'oreille. Désolée.

Sans elle et ses mensonges, il n'en serait pas là. Il allait mourir à cause d'elle. Leur vie allait s'achever dans cette pièce et ils n'y pouvaient rien. Mais elle n'allait pas se laisser intimider par les Burnwood.

Un filet de sang coulait sur son menton quand elle releva la tête pour darder sur Matt un regard haineux. Elle avait été sa femme et porté son nom, mais il lui était bien plus étranger que John. Avant de mourir, elle voulait lui dire quel piètre mari et amant il avait été.

— Au cours des dernières semaines, j'ai connu plus de joie et de bonheur avec cet homme que pendant tout le temps de notre mariage.

— Aux yeux de Dieu, tu es toujours ma femme.

— Hypocrite ! Tu as divorcé.

— Parce que tu m'as abandonné.

— Je suis partie pour me protéger et protéger mon bébé.

— C'est *mon* bébé.

— Pauvre enfant qui devra partager son père avec la Confrérie et sa maîtresse !

Matt haussa les épaules et les laissa retomber avec un vibrant soupir qui ressemblait à une plainte.

— Lottie est morte.

Devant Kendall muette de surprise, il se couvrit le visage de ses mains et éclata en sanglots. John réussit, en grimaçant de douleur, à se mettre en position assise et à s'adosser à un placard.

Kendall et lui se regardèrent. Il était aussi étonné qu'elle par l'explosion de chagrin de Matt.

— Mon fils, arrête !

Comme Matt ne réagissait pas, Gibb réitéra son ordre.

Quand Matt baissa les mains, il avait le visage bouffi et sillonné de larmes.

— Pourquoi a-t-il fallu que tu la tues ?

Kendall étouffa une exclamation. Gibb avait tué Lottie Lynam ? Quand ? Dans quelles circonstances ?

— Tu pleurniches comme une femmelette, maugréa Gibb. C'est ridicule et indigne d'un homme. Arrête tout de suite.

— Tu n'avais aucun besoin de la tuer.

— Nous en avons déjà parlé, fiston, tu te souviens ? Elle était l'instrument du diable. Nous avons fait ce que nous devions. On n'accomplit pas la volonté de Dieu sans sacrifices.

— Mais je l'aimais.

Matt avait la voix rauque à force de pleurer :

— C'était... c'était...

— C'était une putain.

— Je t'interdis de dire ça ! hurla Matt.

En quelques instants, il s'était décomposé, au moral et au physique. Il tremblait des pieds à la tête. Son teint s'était brouillé et il postillonnait en parlant. Les larmes coulaient sans discontinuer de ses yeux. Sa désagrégation était terrible à regarder et trop fascinante pour s'en détourner.

— Je l'aimais, gémissait-il. J'aimais Lottie et elle m'aimait. Et maintenant, elle n'est plus là. C'était la seule personne qui me comprenait.

— Ce n'est pas vrai, mon fils, dit Gibb d'un ton apaisant. Moi, je te comprends.

Alors il braqua le fusil sur Matt et pressa la détente.

La balle l'atteignit droit au cœur. Il était mort avant même que son visage ait le temps d'exprimer la surprise. Gibb regarda s'affaler le corps de son fils, puis reposa calmement le fusil sur son bras. Kevin braillait sur ses genoux.

Il s'adressa à ses interlocuteurs pétrifiés d'horreur avec un flegme stupéfiant.

— Je comprenais Matthew, vous savez. Cette femme lui avait transmis un mal redoutable. Elle l'avait rendu faible. La faiblesse ne peut se tolérer, même chez ceux que nous aimons.

Il considérait le corps de Matt sans la moindre émotion.

— Sinon, c'était un fils parfait. Un disciple modèle de la Confrérie. Il écrivait ce que je lui disais, et il écrivait bien. Il avait un talent indéniable pour la chasse. Et c'était un bon défenseur de notre cause.

— Oui, c'était un prince, martela John. Il n'avait pas peur de frapper une femme.

Le regard glacial de Gibb se figea sur lui.

— Ne gaspillez pas votre énergie à essayer de me provoquer, marshal McGrath. Mon fils s'est laissé prendre, mais vos sarcasmes n'ont aucun effet sur moi. Matthew ne se rendait pas compte quand on le manipulait. Moi si. (Il sourit.) Mais j'admire la tentative.

Il ajouta, à l'intention de Kendall :

— Quant à vous, je me fiche comme d'une guigne de savoir avec qui vous vous mettez en ménage. Tout ce qui m'intéresse, c'est ce petit bonhomme.

Il souleva Kevin qui n'avait pas cessé de hurler depuis un bon moment, les obligeant à élever la voix pour se faire entendre.

— Il a du coffre. Plus l'enfant crie fort, plus il est vigoureux. Regardez-moi ces poings, s'extasia Gibb, rayonnant de fierté. Je vais en faire un homme, un vrai.

— Jamais ! se récria Kendall.

Tout à coup, elle n'avait plus peur de lui. Son courage était voué à ne pas durer. Elle le puisait dans sa résignation à mourir. Mais elle s'en accommodait parce qu'il était sa seule arme contre celui qu'elle abhorrait.

Elle avait même un sourire aux lèvres quand elle lui dit :

— Vous n'aurez pas l'occasion d'en faire autre chose qu'un orphelin. Parce que quand vous nous aurez tués, vous serez capturé, Gibb. Un agent du FBI nommé Jim Pepperdyne vous pourchassera jusqu'à ce qu'il vous attrape. Si vous survivez, Kevin vous sera enlevé et vous ne le reverrez jamais. Cela me désespère de savoir que mon fils ne me connaîtra pas. Mais grâce au ciel, il ne vous connaîtra pas non plus. Vous n'aurez pas le loisir de lui bourrer le crâne de vos idées tordues. Vous ne serez pas là pour lui déformer l'esprit, lui inculquer la haine et en faire un monstre de votre espèce. Vous avez échoué avec

Matt. Parce qu'au fond, il n'était pas l'automate docile et sans cœur que vous auriez voulu qu'il soit. C'était un être humain, avec toutes les faiblesses et les sentiments que nous avons tous. Il aimait Lottie. Plus encore sans doute qu'il ne vous aimait. Et ça, vous ne pouviez pas l'admettre. Vous échoueriez avec Kevin de la même façon. Sauf qu'avec lui, vous n'aurez même pas la possibilité d'essayer. Kevin ne portera pas votre nom. Dieu merci, il en ignorera jusqu'à l'existence.

— Vous me rappelez feu mon épouse, commenta Gibb. Laurelann aussi avait commencé à s'intéresser de trop près à nos expéditions nocturnes et elle a découvert la Confrérie. Malheureusement, elle n'avait pas reçu le don de comprendre. Elle a menacé de me dénoncer. Elle a juré qu'elle emmènerait Matthew et que je ne le reverrais jamais, mais ses menaces étaient aussi creuses que les vôtres. (Il désigna une chaise du menton.) Asseyez-vous. Mon petit-fils a besoin de sa mère.

Partagée entre l'envie de prendre son enfant et la crainte d'un piège de sa part, Kendall hésita. Elle redoutait de trop s'éloigner de John, ne sachant ce que Gibb avait en tête.

Mais l'instinct maternel prit le dessus. Elle se releva et prit Kevin des bras de Gibb. Elle le serra contre elle. Elle le tâtait et le caressait pour s'imprégner de son contact autant qu'il était possible pendant le peu de temps qu'il lui restait. Kevin se tut à l'instant.

Le changement de comportement de l'enfant n'échappa pas à Gibb.

— Je vais vous offrir un choix, Kendall. Étant donné les circonstances, je me montre plus généreux que vous ne le méritez. Il suffit de quelques jours pour sevrer le bébé. Alors, vous serez à jamais effacée de sa mémoire. Il s'habituera à moi et dépendra de moi pour tout. Dès lors, il m'appartiendra totalement. Malheureusement, à ce stade de son développement, il a encore besoin de sa mère. Je vous laisse donc le choix. Soit vous mourez tout de suite avec votre amant, soit vous venez avec moi pour vous occuper encore quelque temps de votre fils. De toute façon, vous paierez de votre vie vos péchés de trahison et de fornication, mais vous aurez un peu plus de temps à passer avec l'enfant. Si je vous fais cette proposition, ce n'est pas que vous la méritiez, c'est dans l'intérêt de mon petit-fils.

— C'est le choix que vous m'offrez ?

— Et il faut vous décider vite. Tout empotés qu'ils sont, les types du FBI pourraient bien venir vous chercher jusqu'ici.

— J'irai avec vous, Gibb, et je coopérerai. Je peux même vous être très utile. Comme vous savez, j'ai un don pour disparaître. Mais laissez la vie sauve à John, plaida-t-elle.

Gibb fronça le nez.

— Je crains que sa vie ne puisse se négocier. Il a commis l'adultère avec la femme de mon fils. Il doit mourir.

— Je n'étais plus la femme de Matt. Il avait divorcé.

— Quand même. Comme l'a dit Matt, aux yeux de Dieu...

Il pointa le fusil sur John.

— Non, attendez ! s'interposa Kendall.

— Ne marchande pas ma vie avec ce salaud, dit John avec rage. Plutôt mourir que le supplier.

— John ne savait pas que j'étais mariée, ou que je l'avais été. Rappelez-vous, Gibb, dit Kendall d'un ton pressant. Il était amnésique. Je lui ai menti en lui disant qu'il était mon mari. C'est ma faute.

— Mais il a retrouvé la mémoire, répliqua Gibb. Vous l'avez dit vous-même.

— Là encore, j'ai menti pour me protéger de Matt. John n'a recouvré la mémoire que ce matin.

— Ce n'est pas vrai, Burnwood, corrigea John. Je sais depuis plus d'une semaine qui je suis et qui elle est. J'ai continué à coucher avec elle parce que ça me plaisait.

— Il ment, Gibb.

— Pourquoi mentirait-il ? demanda celui-ci.

— Pour vous brouiller l'esprit dans l'espoir de nous préserver, Kevin et moi. C'est son devoir, sa mission de nous protéger. Il l'accomplira, coûte que coûte.

— Vous savez bien qu'elle ment comme elle respire, Burnwood. Vous seriez stupide de la croire.

— Je dis la vérité, Gibb. La mémoire lui est revenue ce matin, à son réveil. Quand il s'est rendu compte que je l'avais dupé, il est entré dans une rage folle. Il voulait me livrer aux autorités pour l'avoir kidnappé. Je m'enfuyais quand vous êtes arrivés. (Sa voix se fit implorante.) Si vous le tuez, vous aurez assassiné un innocent qui ne faisait que son devoir. C'est quelque chose que vous pouvez comprendre, n'est-ce pas ? Il obéit à un code de l'honneur analogue au vôtre. Il croit à ce qu'il fait et rien ne l'arrête quand il estime que ce qu'il fait est juste. Gibb, je vous en prie. Je vous jure que c'est vrai. Il ne savait pas qu'aux yeux de Dieu, j'étais toujours la femme de Matt.

Il réfléchit, en gardant sur John un regard froid, cruel.

Il poussa enfin un long soupir.

— Kendall, vous ne mentez plus aussi bien. Je ne crois pas un mot de ce que vous venez de dire. L'homme qui a cocufié mon fils doit mourir.

Il arrondit le doigt sur la détente, mais un bruit soudain et inattendu l'empêcha d'achever son geste. S'il y avait un son que Gibb reconnaissait instantanément, c'était le déclic d'un revolver qu'on arme. Il se figea et reporta son regard sur Kendall.

— Si vous le tuez, j'appuie sur la détente.

La voix de Kendall avait perdu les accents aigus de la peur. Elle était grave, posée, déterminée.

— Mon Dieu, murmura Gibb.

Le sang reflua de son visage.

— Eh oui, Gibb. Je défendrai Kevin contre vous, même si c'est la seule manière. Je préfère le savoir mort que le laisser une minute en votre compagnie.

Épuisé par ses cris, Kevin s'était endormi contre sa poitrine. Ses paupières presque transparentes étaient closes. Une larme luisait encore à la pointe des cils. Ses lèvres, légèrement incurvées, étaient entrouvertes.

Le canon du pistolet de John reposait sur sa tempe.

Quand elle s'était précipitée hors de la cuisine, elle s'était presque heurté aux Burnwood, qui étaient aussi étonnés qu'elle. Ils l'avaient refoulée à l'intérieur, mais elle avait réussi à glisser l'arme dans la poche de sa jupe, sans savoir jusqu'à présent quel parti elle en tirerait.

Gibb s'était ressaisi. Il souriait de son attitude théâtrale.

— Vous ne ferez jamais ça.

— Si. Je le ferai.

— Vous l'aimez trop, Kendall. Tout ce que vous avez fait : vous enfuir à Denver, échapper à vos gardiens, vous cacher ici, tout cela vous l'avez fait pour cet enfant.

— C'est vrai. Pour qu'il ne tombe pas entre vos mains. Si vous abattez John...

La détonation la laissa abasourdie. Elle se leva si brusquement que sa chaise se renversa.

— Si j'abats John ?

Horrifiée, Kendall recula jusqu'au mur. Elle contemplait, incrédule, la silhouette recroquevillée de John. Il était tombé sur le côté, la joue contre le sol. Une mare de sang se répandait sous lui.

— Alors ?

Gibb était debout, face à elle. Il avança d'un pas :

— Donnez-moi mon petit-fils.

En jaillissant de sa chaise, elle avait réussi à ne pas lâcher Kevin. Réveillé en sursaut, il vagissait contre son cœur. Le revolver n'était plus qu'un poids mort dans sa main. Il pendait au bout de son bras.

« *John ne bouge plus. Le sang de John est partout. John est mort. Il a tué John.* »

Gibb n'était pas chasseur pour rien. Son instinct

l'avertit que sa proie était sur le point de se rendre. Il se rapprocha.

Elle leva la main. Elle tremblait si fort qu'on aurait cru que le pistolet la brûlait et qu'elle le secouait pour s'en débarrasser.

— Ne m'y obligez pas, Gibb. S'il vous plaît.

— Vous ne pourrez jamais tuer votre bébé, Kendall.

— C'est vrai. Je ne pourrai jamais tuer mon bébé.

Elle tourna l'arme contre Gibb. Un troisième coup de feu retentit dans la maison.

46

— John.

Kendall enjamba le corps de Gibb et tomba à genoux près de John.

— John ? John ?

Elle l'allongea sur le dos.

— Il est mort, l'enfant de salaud ?

— Dieu merci, tu es vivant.

Elle se pencha et se lova contre lui, en écrasant Kevin entre eux :

— Dieu soit loué ! J'ai cru qu'il t'avait tué !

— Est-ce qu'il est mort ?

Elle jeta un regard au corps étendu. Gibbons Burnwood était aussi mort qu'on peut l'être.

— Oui.

— Bon.

Elle aurait ri de soulagement en entendant sa voix. Mais elle était en pleurs.

— Oh, John. Tu es gravement blessé.

— Ça va.

Mais il n'allait pas bien. Chaque mot qu'il proférait s'échappait dans un filet de voix :

— Comment va le bébé ? Il va bien ? Il n'a rien ?

Kevin hurlait plus fort que jamais.

— Il a eu une matinée agitée.

John parvint à sourire malgré la douleur.

— N'est-ce pas notre cas à tous ?

La maison pullulait d'agents du FBI. Pepperdyne, en tenue de combat comme les autres, entra en coup de vent. Il regarda John, lâcha une bordée de jurons, puis il coinça deux doigts dans sa bouche et émit un sifflement strident.

— Envoyez l'équipe médicale. Plus vite que ça.

— Vous en avez mis un temps ! grommela John d'un ton belliqueux quand son ami vint s'accroupir près de lui. J'ai cru que j'allais me vider de mon sang avant que vous n'agissiez. Vous commencez par débarquer avec la discrétion d'un troupeau d'éléphants et ensuite, vous restez là à vous gratter le cul pendant que ce type me tire dessus.

Pepperdyne repoussa son casque sur sa nuque et éclata de rire.

— Pas la peine de nous remercier, John ! Nous savons que tu nous es reconnaissant.

Kendall était perplexe.

— Tu savais qu'ils étaient là ?

Il hocha la tête.

— J'ai vu quelque chose bouger derrière le grillage de la porte et j'ai compris. Enfin, j'espérais que c'était bien ça. C'est pour ça que je me donnais tant de mal pour occuper les Burnwood.

— Tu n'aurais pas dû sauter sur Matt. Ils auraient pu te tuer à ce moment-là.

— Je n'y ai pas pensé. Quand il t'a frappée... Pour tout un tas de raisons, j'aurais aimé le buter de mes propres mains.

Ils échangèrent un long regard, lourd de sens. Alors un infirmier planta une seringue dans le bras de John.

— Ouch ! Merde ! Ça fait mal.

— Lequel de vous deux va me rancarder ? demanda Pepperdyne. Je veux savoir exactement ce qui s'est passé.

Kendall regardait l'équipe médicale s'affairer autour de John. La mort de son mari ne parvenait pas à lui inspirer le moindre chagrin, mais elle éprouvait une peine sincère pour sa vie gâchée.

— Gibb a tué Matt.

— Nous avons vu, dit Pepperdyne. Était-ce à cause de Mme Lynam ?

— Oui. Matt a dit que Gibb l'avait tuée.

— On l'a trouvée dans un motel avec la gorge tranchée, précisa Pepperdyne.

— Matt l'aimait vraiment, dit Kendall avec tristesse. Il ne pouvait espérer avoir une vie heureuse. Pas avec un père comme Gibb.

— L'un de nos tireurs d'élite était prêt à descendre le vieux bonhomme quand il a tué Matt, expliqua Pepperdyne. Mais il avait le bébé dans les bras. C'était trop risqué.

— Vous le teniez au bout de vos fusils depuis tout ce temps-là ? s'étonna Kendall.

— Ouais. Ensuite, quand vous vous êtes assise sur cette chaise avec le bébé, dit-il en désignant la chaise en question, vous vous trouviez dans la ligne de mire. Quand il a tiré sur John...

— Pourriez faire attention, maugréa John à l'adresse des infirmiers qui l'installaient sur la civière.

Pepperdyne lui dit d'arrêter de se plaindre, mais Kendall voyait bien que les deux amis étaient ravis de s'échanger des piques et des insultes.

Pepperdyne reprit ses explications.

— Quand Burnwood a tiré sur John, vous avez reculé jusqu'au mur. Nous espérions que ce pistolet sur la tête de votre bébé, c'était du bluff.

— Bien sûr que ça l'était, et Gibb le savait. Mais je me suis rendu compte tout à coup qu'après avoir tiré sur John, il avait laissé son fusil sur la table. Il n'était plus armé. J'ai braqué le revolver de John sur lui et j'étais prête à le tuer.

— Mais l'un de nos hommes l'a eu avant. En pleine tête.

La tête de Gibb en train d'exploser était un spectacle horrible dont Kendall se souviendrait longtemps. Elle frissonna en serrant Kevin plus fort contre elle.

— Comment se fait-il que vous aviez l'arme de John ? s'informa Pepperdyne.

Elle décocha un coup d'œil à John.

— Je la lui avais donnée.

— Oui, s'empressa-t-elle de confirmer. Il me l'avait confiée pour la garder.

— Pourquoi l'avais-tu chargée de garder ton arme ? voulut savoir l'agent. Oh, mais maintenant que j'y pense, tu es censé être amnésique ! Avec tout ce remue-ménage, j'avais oublié. Sans jeu de mots. Quand as-tu retrouvé la mémoire ?

— Laisse-nous souffler, Jim, grommela John. Kendall pourra te faire sa déclaration plus tard. Pour le moment, elle doit s'occuper de son bébé. Quant à moi, je crois que je suis bon pour quelques points de suture.

Pepperdyne leur ouvrit un passage et se dirigea avec eux vers l'ambulance qui attendait John.

— Ça va aller ? demanda Kendall d'une voix angoissée.

— Très bien, lui assura-t-il.

Il appliqua une petite tape sur le derrière de Kevin :

— Et lui ?

— Il ne se souviendra pas.

— Moi, je n'oublierai jamais.

Les infirmiers replièrent les pieds de la civière et le hissèrent dans l'ambulance. John et Kendall ne se quittèrent pas des yeux jusqu'à la fermeture des portes. Puis elle regarda l'ambulance s'éloigner dans le chemin et disparaître sur la route.

Pepperdyne lui effleura le bras.

— Mme Burnwood. Ma voiture est là. Je vous ramène.

— Merci.

Il monta à l'arrière avec elle, laissant le volant à un autre agent.

— John est solide. Il s'en sortira.

Elle esquissa un petit sourire.

— Je sais.

— Vous savez qu'il est solide ou qu'il s'en sortira ?

— Les deux.

— Hum. On dirait qu'il s'est pris d'affection pour votre bébé. (Il pointa le menton vers Kevin.) Je n'aurais jamais cru voir John aussi à l'aise avec un enfant.

— Pourquoi ?

Il lui raconta ce qui était arrivé au Nouveau-Mexique.

— Il s'en veut encore.

— Oui. Ça ne m'étonne pas, dit-elle pensivement. Il prend ses responsabilités très à cœur.

— Il est hyperconsciencieux. En tout. Quand il aura eu le temps d'y repenser, il s'attribuera également la culpabilité de la mort de Ruthie Fordham.

— J'espère que non. Ce serait terrible pour lui.

Pepperdyne resta silencieux. Il la regardait d'une drôle de façon.

— Il est malheureusement de mon devoir de vous rappeler que vous êtes toujours un témoin placé sous la garde du ministère de la Justice.

— Je témoignerai de ce que j'ai vu cette nuit-là dans la forêt de Prosper, M. Pepperdyne.

— Les dossiers que vous aviez accumulés chez vous, à Denver, nous ont déjà été d'une utilité inestimable pour instruire cette affaire.

— Je m'en réjouis. La Confrérie doit être anéantie sans plus de pitié qu'ils n'en ont montré à leurs victimes. Je contribuerai, par tous les moyens qui seront en mon pouvoir, à en faire traduire tous les membres devant la justice. Quoi qu'il m'en coûte personnellement.

Il approuva d'un signe et s'appliqua pendant un moment à contempler le paysage par la fenêtre.

— Il y a aussi le fait que vous avez enlevé un officier de la police fédérale.

— C'est exact.

— Hem. Eh bien, le gouvernement voit ça d'un mauvais œil.

Elle se tourna vers lui.

— J'avais extrêmement peur de mon ex-mari et de mon beau-père. Nous savons maintenant que mes craintes étaient justifiées. Il m'a semblé que la seule manière de me protéger et de protéger Kevin était de disparaître et de rester cachée avec lui jusqu'à la fin de nos jours. Je ne regrette pas ce que j'ai fait. Si c'était à refaire, je recommencerais, sauf que j'éviterais d'impliquer John. J'ai mis sa vie en danger et ça, je ne me le pardonnerai jamais.

— Il faisait son devoir.

— Oui. Son devoir.

— Mme Burnwood. À quel moment a-t-il retrouvé la mémoire ?

— J'aimerais le savoir moi-même, mais je l'ignore, répondit-elle en toute sincérité.

— Mme Burnwood...

— Je déteste ce nom. Je vous en prie, ne m'appelez plus jamais Mme Burnwood.

Pepperdyne lui décocha un regard sévère.

— Dans ce cas, comment dois-je vous appeler ?

⁂

— Voici les Crook.

— Ben dis donc, commenta Ricki Sue.

Quand je pense que ces ordures ont essayé de me tuer !

Elle tenait Kevin sur ses genoux, ravie de le laisser mordiller les perles de son collier mauve.

Elle leva les yeux des mauvais clichés que lui avait présentés Pepperdyne en lui demandant si elle pouvait identifier les deux hommes actuellement écroués à la prison de Sheridan. On les avait retrouvés à l'endroit indiqué par Ricki Sue, ligotés nus à des arbres et boursouflés de piqûres de moustiques.

— Henry et Luther.

Kendall leur raconta son fiasco lors du jugement de Billy Joe :

— La famille m'en a gardé une dent. Je suppose qu'ils ont voulu se lancer eux aussi à ma recherche pour me retrouver avant Matt et Gibb.

— Grâce à moi, ils ont failli y parvenir.

Les yeux de Ricki Sue s'engorgèrent de larmes :

— Je ne peux m'empêcher de penser à ce qui aurait pu arriver, simplement parce que j'ai pris une biture et que je n'ai pas su fermer ma grande gueule.

Kendall tendit la main par-dessus le bureau jonché de papiers pour serrer affectueusement le bras de Ricki Sue.

— Au contraire, sans toi, l'agent Pepperdyne et ses hommes ne seraient jamais arrivés à temps. En les attendant, John... le docteur McGrath a su parfaitement les occuper, conclut-elle d'une voix ébranlée.

John, qui avait refusé de rester plus d'une nuit à l'hôpital, assistait à l'entretien, calé sur ses béquilles, une cicatrice toute neuve à la tempe, la jambe droite toujours dans le plâtre et le bras gauche en écharpe. Il était pâle comme la mort. La balle tirée par Gibb avait pénétré dans l'épaule et était ressortie dans le dos, en manquant l'artère d'un cheveu. Il avait frôlé la mort de près. Kendall avait la gorge serrée chaque fois qu'elle y songeait.

Pepperdyne s'éclaircit bruyamment la voix pour briser le silence chargé d'émotion.

— Le gouvernement est disposé à retirer les charges qui pèsent contre vous en échange de votre témoignage contre les membres de la Confrérie.

— C'est extrêmement généreux.

— Eh bien, la séquestration d'officier est difficile à prouver quand l'intéressé refuse de dire à partir de quel moment il y a pris part de son plein gré.

Pepperdyne jeta un coup d'œil furtif à John, qui déclara laconiquement :

— Je ne m'en souviens pas.

— Très drôle. (Pepperdyne referma son dossier et se leva pour clore la réunion.) Mademoiselle Robb, merci de votre concours.

— Ne croyez pas que vous allez vous débarrasser

de moi si facilement, Pepperdyne, s'insurgea Ricki Sue. Vous serez en Caroline du Sud pour le procès, n'est-ce pas ?

— Épisodiquement.

— Je serai aussi dans le coin. (Elle le gratifia d'un large sourire.) J'ai été invitée là-bas, pour m'occuper de Kevin pendant que Kendall déposera au tribunal.

— Je vois.

— Oh, il n'y a pas de quoi faire cette tête-là ! D'ailleurs, n'oubliez pas que vous me devez une sortie.

— Comment l'oublierais-je quand vous me le rappelez toutes les cinq minutes ?

La porte s'ouvrit brutalement. Un jeune homme entra d'un pas martial.

Kendall blêmit.

Ricki Sue soupira :

— Oh, non. C'est maintenant que ça va chier des bulles.

Le jeune homme regarda alternativement les deux femmes.

— 'jour, tout le monde.

— Salut.

— Salut.

— Comment ça va ?

— Ça va.

— Ça va.

— Qui est ce gars-là ? demanda John.

— Qui est le responsable ? demanda le nouveau venu.

Pepperdyne s'avança.

— C'est moi.

— Vous pouvez me dire ce qui se passe ? J'y comprends rien. Qu'est-ce que je fais ici ? Je croyais que j'étais tiré d'affaire.

— Du calme, lui dit Pepperdyne.

— Du calme, mon cul ! J'étais tranquillement en train de m'envoyer une ventrée de spaghettis sans rien demander à personne sous le soleil romain, quand ces deux zigotos se pointent en me présentant leurs cartes de la police américaine. J'ai pas le temps de dire ouf que je me retrouve dans un avion pour les États-Unis aux frais de l'oncle Sam !

Pour mieux marquer son indignation, il se planta les poings sur les hanches et, s'adressant à tous et à personne, demanda :

— À quoi ça rime ?

— Je crois que tout le monde connaît tout le monde ici, sauf peut-être John.

Pepperdyne se tourna vers son ami :

— Docteur McGrath, permets-moi de te présenter Kendall Deaton.

47

— C'est assez difficile à expliquer.

— Essaie.

Elle était seule dans le bureau avec John. Ricki Sue avait pris le vrai Kendall Deaton par la main et l'avait entraîné dans le couloir. Il continuait d'exiger à grands cris une explication qu'elle lui avait promis de lui donner s'il voulait bien la mettre en sourdine et la laisser en placer une. Pepperdyne et les deux agents les avaient suivis.

— Kendall était avocat chez Bristol & Mathers, commença-t-elle. Il a eu des problèmes avec les patrons quand les services du procureur l'ont accusé d'avoir trafiqué des preuves. Cela n'a jamais été démontré. Mais tout le monde pensait qu'il était probablement coupable de quelques malversations. Aucune plainte n'a été déposée, mais il a été licencié. Il a envoyé des CV partout pendant plusieurs mois, mais personne ne voulait embaucher un juriste au passé glauque. Kendall s'est découragé et a décidé d'aller passer quelque temps en Europe. Il m'a demandé de faire suivre son courrier. Quelques mois après son départ, il a reçu une lettre du comté de

Prosper, en Caroline du Sud. Comme ça ressemblait à une réponse d'employeur, je la lui ai immédiatement réexpédiée. Il m'a téléphoné pour me remercier, m'a dit que c'était effectivement une offre d'emploi, mais qu'il ne comptait pas y donner suite. Il menait la grande vie à Rome, où il travaillait comme consultant pour une boîte de marketing, et il était ravi.

Elle le regarda, espérant lire dans ses yeux une lueur d'indulgence, mais il demeurait impassible.

— J'avais été reçue troisième de ma promotion, John. De toutes les jeunes recrues de Bristol & Mathers, j'étais celle qui était destinée au plus brillant avenir. Mais on me donnait tout ce qu'il y avait de plus rébarbatif. Rien de bien fascinant, ni de très stimulant, jusqu'à cette affaire dont je t'ai parlé, cette femme atteinte du SIDA qui est venue me demander mon aide. C'est là que j'ai compris que ma vocation n'était pas de travailler dans une grosse entreprise régie par la recherche d'un profit. Je voulais aider les gens. Je voulais obtenir justice pour les petits et les exclus. J'avais donc commencé à envoyer des demandes aux États qui appliquaient le système de défense publique, mais je n'avais reçu aucune réponse encourageante. Lorsque Kendall a refusé l'offre du comté de Prosper, j'y ai vu... comme un signe. Grand-mère et Ricki Sue m'ont dit que j'étais folle, évidemment, mais j'ai répondu en me faisant passer pour Kendall. C'est extrêmement facile de changer de nom. Mais je sais maintenant pourquoi le comté de Prosper a engagé Kendall Deaton sans mener d'enquête plus approfondie, ajouta-t-elle avec amertume.

— Ils voulaient un avocat public facile à corrompre.

— Eh oui. Ils ont été attirés par les fautes qui entachaient ses états de service. C'était exactement ce qu'ils cherchaient. Ils ont eu une première réaction négative quand ils ont vu qu'il s'agissait d'une femme. Mais je suppose qu'après réflexion, ils se sont dit qu'une femme serait encore plus malléable. Ou plus vulnérable.

Elle resta un instant songeuse avant de reprendre :

— Peut-être que les motivations qui me poussaient à devenir avocat public n'étaient pas aussi altruistes que je voulais bien le dire. Et que je voudrais le croire. Peut-être que sous des dehors vertueux, mon ambition devait davantage à l'orgueil. Je voulais réussir, montrer à tout le monde comme je me débrouillais bien. Je voulais faire plaisir à mes parents, ce qui est impossible, ainsi que je l'ai compris grâce à ta clairvoyance. Peut-être que l'expérience a tourné court parce que mes motivations n'étaient pas aussi généreuses que je le prétendais. Grand-mère m'avait prévenue qu'il ne pouvait rien sortir de bon d'un mensonge. Elle avait raison.

Elle s'assit sur le bord du bureau de Pepperdyne. Kevin dormait dans son couffin. Elle entendit John approcher du pas traînant qui lui était devenu familier, ponctué des martèlements sourds des béquilles.

Il vint se poster derrière elle, tendit le bras et balança doucement le couffin pour bercer l'enfant. Il caressa la joue de Kevin. Elle sentit fondre son cœur devant le spectacle de ce gros doigt d'homme sur la peau tendre du bébé, non seulement parce qu'il témoignait de l'affection de John pour Kevin, mais parce que cela prouvait qu'il avait vaincu ses démons.

Il dit :

— Tu savais que quand les autorités auraient découvert ta fausse identité, tu n'aurais plus aucune crédibilité vis-à-vis d'eux ni d'un jury.

— Qui croirait une histoire pareille venant d'une femme dont toute la vie était factice ? Que pouvais-je faire d'autre, sinon m'enfuir et me cacher ? D'abord à Denver, puis...

Elle lui jeta un regard par-dessus son épaule :

— Avec toi.

Il l'amena à se tourner face à lui. Il enfonça les doigts dans ses cheveux courts. Il contemplait son visage. Et brusquement, presque avec violence, il l'attira et la tint serrée contre lui.

— Ils auraient pu te tuer, remarqua-t-il avec une sorte de rage. J'ai cru que j'allais te perdre.

Elle l'enveloppa de ses bras et enfouit son visage au creux de son cou.

— Et si tu étais mort à cause de moi, John ? Si tu étais mort ?

Ils restèrent un long moment blottis l'un contre l'autre. Enfin, il s'écarta.

— Il ne faut pas te reprocher ce qui m'est arrivé.

— Si tu ne te reproches pas la mort de Ruthie Fordham.

Il plissa le nez.

— Ça va être dur. Nous allons nous y efforcer ensemble.

— Ensemble ?

— On pourrait peut-être essayer de voir si, à nous trois, on peut faire une famille qui se tienne. Qu'est-ce que tu en penses ?

— Je pense que Kevin et moi avons besoin de toi. Et toi de nous. (Elle lui effleura le visage, frôla la cicatrice dont elle avait ôté les fils.) Je n'ai absolument aucun intérêt à mentir. Donc, tu sais que je dis la vérité. Je t'aime, John.

— Moi aussi, je t'aime. (Il s'éclaircit la voix, enrouée de trop d'émotion.) J'aimerais bien savoir ton nom.

— Je te le dirai si tu me dis à quel moment tu as retrouvé la mémoire.

Un sourire se déploya lentement sur les lèvres de John.

Il se pencha pour cueillir sur les siennes un baiser vibrant de passion. Elle aurait pu s'y noyer, mais elle inclina crânement la tête et l'interrogea du regard.

— Alors, John ?

Sans se départir de son sourire, il l'embrassa encore.

Composition réalisée par EURONUMÉRIQUE

IMPRIMÉ EN FRANCE PAR BRODARD ET TAUPIN
La Flèche (Sarthe).
LIBRAIRIE GÉNÉRALE FRANÇAISE - 43, quai de Grenelle - 75015 Paris.

ISBN : 2-253-17070-4

31/7070/1